Guy de Maupassant
Von der Liebe und anderen Kriegen

In seinen melancholischen, skurrilen und heiteren Geschichten nimmt uns Guy de Maupassant mit in eine
Welt der verbotenen Liebesabenteuer, der Doppelmoral
des gehobenen Bürgertums, der Angelleidenschaft zweier
Freunde, die tödlich für sie endet, der unheimlichen Be-
gegnung mit einem vampirähnlichen Wesen und vielem
mehr. Thematisch äußerst vielfältig beleuchten seine kleinen Meisterstücke Besonderes, Unheimliches, aber vor
allem Alltägliches. Maupassant spinnt seine Geschichten
jedoch so fein und legt sie so vielschichtig an, dass sich
auch im Alltäglichen immer das Besondere zeigt.
Hermann Lindner hat die besten Novellen aus dem um-
fangreichen Werk des Autors ausgewählt und den poetischen Ton Maupassants gekonnt ins Deutsche übertragen.

Guy de Maupassant, geboren am 5. August 1850 in der
Normandie, begann bereits als Jugendlicher zu schreiben.
Er lernte Gustave Flaubert kennen, der ihm im Laufe der
Jahre ein väterlicher Freund und Mentor wurde. 1880 gelang ihm mit seiner psychologischen Novelle »Schmalzkügelchen« der Durchbruch. Neben rund 300 Novellen
und sechs Romanen veröffentlichte er zahlreiche feuille-
tonistische Artikel. Guy de Maupassant starb am 6. Juli
1893 in der Nähe von Paris an den Folgen einer Syphilis-
Infektion.

Dr. phil. hab. Hermann Lindner war Privatdozent an der
LMU, ist seit einigen Jahren im Ruhestand und gibt nach
wie vor Seminare im Rahmen des Seniorenstudiums. Für
<u>dtv</u> übersetzte er bereits Maupassants berühmten Roman
›Bel-Ami‹ (14010).

Guy de Maupassant

Von der Liebe und anderen Kriegen

Neu übersetzt,
mit einem Nachwort und Anmerkungen
von Hermann Lindner

dtv

Von Guy de Maupassant
sind bei dtv außerdem erschienen:
Garçon, un bock! –
Herr Ober, ein Bier!
Bel-Ami

Neuübersetzung 2014
3. Auflage 2023
dtv Verlagsgesellschaft mbH & Co. KG, München
© der deutschsprachigen Ausgabe:
2014 dtv Verlagsgesellschaft mbH & Co. KG, München
Umschlagkonzept: Balk & Brumshagen
Umschlagbild: ›The Path Uphill‹ (1881)
von Gustave Caillebotte (bridgemanart.com/
Private Collection/Christie's Images)
Gesetzt aus der Stempel Garamond 9,75/12,5·
Satz: Bernd Schumacher, Obergriesbach
Druck und Bindung: Druckerei C.H.Beck, Nördlingen
Printed in Germany · ISBN 978-3-423-14316-5

INHALT

Schmalzkügelchen

Mehrere Tage lang waren schäbige Überbleibsel einer Armee in wilder Flucht durch die Stadt gezogen. Das waren keine geordneten Heeresteile mehr, sondern nur noch uniformierte Horden, die Hals über Kopf türmten. Es waren Männer mit langen, schmutzigen Bärten, in zerlumpten Uniformen, und statt in Reih und Glied zu marschieren, schleppten sie sich ohne Fahne in kleinen Grüppchen matt vor sich hin. Sie alle wirkten niedergeschlagen, todmüde, unfähig zu irgendeinem Gedanken oder zu einem Entschluss, trabten nur noch mechanisch weiter, und sobald sie irgendwo zum Stehen kamen, fielen sie sofort vor Müdigkeit um. Zu sehen waren vor allem in aller Eile eingezogene, kriegsunerfahrene Leute, behäbige Privatiers, die unter dem Gewicht des Gewehrs leicht einknickten, ferner Nationalgardisten der unteren Ränge, deren militärische Wendigkeit darin bestand, schnell in Panik und genauso schnell in Begeisterung zu geraten, ebenso überstürzt anzugreifen wie vor dem Feind davonzulaufen; inmitten all dieser gingen einige Rothosen, Überbleibsel einer Division, die in einer großen Schlacht aufgerieben worden war, dazu dunkelgraue Artilleristen zusammen mit Infanteristen aus verschiedenen Truppenteilen; und hier und da sah man auch noch den glänzenden Helm eines Dragoners, der mit schwerem Schritt den leichtfüßigeren einfachen Infanteristen hinterherschlurfte.

Dann waren große Scharen von Freischärlern an der Reihe; sie trugen heldenhafte Namen – »die Rächer der Niederlage«, »die Bürger des Grabes«, »die Teilhaber des Todes« – und sahen doch nur aus wie Straßenräuber. Ihre Anführer, teils ehemalige Tuch- oder Kornhändler, teils Kaufleute, die früher mit Talg oder Seife gehandelt hatten, allesamt Gelegenheitskrieger, die ihren Offiziersrang ihren dicken Geldbörsen oder ihren langen Schnurrbärten verdankten, hielten, in Flanell gekleidet und mit Waffen und Offizierstressen reich bestückt, hochtönende Reden, diskutierten untereinander alle möglichen Feldzüge und gaben prahlerisch damit an, sie allein würden das fast tot darniederliegende Frankreich retten; dabei hatten sie oft vor nichts größere Angst als vor ihren eigenen Soldaten, lauter Gaunern, die zwar sehr tapfer sein konnten, aber noch lieber die Leute ausplünderten und die Beute sogleich wieder verprassten.

Das Gerücht ging um, die Preußen würden demnächst in Rouen einmarschieren.

Die Mitglieder der Nationalgarde, die seit zwei Monaten in den umliegenden Wäldern überaus vorsichtig Aufklärung betrieben, dabei mitunter auch mal die eigenen Wachposten erschossen und immer schon dann zu den Waffen griffen, wenn auch nur ein kleiner Hase im Gebüsch raschelte, hatten sich mittlerweile wieder ins eigene Wohnzimmer zurückgezogen. Ihre Waffen, ihre Uniformen, der ganze todbringende Plunder, mit dem sie vor Kurzem alle Nationalstraßen drei Meilen im Umkreis gesäumt und alle Passanten in Furcht und Schrecken versetzt hatten, all das war auf einen Schlag wie vom Erdboden verschwunden.

Schließlich hatten die letzten französischen Soldaten vor Kurzem die Seine überquert, um sich über Saint-Sever und Bourg-Achard nach Pont-Audemer abzusetzen; und als Letzter hinter allen anderen ging zu Fuß, zwischen zwei Ordonnanzoffizieren, der verzweifelte General, der mit diesen lumpigen Resten aus unterschiedlichen Heeresteilen nichts mehr ausrichten konnte, auch er völlig niedergeschlagen angesichts des großen Debakels, das da über ein Volk gekommen war, das daran gewöhnt war, zu siegen und das nun trotz seiner legendären Tapferkeit so vernichtend geschlagen worden war.

Danach hatte sich eine große Ruhe, eine ängstliche und schweigende Erwartung über die Stadt gelegt. Viele korpulente, vom bloßen Geschäftsleben verweichlichte Bürger der Stadt sahen der Ankunft der Sieger voller Angst entgegen und zitterten schon bei dem bloßen Gedanken, diese könnten ihre Bratenspieße oder die großen Küchenmesser irrtümlich als Waffen auffassen.

Das Leben schien stillzustehen; die Läden waren geschlossen, die Straßen stumm. Hin und wieder schlich sich ein Bewohner der Stadt, eingeschüchtert von dieser Stille, an den Mauern entlang.

Vom Warten wurde den Leuten so angst und bange, dass sie die Ankunft des Feindes geradezu herbeisehnten.

Im Laufe des Nachmittags jenes Tages, der auf den Abmarsch der französischen Truppen folgte, durchquerten einige Ulanen, die plötzlich aus dem Nichts aufgetaucht waren, die Stadt im Eilmarsch. Dann, kurze Zeit darauf, zog sich eine schwarze Masse vom Hügel Sainte-Catherine hinunter, während zwei andere Ströme von Eroberern auf den Straßen von Darnetal und Boisguillaume her auftauchten. Die Vorhut dieser drei Heereseinheiten stieß exakt im gleichen Augenblick auf dem Rathausplatz aufeinander; und von allen Nebenstraßen her marschierte nun die deutsche Armee in Rouen ein, Bataillon für

Bataillon, deren harte und rhythmische Schritte laut über das Pflaster dröhnten.

Befehle, die in unbekannter Sprache und aus rauen Kehlköpfen geschrien wurden, stiegen an den Häusern hoch, die wie ausgestorben dastanden, während hinter den Fensterläden Augen auf diese siegreichen Männer hinunterlugten, die kraft des ›Kriegsrechts‹ nunmehr die Herren über die Stadt, über die Vermögen und die Menschenleben waren. In ihren abgedunkelten Wohnungen waren die Bewohner der Stadt von der Kopflosigkeit befallen, die die Katastrophen, die großen mörderischen Umwälzungen, die es auf der Welt mitunter gibt, auslösen, gegen die auch die größte Weisheit und die stärkste Kraft nichts ausrichten können. Denn immer dann, wenn die bestehende Ordnung umgestürzt wird, wenn keine Sicherheit mehr besteht, wenn alles, was die Gesetze des Menschen oder der Natur beschützte, einer unbewussten und wilden Brutalität ausgeliefert ist, stellt sich dieser immer gleiche Gefühlszustand ein. Das Erdbeben, das unter den zusammenbrechenden Häusern ein ganzes Volk erdrückt, der Fluss, der sintflutartig über seine Ufer tritt und die ertrunkenen Bauern mit den Kadavern der Rinder und den losgerissenen Dachbalken fortschwemmt, oder die siegreiche Armee, die jene, die sich ihr entgegenstellen, massakriert und die restlichen gefangen nimmt, die im Namen des Säbels plündert und einem Gott beim Klang der Kanonen Dankgottesdienste darbringt, das alles sind gleichermaßen fürchterliche Geißeln, die uns Menschen allen Glauben an eine göttliche Gerechtigkeit, jedes Vertrauen in die schützende Hand Gottes und die Vernunft des Menschen, die man uns in der Schule gelehrt hat, zerstören.

Aber was half es – an jeder Haustür erschienen kleine Abordnungen, die erst anklopften und sodann in den Häusern verschwanden. Das war eben die Besatzung nach der Besetzung. Und damit begann auch die Pflicht der Besiegten, den Siegern gegenüber eine gute Miene zum bösen Spiel zu machen.

Als dann etwas Zeit vergangen war und sich der erste Schock gelegt hatte, kam allmählich eine neue Ruhe in der Stadt auf. In nicht wenigen Familien saß der Offizier beim Essen mit am Tisch der Familie. Bisweilen bewies er eine gute Kinderstube, indem er aus Höflichkeit sein Mitgefühl mit Frankreich bekundete und seinem Unbehagen, an diesem Krieg teilnehmen zu müssen, Ausdruck verlieh. Für diese Gefühlsbezeugung waren ihm seine Gastgeber demonstrativ dankbar; schließlich war ja nicht ausgeschlossen, dass man eines Tages seiner Protektion bedurfte. Die bevorzugte Behandlung, die man ihm angedeihen ließ, half vielleicht dabei, die Anzahl der gewöhnlichen Soldaten, die man durchzufüttern hatte, etwas zu verringern. Und warum sollten sie auch jemanden verletzen, von dem sie völlig abhängig waren? In dieser Richtung aktiv zu werden, das wäre schließlich weniger ein Zeichen von Heldenhaftigkeit als von Tollkühnheit! Und die Tollkühnheit – so etwas gab's mal zu der Zeit, als sich die Stadt durch ihren heldenhaften Mut bei der Verteidigung gegen einen Feind auszeichnete –, gehört nun mal nicht mehr zu den Fehlern der Bürger von Rouen. Als bestes Argument für französische Höflichkeit führten sie im Stillen an, dass es sehr wohl erlaubt sei, innerhalb der eigenen vier Wände Zuvorkommenheit walten zu lassen, solange man sich dem fremden Soldaten gegenüber in der Öffentlichkeit keinerlei Vertraulichkeiten gestattete. Draußen, da kannte man sich nicht mehr, aber im Hause, da war man zu jeder Plauderei bereit, und der Deutsche blieb jeden Abend ein bisschen länger im Wohnzimmer sitzen, um sich aufzuwärmen.

Auch in die Stadt kehrte allmählich wieder Leben ein. Die Franzosen gingen noch nicht allzu oft aus dem Haus; dafür wimmelte es in den Straßen vor Preußen. Im Übrigen legten die Offiziere der blauen Husaren, die ihre großen Tötungswerkzeuge arrogant über das Straßenpflaster zogen – so schien es den einfachen Bewohner Rouens –, auch nicht übermäßig viel mehr Herablassung an den Tag als die französischen Offiziere des Jägerregiments, die im Jahr zuvor in den gleichen Cafés herumgesessen hatten.

Allerdings lag etwas in der Luft, ein schwer fassbares und unbekanntes Gefühl, eine unerträgliche fremde Atmosphäre, wie ein über die ganze Stadt versprühter Duft, der Duft der Invasion. Er erfüllte die Wohnungen, die öffentlichen Plätze, veränderte den Geschmack der Lebensmittel, vermittelte den Eindruck, von weither, von barbarischen und gefährlichen Stämmen zu kommen.

Die Sieger verlangten Geld, viel Geld. Die Einwohner der Stadt zahlten immer; im Übrigen waren sie reich. Aber je größer in der Normandie der Reichtum eines Geschäftsmanns wird, umso schwerer fällt es diesem, davon etwas zu opfern, und sei es auch nur ein kleines Quäntchen seiner Habe, das in den Besitz eines anderen übergeht.

Allerdings kam es vor, dass zwei bis drei Meilen unterhalb der Stadt in Richtung Croisset, Dieppedalle oder Biessart die Seeleute und die Fischer vom Grund des Flusses diesen oder jenen Kadaver eines Deutschen in mit Wasser vollgesogener Uniform herausfischten, der mit einem Messerstich oder dem Schlag eines Holzschuhs getötet worden war, oder dem jemand mit einem Stein den Schädel eingeschlagen hatte oder ihn von einer Brücke ins Wasser hinabgestoßen hatte. Der Schlamm des Flusses begrub diese dunklen, wilden und legitimen Racheakte, diese unbekannten Heldentaten, diese stummen Attacken, die ja gefährlicher waren als die bei Tageslicht ausgetragenen Schlachten, und denen kein Ruhmesgesang zuteil wurde, unter sich.

Denn der Hass auf den Fremden stachelt immer ein paar unerschrockene Naturen, die bereit sind, für eine Idee in den Tod zu gehen, dazu an, die Waffen zu ergreifen.

Nachdem die Eroberer die Stadt zwar ihrer unbeugsamen Disziplin unterworfen, aber auf ihrem Triumphzug keine einzige der Schreckenstaten begangen hatten, die die Gerüchteküche prophezeit hatte, bekamen die Leute wieder etwas Mut, und der Drang zum Geschäftemachen gewann in ihren Krämerherzen wieder die Oberhand. Einige von ihnen waren mit ihrem Vermögen an Geschäften in Le Havre beteiligt, das noch die französische Armee besetzt hielt, und so wollten sie den Versuch machen, zu diesem Hafen zu gelangen; hierfür mussten sie es über Land bis nach Dieppe schaffen, um sich von dort aus nach Le Havre einzuschiffen.

Zu diesem Zweck bedienten sich die entsprechenden Interessenten des Einflusses der deutschen Offiziere, deren Bekanntschaft sie gemacht hatten, und kamen so in den Besitz einer Reiseerlaubnis, die der Ortskommandeur für sie ausstellte.

So war denn also eine große vierspännige Kutsche für diese Reise reserviert worden, und zehn Personen hatten sich dafür beim Kutscher angemeldet; um größere Menschenansammlungen zu vermeiden, wurde beschlossen, eines Dienstagsmorgens, noch vor Sonnenaufgang, aufzubrechen.

Seit ein paar Tagen schon war der Erdboden vom Frost

hart geworden, und am Montag brachten gegen drei Uhr große schwarze Wolken vom Norden her dichte Schneemassen herbei, die während des Abends und der ganzen Nacht ohne Unterlass vom Himmel fielen.

Um halb fünf Uhr früh versammelten sich die Reisenden im Hof des »Hôtel de Normandie«, wo sie die Kutsche besteigen sollten.

Sie waren alle noch ziemlich verschlafen und schlotterten vor Kälte unter ihren Decken. Sie konnten einander in der Dunkelheit schlecht sehen; und mit den vielen Schichten schwerer Wintersachen, die sie trugen, wirkten all diese Körper wie fettleibige Pfarrer in ihren langen Soutanen. Aber zwei Männer erkannten sich doch, ein dritter sprach sie an, und so kamen sie ins Gespräch: »Ich habe meine Frau dabei«, sagte der eine. »Ich auch.« – »Und ich ebenso.« Der erste fügte noch hinzu: »Wir werden nicht nach Rouen zurückkehren, und wenn die Preußen auch noch weiter in Richtung Le Havre vorrücken, dann setzen wir nach England über.« Da sie alle eine ganz ähnliche Einstellung hatten, hatten sie auch die gleichen Pläne.

Unterdessen war die Kutsche immer noch nicht angespannt worden. Von Zeit zu Zeit wanderte eine kleine Laterne, die ein Stallknecht in der Hand hielt, aus einer dunklen Tür, um sogleich wieder in einer anderen zu verschwinden. Pferdehufe schlugen auf den Boden, gedämpft durch das auf der Erde liegende Streu, und dazu war die Stimme eines Mannes, die mal zu den Tieren sprach, mal fluchte, im Inneren des Gebäudes zu hören. Ein leises Bimmeln zeigte an, dass jemand dabei war, den Pferden das Geschirr anzulegen, aus diesem Gebimmel wurde ein klares und anhaltendes Geklapper, dessen Rhythmus durch die Bewegung des jeweiligen Tieres bestimmt wurde, die manchmal aufhörte, um dann gleich wieder mit einem Ruck einzusetzen, begleitet vom matten Klang eines Hufeisens, das am Boden aufschlug.

Mit einem Mal ging die Tür zu und sogleich war keinerlei Geräusch mehr zu hören. Die verfrorenen Wartenden hatten ihre Gespräche eingestellt; steif und starr standen sie da.

Ein dichter Vorhang aus weißen Flocken sank ohne Unterlass glitzernd zur Erde; er ebnete alle Formen ein, überlagerte alle Dinge mit eisigem Schaum; und in der großen Stille der ruhig daliegenden und vom Schnee bedeckten Stadt war nicht mehr zu hören als jenes unbestimmbare, unbenennbare, herumschwirrende Knistern des herabfallenden Schnees, das eher ein Gefühl als ein Geräusch darstellt, ein Gemisch von leichten Atomen, die die Luft erfüllten, ja den ganzen Kosmos zu bedecken schienen.

Der Mann mit der Laterne tauchte wieder auf und zog an einer Schnur ein trauriges Pferd hinter sich her, das sich nur höchst widerwillig bewegte. Er stellte es neben die Deichsel, befestigte die Gurte, ging hinum und herum, um sich zu vergewissern, dass das Geschirr fest und sicher saß, denn er konnte das alles nur mit einer Hand ausführen, in der anderen hielt er ja seine Lampe. Als er sich anschickte, das zweite Pferd herauszuholen, bemerkte er all die reglosen Reisenden, die schon ganz eingeschneit dastanden, und sagte zu ihnen: »Warum steigen Sie denn nicht ein; dann sitzen Sie wenigstens im Trockenen.«

Daran hatte wohl niemand gedacht, und so stiegen sie hektisch in die Kutsche. Die drei Herren brachten ihre Frauen im Fond unter und stiegen dann auch ein; dann kamen die anderen dieser undeutlichen menschlichen Formen, die teils verschleiert waren, an die Reihe und nahmen die verbliebenen Plätze ein, ohne eine Silbe zu sagen.

Der Boden der Kutsche war mit Stroh ausgelegt, in

dem die Füße versanken. Die Damen im hinteren Teil hatte kleine, mit künstlicher Kohle geheizte Fußwärmer aus Kupfer mitgebracht; sie setzten diese sogleich in Betrieb und wurden nicht müde, mit leiser Stimme immer wieder deren Vorzüge zu rühmen, wobei sie ständig Dinge voreinander wiederholten, die sie alle schon lange wussten.

Als die Kutsche endlich irgendwann dann doch angespannt war, mit sechs statt mit vier Pferden, um die Nachteile der winterlichen Straße auszugleichen, da fragte eine Stimme von draußen: »Sind alle eingestiegen?« Eine Stimme von drinnen antwortete: »Ja.« Und die Kutsche setzte sich in Bewegung.

Sie kam nur langsam voran, sehr langsam, Schritt für Schritt. Die Räder versanken ständig im Schnee, der ganze Gepäckraum ächzte und krachte dumpf bei jeder Gelegenheit; die Tiere rutschten ständig aus, schnaubten, dampften; und die riesige Peitsche des Kutschers knallte pausenlos, flog in alle Richtungen, verfing sich und entwirrte sich wie eine kleine Schlange, um gleich darauf wieder auf einen prallen Pferderücken niederzusausen, der sich dann mit neuer Kraft anspannte.

Aber so langsam zog dann doch der Tag herauf. Diese leichten Flocken, die einer der Reisenden, ein lupenreiner Bewohner Rouens, mit einem Baumwollregen verglichen hatte, fielen nicht mehr. Ein schmutziger Lichtschein drang durch dicke, dunkle und tiefhängende Wolken hindurch, die die weiße Farbe der Landschaft noch strahlender erscheinen ließen, in der mal eine Reihe großer Bäume mit einem Mantel aus Raureif, mal eine Hütte mit einer Kapuze aus Schnee zu sehen waren.

In der Kutsche beäugten sich die Mitreisenden voller Neugier im traurigen Licht dieses Morgengrauens.

Ganz hinten im Fond dösten – sich gegenüber – auf den

besten Plätzen Herr und Frau Loiseau, Weingroßhändler aus der Rue Grand-Pont.

Angefangen hatte Loiseau als Gehilfe eines Geschäftsmanns; als dieser an den Rand der Pleite geriet, hatte er den Laden aufgekauft und ein blühendes Unternehmen daraus gemacht. Er verkaufte Wein sehr schlechter Qualität zu sehr günstigen Preisen an die kleinen Landgasthöfe und galt bei seinen Bekannten und Freunden als gerissener Schlawiner, eben als echter Normanne, der voller Tricks steckte und immer einen Witz auf Lager hatte.

Sein Ruf als Gauner war so verbreitet, dass Tournel, ein stadtbekannter Verfasser von Fabeln und Liedern, ein witziger Kerl mit spitzer Zunge, eines Abends in der Präfektur den anwesenden Damen, als diese schon ein wenig gelangweilt vor sich hin schauten, vorgeschlagen hatte, eine Partie »Loiseau fliegt, Loiseau betrügt« zu spielen; das Wortspiel fand alsbald seinen Weg durch die Räume der Präfektur, danach durch die ganze Stadt, und hatte einen ganzen Monat lang alle Kinnladen der ganzen Provinz vor Lachen zum Wackeln gebracht.

Loiseau war ebenfalls wegen seiner Witze und Späße jeden Kalibers berühmt, ob sie nun gut oder eher von schlechtem Geschmack waren, und niemand konnte über ihn sprechen ohne die obligatorische Formel anzufügen: »Der ist wirklich unbezahlbar, dieser Loiseau.«

Er war von geringem Wuchs und trug einen kugelförmigen Bauch vor sich her, über dem ein von einem grauen Backenbart umrahmtes rotes Gesicht thronte.

Seine großgewachsene, stämmige, resolute Frau war mit ihrer lauten Stimme und ihrer Entschlussfreudigkeit die organisatorische und geschäftüchtige Seele des Ladens, in dem er vorne mit seinem munter-jovialen Auftreten schaltete und waltete.

Neben ihnen saß Monsieur Carré-Lamadon, ein Herr mit mehr Würde, gehörte er doch einer höheren Kaste an, denn er war ein bedeutendes Mitglied der Gesellschaft, beruflich als Besitzer von drei Spinnereien im Baumwollhandel tätig, überdies Offizier der Ehrenlegion und Mitglied im Bezirksrat. Während der gesamten Kaiserzeit war er Anführer der wohlwollenden Opposition geblieben, einzig und allein, um sich seine Zustimmung zu der politischen Sache, die er mit Samthandschuhen bekämpfte, wie er selbst zu sagen pflegte, nur umso teurer bezahlen zu lassen. Madame Carré-Lamadon, die um einiges jünger war als ihr Gemahl, diente den Offizieren aus guter Familie, die das Pech hatten, in die Garnison von Rouen abkommandiert zu werden, als Seelentrösterin.

Mit ihrem ziemlich kleinen, recht niedlichen, überaus hübschen Körper, den sie in ihre Pelze eingemummelt hatte, saß sie ihrem Mann gegenüber und betrachtete scheelen Auges das jämmerliche Innere der Kutsche.

Ihre Nachbarn, der Graf und die Gräfin Hubert de Bréville, trugen einen der ältesten und edelsten Namen der ganzen Normandie. Der Graf, in seinem Auftreten ein alter Adeliger bis in die Fingerspitzen, gab sich große Mühe, unter Einsatz kosmetischer Hilfsmittel seine physische Ähnlichkeit mit König Heinrich IV. zu betonen, der, einer ruhmreichen Legende der Familiengeschichte zufolge, eine verheiratete Tochter aus der Dynastie derer von Bréville geschwängert hatte, woraufhin deren Ehemann als Belohnung zum Grafen und Gouverneur seiner Provinz befördert worden war.

Wie Monsieur Carré-Lamadon war Graf Hubert ebenfalls Mitglied des Bezirksrats, vertrat allerdings die orléanistische Partei im Département. Die Frage, wie es zu seiner Heirat mit der Tochter eines mickrigen Reeders aus Nantes gekommen war, gehörte zu den großen gesellschaftlichen Rätseln Rouens. Aber da die Gräfin standesgemäß aufzutreten wusste, bessere Empfänge als sonst jemand gab, ja sogar im Rufe stand, zeitweise die Geliebte eines Sohns von Louis-Philippe gewesen zu sein, verneigte sich der gesamte Adel vor ihr, und ihr Salon blieb die Nummer Eins in der ganzen Gegend, der einzige, in dem noch die alte Galanterie in Ehren gehalten wurde, und wo die Leute sich schwertaten, überhaupt eingeladen zu werden.

Das Vermögen derer von Bréville, das zur Gänze in Liegenschaften angelegt war, belief sich, wie man hörte, auf ein jährliches Einkommen von fünfhunderttausend Pfund.

Diese sechs Personen nahmen also den hinteren Teil der Kutsche ein, und sie repräsentierten den begüterten, selbstzufriedenen und mächtigen Teil der Gesellschaft, jene Schicht, die über Religion und auch sonst über klare Prinzipien verfügte und sich folglich auf ihre sittliche Größe viel zugutehielt.

Wie es der Zufall so wollte, saßen alle Frauen auf der gleichen Bank; und die Gräfin hatte neben sich auch noch zwei Klosterschwestern, die lange Rosenkränze herunterleierten und dazu immer auch noch ein »Pater noster« und ein »Ave Maria« vor sich hin brummelten. Die eine von ihnen war alt und hatte ein Gesicht, das die Pocken so mit Narben übersät hatten, als hätte sie eine volle Salve Schrotkugeln mitten ins Gesicht bekommen. Die andere, von sehr schmächtiger Figur, hatte ein hübsches und kränkliches Köpfchen über einer schwindsüchtigen Brust, die von jener Art Gläubigkeit innerlich zerfressen wurde, wie sie nur Märtyrer und religiöse Schwärmer haben.

Gegenüber den beiden Nonnen befanden sich noch ein

Mann und eine Frau, die die Blicke aller anderen auf sich zogen.

Der Mann, den natürlich alle kannten, war Cornudet, der Demokratenheini, das Schreckbild aller Menschen, die etwas auf sich hielten. Seit zwanzig Jahren tauchte er seinen rötlichen Rauschebart in die Biergläser aller demokratischen Stammtische. Mit seinen Gesinnungsbrüdern und Freunden hatte er ein ganz hübsches Vermögen durchgebracht, das er von seinem Vater, einem ehemaligen Konditor, geerbt hatte, und nun erwartete er ungeduldig die Ankunft der Republik, um endlich den Platz in der Gesellschaft einnehmen zu können, den er sich mit so viel revolutionärem Essen und Trinken redlich verdient hatte. Am 4. September hatte er – vielleicht hatte ihm da jemand einen üblen Streich gespielt – geglaubt, er wäre zum Präfekten ernannt worden; als er aber seine Amtsgeschäfte aufnehmen wollte, weigerte sich das Personal der Präfektur, das ja nun Herr im Hause war, ihn als neuen Präfekten anzuerkennen, und so blieb ihm nichts anderes übrig, als einen geordneten Rückzug anzutreten. Von Haus aus ein guter Kerl, ein harmloser und hilfsbereiter Zeitgenosse, hatte er sich mit unvergleichlicher Hingabe für die Landesverteidigung eingesetzt. Er hatte auf dem freien Feld Löcher graben lassen, die mit frischen Laub und Astwerk von den umliegenden Wäldern aufgefüllt wurden, hatte so auf allen Straßen und Wegen Fallen ausgelegt, und als dann der Feind anrückte, hatte er sich in großer Zufriedenheit über seine vorbereitenden Maßnahmen in Windeseile wieder zurück in die Stadt abgesetzt. Nun war er der Auffassung, in Le Havre von noch größerem Nutzen zu sein, wo demnächst neue Verschanzungsarbeiten notwendig werden würden.

Die Frau, eine von jenen, die im Volksmund Liebesdienerinnen genannt werden, war berühmt für ihr Bäuchlein, das ihr in jungen Jahren schon gewachsen war und das ihr den Spitznamen Schmalzkügelchen eingetragen hatte. Kleingewachsen, mit vielen Rundungen und überall mit Fettpölsterchen versehen, mit wulstigen, an den Gelenkstellen eingeschnürten Fingern, die aussahen wie aus Würstchen gebastelte Rosenkränze, mit einer glänzenden, glatten Haut, einem mächtigen Busen, der sich unter ihrem Kleid nach oben hin wölbte, war sie dennoch eine ungemein appetitliche Erscheinung und hatte dementsprechend großen Zulauf, so herrlich anzusehen war ihr frisch anmutender Körper. Ihr Gesicht hatte die Röte eines Apfels und glich der Knospe einer Pfingstrose kurz vor dem Aufblühen; in der oberen Partie taten sich zwei wunderschöne schwarze Augen auf, über die dichte große Augenbrauen ihre dunklen Schatten warfen; und in der unteren Hälfte lockte ein schmaler, zauberhafter Mund, dessen feuchte Lippen zum Kuss einluden, und dessen Inneres mit glänzenden klitzekleinen Zähnchen ausgestattet war.

Auch sonst, hieß es, verfüge sie über eine Fülle von unschätzbaren Vorzügen.

Sobald die übrigen Kutscheninsassen sie erkannt hatten, setzte ein heftiges Geflüster unter den ehrbaren Frauen ein, und die Wörter »Prostituierte« und »öffentliche Schande« wurden so laut geflüstert, dass sie den Kopf hob. Dann ließ sie einen derart provokanten und selbstbewussten Blick über ihre Nachbarn schweifen, dass es mit der ganzen Flüsterei gleich wieder vorbei war, und die ganze Gesellschaft senkte den Blick – mit Ausnahme von Loiseau, der sie mit kecker Miene musterte.

Aber das Schweigen unter den drei Damen, die die Anwesenheit dieser Dirne urplötzlich zu Bundesgenos-

sinnen, ja, zu ganz engen Freundinnen zusammenge-
schweißt hatte, hielt nicht lange an. Es war ihre sittliche
Pflicht, so schien es ihnen jedenfalls, angesichts dieser
schamlosen Person aus ihrer Würde als legitime Ehefrau-
en ein Bündnis zu schmieden, denn schon immer hat die
eheliche Liebe auf ihre freischaffende Kollegin von oben
herabgeschaut.

Auch die drei Männer, die beim Anblick Cornudets
vom gemeinsamen Instinkt, die Ideale des Konservati-
vismus zu teilen, einander angenähert wurden, kamen
ins Gespräch; sie unterhielten sich über Geld, und zwar
in einer für die Armen ziemlich herablassenden Art und
Weise. Mit der Arroganz des Grandseigneurs und des
zehnfachen Millionärs, der er war, zählte Graf Hubert die
Verwüstungen auf, die er durch die Preußen erlitten hatte, die Verluste, die aus Viehdiebstahl und Ernteschäden
resultierten und merkte an, dass das alles nicht mehr als
die Bilanz eines Jahres belasten würde. Monsieur Carré-
Lamadon, der die Baumwollindustrie wie seine Westenta-
sche kannte, war so schlau gewesen, sechshunderttausend
Francs nach England zu transferieren, so quasi als finan-
ziellen Notnagel für alle Fälle. Was Loiseau betraf, so
hatte dieser sich mit der französischen Finanzverwaltung
darauf verständigt, dass diese ihm seinen kompletten Bestand an einfachen Tischweinen abkaufte, den er noch auf
Lager hatte, weshalb der Staat ihm eine horrende Summe
schuldete, die er in Le Havre einzustreichen gedachte.

Und alle drei blinzelten sich kumpelhaft zu. Obwohl
aus unterschiedlichen Gesellschaftskreisen stammend,
fühlten sie sich über das Geld brüderlich verbunden, als
Brüder der großen Freimaurerei all jener, die Geld haben,
bei denen das Gold anfängt zu klimpern, sobald sie ihre
Hand auch nur in die Hosentasche stecken.

Die Kutsche kam so langsam voran, dass sie um zehn Uhr nicht mehr als vier Meilen zurückgelegt hatten. Die Männer stiegen drei Mal aus, um zu Fuß einen Berg hinaufzugehen. In der Kutsche kam langsam Unruhe auf, denn es war eigentlich vorgesehen, dass sie zum Mittagessen in Tôtes sein sollten, und mittlerweile hatten sie kaum noch Hoffnung, vor Einbruch der Nacht dort anzukommen. Alle Augen spähten hinaus in die Landschaft, um dort irgendwo ein Wirtshaus auszumachen; da blieb die Kutsche in einem riesigen Schneehaufen stecken, und es vergingen zwei Stunden, bis sie wieder daraus befreit werden konnte.

Der Appetit wuchs, schlug sich auf die Gemüter; und nirgendwo kam eine offene Kneipe oder eine Schenke in Sicht; die bevorstehende Ankunft der Preußen und der Durchzug der ausgehungerten französischen Truppen hatten alle Wirte und Händler völlig verschreckt.

Die Männer klapperten die Bauernhöfe am Rande der Straße nach Lebensmitteln ab, aber sie kamen nicht einmal mit Brot zurück, denn der misstrauische Bauer versteckte all seine Restbestände aus Angst, von Soldaten geplündert zu werden, die nichts mehr zum Beißen hatten und deshalb mit Gewalt alles nahmen, dessen sie habhaft wurden.

Gegen ein Uhr mittags erklärte Loiseau unumwunden, einen Mordshunger zu haben. Seit Langem litt die ganze Kutschenbesatzung genauso wie er; und das heftige Bedürfnis, etwas zwischen die Zähne zu bekommen, das mit jeder Minute zunahm, hatte alle Gespräche zum Erliegen gebracht.

Von Zeit zu Zeit musste jemand gähnen; sofort tat es ihm ein anderer nach; und jeder und jede öffnete wechselweise, gemäß seinem Charakter, seiner Lebensart und seiner gesellschaftlichen Stellung den Mund entweder mit Getöse oder aber diskret und hielt sogleich die Hand vor das offene Loch, dem ein unguter Dunst entströmte.

Schmalzkügelchen bückte sich mehrfach, ganz so als ob sie unter ihren Röcken etwas suchte. Dann zögerte sie noch eine Sekunde, warf nochmals einen Blick auf ihre Nachbarn und richtete sich dann seelenruhig wieder auf. Die Gesichter waren blass und verkrampft. Loiseau erklärte, er würde tausend Francs für ein schönes Stück Schinken geben. Seine Frau machte Anstalten, zu protestieren; sie beruhigte sich aber gleich wieder. Sie konnte es nicht ausstehen, wenn jemand auch nur in Gedanken das Geld zum Fenster hinauswarf und verstand diesbezüglich keinerlei Spaß. »Tatsache ist, dass mir nicht gut ist«, sagte der Graf, »wie konnte ich nur vergessen, etwas zum Essen für unterwegs mit einzupacken!« Diesen Vorwurf machten sie sich alle.

Cornudet hatte immerhin eine Flasche Rum dabei; er bot sie den Mitreisenden an, diese lehnten kühl ab. Nur Loiseau genehmigte sich zwei Tropfen, und als er die Flasche zurückgab, bedankte er sich mit den Worten: »Das tut trotzdem gut, es wärmt den Magen und überdeckt den Hunger.« Der Alkohol heiterte ihn auf und so schlug er vor, es so zu machen wie in dem Lied vom kleinen Schiff: nämlich den dicksten der Passagiere zu verspeisen. Diese verdeckte Anspielung auf Schmalzkügelchen schockierte die besser Erzogenen unter den Reisenden. Keiner reagierte darauf; nur Cornudet rang sich ein Lächeln ab. Die beiden Nonnen hatten in der Zwischenzeit aufgehört, ihren Rosenkranz herunterzurattern und saßen bewegungslos da; sie hatten ihre Hände in ihre großen Ärmel vergraben, hielten hartnäckig den Blick gesenkt und nahmen offenbar das Leid, das der Himmel ihnen schickte, gottergeben an.

Um drei Uhr schließlich, als die Kutsche gerade eine schier endlose Ebene durchfuhr, ohne ein Dorf weit und breit, bückte sich Schmalzkügelchen schwungvoll und holte unter der Bank einen großen Korb hervor, auf dem eine weiße Serviette lag.

Als Erstes entnahm sie ihm einen kleinen Faïence-Teller sowie einen silbernen Becher, danach eine geradezu riesige Terrine, in der zwei ganze eingemachte Hühnchen, in ihre Teile zerlegt, unter einer Geleeschicht schlummerten; und dann kamen im Korb noch weitere eingewickelte Köstlichkeiten zum Vorschein: Pasteten, Obst, Süßigkeiten, Vorräte für eine dreitägige Reise, die ihre Besitzerin von der Küche der Gasthäuser gänzlich unabhängig machten. Durch die Nahrungspakete spitzten vier Flaschenhälse. Sie nahm einen Hühnerflügel und machte sich ganz behutsam daran, ihn zusammen mit einem dieser Brötchen, die man in der Normandie »Régence« nennt, zu verspeisen.

Alle Blicke waren auf sie gerichtet. Dann zog der Geruch durch die Kutsche, erfüllte die Nasenlöcher, produzierte in den Mündern Speichel im Übermaß, während sich gleichzeitig die Kiefer schmerzhaft an den Ohren zusammenzogen. Die Verachtung der feinen Damen für diese Dirne steigerte sich bis an die Grenze zur Gewalttätigkeit; am liebsten hätten sie sie erwürgt, oder zumindest aus der Kutsche geworfen, hinab in den Schnee, sie, ihren Trinkbecher, ihren Korb und all die Essensvorräte dazu.

Loiseau dagegen verspeiste mit seinen Blicken die Hühnerterrine und sagte: »Bravo, Madame waren schlauer als wir und haben für alle Fälle vorgesorgt. Es gibt eben Menschen, die immer rechtzeitig an alles denken.« Sie hob den Blick in seine Richtung und antwortete: »Möchten Sie etwas davon, Monsieur? Es ist schon schlimm, wenn man den ganzen Tag nichts in den Magen bekommt.« Sogleich verbeugte er sich mit den Worten: »Ja, Madame, da sage ich nicht nein; ganz offen gestanden, ich kann nicht mehr. Not kennt eben kein Gebot, nicht wahr, Madame?« Er blickte im Kreis herum und fügte dann hinzu: »In Augenblicken wie diesem tut es wirklich gut, auf Menschen zu treffen, die einem aus der Patsche helfen.« Er hatte eine Zeitung bei sich, die er vor sich ausbreitete, um seine Hose vor Fettflecken zu schützen, und mit der Spitze eines Messers, das er immer dabei hatte, fischte er sich eine ganz von glitzernder Geleemasse umhüllte Keule heraus, zerlegte sie mit den Zähnen in kleine Portionen und kaute sie dann mit einer so unüberhörbaren Lust, dass die übrige Kutschenbesatzung in ihrem Elend darauf mit einem großen Seufzer reagierte.

Und schon lud Schmalzkügelchen in unterwürfigem und sanftem Ton die Nonnen ein, sich doch auch an ihrem Imbiss zu beteiligen. Die beiden zögerten keine Sekunde, das Angebot anzunehmen, und langten, ohne auch nur aufzuschauen, kräftig zu, nachdem sie noch schnell ein Vergeltsgott gestammelt hatten. Auch Cornudet schlug die Einladung seiner Nachbarin nicht aus, und so bildeten sie mit den Nonnen eine Art Tisch, indem sie Zeitungen wie ein Tischtuch über ihre Knie ausbreiteten.

Die Münder öffneten und schlossen sich ohne eine Pause, schlangen in sich hinein, kauten, schluckten das Gekaute in wildem Eifer. Aus seiner Ecke heraus gab sich Loiseau alle Mühe, mit leiser Stimme seine Frau dazu zu bringen, es ihm gleichzutun. Sie leistete lange Widerstand, dann, nachdem eine Welle konvulsivischer Zuckungen ihren Unterleib durchlaufen hatte, gab sie schließlich auf. Ihr Ehemann übernahm es, mit einem wohlgeformten Satz an ihre ›bezaubernde Reisegefährtin‹ die Frage zu richten, ob sie wohl auch die Güte hätte, Madame Loiseau ein kleines Stück zu überlassen. »Aber gern, natürlich«, sagte Schmalzkügelchen mit einem freundlichen Lächeln und hielt ihr die Terrine hin.

Als die erste Flasche Bordeaux entkorkt worden war, herrschte eine gewisse Verlegenheit, es gab nämlich nur einen einzigen Trinkbecher. Also wurde dieser nach jedem Schluck abgewischt und dann weitergereicht. Nur Cornudet setzte, wohl aus Galanterie, seine Lippen an die von den Lippen seiner Nachbarin noch feuchte Stelle.

Von lauter essenden Leuten umgeben und an den Ausdünstungen der Speisen beinahe erstickend, litten der Graf und die Gräfin de Bréville wie auch das Ehepaar Carré-Lamadon jene hässlichen Qualen, die von jeher den Namen Tantalus tragen. Plötzlich stieß die junge Fabrikantengattin einen Seufzer aus, der die Blicke aller Übrigen auf sich zog; sie war so bleich wie der Schnee draußen; ihre Augen waren geschlossen, ihr Kopf kippte nach vorn; sie hatte das Bewusstsein verloren. Völlig außer sich flehte der Ehemann die anderen um Hilfe an. Alle waren ratlos, als die ältere der beiden Nonnen den Kopf der Kranken leicht nach oben hielt, ihr Schmalzkügelchens Becher an die Lippen setzte und einige Tropfen Wein einflößte. Da kam gleich wieder Leben in die hübsche Dame; sie schlug die Augen wieder auf, lächelte und erklärte mit ersterbender Stimme, dass sie sich nun schon wieder ganz gut fühle. Aber um einen neuen Schwächeanfall zu verhindern, nötigte ihr die Nonne ein komplettes Glas Bordeaux auf und fügte hinzu: »Schuld daran ist nur der leere Magen, sonst gar nichts.«

Schmalzkügelchen lief rot an und stammelte mit verlegenem Blick auf die vier Mitreisenden, die noch völlig ausgehungert dasaßen: »Oh mein Gott, darf ich es denn überhaupt wagen, diesen Damen und Herren ...« Aus Angst, diese Leute zu beleidigen, hielt sie mitten im Satz inne. Da ergriff Loiseau das Wort: »Ach was, in solchen Fällen sind wir doch alle Brüder und Schwestern, wo der eine eben dem anderen hilft. Nun machen Sie schon, meine Damen, nur keine Umstände, greifen Sie doch zu, zum Donnerwetter! Wissen wir denn überhaupt, ob wir ein Haus finden werden, wo wir übernachten können? Bei dem Tempo, mit dem wir dahinschleichen, sind wir nicht vor morgen Mittag in Tôtes.« Die Herrschaften zierten sich ein wenig, niemand wollte der Erste sein und die Verantwortung dafür übernehmen, die Einladung angenommen zu haben.

Aber der Graf war es, der schließlich der leidigen Frage ein Ende machte. Er drehte sich zu der völlig verschüchterten rundlichen Frau hin, setzte seine vornehmste adelige Miene auf und sprach: »Madame, wir nehmen Ihre Einladung gerne an, wir sind Ihnen sehr verbunden.«

Schwierig war nur der allererste Schritt. Als der Rubikon aber einmal überschritten war, langten alle mächtig zu. Schnell war der Korb leer. Zum Vorschein kamen noch eine Leberpastete, eine Taubenpastete, ein Stück geräucherte Zunge, langstielige Herbstbirnen, eine Packung Pont-l'Évêque-Käse, einige Zuckertörtchen und ein Glas mit in Essig eingelegten Gürkchen und Zwiebeln: Wie alle Mitglieder des zarten Geschlechts hatte Schmalzkügelchen eine Schwäche für Rohkost.

Natürlich konnte man die Vorräte dieser Dirne nicht essen, ohne ab und an das Wort an sie zu richten. Also ließ man sich auf eine Plauderei ein, anfangs mit Zurückhaltung, doch nach einiger Zeit, da Schmalzkügelchen sich als angenehme Gesprächspartnerin erwies, tauten auch die anderen immer mehr auf. Die Damen Bréville und Carré-Lamadon, die viel Wert auf Anstand hielten, bedachten sie mit allerlei Nettigkeiten. Vor allem die Gräfin legte diese liebenswürdige Herablassung an den Tag, über die vornehme Damen nun einmal verfügen und die nie in Gefahr geraten, sich beim Umgang mit der Welt zu beschmutzen, und so packte sie ihren ganzen Charme aus. Nur die derbe Frau Loiseau, die das Naturell eines Dorfpolizisten hatte, blieb reserviert und einsilbig, langte dafür umso mehr beim Essen zu.

Natürlich drehte sich das Gespräch um den Krieg. Man erzählte sich die schrecklichen Vergehen der Preußen, die Heldentaten der Franzosen, und alle diese Leute, die da auf der Flucht waren, erwiesen dem Mut der anderen ihren Respekt. Es dauerte nicht lange, und die privaten Erlebnisse kamen zur Sprache, und dabei erzählte Schmalzkügelchen mit ungespielter innerer Erregung, mit dieser Gefühlsaufwallung, die Frauen manchmal ergreift, wenn sie von ihren spontanen Wutanfällen berichten, wie es kam, dass sie Rouen verlassen musste: »In der ersten Zeit dachte ich, ich könnte bleiben«, sagte sie. »Ich hatte eigentlich ausreichend Vorräte im Haus gelagert, und lieber hätte ich ein paar Soldaten durchgefüttert als mich irgendwohin abzusetzen. Aber als ich sie dann gesehen habe, diese Preußen, da sind meine Gefühlte doch mit mir durchgegangen! Ich hatte eine Mordswut im Bauch über diese Kerle und habe den ganzen Tag geweint, so geschämt habe ich mich. Oh! Wäre ich bloß ein Mann, na dann! Von meinem Fenster aus schaute ich sie mir an, diese fetten Schweine mit ihren Pickelhauben, und mein Dienstmädchen musste mich an den Händen festhalten, sonst hätte ich ihnen doch glatt meine Möbel an den Kopf geworfen. Dann sind welche bei mir aufgetaucht, um Logis zu nehmen; da bin ich gleich dem ersten an die Gurgel gegangen. Die sind auch nicht schwerer umzubringen als alle anderen! Und dem hätte ich auch den Garaus gemacht, wenn mich nicht jemand an den Haaren weggezogen hätte. Danach musste ich natürlich untertauchen. Als sich dann endlich die passende Gelegenheit ergeben hat, habe ich mich davongemacht, und so sitze ich nun hier.«

Von allen Seiten bekam sie hierfür Komplimente. Sie wuchs im Ansehen ihrer Reisegefährten, die ihrerseits nicht so viel Mumm aufgebracht hatten; und Cornudet hörte ihr mit einem zustimmenden Lächeln und einem huldvoll-wohlwollenden Schmunzeln zu, ganz so wie ein Priester einem Frömmler lauscht, wie dieser den lieben Gott lobt und preist; denn die Demokraten mit den langen Bärten haben das Monopol des Patriotismus so wie die Herren in der Soutane jenes der Religion haben. Er redete seinerseits in oberlehrerhaftem Tonfall, mit dem Pathos, das er aus den Aufrufen gelernt hatte, die seinesgleichen tagtäglich an die Hauswände klebten, und er schloss mit einem rednerischen Leckerbissen, bei dem er süffisant über diese »Kanaille von Badinguet« herzog.

Aber Schmalzkügelchen protestierte sofort ganz wütend, denn ihr Herz gehörte den Bonapartisten. Sie lief roter an als eine Kirsche und stotterte ganz entrüstet: »Ich hätte Sie alle gern an seiner Stelle gesehen, Sie alle hier. Das wäre eine schöne Pleite geworden, und was für eine! Sie sind es, die ihn verraten haben, diesen Mann! Wenn wir von Nichtsnutzen wie Ihnen regiert würden, dann könnten wir ja gleich die Koffer packen und Frankreich verlassen!« Ohne seine Miene zu verziehen, behielt Cornudet sein herablassendes und hoffärtiges Lächeln im Gesicht, aber es war nicht zu übersehen, dass diese deftigen Worte ihre Wirkung nicht verfehlten, als plötzlich der Graf sich einmischte und nicht ohne Mühe die aufgebrachte Frau wieder beruhigte, indem er mit seiner ganzen Autorität erklärte, dass alle ehrlichen Auffassungen es verdienten, respektiert zu werden. Nichtsdestoweniger fühlten sich die Gräfin und die Fabrikantenfrau, die in ihrer innersten Seele den für gehobene Kreise typischen unüberlegten Hass auf alles Demokratische und diese instinktive Schwäche aller Frauen für despotische Regierungsformen mit glänzenden Uniformen kultivierten, unbewusst zu dieser würdevollen Prostituierten hingezogen, deren Gefühle ihren eigenen so ähnelten.

Nun war der Korb völlig leer. Zu zehnt hatten sie mühelos die Bestände aufgezehrt, voll Bedauern, dass der Korb nicht größer war. Das Gespräch ging noch ein wenig weiter, tröpfelte allerdings nur noch so vor sich hin, seit nichts mehr zu essen da war.

Schon wurde es Abend, die Dunkelheit wurde allmählich undurchdringlich, und die Kälte, die sich beim Verdauen besonders unangenehm bemerkbar macht, führte dazu, dass Schmalzkügelchen trotz ihrer Fettschicht immer wieder zu zittern anfing. Da bot ihr Madame de Bréville ihren Fußwärmer an, in dem die Kohle seit dem Vormittag mehrfach nachgelegt worden war, und die andere nahm das Angebot sofort an, denn sie hatte eiskalte Füße. Die Damen Carré-Lamadon und Loiseau stellten die ihrigen den beiden Nonnen zur Verfügung.

Der Kutscher hatte mittlerweile seine Laternen angezündet. Diese warfen ein helles Licht auf eine Dampfwolke über den schweißgebadeten Rücken der Deichselpferde und den Schnee, der zu beiden Seiten der Straße unter dem unruhigen Schein der Lampen mitzuwandern schien.

In der Kutsche konnte man nun nichts mehr sehen; plötzlich aber gab es ein Gerumpel zwischen Schmalzkügelchen und Cornudet; und Loiseau, der mit seinem Auge den Schatten absuchte, glaubte erkennen zu können, dass der Kerl mit dem üppigen Bart auf einmal auf die Seite rutschte, als wenn er soeben einen starken, aber geräuschlos ausgeführten Schlag abbekommen hätte.

Vor ihnen auf der Straße kamen kleine helle Punkte in Sicht. Das war Tôtes. Sie waren elf Stunden unterwegs gewesen, was zusammen mit den zwei Stunden Rast, die den Pferden in vier Etappen zum Fressen ihrer Portion Hafer und zum Verschnaufen gewährt worden war, vierzehn Stunden ausmachte. Sie fuhren in den Ort hinein und blieben vor dem »Hôtel du Commerce« stehen.

Der Schlag der Kutsche ging auf! Ein Geräusch, das sie alle gut kannten, ließ die Reisenden erzittern; es war das Scheppern einer über den Boden schleifenden Säbelscheide. Und da war auch schon die Stimme eines Deutschen zu hören, der etwas rief.

Obwohl die Kutsche keinen Meter mehr fuhr, stieg niemand aus, so, als würden sie alle damit rechnen, draußen gleich massakriert zu werden. Da erschien der Kutscher mit einer seiner Laternen in der Hand, die plötzlich die beiden Reihen von verschreckten Köpfen, deren Münder offen standen und deren Augen vor Überraschung und Angst weit geöffnet waren, im Inneren der Kutsche hell anstrahlte.

Neben dem Kutscher stand voll im Lichtschein ein deutscher Offizier, ein großer, hellblonder, extrem schmaler junger Mann, der in seine Uniform gezwängt war wie ein Mädchen in sein Korsett, und der an der Seite seine flache Mütze aus Wachstuch hielt, wodurch er aussah wie der Hausdiener eines englischen Hotels. Sein überdimensionaler Schnurrbart, der aus langen geraden Haaren bestand, die auf jeder Seite in Form eines einzigen blonden Härchens so spitz zuliefen, dass man das Bartende gar nicht mehr richtig erkennen konnte, schien auf seine Mundwinkel zu drücken und die Backen so nach unten zu ziehen, dass die Lippen eine merkwürdige Schnute bildeten.

Er forderte die Reisenden in einem elsässisch anmutenden Französisch auf, die Kutsche zu verlassen und sagte in schneidendem Tonfall: »Wollen die Herrschaften denn nicht aussteigen?«

Als Erste gehorchten die beiden Nonnen mit der Willfährigkeit von gottgeweihten weiblichen Geschöpfen, denen die Unterwürfigkeit schon längst in Fleisch und Blut übergegangen ist. Danach erschienen der Graf und die Gräfin, gefolgt vom Baumwollhändler und seiner Frau, danach kam Loiseau, der seine imposante bessere Hälfte vor sich herschob. Als er seinen Fuß auf den Boden setzte, sagte er mehr aus Vorsicht denn aus Höflichkeit zum Offizier: »Guten Tag, mein Herr.« Wie alle allmächtigen Leute schaute ihn der andere nur an, ohne ihn einer Antwort zu würdigen.

Obwohl sie eigentlich am nächsten an der Türe saßen, stiegen Schmalzkügelchen und Cornudet als Letzte aus und traten mit ernster und stolzer Miene vor den Feind hin. Die gut gefüllte Prostituierte gab sich alle Mühe, sich zu beherrschen und Ruhe zu bewahren; der Herr Demokrat dagegen nestelte verlegen und mit zittriger Hand an seinem langen rötlichen Bart herum. Sie wollten beide ihre Würde bewahren, wohl wissend, dass bei Begegnungen wie dieser ein jeder ein wenig sein eigenes Land repräsentiert, und gleichermaßen empört über die Anbiederung ihrer Reisegefährten versuchte sie mit mehr Stolz aufzutreten als ihre Nachbarinnen, die Vertreterinnen der ehrenwerten Gesellschaft, während er aus dem Gefühl heraus, dass er so etwas wie ein

Vorbild abgeben musste, in seinem ganzen Auftreten jenes aufmüpfige Sendungsbewusstsein vor sich hertrug, das er seit den Tagen kultivierte, als er die Landstraßen unpassierbar gemacht hatte.

Sie begaben sich in die geräumige Küche des Gasthofs, und der Deutsche ließ sich erst die von der Ortskommandantur ausgestellte Reisegenehmigung, auf der die Namen und der Beruf eines jeden Reisenden vermerkt waren, vorlegen und nahm sich dann viel Zeit, um die ganze Reisegruppe zu mustern und die einzelnen Personen mit den Eintragungen auf der Liste zu vergleichen.

Dann sagte er plötzlich: »Alles so weit in Ordnung«, und verschwand.

Da atmeten alle auf. Sie hatten immer noch Hunger; also wurde das Abendessen bestellt. Dessen Vorbereitung nahm eine halbe Stunde in Anspruch, und während zwei Küchenhilfen den Eindruck erweckten, sich dieser Aufgabe zu widmen, inspizierten die Gäste ihre Zimmer. Diese befanden sich ausnahmslos in einem langen Korridor, der auf eine Glastür zulief, deren Nummer deutlich machte, was sich dahinter verbarg.

Endlich war es so weit; sie waren im Begriff, sich am Tisch niederzulassen, als der Wirt des Gasthofs höchstpersönlich seine Aufwartung machte. Er war ein ehemaliger Pferdehändler, ein dicklicher asthmatischer Mann, aus dessen Kehlkopf fortwährend Pfeiftöne, Geräusper und das Orgeln eines verschleimten Halses tönten. Sein Vater hatte ihm den Namen Follenvie vererbt.

Er fragte: »Fräulein Élisabeth Rousset?«

Schmalzkügelchen zuckte zusammen und drehte sich um: »Das bin ich.«

»Mein Fräulein, der preußische Offizier möchte Sie auf der Stelle sprechen.«

»Mich?«

»Ja, Sie, falls Sie Fräulein Élisabeth Rousset sind.«

Verängstigt zögerte sie und überlegte einen Moment lang, dann erklärte sie rundheraus: »Kann schon sein, aber ich werde da nicht hineingehen.«

Um sie herum entstand nun ein unruhiges Hin und Her; in einer längeren Diskussion gab jeder seine Meinung zum Besten, was wohl die Ursache für diese Aufforderung sein mochte. Da trat der Graf mit den Worten auf sie zu: »Madame, ich kann Ihnen da nicht Recht geben, denn Ihre Weigerung kann beträchtliche Schwierigkeiten nach sich ziehen, nicht nur für Sie, sondern auch für alle Ihre Mitreisenden. Es hat keinen Sinn, sich Leuten zu widersetzen, die am längeren Hebel sitzen. Die Maßnahme, um die es geht, ist ganz bestimmt völlig harmlos; wahrscheinlich ist nur noch eine übersehene Formalität zu regeln.«

Alle anderen pflichteten ihm sogleich bei, baten sie und bettelten sie an, redeten ihr ins Gewissen, bis es ihnen schließlich gelang, sie herumzukriegen; denn alle befürchteten irgendwelche Komplikationen als Folge einer stur ablehnenden Haltung. So sagte sie schließlich:

»Na gut, ich tue es, aber nur für Sie!«

Die Gräfin ergriff ihre Hand: »Und wir sind Ihnen von Herzen dankbar dafür.«

Sie verschwand. Die Übrigen warteten mit dem Essen, bis sie wieder herauskäme.

Alle waren ein wenig beleidigt, dass es nicht sie, sondern diese temperamentvolle und reizbare Person getroffen hatte und bereiteten insgeheim schon ein paar banale Formulierungen vor für den Fall, als Nächste da hineingerufen zu werden.

Aber nach zehn Minuten erschien sie wieder, nach

Atem ringend, feuerrot und außer sich vor Wut. Sie brachte nicht mehr heraus als: »Oh, so ein Widerling! So ein Widerling!«

Alle umringten sie, um Näheres zu erfahren, aber sie hüllte sich erst einmal in Schweigen; und als der Graf nicht lockerließ, antwortete sie mit großer Würde: »Nein, das geht Sie nichts an, darüber kann ich leider nicht sprechen.«

Sie versammelten sich um eine hohe Suppenschüssel, der ein Aroma von Kohl entströmte. Trotz dieser aufregenden Einleitung verlief das Abendessen in heiterer Stimmung. Der Cidre schmeckte gut, das Ehepaar Loiseau und die Nonnen hielten sich aus Sparsamkeit daran. Die anderen bestellten Wein; Cornudet verlangte Bier. Er hatte eine ganz besondere Art, die Flasche zu entkorken, die Flüssigkeit zum Schäumen zu bringen, sie zu betrachten, wobei er das Glas schräg hielt, es danach zwischen seine Augen und die Lampe hob, um die Farbe in aller Ruhe zu würdigen. Wenn er dann trank, schien sein wallender Bart, der den Farbton des von ihm so heiß geliebten Getränks angenommen hatte, vor Zärtlichkeit zu beben; keine Sekunde ließ er sein Bierglas aus den Augen, und wie er so dasaß und Bier trank, konnte man meinen, das wäre der einzige Grund, aus dem er auf der Welt war. Es sah so aus, als würde er in seinem Kopf eine Verbindung und eine Wesensgleichheit zwischen den zwei großen Leidenschaften herstellen, die sein Leben erfüllten: Bier trinken und Revolution machen; und mit Sicherheit konnte er keinen Schluck zu sich nehmen, ohne gleichzeitig an das andere zu denken.

Monsieur und Madame Follenvie nahmen das Essen am unteren Ende des Tisches ein. Er, der Wirt, röchelte wie eine kaputte Lokomotive und hatte zu viel Druck auf der Lunge, als dass er neben dem Essen auch noch hätte sprechen können; seine Frau dagegen redete pausenlos, ohne Punkt und Komma. Sie erzählte ihre gesammelten Eindrücke vom Einmarsch der Preußen, was sie so machten, was sie so sagten, bedachte sie mit wüsten Schimpfworten, zum einen, weil diese sie Geld kosteten, und zum anderen, weil sie zwei Söhne in der Armee hatte. Mit ihrem Redeschwall richtete sie sich vor allem an die Gräfin, nachdem sie nun schon mal die schmeichelhafte Ehre hatte, es mit einer Dame von Stand zu tun zu haben.

Danach senkte sie ihre Stimme, um die etwas heikleren Angelegenheiten anzuschneiden und wurde dabei gelegentlich von ihrem Mann mit den Worten unterbrochen: »Madame Follenvie, du tätest gut daran, deinen Mund zu halten«. Aber sie dachte nicht im Traum daran, sich daran zu halten und fuhr munter fort:

»Ja, Madame, diese Leute da, die essen nichts anderes als Kartoffeln mit Schweinefleisch und danach Schweinefleisch mit Kartoffeln. Und vor allem darf man nicht glauben, das wären saubere Leute. Von wegen! Wo sie hinkommen, führen sie sich auf wie die Schweine, bei allem Respekt. Und wenn Sie sie erst beim Exerzieren sehen würden, was sie Stunden, ja Tage lang tun, dann sind sie alle auf einem Feld, und schon geht's los: Vorwärts marsch, rückwärts marsch, und hierhin und dorthin marsch marsch. – Wenn sie wenigstens auf den Äckern irgendetwas pflanzen oder auf den Straßen ihres Landes einer anderen sinnvollen Tätigkeit nachgehen würden! – Aber nein, Madame, dieses Soldatenpack, das nützt doch niemandem auf der Welt! Muss denn das sein, dass die arme Bevölkerung sie durchfüttert, damit sie nichts anderes lernen, als Menschen zu massakrieren! – Ich bin ja nur eine ungebildete alte Frau, aber wenn man die sieht, wie sie den ganzen Tag damit totschlagen, mit den Füßen auf der Stelle zu treten, da sage ich mir: Wenn es auf der einen Seite Leute gibt, die so viele Erfindungen machen, um sich nützlich zu machen, braucht es dann auf der anderen Seite wirklich welche, die ihre ganzen Kräfte darauf verschwenden, Schäden auf der Welt anzurichten! Wirklich, Leute umzubringen, ob sie nun Preußen, oder Engländer, oder Polen, oder Franzosen sind, ist das nicht eine Schweinerei? Wenn man einem etwas heimzahlt, weil er einem etwas angetan hat, dann wird man dafür verurteilt, das ist schlecht; wenn man aber unsere Söhne mit Gewehren wie Freiwild abknallt, dann ist das also etwas Gutes, weil der, der die meisten auf dem Gewissen hat, auch noch einen Orden dafür bekommt? – Nein, also wenn Sie mich fragen, das werde ich nie und nimmer verstehen können!«

Cornudet versetzte darauf mit lauter Stimme: »Der Krieg ist eine Barbarei, wenn man einen friedlichen Nachbarn überfällt; wenn man seine Heimat verteidigt, ist er eine hehre Pflicht.«

Die alte Frau ließ den Kopf hängen und sagte: »Ja, wenn man sich verteidigt, das ist etwas anderes; aber sollte man nicht erst einmal all diese Könige umbringen, die das zu ihrem Privatvergnügen treiben?«

Da blitzte es in Cornudets Augen auf: »Bravo, Frau Staatsbürgerin!«, sagte er.

Monsieur Carré-Lamadon kam nun seinerseits ins Grübeln. Obwohl er ein fanatischer Anhänger der berühmten Feldherren war, vermittelte ihm der gesunde Menschenverstand dieser Bäuerin die Einsicht, wie viel Reichtum all diese ungenutzten und folglich zerstörerischen Arme, all diese bislang zum Leerlauf angehaltenen Kräfte einem Land bringen würden, wenn man sie zu den großen industriellen Aufgaben heranziehen würde, zu deren Abschluss noch viele Jahrhunderte notwendig sein würden.

Unterdessen war Loiseau aufgestanden und hatte leise mit dem Wirt geplaudert. Der dicke Mann lachte, hustete, spuckte; seinen riesigen Bauch schüttelte es bei jedem Witz, den sein Nachbar ihm erzählte, und er kaufte ihm sechs Fässer Bordeaux zum nächsten Frühjahr ab, wenn die Preußen wieder abgezogen sein würden.

Sowie das Abendessen zu Ende war, gingen sie alle, todmüde wie sie waren, gleich ins Bett.

Loiseau allerdings, der alles beobachtet hatte, brachte seine Frau ins Bett, und drückte danach abwechselnd sein Ohr und sein Auge an das Loch im Türschloss, um herauszufinden, was er »die Geheimnisse des Korridors« nannte.

Nachdem etwa eine Stunde verstrichen war, hörte er ein Rascheln, schaute schnell nach und sah Schmalzkügelchen, die in ihrem mit weißer Spitze gesäumten Morgenrock aus blauem Kaschmir gleich noch rundlicher erschien. Sie hatte einen Kerzenleuchter in der Hand und bewegte sich auf die Tür mit der großen Nummer am Ende des Flurs zu. Aber eine andere Tür daneben öffnete sich einen Spalt, und als sie dann einige Minuten später wieder zurückkam, ging ihr Cornudet in Hosenträgern nach. Sie unterhielten sich leise, dann blieben sie stehen. Schmalzkügelchen schien ihm den Zutritt zu ihrem Zimmer mit allem Nachdruck zu verwehren. Dummerweise konnte Loiseau nicht hören, was sie sagten, als sie zuletzt jedoch etwas lauter sprachen, gelang es ihm, einige Worte aufzuschnappen. Cornudet blieb hartnäckig und redete lebhaft auf sie ein: »Nun stellen Sie sich doch nicht so an; was ist denn schon dabei?«

Sie wirkte ziemlich aufgebracht und antwortete: »Nein,

mein Lieber, es gibt Augenblicke, wo man diese Dinge nicht macht; und hier und jetzt wäre es wirklich eine Schande.«

Er schien wohl nicht zu kapieren und fragte sie, warum und wieso. Da regte sie sich gleich noch mehr auf und sagte noch lauter: »Warum? Kapieren Sie nicht, wieso? In diesem Haus halten sich Preußen auf, vielleicht sogar im Zimmer nebenan; was muss man da noch lang erklären!«

Er sagte darauf nichts weiter. Dieses patriotische Schamgefühl bei einer Nutte, die in der Nähe des Feindes auch keinen anderen Mann an sich heranließ, tat dann doch seine Wirkung und ließ in seinem Herzen die erloschene Würde wieder aufsteigen, denn er begnügte sich damit, ihr einen Kuss zu geben und schlich dann auf leisen Sohlen wieder zu seiner Zimmertür zurück.

Loiseau, den dieser Vorgang seinerseits ziemlich in Erregung versetzt hatte, wandte sich vom Schlüsselloch wieder ab, machte einen Luftsprung im Zimmer, setzte seine Schlafhaube auf, hob die Bettdecke, unter der der knochige Korpus seiner Lebensgefährtin ruhte, weckte sie mit einem Kuss wieder auf und säuselte ihr zu: »Liebst du mich, mein Schatz?«

Und es legte sich eine große Stille über das ganze Haus. Wenig später aber ertönte, aus einem Bereich, der schwer auszumachen war – es konnte der Keller genauso gut sein wie der Speicher –, ein mächtiges, eintöniges, regelmäßiges Schnarchen, ein dumpfes und langgezogenes Rattern, zusammen mit dem Beben einer Dampfmaschine, die unter Hochdruck stand. Monsieur Follenvie war eingeschlafen.

Nachdem sie verabredet hatten, am nächsten Tag um acht Uhr weiterzureisen, fand sich die gesamte Reisegruppe in der Küche ein; die Kutsche aber, deren Dach mit einer Schneeschicht überzogen war, stand einsam und allein mitten im Hof, ohne Pferde und ohne Kutscher. Sie ließen diesen in den Stallungen, bei den Futtertrögen, in den sonstigen Schuppen suchen, ohne jeden Erfolg. Da beschlossen die Männer, einen kleinen Spaziergang zu machen, und so traten sie aus dem Gasthof hinaus ins Freie. Sie landeten sogleich auf dem Dorfplatz, mit der Kirche am Ende und auf jeder Seite der Straße einer Reihe von niedrigen Häusern, vor denen preußische Soldaten zu sehen waren. Der erste, den sie sahen, war gerade dabei, Kartoffeln zu schälen. Der zweite, ein paar Häuser weiter, wischte den Laden des Dorffriseurs aus. Der nächste, dessen Vollbart ihm bis an die Augen heranreichte, gab einem weinenden kleinen Knirps einen Kuss und schaukelte ihn auf seinen Knien, um ihn wieder zu beruhigen; und die dickbäuchigen Bäuerinnen, deren Ehemänner zur Armee eingezogen waren, gaben ihren willfährigen Siegern durch Zeichen mit der Hand zu verstehen, welche Arbeit sie als nächste verrichten sollten: Holz hacken, Wasser zur Suppe geben, den Kaffee mahlen; einer von ihnen wusch sogar die Wäsche der Frau, bei der er einquartiert war, einem alten Mütterchen, die sich selbst kaum mehr bewegen konnte.

Erstaunt fragte der Graf den Küster, der gerade aus dem Pfarrhaus herauskam, was es denn damit auf sich habe. Die alte Kirchenmaus gab ihm zur Antwort: »Ach wissen Sie! Diese da, die sind so weit ganz in Ordnung; was man so hört, sind es auch gar keine Preußen. Sie kommen von noch weiter her; von wo genau, weiß ich nicht; und sie haben alle eine Frau und Kinder in ihrer Heimat zurücklassen müssen; das ist auch für sie kein Honiglecken, dieser Krieg, hören Sie mir doch auf! Ich bin sicher, dass man bei denen auch den Männern hinterherweint; und bei denen wird das gleiche Elend ausbrechen, wie wir es schon haben. Uns hier geht's ja einstweilen noch einigermaßen gut; sie stellen ja nichts an und arbeiten, als wenn sie bei sich zu Hause wären. Die Sache ist doch die, mein Herr, zwischen armen Leuten geht es doch gar nicht anders, als dass der eine dem andern hilft … Die Großen sind es doch, die die Kriege anzetteln.«

Empört über dieses herzliche Einvernehmen zwischen Siegern und Besiegten verzog sich Cornudet sofort wieder in den Gasthof. Loiseau hatte wieder mal eine spaßige Bemerkung parat: »Sie tun etwas für die Geburtenrate.« Carré-Lamadon widersprach ernst: »Sie tun etwas für die Wiedergutmachung.« Der Kutscher jedenfalls schien spurlos verschwunden. Zu guter Letzt fanden sie ihn doch noch, in der Dorfkneipe, brüderlich an einem Tisch mit der Ordonnanz des Offiziers.

Der Graf raunzte ihn an: »Hatten wir Sie nicht angewiesen, für acht Uhr anzuspannen?«

»Ja ja, schon, aber in der Zwischenzeit habe ich eine andere Anweisung bekommen.«

»Und die wäre?«

»Heute überhaupt nicht anzuspannen.«

»Und von wem, bitte, haben Sie diese neue Anweisung bekommen?«

»Ja, von wem wohl, vom preußischen Ortskommandeur!«

»Und warum?«

»Tja, wenn ich das wüsste! Fragen Sie ihn doch selber. Mir wurde verboten, anzuspannen, also spanne ich nicht an. So einfach ist das.«

»Hat er Ihnen das persönlich gesagt?«

»Nein, mein Herr, das war der Wirt, der mir das in seinem Auftrag ausgerichtet hat.«

»Und wann war das?«

»Gestern Abend, als ich gerade ins Bett gehen wollte.«
Ziemlich beunruhigt gingen die drei Männer zum Gasthof zurück.

Dort angekommen, fragten sie nach Follenvie, aber das Küchenmädchen antwortete, dass der Hausherr wegen seines Asthmas niemals vor zehn Uhr das Bett verlasse. Er habe sogar förmlich verboten, ihn vorher aufzuwecken, außer wenn es im Haus brenne.

Also verlegten sie sich darauf, den Offizier aufzusuchen, aber das war völlig ausgeschlossen, obwohl er sein Quartier im Gasthof hatte. Nur Monsieur Follenvie war ermächtigt, in irgendwelchen zivilen Angelegenheiten mit ihm zu sprechen. Also warteten sie eben. Die Frauen gingen wieder nach oben in die Zimmer und vertrieben sich irgendwie die Zeit.

Cornudet machte es sich am hohen Kamin der Küche bequem, wo ein großes Herdfeuer brannte. Er ließ sich einen dieser kleinen Wirtshaustische bringen, bestellte dazu eine Flasche Bier und zog seine Pfeife heraus, die unter den Republikanern fast genauso viel Hochachtung genoss wie er selbst, ganz so, als ob die Pfeife, indem sie für Cornudet von Nutzen war, auch gleich noch für das ganze Land nutzbringend wäre. Es war eine prächtige, perfekt angerauchte Meerschaumpfeife, so schwarz wie die Zähne ihres Besitzers, und wie sie da so selbstverständlich, wohlriechend, geschwungen und glänzend in seiner Hand lag, hatte man den Eindruck, als wäre sie geradezu der letzte äußere Bestandteil seiner Persönlichkeit. Und da saß er nun bewegungslos, starrte mal auf die Flammen des Herdes, mal auf die Schaumkrone seines Bieres; und jedes Mal, wenn er wieder einen Schluck genommen hatte, fuhr er sich selbstzufrieden mit seinen langen dürren Fingern über seine langen fettigen Haare, während er genüsslich in seinen schaumbesetzten Bart hineinschnuffelte.

Unter dem Vorwand, sich ein wenig die Füße zu vertreten, machte Loiseau eine Runde durchs Dorf, um allen Schankwirten seinen Wein anzudrehen. Der Graf und der Baumwollhändler fingen an zu politisieren. Sie machten sich Gedanken über die Zukunft Frankreichs. Der eine setzte seine Hoffnung auf das Haus Orléans, der andere auf einen unbekannten Retter, einen Helden, der aus der Versenkung herauskäme, wenn die Lage ganz verzweifelt wäre: ein neuer du Guesclin, eine zweite Johanna von Orléans vielleicht? Oder eine Neuausgabe von Napoleon I. Ach! Wenn nur der Sohn des Kaisers nicht so jung wäre? Cornudet, der ihnen zuhörte, schmunzelte wie einer, der Bescheid wusste über die Wege des Schicksals. Der Duft seiner Pfeife zog durch die ganze Küche.

Als es zehn Uhr schlug, erschien Follenvie. Er wurde sogleich mit Fragen bestürmt; aber er konnte nur zwei oder drei Mal die immer gleichen Worte wiederholen: »Der preußische Offizier hat einfach zu mir gesagt: ›Monsieur Follenvie, Sie verbieten, dass morgen die Kutsche dieser Reisenden angespannt wird. Ich will nicht, dass sie ohne meinen Befehl weiterreisen. Haben Sie verstanden? Das wär's. Sie können wieder gehen.‹«

Nun wollten sie dem Offizier einen Besuch abstatten. Der Graf übermittelte ihm seine Visitenkarte, auf der Carré-Lamadon seinen eigenen Namen samt aller Orden und Titel hinzufügte. Der Offizier ließ ausrichten, dass er diesen beiden Herren gestatten würde, ihr Anliegen vorzutragen, sobald er gefrühstückt habe, also gegen ein Uhr.

Die Damen kamen wieder herunter, und obwohl sie alle etwas durcheinander waren, nahmen sie ein Mittagessen ein. Schmalzkügelchen wirkte regelrecht verstört und schien krank zu sein.

Sie hatten gerade den Kaffee ausgetrunken, als die Ordonnanz kam, um die besagten Herren abzuholen.

Loiseau schloss sich den beiden an; als die Delegation auch noch Cornudet dazu bewegen wollte, mitzugehen, um dieser Aktion noch mehr Feierlichkeit zu verleihen, erklärte dieser stolz, er habe nicht die Absicht, jemals irgendeinen Kontakt mit diesen Deutschen aufzunehmen; stattdessen zog er sich wieder an seinen Platz am Kamin zurück und bestellte ein weiteres Bier.

Die drei Männer gingen nach oben und wurden zum schönsten Zimmer des Gasthofs geführt, wo der Offizier sie empfing; eingehüllt in einen glänzenden Hausmantel, den er wohl im verlassenen Anwesen eines betuchten Bürgersmanns ohne Geschmack hatte mitgehen lassen, fläzte er in einem Sessel, die Füße auf dem Kaminsims, und rauchte eine lange Porzellanpfeife. Er stand nicht auf, würdigte sie keines Grußes, schaute sie nicht einmal an. Er war das perfekte Muster für jene flegelhafte Pose, wie sie für Militärs im Augenblick des Sieges typisch ist.

Nachdem einige Zeit verstrichen war, sagte er endlich: »Was wollen Sie?

Der Graf ergriff das Wort. »Mein Herr, wir würden gerne abreisen.«

»Nein.«

»Darf ich wagen, Sie nach dem Grund dieser Weigerung zu fragen?«

»Weil ich nicht will.«

»Darf ich Sie, mein Herr, mit allem Respekt daran erinnern, dass Ihr eigener Oberbefehlshaber uns eine Reisegenehmigung für Dieppe ausgestellt hat; und ich glaube nicht, dass wir uns irgendeines Vergehens schuldig gemacht haben, das Ihr strenges Verhalten verdienen würde.«

»Ich will nicht ... Und damit punktum ... Sie können wieder hinuntergehen.«

Alle drei machten eine leichte Verbeugung und zogen sich wieder zurück.

Der Nachmittag verlief in gedrückter Stimmung. Sie verstanden alle nicht, was an dieser Laune des Deutschen schuld war, und so durchschwirrten die abenteuerlichsten Gedankengänge ihre Köpfe. Die ganze Gesellschaft saß in der Küche beisammen und führte eine endlose Diskussion, wobei sie zu den abstrusesten Ergebnissen kamen. Vielleicht wollten die Preußen sie als Geiseln behalten – aber mit welcher Absicht? – oder sie gar als Gefangene festhalten? Oder ihnen – ja das könnte es sein – ein Lösegeld abpressen? Bei dieser Vorstellung brach Panik unter ihnen aus. Die Reichsten hatten die allergrößte Angst, sahen sich schon gezwungen, diesem unverschämten Deutschen Säcke voller Gold auszuhändigen, um ihr Leben zu erkaufen. Sie zermarterten sich das Hirn auf der Suche nach plausiblen Lügenmärchen, um ihre Reichtümer zu verheimlichen und sich als arme Leute, als bettelarme Menschen auszugeben. Loiseau nahm seine Uhrkette ab und versteckte sie in der Hosentasche. Mit der hereinbrechenden Nacht wurden ihre Befürchtungen nur noch größer. Die Lampe wurde angezündet, und da es noch zwei Stunden bis zum Abendessen hin waren, schlug Madame Loiseau vor, eine Partie »Einunddreißig« zu spielen, um sich die Zeit zu vertreiben. Alle waren einverstanden. Nicht einmal Cornudet, der mittlerweile aus Höflichkeit seine Pfeife ausgemacht hatte, wollte ein Spielverderber sein und machte mit.

Der Graf mischte die Karten, gab aus, und schon hatte

Schmalzkügelchen die einunddreißig beieinander. Das Interesse am Spielen beruhigte alsbald die Angst, die vorher die Gemüter so verstört hatte. Aber da bemerkte Cornudet, dass das Ehepaar Loiseau sich zublinzelte, um zu schummeln.

Als die Runde dann wieder im Begriff war, sich zu Tisch zu begeben, erschien Follenvie erneut auf der Bildfläche und verkündete mit seiner von Schleim belegten Stimme: »Der preußische Offizier möchte von Mademoiselle Élisabeth Rousset gerne wissen, ob sie in der Zwischenzeit ihre Meinung geändert hat.«

Schmalzkügelchen blieb totenblass stehen; dann wurde sie plötzlich feuerrot im Gesicht und bekam einen solchen Wutanfall, dass ihr erst einmal die Sprache wegblieb. Aber dann brach es aus ihr heraus: »Sie können ihm sagen, diesem Widerling, diesem Dreckskerl, diesem miesen preußischen Schwein, dass ich meine Meinung niemals ändern werde, verstehen Sie, niemals, niemals, niemals.«

Der dicke Wirt verließ den Raum. Sogleich wurde Schmalzkügelchen von allen Übrigen umringt, ausgefragt, bedrängt, das Rätsel seines Auftritts zu lüften. Anfangs kämpfte sie noch dagegen an, aber bald gewann die Wut in ihr doch die Oberhand: »Was er will? ... Was er will? Ins Bett gehen will er mit mir!«, schrie sie. Niemand zeigte sich von diesem Ausdruck schockiert, so groß war die allgemeine Entrüstung. Cornudet setzte sein Bierglas so heftig auf dem Tisch ab, dass es einen Sprung bekam. Gegen diesen widerlichen Soldaten erhob sich ein Durcheinander von schmähenden Ausrufen, eine Welle des Zorns, ein Zusammenschluss Aller aus dem Geist des Widerstands, so als ob jedem Einzelnen ein Teil des Opfergangs abverlangt würde, der von Schmalzkügelchen gefordert wurde. Voller Abscheu erklärte der Graf, die-

47

se Leute da führten sich auf wie ehemals die Barbaren. Vor allem die Damen bezeugten Schmalzkügelchen ihr Mitgefühl mit leidenschaftlichen und einschmeichelnden Worten. Die Nonnen ihrerseits, die überhaupt nur zu den Mahlzeiten erschienen, saßen mit gesenkten Häuptern da und sagten gar nichts.

Nichtsdestoweniger sprachen sie alle dem Abendessen munter zu, sobald der erste Zorn wieder verflogen war; aber gesprochen wurde wenig, dafür umso mehr nachgedacht.

Die Damen zogen sich früh zurück; die Herren blieben rauchend unten sitzen und beschlossen, eine Runde »Écarté« zu spielen und dazu auch den Wirt einzuladen, um so eine Gelegenheit zu bekommen, ihn nebenbei über die Mittel und Wege auszufragen, die einzusetzen wären, um den Widerstand des Offiziers zu brechen. Der aber konzentrierte sich nur aufs Kartenspielen, ohne auf irgendetwas zu hören, ohne auf irgendetwas zu antworten, sondern sagte nur ständig: »Weiterspielen, meine Herren, weiterspielen.« Er war so vertieft, dass er vergaß, seinen Schleim auszuspucken, was dazu führte, dass seine Brust immer wieder mächtige Orgeltöne produzierte. Seine pfeifenden Lungen ratterten das gesamte Repertoire herauf und herunter, von den tiefen und dunklen Tönen bis zu den schrillen Krächzlauten, die die jungen Hähne von sich geben, wenn sie gerade ihr Kikeriki erlernen.

Er weigerte sich sogar, aufzustehen, als seine Frau, die todmüde war, aufkreuzte und ihn holen wollte. So zog sie schließlich allein ab, denn sie hatte es – wie sie sagte – mehr mit dem Morgen, stand mit dem ersten Sonnenstrahl auf, während ihr Herr Gemahl es eher mit dem Abend hatte und nur zu gern bereit war, die Nacht mit Freunden durchzufeiern. Er rief ihr noch zu: »Stell mir meine Eiermilch warm!«, und war schon wieder mitten im Kartenspiel. Als sie eingesehen hatten, dass sie nichts aus ihm herausbekommen würden, erklärten sie, dass es Zeit zum Aufhören sei, und ein jeder strebte seinem Bett zu.

Auch am nächsten Morgen standen sie alle nicht zu spät auf, in der vagen Hoffnung und einer noch dringenderen Sehnsucht, weiterzureisen, und der Befürchtung, noch einen weiteren Tag in diesem schrecklichen kleinen Wirtshaus verbringen zu müssen.

O weh! Die Pferde waren wieder im Stall geblieben, der Kutscher weiterhin von der Bildfläche verschwunden. Da sie sonst nichts zu tun hatten, marschierten sie um die Kutsche herum.

Während des Frühstücks herrschte eine gedrückte Stimmung; und was Schmalzkügelchen betraf, war ihr gegenüber so etwas wie eine Abkühlung der Gemüter eingetreten, denn die Nacht, die bekanntlich guten Rat bringt, hatte zu einer Veränderung der Urteile geführt. Es schien fast so, als wären sie alle ihr jetzt böse, dass sie in der Nacht nicht doch heimlich den Preußen aufgesucht hatte, um ihren Reisegefährten, beim morgendlichen Erwachen, eine schöne Überraschung zu bescheren. Was wäre denn einfacher gewesen? Und wer hätte es denn überhaupt erfahren? Sie hätte doch den Schein wahren können, indem sie den Offizier zu der Äußerung veranlasste, sie hätte es aus Mitleid für ihre Notlage getan. Für sie, für sie hätte das doch keine Bedeutung gehabt!

Aber noch wagte niemand, diese Gedanken laut auszusprechen.

Da sich alle ganz fürchterlich langweilten, schlug der Graf am Nachmittag vor, einen Spaziergang in der Umgebung des Dorfes zu machen. Alle hüllten sich in ihre

Mäntel, und die kleine Schar machte sich auf den Weg, mit Ausnahme von Cornudet, der lieber am warmen Kamin sitzen blieb, und auch mit Ausnahme der beiden Nonnen, die ihre Tage in der Kirche oder beim Pfarrer verbrachten.

Die Kälte, die jeden Tag schlimmer wurde, überfiel mit grausamen Stichen die Nase und die Ohren; die Füße taten nach kurzer Zeit so weh, dass jeder Schritt eine kleine Folter war; und als sie dann aufs freie Land hinauskamen, erschien ihnen die Landschaft unter dieser endlos weißen Schicht so entsetzlich unheimlich, dass die ganze Gruppe sofort wieder umkehrte, mit eiskalter Seele und beklommenem Herzen.

Die vier Frauen gingen voraus, die drei Männer folgten ihnen, mit einigem Abstand.

Loiseau, der die heikle Lage durchschaute, stellte plötzlich die Frage, ob diese »Schlampe« da sie noch lange an einem Ort wie diesem einsperren dürfe. Der Graf, immer auf Höflichkeit bedacht, sagte, dass man von einer Frau ein solch großes Opfer nicht verlangen könne, und dass dies nur von ihr selbst kommen konnte. Carré-Lamadon merkte an, dass, wenn die Franzosen von Dieppe aus eine Gegenoffensive starten sollten, wovon man gehört hatte, das Aufeinanderprallen der Armeen eigentlich nur in Tôtes stattfinden konnte. Diese Bemerkung versetzte die beiden anderen in allergrößte Sorge. »Und wie wäre es, wenn wir zu Fuß fliehen würden?«, gab Loiseau zu bedenken. Der Graf zuckte mit den Schultern: »Wie soll denn das gehen? Bei diesem tiefen Schnee? Mit unseren Frauen? Und in kürzester Zeit würden sie uns verfolgen, uns innerhalb von zehn Minuten wieder eingefangen haben, und dann wären wir diesen Soldaten auf Gedeih und Verderb ausgeliefert.« Damit hatte er Recht; und damit brach ihr Gespräch wieder ab.

Die Damen unterhielten sich über Modefragen; aber dabei schien zwischen ihnen eine gewisse Befangenheit zu herrschen; so gingen sie jede für sich nebeneinander her.

Plötzlich erschien am Ende des Weges der Offizier. Sein großer, in eine Uniform gepackter Körper samt Wespentaille hob sich am Horizont deutlich vom Schnee ab; er marschierte mit gespreizten Knien, in dieser für Soldaten typischen Gangart, die dafür sorgt, dass die sorgfältig gewachsten Stiefel nur ja nicht mit Schmutz befleckt werden.

Vor den Damen machte er beim Vorbeigehen eine kleine Verbeugung, die Herren schaute er nur kurz herablassend an, die ihrerseits Selbstachtung bewiesen, indem sie ihre Hüte nicht abnahmen; nur Loiseau machte kurz Anstalten in dieser Richtung.

Schmalzkügelchen war bis zu den Ohren rot geworden, und die drei verheirateten Frauen empfanden eine große Demütigung darin, zusammen mit dieser Frau von diesem Soldaten, der diese so unverschämt behandelt hatte, angetroffen zu werden.

Also fingen sie an, über ihn zu reden, über sein Auftreten, sein Gesicht. Madame Carré-Lamadon, die nicht wenige Offiziere kennengelernt hatte und sich also ein Urteil erlauben konnte, fand ihn im Grunde gar nicht so übel; ja, sie bedauerte es fast ein wenig, dass er kein Franzose war, denn die Husarenuniform hätte ihm prächtig gestanden, und darin wären nun einmal alle Frauen in Frankeich geradezu vernarrt.

Als sie wieder zurück im Gasthof waren, wussten sie nicht, was sie nun noch anstellen könnten. Selbst die unbedeutendsten Dinge wurden zum Anlass genommen, um unfreundliche Bemerkungen auszutauschen. Beim

Abendessen wurde kaum gesprochen; niemand blieb länger als nötig, und alle legten sich bald schlafen in der Hoffnung, damit wenigstens die Zeit herumzubringen.

Am nächsten Morgen kamen sie alle mit unausgeschlafenen Gesichtern und verbitterten Herzen wieder herunter. Die Frauen richteten kaum noch ein Wort an Schmalzkügelchen.

Auf einmal bimmelte eine Glocke. Es war wegen einer Taufe. Schmalzkügelchen hatte ein Kind, das bei Bauern in Yvetot in Pflege war und dort aufwuchs. Es gab Jahre, da sah sie dieses Kind nicht ein einziges Mal, und irgendwelche Überlegungen verschwendete sie auch nicht daran; aber der Gedanke an dieses Wesen, das nun gleich getauft werden sollte, löste in ihrem Herzen plötzlich einen Anfall von heftiger Zärtlichkeit für ihr eigenes Kind aus, sodass sie unbedingt an der Zeremonie teilnehmen wollte.

Sobald sie aus dem Haus war, schauten die anderen sich an; dann wurden die Stühle zusammengerückt, denn sie alle spürten, dass nun der Augenblick eingetreten war, wo man zu irgendeiner Entscheidung kommen musste. Da hatte Loiseau einen Einfall: Ihm war die Idee gekommen, dem Offizier den Vorschlag zu unterbreiten, Schmalzkügelchen dazubehalten und die Übrigen abreisen zu lassen.

Follenvie übernahm es auch dieses Mal, die Sache dem Offizier auszurichten. Aber er kam so schnell wieder herunter, wie er hinaufgegangen war. Der Deutsche, der sich auskannte mit der menschlichen Natur, hatte ihn sofort wieder vor die Tür gesetzt. Er hielt daran fest, dass die ganze Gruppe so lange hierzubleiben hätte, bis sein Begehren befriedigt sein würde.

Da brach Madame Loiseaus ordinärer Charakter endgültig hervor: »Es kann doch nicht sein, dass wir hier noch an Altersschwäche eingehen. Wenn es schon ihr

Beruf ist, es mit allen Männern zu treiben, dann bin ich der Auffassung, dass diese Hure nicht das Recht hat, einem Einzigen zu verweigern, was ihr bei allen anderen recht ist. Alles was recht ist, in Rouen ist sie mit jedem ins Bett gegangen, den sie auftreiben konnte, selbst mit Kutschern! Ja, meine Herrschaften, mit dem Kutscher der Präfektur! Das weiß ich genau, der kauft nämlich seinen Wein bei uns. So, und heute, wo es darum geht, uns allen aus der Patsche zu helfen, da ziert sie sich wie sonst etwas, diese feine Dame! … Und überhaupt, was diesen Offizier angeht, an dessen Verhalten, finde ich, ist doch nichts auszusetzen. Wer weiß, wie lange der schon keinen Rock mehr gesehen hat; und natürlich hätte er uns drei, so wie wir dasitzen, vorgezogen. Aber nein, er begnügt sich mit der Nutte. Die ehrbaren verheirateten Frauen, die respektiert er. Man muss immerhin bedenken, er ist der Herr im Haus. Er hätte doch nur sagen müssen ›Ich will die da‹, und mit seinen Soldaten hätte er uns nach Lust und Laune vergewaltigen können.«

Die beiden anderen Frauen schauderte es bei diesen Worten. In den Augen der hübschen Madame Carré-Lamadon funkelte es, und ein wenig blass war sie auch geworden, ganz so als fühlte sie sich bereits mit Gewalt von dem Offizier zum Liebesdienst genötigt.

Die Männer, die unter sich diskutierten, steckten ihre Köpfe zusammen. Loiseau war so außer sich, dass er dieses »Weibsbild« am liebsten gefesselt und geknebelt dem Feind übergeben hätte. Der Graf hingegen, dessen Familie immerhin drei Generationen von Botschaftern hervorgebracht hatte und dem die Diplomatie in Fleisch und Blut übergegangen war, plädierte für ein sanftes Vorgehen. »Es kommt alles darauf an, sie dazu zu bringen, selbst diese Entscheidung zu treffen«, erklärte er.

So kam es denn also, dass sie ein Komplott schmiedeten.

Die Frauen schlossen sich mit den Männern zusammen, die allgemeine Lautstärke sank, und es kam zu einer Diskussion zwischen allen, wobei jeder Anwesende seine Meinung einbrachte. Im Übrigen ging es dabei vordergründig höchst gesittet zu, vor allem die Damen fanden überaus feinsinnige Wendungen und zauberhaft nuancierte Ausdrücke, um die schlüpfrigsten Sachverhalte in Worte zu fassen. Ein Ausländer hätte buchstäblich nichts verstanden, da alle Vorsichtsmaßnahmen ergriffen wurden, die die Sprache bereithält. Aber entsprechend der Tatsache, dass die dünne Schicht Scham, mit der jede Frau der besseren Gesellschaft überzogen ist, eben nur die Oberfläche überdeckt, blühten sie alle in diesem unanständigen Feldzug geradezu auf, waren wie verrückt bei der Sache, fühlten sich in ihrem Element, behandelten die Liebe mit der schmierigen Sinnlichkeit eines feinschmeckerischen Kochs, der dabei ist, für jemand anderen ein üppiges Mahl zu bereiten.

Und je mehr sie sich in ihren Plan hineinsteigerten, umso besser wurde ihre Stimmung, so lustig kam ihnen die Sache dann auf einmal vor. Der Graf erlaubte sich einige Witze, die zwar an der Grenze waren, aber er trug sie so drollig vor, dass sie allgemeines Schmunzeln auslösten. Loiseau seinerseits gab einige mehr als anzügliche Späße zum Besten, über die sich jedoch niemand aufregte, und der Gedanke, den seine Frau vorher in aller Brutalität zum Ausdruck gebracht hatte, herrschte in allen Köpfen: »Wo es doch nun einmal der Beruf dieser Dirne ist, warum zum Teufel sollte sie sich diesem eher verweigern als irgendeinem anderen?« Die so nette Madame Carré-Lamadon schien sogar dem Gedanken zu frönen, dass sie an der Stelle von Schmalzkügelchen diesen da noch lieber nähme als jeden andern.

Gründlich feilten sie an ihrem Angriffsplan, so, als ob es sich um die Einnahme einer Festung gehandelt hätte. Jeder übernahm die Rolle, die er dann spielen sollte, ging in Gedanken nochmals die Argumente durch, die er gleich vorzubringen hätte, übte die Manöver, die er dann ausführen musste. Der Angriffsplan wurde in allen Einzelheiten festgelegt, die Finten, die eingesetzt und die Überraschungsattacken, die durchgeführt werden würden, um diese leibhaftige Zitadelle dazu zu bewegen, den Feind zu sich hineinzulassen.

Nur Cornudet hielt sich abseits, zeigte nicht das geringste Interesse für das, was sich da zusammenbraute.

Sie waren allesamt so sehr in ihren Plan und ihr Gespräch versunken, dass niemand mitbekam, dass Schmalzkügelchen plötzlich wieder ins Zimmer trat. Bis der Graf ein leichtes »Scht« zischte, und alle blitzschnell aufschauten. Da war sie nun. Mit einem Mal erstarb das Gespräch, und sie waren alle viel zu verlegen, um sogleich das Wort an sie zu richten. Es war die Gräfin, die routinierter als alle anderen darin war, zweideutige Situationen mit einer passenden Bemerkung zu überbrücken, die als Erste zur Frage fand: »Na, wie war die Taufe, war sie schön?«

Noch ganz im Banne ihrer seelischen Aufgewühltheit erzählte die rundliche Frau alles, schilderte wie die Leute geschaut, wie sie sich benommen hatten, ja sogar wie es in der Kirche ausgesehen hatte. Zuletzt sagte sie: »Das tut einem schon gut, wenn man hin und wieder betet.«

Während der Zeit, die noch blieb, bis das Mittagessen serviert würde, beschränkten sich all diese Frauen darauf, nett zu ihr zu sein, um ihre Vertrauensseligkeit und ihre

Empfänglichkeit für die Ratschläge, die da kommen sollten, zu steigern.

Kaum hatten sie alle am Tisch Platz genommen, begannen sie mit den Annäherungsversuchen. Sie steuerten das Tischgespräch erst einmal ganz allgemein in Richtung Selbstaufopferung. Dabei wurden Vorbilder aus der Antike angeführt: Judith und Holofernes, danach, ohne ersichtlichen Grund, Lukretia mit Sextus, Kleopatra, die sämtliche feindlichen Feldherrn erst zu sich ins Bett geholt und sie dann zu Sklavendiensten gezwungen hatte. Nun folgte eine aberwitzige Geschichte, die der mit Halbwissen gespeisten Fantasie dieser Millionäre entsprungen war, bei der die Frauen Roms in Capua Hannibal und mit ihm seine Offiziere und Söldnerscharen zwischen ihren Armen einlullten. Nacheinander angeführt wurden alle Frauen, die sich erfolgreich irgendwelchen Eroberern in den Weg gestellt hatten, die aus ihrem Körper ein Schlachtfeld, ein Herrschaftsmittel, eine Waffe machten, die mit Hilfe ihrer heldenhaften Kunst des Bezirzens scheußliche oder abscheuliche männliche Wesen besiegt und dabei ihre Keuschheit im Dienste der Rache und der Selbstaufopferung hingegeben hatten.

In blumiger Umschreibung wurde sogar diese Engländerin aus bester Familie erwähnt, die sich eine schlimme ansteckende Krankheit übertragen ließ, um sie Bonaparte anzuhängen, der dann auf wundersame Weise zum Zeitpunkt des unheilschwangeren Rendezvous' durch eine plötzliche Schwäche gerettet wurde.

Und all das wurde auf überaus dezente und maßvolle Weise erzählt, in die sich nur hin und wieder eine gezielte Dosis Begeisterung mischte, die dazu gedacht war, bei der Zuhörerin einen Geist des Nacheiferns auszulösen.

Nach all diesen Beispielen hätte man fast glauben können, die einzige Rolle der Frau auf Erden bestehe darin, sich ständig mit Leib und Seele aufzuopfern und sich ohne Unterlass den erotischen Launen vorüberziehender Soldaten hinzugeben.

Die beiden Nonnen wirkten völlig unbeteiligt am Gespräch, schienen in tiefe Gedanken versunken. Schmalzkügelchen ihrerseits sagte erst einmal gar nichts.

Den ganzen Nachmittag ließ man sie in Ruhe, damit sie nachdenken konnte. Aber anstatt sie wie bisher mit »Madame« anzusprechen, sagten jetzt alle ganz einfach »Mademoiselle« zu ihr, ohne dass jemand so recht gewusst hätte wieso, als ob sie sie von der Wertschätzung, die sie erklommen hatte, wieder eine Stufe hätten herunterholen wollen, um sie ihre zweifelhafte gesellschaftliche Stellung spüren zu lassen.

Just als die Suppe aufgetragen wurde, erschien auch Follenvie wieder, um seinen Satz vom Vorabend ein neuerliches Mal vom Stapel zu lassen: »Der preußische Offizier möchte von Fräulein Élisabeth Rousset gerne wissen, ob sie in der Zwischenzeit ihre Meinung geändert hat.«

Schmalzkügelchen antwortete nur barsch: »Nein, mein Herr.«

Während des Abendessens hatte die Allianz allerdings eine Schwächephase. Loiseau unterliefen gleich drei höchst ungeschickte Äußerungen. Alle zermarterten sich erfolglos die Köpfe auf der Suche nach neuen Beispielen, ohne welche zu finden, als die Gräfin scheinbar ganz nebenbei, wohl aus einem vagen Bedürfnis heraus, der Religion die ihr gebührende Ehre zu erweisen, sich an die ältere der beiden Nonnen wandte und von ihr wissen wollte, welche Großtaten denn die Heiligen so in ihrem Leben vollbracht hätten. Nun, viele von ihnen hatten Dinge begangen, die man aus heutiger Sicht Verbrechen nennen müsste; aber die Kirche erteile diesen Missetaten die völlige Absolution, wenn diese zum Ruhme Gottes oder zum Wohle des Nächsten vollbracht würden. Das war ein sehr starkes Argument, aus dem die Gräfin sogleich Nutzen zog. Ob es nun eines dieser schweigenden Einverständnisse, eine dieser verkappten Gefälligkeiten, die alle Kuttenträger meisterhaft beherrschen, oder ganz einfach die Folge eines seligen Missverständnisses, einer hilfsbereiten Schlichtheit im Geiste war, die alte Nonne trug jedenfalls viel zur erfolgreichen Fortsetzung der Verschwörung bei. Obwohl sie alle als schüchtern einschätzten, erwies sie sich als kühn, sprachgewandt und temperamentvoll. Immerhin gehörte sie nicht zu jenen Leuten, die sich lang mit irgendwelchen tastenden Versuchen der Kasuistik abgeben mussten; ihr Gedankengebäude wirkte hart wie Stahl; ihr Glaube kannte kein Zaudern; ihr Gewissen war frei von Skrupeln. Am Opfergang Abrahams fand sie nichts Verwerfliches, denn sie hätte Vater und Mutter auf einen Befehl des Himmels hin auf der Stelle hingemetzelt; und nichts konnte in ihren Augen dem Herrn im Himmel missfallen, solange eine löbliche Absicht dahinterstand. Die Gräfin, die sich die geistliche Autorität ihrer unerwarteten Komplizin zunutze machte, ermunterte sie zu einer erbaulichen Umschreibung des bekannten hochmoralischen Lehrsatzes: »Der Zweck heiligt die Mittel.«

Sie stellte ihr folgende Frage: »Nun denn, ehrwürdige Mutter, Sie denken also, Gott erkennt alle Wege an und schenkt Vergebung, wenn das Motiv einer Tat rein ist?«

»Aber wer könnte denn daran zweifeln, Madame? Eine auf den ersten Blick tadelnswerte Handlung wird oft zu einer lobenswerten, wenn es ein positiver Gedanke ist, der sie auslöst.«

Und in dieser Weise setzten sie die Unterhaltung noch eine ganze Weile fort, brachten Ordnung in den oft so schwer durchschaubaren Willen Gottes, erkannten den fürsorglichen Charakter seiner Entscheidungen, sahen die Hand des Himmels bei Dingen im Spiel, wo diese nun weiß Gott kaum etwas zu suchen hatte.

All diese Gedanken wurden höchst geschickt und diskret durch die Blume vorgetragen. Und doch schlug jedes Wort, das aus dem Munde dieser Tochter des Herrn in Schwesterntracht kam, eine Bresche in den Panzer der Empörung, mit dem die Kurtisane sich schützte. Dann verschob sich das Gespräch ein wenig in eine andere Richtung; die Dauerbeterin der Rosenkränze schilderte, wie es in ihren Ordenshäusern so zuging, sprach von Ihrer Oberin, von sich selbst, von ihrer reizenden Nachbarin, der herzensguten Schwester Saint-Nicéphore. In Le Havre hatte man sie beide zur Krankenpflege von hunderten von Soldaten angefordert, die von den Pocken befallen waren. Sie beschrieb diese ausführlich, die armen Kerle, ließ kein Detail ihrer Krankheit aus. Und während sie nun von den Launen dieses Preußen aufgehalten wurden, da musste man damit rechnen, dass währenddessen viele, viele Franzosen sterben würden, die sie vielleicht hätten retten können! Ja, das war ihre Spezialität, sich um kranke Soldaten zu kümmern; sie war schon auf der Krim gewesen, in Italien, in Österreich, und wie sie so ihre Wanderung durch die Lazarette wiedergab, entpuppte sie sich plötzlich als einer dieser Nonnen, die nach Pulverdampf und Kanonenfeuer riechen, die nur dazu auf der Welt zu sein scheinen, um den Heerlagern dieser Welt hinterherzuziehen, um inmitten des Gefechtslärms die Verwundeten aufzulesen, und denen es besser als jedem Feldwebel gegeben ist, mit einem einzigen Machtwort die großen undisziplinierten Grobiane zu bändigen; sie war eine dieser resoluten Hauruckschwestern, deren verwüstetes Gesicht, das zahllose Narben durchlöchert hatten, geradezu ein Abbild der Verheerungen des Krieges war.

Danach sagte keiner mehr ein Wort, so mächtig war anscheinend die Wirkung, die von ihren Worten ausgegangen war.

Sobald das Essen zu Ende war, gingen alle flugs in ihre Zimmer, um am nächsten Tag erst am späten Vormittag wieder herunterzukommen.

Das Mittagessen verlief sehr ruhig. Sie ließen die Samen, die sie am Abend davor gesät hatten, in Ruhe aufgehen, um ihre Früchte zu tragen.

Am Nachmittag schlug die Gräfin vor, einen Spaziergang zu machen; der Graf hakte sich bei Schmalzkügelchen unter – so hatten sie es vorher ausgemacht –, und ging mit ihr hinter den anderen her.

Er redete ihr in diesem vertraulichen, väterlichen, ein wenig herablassenden Ton zu, den bessere Herren Frauen in untergeordneten Positionen gegenüber gern pflegen, nannte sie »mein liebes Kind«, behandelte sie, seiner unbestrittenen gesellschaftlichen Würde entsprechend, jovial von oben herab. Er redete nicht lange um den heißen Brei herum: »Sie finden also nichts dabei, dass wir hier noch weiter schmoren müssen, dass wir all den Gewaltakten, die eine preußische Niederlage mit sich bringen würde, ausgesetzt wären; ist Ihnen das lieber als ein kleiner Liebesdienst von der Sorte, die Sie in ihrem Leben schon so oft praktiziert haben?«

Schmalzkügelchen sagte hierauf kein Wort.

So versuchte er sein Glück auf die sanftere Tour, mit Argumenten, mit Gefühlen. Immer blieb er ›der Herr Graf‹, obwohl er sich, wo es nötig war, galant gab, ihr auch Komplimente machte, ihr mit netten Worten schmeichelte. Er rühmte den großartigen Dienst, den sie ihnen zuliebe erbringen würde, sprach von ihrer ewigen Dankbarkeit; dann duzte er sie plötzlich sogar und sagte ganz schelmisch: »Und du weißt schon, meine Liebe, er könnte immerhin damit angeben, in den Armen eines hübschen Mädchens gelegen zu haben, wie er es bei sich zu Hause so schnell nicht wieder finden dürfte.«

Auch hierauf reagierte Schmalzkügelchen mit keinem Wort, stattdessen ließ sie den Grafen stehen und schloss zur Gesellschaft der anderen auf.

Sobald sie im Gasthof zurück waren, ging sie sofort in ihr Zimmer hinauf und ließ sich nicht mehr sehen. Bei den anderen herrschte äußerste Unruhe. Was würde sie machen? Wenn sie sich sperrte, das gäbe einen schönen Schlamassel!

Der Augenblick des Abendessens war herangerückt; sie warteten vergeblich auf sie. Da kam Follenvie ins Zimmer und gab bekannt, dass sich Mademoiselle Rousset unwohl fühle, dass die anderen mit dem Essen nicht auf sie warten sollten. Alle spitzten die Ohren. Der Graf ging ganz nah zum Wirt hin und fragte, kaum hörbar: »Ist's jetzt soweit?« – »Ja.« – Anstandshalber sagte er nichts zu seinen Tischgenossen, sondern nickte ihnen nur knapp zu. Sogleich kam aus allen Kehlen ein Seufzer der Erleichterung, und auf allen Gesichtern machte sich eine heitere Miene breit. Loiseau rief: »Schnuckldidei! Ich gebe eine Runde Champagner aus, wenn es in diesem Etablissement solchen gibt.« Madame Loiseau fuhr gleich ein Schrecken in die Glieder, als der Wirt mit vier Flaschen in den Händen zurückkam. Plötzlich waren sie alle ungemein mitteilsam und lärmend geworden; und alle waren plötzlich bester Laune und von einem Hang zu anzüglichen Bemerkungen erfasst. Dem Graf schien aufzufallen, was Madame Carré-Lamadon doch für eine charmante Person war, der Baumwollfabrikant erging sich in Komplimenten an die Gräfin. Munter, ausgelassen, voller witziger Bemerkungen flogen die Worte zwischen ihnen hin und her.

Plötzlich hob Loiseau mit angespanntem Gesichtsausdruck die Arme und rief: »Ruhe!« Da waren alle mucksmäuschenstill, überrascht, ja fast ein wenig erschrocken. Dann spitzte er die Ohren, machte mit beiden Händen »Scht«, richtete den Blick zur Zimmerdecke, spielte nochmals den Lauscher und sagte danach, nun wieder mit normaler Stimme: »Keine Aufregung, meine Herrschaften, alles ist in bester Ordnung.«

Erst verstanden sie nicht gleich, was er meinte, aber dann ging ein Lächeln über die Gesichter.

Eine Viertelstunde später fing er mit der gleichen komischen Nummer von Neuem an, wiederholte sie noch etliche Male im Laufe des Abends, und dabei tat er so, als würde er jemanden in der oberen Etage in ein Gespräch verwickeln, bei dem er ihm mit seinem Vertreterhumor allerlei zweideutige Ratschläge gab. Manchmal machte er ein trauriges Gesicht und seufzte: »Armes Mädchen«, oder er stieß mit gespieltem Zorn zwischen den Zähnen hervor: »Dieser preußische Haderlump!« Es kam auch vor, dass er, wenn von den anderen schon niemand mehr daran dachte, mit bibbernder Stimme mehrere »Aufhören! Aufhören!« herausstieß, und dann fügte er jeweils, so als würde er mit sich selbst sprechen, hinzu: »Hoffentlich sehen wir sie lebend wieder; er wird sie doch nicht umbringen, dieser elende Kerl.«

So geschmacklos diese Witzeleien auch waren, keiner nahm hieran Anstoß, alle amüsierten sich darüber; denn wie alles Übrige hängt auch die Entrüstung von den äußeren Umständen ab, und in der Stimmung, die sich mittlerweile unter ihnen ausgebreitet hatte, waren sie für Schlüpfrigkeiten aller Art sehr anfällig geworden.

Beim Dessert waren sogar die Damen so weit, sich auf geistreiche und diskrete Anspielungen einzulassen. Die Augen aller leuchteten; alle hatten reichlich getrunken. Der Graf, der selbst in seinen zotigen Schlenkern den Anschein von Würde zu wahren wusste, kam auf einen Vergleich über das Ende der Winterzeit am Pol und der Begeisterung der Schiffbrüchigen, die zu ihrer Freude einen Weg in den Süden entdecken, und er erntete viel Beifall dafür.

Hiervon angestachelt stand Loiseau auf und rief, mit dem Champagnerglas in der Hand: »Ich trinke auf unsere Befreiung!« Da riss es auch die anderen von den Stühlen; alle stimmten in seinen Toast ein. Und selbst die zwei ehrwürdigen Schwestern waren sich auf Drängen der anderen Damen nicht zu schade, ihre Lippen mit diesem Schaumwein zu benetzen, von dem sie noch nie vorher gekostet hatten. Sie befanden, das ähnele gashaltiger Limonade, schmecke aber doch noch etwas besser als diese.

Loiseau brachte die Lage auf den Punkt: »Schade, dass wir kein Klavier dahaben, sonst könnten wir jetzt eine Quadrille auf die Bretter legen.«

Nur Cornudet hatte bei alldem kein Wort gesagt, keine Miene verzogen; vielmehr schien er in sehr ernste Gedanken versunken und zupfte hin und wieder höchst verärgert an seinem langen Bart, als wolle er diesen noch länger machen. Als es auf Mitternacht zuging und es so langsam Zeit für alle wurde, ins Bett zu gehen, gab ihm Loiseau, der schon ziemlich wackelig auf den Beinen war, einen Klaps auf den Bauch und sagte mit ziemlich schwerer Zunge zu ihm: »Na, Sie, Ihnen ist heute Abend wohl etwas über die Leber gelaufen, Sie sagen ja gar nichts, verehrter Mitbürger?« Cornudet aber richtete sich urplötzlich auf, ließ seine glänzenden Augen mit zorniger Miene über die ganze Tischgesellschaft schweifen und sagte: »Das Einzige, was ich hier sage, ist: Was Sie hier treiben, ist schlicht und einfach infam!« Er stand auf, ging in Richtung Tür, sagte beim Hinausgehen noch einmal: »Infam!«, und verschwand.

Bei diesen Worten gefror ihnen erst einmal die ausgelassene Stimmung im Gesicht. Vollkommen verblüfft schaute Loiseau dumm drein; plötzlich aber ging ein Ruck durch ihn, und er sagte ein paar Mal: »Sie sind zu grün, alter Knabe, Sie sind zu grün.« Als die anderen nicht verstanden, was er da meinte, erzählte er ihnen die Sache mit den »Geheimnissen des Korridors«. Und daraufhin wurde die Stimmung noch viel ausgelassener. Vor allem die Damen amüsierten sich wie wahnsinnig. Der Graf und auch Carré-Lamadon hielten sich den Bauch vor Lachen. Sie konnten es einfach nicht glauben.

»Wie? Sind Sie da sicher? Er wollte …«

»Wenn ich es Ihnen doch sage, ich hab's mit eigenen Augen gesehen.«

»Und sie hat sich geweigert …«

»Weil der Preuße im Zimmer daneben war …

»Nicht möglich?«

»Ich schwöre es Ihnen.«

Der Graf bekam kaum noch Luft. Der Industrielle hielt sich mit beiden Händen den Bauch. Loiseau fuhr fort:

»Und nun ist natürlich klar, dass er heute Abend nicht lustig findet, was sie da treibt, aber schon gar nicht lustig.«

Und alle drei fingen wieder an, prustend zu lachen, schüttelten sich vor Heiterkeit, bis ihnen alles wehtat.

Danach gingen sie auseinander. Aber Madame Loiseau, die das Naturell einer Brennnessel hatte, wies ihren Mann, just in dem Moment, als sie ins Bett stiegen, noch darauf hin, dass die kleine Carré-Lamadon, diese miese »Xanthippe«, den ganzen Abend über nur sehr geschmerzt gelacht habe. »Weißt du, wenn eine Frau einmal was für Uniformen übrig hat, dann ist ihr ziemlich gleich, ob das eine französische oder eine preußische ist, das kannst du mir glauben. Wenn das mal nicht traurig ist, oh du lieber Gott!«

Und während der ganzen Nacht gab es im dunklen Korridor allerlei zu hören, Geraschel, kaum wahrnehmbare zarte Geräusche, einem Luftzug gleich, das Getrippel von nackten Füßen, leises Knacken. Und mit Sicherheit schliefen sie alle erst sehr spät ein, denn schmale Lichtstreifen waren lange im Spalt der Zimmertüren zu sehen. Ja, ja, was der Champagner so alles bewirkt; zu diesen negativen Nebenwirkungen sollen auch Schlafstörungen gehören.

Am nächsten Morgen ließ eine wolkenlose Wintersonne den Schnee hell erstrahlen. Die Reisekutsche stand, nun endlich angespannt, vor der Tür zur Abfahrt bereit, während ein Heer von weißen Tauben, die stolz geschwellt in ihrem Federkleid, mit rosafarbenen Augen, die in der Mitte einen schwarzen Punkt hatten, zwischen den Beinen der sechs Pferde herumspazierten und sich mit ernster Miene aus den Pferdeäpfeln, die dampfend auf dem Boden herumlagen, ihren Lebensunterhalt herauspickten.

Der Kutscher saß in sein Schaffell eingehüllt auf seinem Sitz und schmauchte eine Pfeife, und die Reisenden, die alle vor guter Laune nur so strahlten, verstauten noch schnell allerlei Proviant für die weitere Reise.

Es fehlte nur noch Schmalzkügelchen. Schließlich kam auch sie.

Sie wirkte ein wenig durcheinander, schien sich zu schämen; und als sie schüchtern auf ihre Reisegenossen zuging, wandten diese sich ruckartig von ihr ab, als hätten sie sie überhaupt nicht gesehen. Der Graf nahm würdevoll den Arm seiner Frau und bewahrte sie so vor dieser unreinen Berührung.

Völlig verblüfft blieb die rundliche junge Frau stehen; da nahm sie all ihren Mut zusammen und ging mit einem unterwürfig gemurmelten ›Guten Morgen, Madame‹ auf die Frau des Fabrikbesitzers zu. Die andere nickte ihr nur kurz und verächtlich zu und setzte dabei den Blick verletzter Tugend auf. Alle taten sehr beschäftigt und hielten sich von ihr fern, so als hätte sie unter ihren Röcken einen Krankheitsbazillus mitgebracht. Dann stürzten alle, so schnell es ging, in die Kutsche hinein, wo sie allein als Letzte ankam und schweigend den Platz, den sie schon während des ersten Teils der Reise belegt hatte, wieder einnahm.

Niemand schien sie zu sehen, niemand schien sie zu kennen; Madame Loiseau allerdings, die sie von ferne voller Entrüstung musterte, sagte aber dann doch halblaut zu ihrem Mann: »Gott sei Dank muss ich nicht neben ihr sitzen.«

Da ging ein heftiger Ruck durch die schwere Kutsche, und die Reise ging weiter.

In der ersten Zeit herrschte Schweigen. Schmalzkügelchen wagte es nicht aufzublicken. Sie war empört über das Verhalten ihrer Nachbarn und gleichzeitig schämte sie sich, dass sie doch nachgegeben hatte und sich von den Küssen dieses Preußen hatte beschmutzen lassen, in dessen Arme man sie scheinheilig geworfen hatte.

Aber bald machte die Gräfin diesem peinlichen Schweigen ein Ende, indem sie sich an Madame Carré-Lamadon mit den Worten wandte: »Sie kennen doch, glaube ich, Madame d'Étrelles?«

»Aber ja, sie eine meiner Freundinnen.«

»Was für eine bezaubernde Frau!«

»Entzückend! Eine wahre Ausnahmeerscheinung, im Übrigen hochgebildet und bis in die Fingerspitzen hinein künstlerisch veranlagt; sie hat eine wunderbare Stimme und kann ganz hervorragend zeichnen.«

Der Baumwollhändler plauderte mit dem Grafen, und durch das Geklapper der Fensterscheiben konnte man immer wieder mal ein Wort heraushören: »Coupon – Fälligkeit – Prämie – Frist.«

Loiseau, der das alte Kartenspiel der Wirtschaft, das im Lauf von fünf Jahren vom vielen Gebrauch auf schlecht abgewischten Tischen fettig geworden war, geklaut hatte, klopfte mit seiner Frau eine Partie »Bésigue«.

Die ehrwürdigen Schwestern holten sich den langen Rosenkranz, der an ihren Gürteln hing, machten gemeinsam ein Kreuzzeichen, und wie auf Kommando begannen ihre Lippen sich plötzlich hurtig zu bewegen, wurden immer eiliger, unterbrachen ihr undeutliches Gemurmel immer wieder für ein Gebet, das mit »Oremus« einsetzte; und von Zeit zu Zeit küssten sie eine Medaille, schlugen aufs Neue das Kreuz, um sogleich mit ihrem schnellen und immer gleichen Gebrabbel von vorne anzufangen.

Cornudet saß bewegungslos da und stierte vor sich hin.

Nach drei Stunden Fahrt sammelte Loiseau die Karten ein mit der Bemerkung: »Das macht hungrig.«

Da griff sich seine Frau ein verschnürtes Paket und holte daraus ein Stück kalten Kalbsbraten hervor. Sie schnitt ihn fein säuberlich in passende, kleine Scheiben, und dann fingen sie beide an zu essen.

»Das könnten wir eigentlich auch machen«, sprach da

die Gräfin. Ihr Vorschlag fand Zustimmung, und so wickelte sie die vorbereiteten Essensvorräte für die beiden Ehepaare aus. In einer dieser länglichen Terrinen, deren Deckel ein Hase aus Steingut ziert, um anzuzeigen, dass darunter sich eine Hasenpastete befindet, lag ein lecker aussehendes Stück Wild, dessen braunes Fleisch von weißen Speckscheiben durchzogen und mit einer anderen kleingehackten Sorte Fleisch vermengt war. Auf einem hübschen Stück Gruyère-Käse, das in Zeitungspapier eingeschlagen war, hatte sich auf der fettigen Rinde die Inschrift »Verschiedenes« verewigt.

Die beiden Nonnen packten eine runde Wurst aus, die das Aroma von Knoblauch verbreitete; und Cornudet langte mit beiden Händen gleichzeitig in die großen Seitentaschen seines Überziehers, wobei er mit der einen vier harte Eier und mit der anderen einen Kanten Brot zum Vorschein brachte. Er pellte sie, warf die Schalen unter seine Füße ins Stroh und biss so kräftig in die Eier hinein, dass hellgelbe Krümel auf seinen massigen Bart herunterbröckelten und darin funkelten wie Sterne.

In der Hektik und der Aufregung, in der sie sich beim Aufstehen befunden hatte, hatte Schmalzkügelchen an nichts denken können; und ganz außer sich und voller Wut konnte sie nur dabei zusehen, wie alle diese Leute gemütlich vor sich hin aßen. Zuerst durchfuhr sie ein wilder Zorn, und sie wollte schon den Mund aufmachen, um ihnen gehörig Bescheid zu sagen und einen mächtigen Schwall an Beschimpfungen auf sie loszulassen, die gerade in ihr hochkamen; aber dann brachte sie doch keinen einzigen Ton heraus, so sehr schnürte ihr die Erregung die Kehle zu.

Niemand schaute sie an, keiner würdigte sie seiner Beachtung. Sie fühlte sich geradezu überschwemmt von der

Verachtung dieser ehrenwerten Lumpen, die sie erst geopfert und danach weggeworfen hatten wie einen dreckigen und unnützen Gegenstand. Da musste sie an ihren großen Korb voller guter Sachen denken, die sie gierig verschlungen hatten, an ihre zwei glänzenden Hühnchen in Gelee, an ihre Pasteten, an ihre Birnen, an ihre vier Flaschen Bordeaux; und mit einem Mal fiel die ganze Wut von ihr ab, wie ein zu stark gespanntes Seil, das zuletzt reißt, und stattdessen fühlte sie, wie die Tränen in ihr hochstiegen. Sie kämpfte wie wild dagegen an, stemmte sich gegen die aufkommenden Schluchzer, verschluckte sie wie es die Kinder machen, aber die Tränen stiegen und stiegen, glitzerten am Rand ihrer Augenlider, und bald rollten zwei dicke Tränen aus ihren Augen und kullerten langsam ihre Backen herab. Weitere Tränen kamen sogleich hinterher, rollten noch schneller, strömten wie die Wassertropfen, die durch einen Felsspalt hindurchfallen, und plumpsten ihr regelmäßig auf die Wölbung ihres großen Busens. Sie hielt sich aufrecht, mit starrem Blick, angespanntem und bleichem Gesicht, und hoffte nur, dass man sie in diesem Zustand nicht sehen würde.

Aber die Gräfin, der dies nicht entging, verständigte ihren Mann mit einem Stups. Er zuckte mit den Schultern, als wollte er damit sagen: »Was wollen Sie, meine Schuld ist es nicht.« Madame Loiseau, die sich ein triumphierendes Grinsen nicht verkneifen konnte, murmelte: »Jetzt weint sie über ihre Schande.«

Die beiden Nonnen hatten in der Zwischenzeit den Rest ihrer Wurst in ein Stück Papier eingerollt und ihre Gebetsmühlen wieder angeworfen.

Da lehnte sich Cornudet, der nunmehr seine Eier genüsslich verdaute, zurück, streckte seine langen Beine unter die gegenüberliegende Sitzbank, kreuzte die Arme, lächelte vor sich hin wie einer, dem gerade die Idee zu einem munteren Schabernack gekommen ist, und fing an die *Marseillaise* zu pfeifen.

Sofort verfinsterten sich die Mienen. Ganz offensichtlich passte dieses Lied der Volksmassen seinen Nachbarn nicht. Sie zeigten Anzeichen von Nervosität und Gereiztheit, ja, sie wirkten, als würden sie nun gleich wie Hunde losheulen, die unter der Musik eines Leierkastens leiden. Das bekam er zwar mit, dachte aber nicht im Geringsten daran, deshalb aufzuhören. Ganz im Gegenteil, hin und wieder sang er sogar den Text leise mit:

Hehre Liebe des Vaterlands,
Lenke, führe unsere rächenden Arme,
Freiheit, geliebte Freiheit,
Steh im Kampfe deinen Verteidigern bei!

Sie kamen dieses Mal schneller vorwärts, da der Schnee nun körniger war; und bis nach Dieppe, während all dieser langen, stumpfsinnigen Stunden der Reise, durch das ständige Gerumpel der Kutsche hindurch, beim Einbruch der Dämmerung, ja noch im völligen Dunkel, das dann im Wagen herrschte, setzte er mit grimmiger Entschlossenheit sein rachsüchtiges und monotones Gepfeife fort und zwang so die ermatteten und erbitterten Gemüter, sein Lied vom Anfang bis zum Ende mit zu verfolgen und bei jedem einzelnen Takt an jedes einzelne Wort des Textes zu denken.

Schmalzkügelchen hörte indessen nicht auf zu weinen; und hin und wieder kam es auch vor, dass ein hörbarer Schluchzer, den sie nicht hatte unterdrücken können, in der Dunkelheit der Kutsche die Pause zwischen zwei Strophen ausfüllte.

Zwei Freunde

Von feindlicher Heeresmacht eingekesselt, lag Paris ausgehungert und röchelnd darnieder. Auf den Dächern wurden die Spatzen zu seltenen Gästen, auch die Bewohner der Abwasserkanäle wurden immer weniger. Die Leute aßen alles, was sie zwischen die Zähne bekamen.

Als er, traurig und mit leerem Magen, die Hände in den Taschen seiner Uniformhose, an einem klaren Januarmorgen auf der äußeren Ringstraße so dahinschlenderte, blieb Monsieur Morissot, seines Zeichens Uhrmacher und Spießbürger bei Gelegenheit, unvermittelt vor einem anderen Passanten stehen, in dem er einen Freund erkannt hatte. Er hieß Sauvage; kennengelernt hatte er ihn am Ufer der Seine.

Vor dem Krieg hatte sich Morissot jeden Sonntag noch vor Tagesanbruch mit einem Bambusspazierstock in der einen Hand und einer Blechdose auf dem Rücken auf den Weg gemacht. Er nahm den Zug nach Argenteuil, stieg in Colombes aus, ging von dort zu Fuß zur Insel Marante. So wie er an diesem Ort seiner Träume angekommen war, begann er zu angeln. Er angelte bis zum Einbruch der Nacht.

Jeden Sonntag traf er dort Sauvage, einen kleinen, etwas rundlichen und jovialen Herrn, Besitzer eines Kurzwarenladens in der Rue Notre-Dame-de-Lorette, einen anderen leidenschaftlichen Angler.

Oft verbrachten sie einen halben Tag Seite an Seite, hielten ihre Angelruten in der Hand und ließen die Füße über dem Fluss baumeln. Und so waren sie Freunde geworden.

An manchen Tagen wechselten sie kaum ein Wort. Manchmal plauderten sie miteinander. Aber da sie in Geschmacksfragen und Gefühlsdingen auf gleicher Wellenlänge lagen, konnten sie sich auf wunderbare Weise verständigen, ohne ein einziges Wort sprechen zu müssen.

Im Frühling, am Vormittag so gegen zehn, wenn die mit neuer Frische strahlende Sonne einen kleinen Dunstschleier über den ruhigen Fluss trieb, der von der Strömung davongetragen wurde und sie zugleich den beiden leidenschaftlichen Anglern mit einer hübschen Dosis Frühlingswärme den Rücken wohlig aufheizte, da sagte Morissot manchmal zu seinem Nachbarn: »Na, ist das nicht angenehm?«, und Sauvage antwortete: »Ich kenne nichts Schöneres.« Diese wenigen Worte reichten ihnen völlig aus, um sich zu verstehen und zu mögen.

Im Herbst, wenn der Tag zur Neige ging und der von der untergehenden Sonne blutrot gefärbte Himmel die scharlachroten Abbilder der Wolken aufs Wasser warf, den ganzen Fluss und den Horizont purpurrot erscheinen ließ, die beiden Freunde in feuerrotes Licht tauchte und die schon leicht geröteten Bäume, die vor der Winterkälte zitterten, nochmals vergoldete, lächelte Sauvage Morissot an und sagte nur: »Was für ein Schauspiel!« Und Morissot antwortete voller Begeisterung, ohne den Blick auch nur für einen Augenblick von seinem Schwimmer abzuwenden: »Dagegen ist so ein Boulevard doch gar nichts, oder!«

Sobald sie einander erkannt hatten, schüttelten sie sich energisch die Hände, ganz betrübt darüber, sich unter so ganz anderen Umständen wiedersehen zu müssen. Sauvage stieß einen Seufzer aus und murmelte: »Furchtbar, was da so passiert ist!« Morissot stöhnte voller Bitterkeit: »Und das bei diesem Wetter! Heute ist der erste schöne Tag des Jahres.«

In der Tat erstrahlte der blaue Himmel ohne ein Wölkchen in schönstem Lichterglanz. Nachdenklich und traurig nahmen sie Seite an Seite ihren Spaziergang wieder auf.

»Und was wird nun aus unserer schönen Angelei? Das geht mir gar nicht aus dem Sinn!«, versetzte Morissot.

Sauvage fragte: »Tja, wann werden wir uns endlich wieder an unserem alten Stammplatz treffen können?«

Sie gingen in eine kleine Kneipe und tranken zusammen einen Absinth; dann bummelten sie weiter die Trottoirs hinauf und hinunter.

Plötzlich blieb Morissot stehen: »Noch einen von dem grünen Zeug, wie wär's?« Sauvage hatte nichts dagegen: »Aber warum denn nicht.« Und so lenkten sie ihre Schritte in einen zweiten Schnapsladen.

Als sie wieder herauskamen, waren sie ganz schön beschwipst, benebelt wie eben Menschen, die, ohne etwas gegessen zu haben, den Bauch voll Alkohol haben. Die Luft im Freien war angenehm. Eine sanfte Brise fuhr ihnen liebkosend über das Gesicht.

Da blieb Sauvage, den das laue Lüftchen endgültig in den Zustand der Berauschtheit versetzte, mit einem Mal stehen und sagte: »Wie wär's denn, wenn wir hingingen?«

»Wohin?«

»Na, zum Angeln eben.«

»Aber wo?«

»Na, auf unserer Insel natürlich. Die französischen Vorposten stehen bei Colombes. Ich kenne den Oberst Dumoulin; der lässt uns bestimmt durch.«

Morissot bibberte regelrecht vor Sehnsucht. »Ja, das

machen wir. Ich bin dabei.« Und so trennten sie sich, um ihre Angelsachen zu holen.

Eine Stunde später gingen sie auf der Hauptstraße nebeneinander her. Dann kamen sie zu der Villa, die der Oberst beschlagnahmt hatte. Er schmunzelte über ihre Bitte und schlug ihnen ihren ungewöhnlichen Wunsch nicht ab. Ausgestattet mit einem Passierschein, setzten sie ihren Weg fort.

Bald passierten sie die Vorposten, durchquerten das völlig verlassene Colombes, und gelangten schließlich an den Rand der kleinen Weinberge, die zur Seine hin abfallen. Es war ungefähr elf Uhr.

Auf der anderen Seite lag das Dorf Argenteuil wie tot da. Die Gegend wurde von den Anhöhen von Orgement und Sannois beherrscht. Die große Ebene, die mit ihren kahlen Kirschbäumen und den grauen Feldern bis nach Nanterre reicht, war leer, völlig leer.

Sauvage wies mit der Hand auf die Gipfel und murmelte: »Da oben sind die Preußen!« Und angesichts dieses verlassenen Landstrichs befiel die zwei Freunde eine lähmende Unruhe.

Die Preußen! Sie hatten noch nie welche mit eigenen Augen gesehen, aber seit Monaten spürten sie ihre Nähe, in der Umgebung von Paris, diese Preußen, die Frankreich zerstörten, plünderten, massakrierten, das Land aushungerten – unsichtbar und allmächtig zugleich. Und zu dem Hass, den sie diesem unbekannten und siegreichen Volk gegenüber hegten, kam noch eine Art abergläubischer Furcht hinzu.

Morissot stammelte: »Ha, und was machen wir, wenn wir auf sie stoßen?«

Sauvage antworte darauf mit dieser echt Pariser Schnoddrigkeit, die sich von den widrigen Umständen nicht unterkriegen ließ: »Dann spendieren wir ihnen eben was von unserer Beute zum Braten.«

Aber eingeschüchtert von der großen Stille, die rundum herrschte, zögerten sie erst einmal, sich aufs freie Feld hinauszuwagen.

Schließlich fasste sich Sauvage dann doch ein Herz. »Also dann mal los«, sagte er, »aber immer schön vorsichtig.« Und sie stiegen den Weinberg hinab, gebückt, teilweise kriechend, immer im Schutze der Büsche, die es da gab, mit prüfendem Blick und gespitzten Ohren.

Nun lag nur noch ein Stück nackter Erde vor ihnen, dann hatten sie das Ufer des Flusses erreicht. Schnell liefen sie dorthin, und als sie an der Uferböschung angekommen waren, versteckten sie sich unter dem trockenen Schilf.

Morissot legte seine Wange ganz fest auf den Erdboden, um zu hören, ob nicht jemand in der Gegend herummarschierte. Er hörte nichts. Sie waren also allein, ganz allein.

Sie beruhigten sich allmählich wieder und fingen an zu angeln.

Ihnen gegenüber lag die verlassene Insel Marante, die sie vor irgendwelchen Blicken vom anderen Flussufer verbarg. Das kleine Restaurantgebäude war geschlossen, lag wie seit Urzeiten verwaist vor ihnen.

Sauvage fing den ersten Gründling. Danach fing auch Morissot einen, und jeden Augenblick zogen sie ihre Angeln mit einem zappelnden kleinen silbrigen Tier am Ende der Rute aus dem Wasser: Es war eine geradezu wundersame Angelei.

Vorsichtig legten sie die Fische in ein engmaschiges Netz, das zu ihren Füßen im Wasser hing. Und nach und nach wurden sie von einer wahren Glückseligkeit erfüllt, von der Freude, die einen ergreift, wenn man endlich wieder mal einer Lieblingsbeschäftigung nachgehen darf, die einem für lange Zeit verwehrt war.

Die gute Sonne verströmte ihre Wärme wohlig zwischen ihre Schultern; sie hörten nichts mehr; sie dachten an gar nichts mehr; was sonst noch auf der Welt passierte, war ihnen völlig egal: Sie angelten.

Doch plötzlich ließ ein dumpfes Geräusch, das vom Untergrund zu kommen schien, die Erde erzittern. Es war die Kanone, die erneut ihren Donnerhall verbreitete.

Morissot drehte sich um und oberhalb der Böschung erblickte er hinter ihnen auf der linken Seite die Silhouette des Mont-Valérien, dessen Vorderseite ein weißer Federbusch zierte, eine große Pulverwolke, die der Berg gerade ausgespuckt hatte.

Und gleich darauf stieg eine zweite mächtige Rauchwolke vom höchsten Punkt der Festung auf, und wenige Augenblicke später dröhnte schon eine neue Detonation.

Danach folgten noch weitere, und jedes Mal spie der Berg seinen tödlichen Atem in die Luft, stieß seine milchigen Dämpfe aus, die langsam im ruhigen Himmel nach oben stiegen und über dem Festungsberg eine große Wolke bildeten.

Sauvage zuckte die Achseln: »Jetzt fangen sie also wieder an«, sagte er.

Morissot, der ängstlich zusah, wie jedes Mal die Feder seines Schwimmers abtauchte, wurde plötzlich von Zorn ergriffen, dem Zorn eines friedfertigen Menschen auf diese Fanatiker, die sich da bekriegten, und er brummelte: »Wie dumm muss man eigentlich sein, um sich gegenseitig so umzubringen!«

Darauf versetzte Sauvage: »Die sind schlimmer als Tiere.«

Und Morissot, der gerade einen Weißfisch gefangen

hatte, erklärte: »Was will man da sagen; so wird es immer sein, solange es Regierungen auf der Welt gibt.«

Sauvage fiel ihm ins Wort: »Mit einer republikanischen Regierung hätte es keine Kriegserklärung gegeben ...«

Er wurde von Morissot mit den Worten unterbrochen: »Mit den Königen haben wir Krieg mit dem Ausland; bei einer Republik haben wir ihn bei uns selbst.«

Und in großer Ruhe fingen sie an zu diskutieren und gingen mit dem gesunden Verstand von sanftmütigen und zugleich nicht sonderlich intelligenten Menschen die großen politischen Streitfragen der Reihe nach durch, wobei sie sich in einem Punkt ganz einig waren, nämlich, dass man nie richtig frei sein würde. Währenddessen donnerte der Mont-Valérien ohne Unterlass vor sich hin und zerstörte mit seinen Kanonenkugeln französische Häuser, vernichtete Menschenleben, zertrat Lebewesen, beendete viele Träume, viele lang erwartete Freuden, viele Glückshoffnungen, säte in den Herzen von Frauen und in den Herzen von Mädchen und in den Herzen von Müttern, dort drüben, aber auch in anderen Ländern, endlose Leiden.

»So ist das Leben eben«, erklärte Sauvage.

»Sagen Sie lieber, so ist der Tod«, erwiderte Morissot mit einem Lachen.

Aber völlig verdattert zuckten sie da zusammen; sie hörten nämlich, dass hinter ihnen gerade jemand gekommen war; und als sie sich umgedreht hatten, erblickten sie vier große, bewaffnete, bärtige Männer, die wie Domestiken in Livree gekleidet waren und flache Mützen auf dem Kopf trugen. Sie standen direkt hinter ihnen und hatten ihre Gewehre auf sie angelegt.

Die zwei Angelruten fielen ihnen aus den Händen und trieben den Fluss hinunter.

Binnen weniger Sekunden waren sie ergriffen, gefesselt, abgeführt, in ein Boot verfrachtet und auf die Insel gebracht.

Und nun mussten sie erkennen, dass sich hinter dem Haus, das sie völlig verlassen geglaubt hatten, zwanzig deutsche Soldaten aufhielten.

Eine Art haariger Riese, der rittlings auf einem Stuhl saß und dabei eine große Porzellanpfeife rauchte, fragte sie in ausgezeichnetem Französisch: »Nun, meine Herren, wie war's, haben die Fische angebissen?«

Im gleichen Moment stellte ein Soldat das mit Fischen reich gefüllte Netz, das er wohlweislich mitgenommen hatte, zu Füßen des Offiziers ab. Der Preuße lächelte: »Ho, ho! Na, das nenne ich nicht schlecht. Aber es geht hier doch wohl um eine andere Sache. Nun hören Sie mir mal gut zu und seien Sie nicht beunruhigt.

In meinen Augen sind Sie zwei Spione; Sie wurden hierhergeschickt, um mich auszuspähen. Ich nehme Sie fest und lasse Sie erschießen. Sie gaben sich den Anschein zu angeln, um Ihre wahren Absichten zu vertuschen. Nun sind Sie mir aber in die Hände gefallen; umso schlimmer für Sie; Krieg ist Krieg.

Aber nachdem Sie ja die Vorposten passiert haben, verfügen Sie mit Sicherheit über ein Losungswort für die Rückkehr. Geben Sie mir diese Losung und im Gegenzug werde ich Sie begnadigen.«

Die beiden Freunde standen Seite an Seite bleich und mit vor Nervosität etwas zitternden Händen da und schwiegen.

Der Offizier ergriff gleich nochmals das Wort: »Kein Mensch wird jemals etwas davon erfahren, und Sie kehren ungestört dorthin zurück, wo Sie hergekommen sind. Das Geheimnis wird mit Ihnen verschwinden. Wenn Sie meinen Vorschlag ablehnen, unterschreiben Sie damit Ihr Todesurteil – und zwar mit sofortiger Vollstreckung. Sie haben die Wahl.«

Sie rührten sich weiterhin nicht vom Fleck und sagten kein Wort.

In aller Ruhe wies der Preuße mit der Hand auf den Fluss und fügte noch hinzu: »Denken Sie daran, dass Sie in fünf Minuten am Grunde dieses Gewässers liegen werden. In fünf Minuten! Haben Sie denn keine Familie?«

Vom Mont-Valérien ertönte immer noch Donnergrollen.

Die beiden Freunde standen da und verharrten weiterhin in Schweigen. Der Deutsche gab nun Befehle in seiner Sprache. Dann stellte er seinen Stuhl an einen anderen Platz, um den Gefangenen nicht zu nah zu kommen; zwölf Männer traten an und postierten sich, das Gewehr bei Fuß, in zwanzig Schritten Entfernung.

Noch einmal versetzte der Offizier: »Ich geben Ihnen noch eine Minute, keine zwei Sekunden mehr.«

Dann stand er brüsk auf, ging auf die beiden Franzosen zu, nahm Morissot beim Arm und zog ihn ein Stück vom anderen weg. Dann sagte er leise zu ihm: »Jetzt aber schnell, wie lautet es, das Losungswort? Ihr Kamerad wird nichts erfahren, ich werde so tun, als hätte ich mich erweichen lassen.«

Morissot antwortete mit keiner Silbe.

Der Preuße zog nun Sauvage auf die Seite und stellte ihm die gleiche Frage.

Sauvage sagte kein Wort.

Nun standen sie wieder Seite an Seite nebeneinander.

Der Offizier gab seine Befehle. Die Soldaten hoben ihre Waffen und legten an.

Zufällig fiel Morissots Blick auf das Netz voller Gründlinge, das einige Schritte von ihm entfernt, im Gras liegen geblieben war.

Der Haufen von Fischen, die noch mit letzter Kraft zappelten, lag hell glitzernd in der Sonne. Da überkam ihn ein Anfall von Schwäche: Obwohl er sich dagegen wehrte, wurden seine Augen feucht von Tränen.

Er stammelte: »Adieu, Monsieur Sauvage.«

Sauvage antwortete: »Adieu, Monsieur Morissot.«

Gegen ihren Willen vom Kopf bis zu den Füßen schlotternd, schüttelten sie sich die Hände.

Der Offizier rief: »Feuer!«

Die zwölf Schüsse hörten sich an, als wäre es nur ein einziger gewesen.

Sauvage fiel wie ein Felsblock vornüber auf seine Nase. Morissot, der größer war, taumelte etwas, drehte sich um die eigene Achse und fiel dann quer über seinen Kameraden, mit dem Gesicht zum Himmel, während aus seiner Uniformjacke, die an der Brust zerfetzt war, Blutstropfen herausquollen.

Nun gab der Deutsche neue Anweisungen.

Seine Leute zerstreuten sich kurz, kamen dann mit Schnüren und Steinen wieder, die sie an den Füßen der beiden Toten befestigten; danach trugen sie sie zur Böschung.

Der Mont-Valérien hörte nicht auf zu dröhnen, die Rauchwolke über ihm hatte sich mittlerweile zu einem Gebirge ausgewachsen.

Zwei Soldaten nahmen Morissot am Kopf und an den Beinen; zwei andere packten Sauvage auf die gleiche Weise. Sie holten einmal kräftig Schwung und warfen die zwei Körper in hohem Bogen weit in den Fluss hinaus. Diese tauchten, aufrecht, mit den von den Steinen beschwerten Füßen voraus, ins Wasser ein und gingen unter.

Das Wasser spritzte, blubberte, erzitterte, und beruhigte sich dann wieder, während ganz kleine Wellen bis heraus ans Ufer gespült wurden.

Auf der Wasseroberfläche trieb ein wenig Blut.

Halblaut sagte nun der Offizier, dem bei alldem die gute Laune nicht vergangen war: »So, nun sind die Fische an der Reihe.«

Daraufhin ging er zum Haus zurück.

Und urplötzlich fiel sein Blick auf das Netz mit den Gründlingen im Gras. Er hob es auf, untersuchte es, lächelte und rief: »Wilhelm!«

Ein Soldat in weißer Schürze lief sogleich herbei. Und der Preuße warf ihm die Beute der beiden Erschossenen zu und befahl: »Leg mir sofort diese kleinen Tierchen da in die Pfanne, solange sie noch so frisch sind. Das wird ein Hochgenuss.«

Danach nahm er seine Pfeife wieder zur Hand und schmauchte in Ruhe weiter.

Das Abenteuer des Walter Schnaffs

Seit er seinen Fuß auf französischen Boden gesetzt hatte, den die preußische Armee erobern sollte, hielt sich Walter Schnaffs für den unglücklichsten aller Erdenbürger. Er war dick, längeres Marschieren machte ihm arg zu schaffen, bereitete ihm Atemnot, und dazu litt er furchtbar unter seinen dick angelaufenen Plattfüßen. Im Übrigen war er ein zutiefst friedliebender und gutmütiger, in keinster Weise hochmütiger oder blutrünstiger Mensch, sondern nur ein Familienvater mit vier Kindern, die er von ganzem Herzen lieb hatte, und Ehemann einer jungen Frau mit blonden Haaren, deren Zärtlichkeiten, Aufmerksamkeiten und Küsse ihm zu seiner Verzweiflung jeden Abend aufs Neue schrecklich abgingen. Am liebsten stand er spät auf und ging früh zu Bett; speiste gemütlich im Wirtshaus gute Sachen und trank dabei Bier – das ging ihm über alles. Außerdem war er der Auffassung, dass alles Angenehme im Leben mit dem Tode auch zu Ende geht; und so bewahrte er in seinem Herzen einen fürchterlichen, instinktiven und zugleich sehr begründeten Hass auf die Kanonen, die Gewehre, die Revolver und die Säbel, vor allem aber auf die Bajonette; er hielt sich nämlich für überfordert damit, diese Waffe jemals so blitzschnell handhaben zu können, dass er damit seinen dicken Bauch vor Ungemach würde bewahren können.

Und wenn er nach Einbruch der Nacht, in seinen Man-

82

tel eingerollt, neben seinen schnarchenden Kameraden so dalag, dachte er lange an die Seinen, die er in der Heimat zurückgelassen hatte, sowie an die Gefahren, die hier auf den Straßen lauerten: »Wenn er getötet würde, was würde denn nur aus den Kleinen werden? Wer würde sie ernähren, sie aufziehen?« Schon jetzt waren sie alles andere als reich, obwohl er vor seinem Aufbruch noch Schulden gemacht hatte, um sie finanziell einigermaßen zu versorgen. Und manchmal weinte Walter Schnaffs.

Am Anfang der Gefechte hatte er sich in den Beinen so schwach gefühlt, dass er sich am liebsten hätte fallen lassen, wenn ihm nicht gleichzeitig klar gewesen wäre, dass dann die gesamte Armee über hin hinweggetrampelt wäre. Wann immer er Gewehrkugeln pfeifen hörte, stellten sich bei ihm alle Haare zu Berge.

Seit Monaten lebte er also auf diese Weise in Angst und Schrecken.

So kam es, dass er eines Tages, während seine Einheit auf die Normandie vorrückte, zusammen mit einem kleinen Trupp auf Erkundung losgeschickt wurde, der die Gegend auskundschaften und sich danach sofort wieder zurückziehen sollte. Die ganze Landschaft lag scheinbar völlig ruhig da; nichts deutete darauf hin, dass sich irgendein Widerstand zusammenbraute.

Als nun die Preußen in aller Ruhe in ein kleines Tal hinabstiegen, das von tiefen Schluchten durchzogen war, da prasselte ganz unerwartet starkes Gewehrfeuer auf sie hernieder, mähte zwanzig ihres Trupps zu Boden und brachte ihren Vormarsch sogleich zum Stehen. Und plötzlich brach eine Gruppe von Freischärlern aus einem scheinbar kaum handgroßen Gehölz hervor und ging mit Bajonetten auf sie los.

Walter Schnaffs blieb erst wie angewurzelt stehen, so

verdutzt und perplex, dass er nicht einmal daran dachte, die Flucht zu ergreifen. Dann aber wurde er von einem unmäßigen Drang ergriffen davonzurennen; aber sofort wurde ihm klar, dass er sich im Vergleich zu den mageren Franzosen, die wie eine Ziegenherde daherhüpften, nur im Schneckentempo fortbewegte. Als er nun sechs Schritte vor sich eine breite Grube erblickte, in der ein Haufen Sträucher und oben drauf heruntergefallenes Laub lagen, hopste er, ohne lang zu überlegen, wie tief diese Grube wohl war, mit angezogenen Füßen da hinein, nicht anders, als man von einer Brücke in einen Fluss hineinspringt.

Pfeilschnell rutschte er durch eine dicke Schicht von Lianen und den scharfen Stacheln eines Brombeerstrauchs hindurch, die ihm Gesicht und Hände aufrissen, bis er zuletzt hart auf dem felsigen Untergrund aufprallte.

Er schlug sogleich die Augen auf und konnte durch das Loch, das er bei seinem Sturz verursacht hatte, den Himmel sehen. Dieses unübersehbare Loch konnte ihn verraten, und so kroch er vorsichtig auf allen vieren ins Innere dieses Grabens, der von wild gewachsenem Zweigwerk überdacht war, und bewegte sich so schnell er konnte, um vom Schauplatz des Gefechts möglichst weit weg zu kommen. Dann hielt er inne und setzte sich wieder hin, wie ein Hase, der sich zwischen den hohen Stängeln vertrockneter Gräser verkriecht.

Eine Zeit lang hörte er noch Schüsse, Schreie und Jammern. Dann wurden diese Kampfgeräusche immer schwächer und hörten schließlich ganz auf. Zuletzt kehrte am Ort des Geschehens wieder völlige Stille und Ruhe ein.

Plötzlich bewegte sich etwas neben ihm. Voller Schrecken sprang er auf. Es war nur ein kleiner Vogel, der sich auf einen Zweig gesetzt hatte, sodass ein wenig Laub herabrieselte. Eine Stunde lang hatte Walter Schnaffs davon ganz schlimmes Herzklopfen.

Die Nacht kam und füllte die Schlucht mit ihrem Schatten. Und der Soldat kam ins Grübeln. Was sollte er nun tun? Was sollte aus ihm werden? Zurückfinden zu seiner Einheit … aber wie und auf welchem Weg? Und dann würde dieses schreckliche Leben aus Angst, Schrecken, Strapazen und Leiden, das er seit dem Beginn des Krieges geführt hatte, gleich wieder von vorne anfangen! Nein! Er fühlte, dass ihm der Mut hierzu mittlerweile fehlte. Die Energie, derer es bedurfte, um die langen Märsche durchzustehen und die allgegenwärtigen Gefahren zu bestehen, die war ihm abhandengekommen.

Aber was tun? In dieser Schlucht bleiben und sich bis zum Ende der Feindseligkeiten darin verstecken, das hielt er für ausgeschlossen. Nein, das hatte keinen Sinn. Wenn es das Problem des Hungers nicht gegeben hätte, hätte ihn diese Aussicht gar nicht allzu sehr verschrecken können; aber er musste nun einmal etwas zwischen die Zähne bekommen, und zwar jeden Tag.

So trat ihm seine Situation klar vor Augen: Ganz allein, mit seinen Waffen und in Uniform befand er sich auf feindlichem Gebiet, weit weg von denen, die ihn verteidigen konnten. Ein kalter Schauer nach dem anderen lief ihm über den Rücken.

Und plötzlich dachte er: ›Wenn ich wenigstens in Gefangenschaft wäre!‹ Und sein Herz wurde von einem Wunsch durchzuckt, einem heftigen, maßlosen Wunsch, nämlich Gefangener der Franzosen zu sein. In Gefangenschaft! Da wäre er gerettet, bekäme etwas zu essen, eine Unterkunft, wäre in Sicherheit vor den Kugeln und den Säbeln, ohne Angst vor irgendetwas haben zu müssen, in einem soliden, gut bewachten Gefängnis. In Gefangenschaft! Was für ein Traum!

Und sofort fasste er seinen Entschluss: »Ich werde alles tun, um in Gefangenschaft zu geraten.«

Er stand auf, fest entschlossen, diesen Plan unverzüglich in die Tat umzusetzen. Aber urplötzlich von ärgerlichen Bedenken und neuen Ängsten befallen, rührte er sich dann doch nicht von der Stelle.

Wo sollte er sich gefangen nehmen lassen? Und wie? Nach welcher Methode? Und alsbald wurde seine Seele von schrecklichen Bildern, Bildern vom Tode heimgesucht.

Wenn er ganz allein und aufs Geratewohl mit seiner Pickelhaube durch die Gegend marschieren würde, wäre das höchst gefährlich für ihn.

Wenn er dabei irgendwelchen Bauern begegnen würde? Sowie diese Bauern einen auf sich gestellten und schutzlosen Preußen sehen würden, würden sie ihn töten wie einen streunenden Hund! Massakrieren würden sie ihn mit ihren Heugabeln, ihren Äxten, ihren Sicheln, ihren Schaufeln! Mit der Wut und Verbitterung, die nun einmal in allen Besiegten steckt, würden sie ihn zu Mus machen und in Brei verwandeln.

Und wenn er auf Freischärler stieße? Diese Freischärler, diese Fanatiker ohne Gesetz und Disziplin würden sich einen Heidenspaß daraus machen, ihm eine Kugel in den Kopf zu jagen, sobald sie diesen erblickt hätten, einfach so aus Zeitvertreib, um etwas zum Lachen zu haben. Schon sah er sich im Geiste vor eine Mauer gestellt und die Läufe von zwölf Gewehren auf sich gerichtet, deren runde, schwarze Löcher ihn alle anzuschauen schienen.

Aber vielleicht würde er der regulären französischen Armee begegnen? Die Leute von der Vorhut würden ihn für einen Kundschafter halten, für einen kühnen und gewitzten Einzelgänger, der auf eigene Faust auf Erkundung gegangen war, und würden sofort auf ihn schießen. Schon konnte er die unregelmäßigen Detonationen von Schüssen hören, die im Gestrüpp versteckte Soldaten auf ihn abfeuerten, woraufhin er, auf einem Getreidefeld stehend, von den Kugeln, deren Einschlag in sein Fleisch er schon spürte, wie ein Sieb durchlöchert wurde und zusammensackte.

Verzweifelt setzte er sich wieder hin. Die Lage, in der er sich befand, schien ihm aussichtslos.

Mittlerweile war es tiefe Nacht geworden; stumm und schwarz lag sie über der Landschaft. Er bewegte sich nicht mehr, erschauerte aber bei jedem unbekannten und kleinen Geräusch, das irgendwo in der Finsternis ertönte. Ein Hase, der mit seinem Hinterteil zart an den Rand seines Baus anstieß, hätte Walter Schnaffs beinahe zur blinden Flucht veranlasst. Die Schreie der Eulen zerrissen ihm das Herz, fuhren ihm schockartig, wie schmerzhafte Stiche, durch die Seele und erfüllten ihn mit Ängsten. Er sperrte seine großen Augen auf, so weit es ging, um alles zu erkennen, was sich im Schatten tat, und ständig bildete er sich ein, ganz in seiner Nähe Schritte zu hören.

Nach zahllosen Stunden, in denen er Höllenängste ausstand, erblickte er durch die Decke des Geästs über ihm den Himmel, der nun allmählich wieder hell wurde. Da erfüllte ihn eine riesige Erleichterung; seine Glieder entspannten sich wieder und fanden nun plötzlich zur Ruhe; sein Herz atmete auf, während sich seine Augen schlossen. Walter Schnaffs schlief ein.

Als er aufwachte, hatte er den Eindruck, die Sonne stünde nun ziemlich genau in der Mitte des Himmels; es musste auf Mittag zugehen. Nicht das geringste Geräusch störte den trübseligen Frieden der Äcker, und Walter Schnaffs stellte fest, dass in ihm ein ganz schlimmer Hunger rumorte.

Er gähnte, und allein schon der Gedanke an die Wurst, die gute Wurst der Soldaten machte ihm den Mund wässrig; und schon tat ihm der Bauch weh.

Er stand auf, machte ein paar Schritte, spürte, dass er schwach auf den Beinen war, und setzte sich sogleich wieder hin, um nachzudenken. Zwei oder drei weitere Stunden ging er das Für und Wider durch, warf jeden Augenblick die gerade gefällte Entscheidung wieder um, niedergeschlagen, unglücklich, ständig von den gegensätzlichen Gründen mal in die eine, dann in die andere Richtung gezogen.

Zu guter Letzt erschien ihm ein Gedanke sinnvoll und auch praktisch durchführbar, nämlich einen der Dorfbewohner abzupassen, der allein, unbewaffnet und ohne gefährliche Arbeitsgeräte irgendwann vorüberkäme. Auf den wollte er zulaufen und sich in seine Hände begeben, nicht ohne ihm dabei klar zu verstehen zu geben, dass er sich ergebe.

Er nahm also seinen Helm ab, dessen Spitze ihn verraten konnte, und schob mit allergrößter Vorsicht seinen Kopf über das Loch ins Freie.

Keine Menschenseele war weit und breit zu sehen. In der Ferne auf der rechten Seite schickte ein kleines Dort den Rauch seiner Kamine, den Rauch der Küchen in den Himmel! Zur linken Seite erblickte er am Ende einer Baumallee ein großes Schloss, das von Türmchen umrahmt war.

Er wartete bis zum Abend, litt schrecklich, sah nichts als vorüberfliegende Raben, hörte nichts als das dumpfe Klagelied seiner Innereien.

Und ein zweites Mal fiel die Nacht über ihn herein.

Er streckte sich ganz am Ende seiner Zufluchtsstätte aus und fiel in einen fiebrigen Schlummer, der von Albträumen heimgesucht wurde, eben in den Schlaf eines ausgehungerten Menschen.

Aufs Neue stieg die Morgenröte über seinem Kopf gen Himmel. Wieder nahm er seinen Beobachtungsposten ein. Aber die Landschaft blieb so leer wie am Vortag, und so beschlich Walter Schnaffs eine ganz neue Sorte Angst, nämlich die Angst, vor Hunger sterben zu müssen! Er sah sich ausgestreckt am Ende seines Erdlochs liegen, auf dem Rücken, mit geschlossenen Augen. Dann bewegten sich Tiere, kleine Tierchen aller Art auf seinen Kadaver zu und machten sich daran, ihn zu verspeisen; dabei griffen sie ihn von allen Seiten gleichzeitig an, schlüpften unter seine Kleider, um in seine kalte Haut hineinzubeißen. Und ein großer Rabe stach ihm mit seinem scharfen Schnabel die Augen aus.

Da wurde er fast wahnsinnig bei der Vorstellung, er könnte in einem Anfall von Schwäche zusammenbrechen und sich nicht mehr auf den Beinen halten. Und schon wollte er sich anschicken, in Richtung Dorf loszumarschieren, fest entschlossen aufs Ganze zu gehen, alles in die Waagschale zu werfen, als er dreier Bauern gewahr wurde, die mit ihren Heugabeln über der Schulter aufs Feld gingen, und sogleich tauchte er wieder in sein Versteck hinab.

Sobald aber der Abend sein Dunkel über die Ebene legte, kletterte er langsam aus seiner Grube heraus und machte sich mit krummem Rücken, voller Angst und starkem Herzklopfen auf den Weg zu dem fernen Schloss. Seinen Fuß wollte er lieber dorthin setzen als ins Dorf, das ihm so gefährlich erschien wie ein Käfig voller Tiger.

Aus den Fenstern im unteren Geschoss kam Licht. Eines davon war sogar geöffnet, und ein starker Geruch von gekochtem Fleisch entströmte ihm, ein Geruch, der Walter Schnaffs ganz unvermittelt in die Nase drang und sich bis in die Tiefe seines Magens fortsetzte, der sich davon krampfhaft zusammenzog, ihn nach Atem ringen ließ, ihn unwiderstehlich anzog, ihm blitzschnell den Mut der Verzweiflung eingab.

Und ohne lang nachzudenken zeigte er sich, den Helm auf dem Kopf, ganz plötzlich im Rahmen des Fensters.

Acht Dienstboten saßen beim Abendessen um einen großen Tisch herum. Aber auf einmal riss eine der Küchenmägde ihren Mund weit auf, ließ ihr Glas fallen und hatte einen starren Blick in den Augen. Die Augen der übrigen Esser folgten den ihren!

Sie alle erblickten den Feind!

Gott im Himmel! Die Preußen waren da und griffen das Schloss an! ...

Erst war es ein Schrei, ein einzelner Schrei, der in acht unterschiedlichen Tonlagen acht Kehlen entstieg, ein aus grässlicher Angst geborener Schrei; daran schloss sich ein tumultartiger Aufbruch, ein allgemeines Gerempel, ein großes Durcheinander, eine heillose Flucht zum Hinterausgang an. Die Stühle fielen zu Boden, die Männer stießen die Frauen um und stiegen über sie hinweg. Innerhalb von zwei Sekunden war das Zimmer leer, verlassen, mit dem Tisch voller essbarer Dinge vor Walter Schnaffs, der völlig perplex immer noch am Fenster stand.

Nach einigen Augenblicken des Zögerns stieg er über die Mauer und ging auf die Teller zu. Der fürchterliche Hunger in ihm tobte so sehr, dass es ihn schüttelte wie einen Fieberkranken; aber noch hielt ihn die Furcht zurück und lähmte ihn eine Weile. Er horchte. Das ganze

Haus schien zu bibbern: Türe schlugen, schnelle Schritte trippelten über den Boden des Geschosses über ihm. Sorgenvoll spitzte der Preuße die Ohren und lauschte auf all diese sonderbaren Geräusche. Dann hörte er dumpfe Plumpser, ganz so als ob Körper sanft auf die Erde aufschlagen würden, am Fuße der Hausmauer, menschliche Körper, die aus dem ersten Stock heruntergesprungen waren.

Danach hörten alle Bewegungen, jede Art von Aktivität auf, und in dem großen Schloss wurde es still wie in einem Grab.

Walter Schnaffs setzte sich vor einen Teller, dessen Speisen noch völlig unangetastet waren, und fing an zu essen. Er aß mit großen Bissen, als wenn er von der Sorge geplagt wäre, nur allzu schnell bei seinem Mahl gestört zu werden und sich somit nicht vollschlagen zu können. Mit beiden Händen stopfte er sich Stücke in den Mund, den er sperrangelweit aufgerissen hatte; und so wanderten große Essenspakete Schlag auf Schlag in seinen Magen, nachdem sie nur mit Schwierigkeit den Weg durch seine Gurgel gefunden hatten. Von Zeit zu Zeit machte er eine kleine Pause, war nahe daran, wie ein überfülltes Rohr zu platzen. Dann nahm er den mit Cidre gefüllten Krug und spülte sich die Speiseröhre aus, so wie man eine verstopfte Leitung mit viel Druck wieder durchlässig macht.

Er leerte sämtliche Teller, sämtliche Platten und sämtliche Flaschen; vom vielen Essen und Trinken völlig berauscht und benommen, von Schluckauf geschüttelt, mit benebeltem Kopf und fettverschmiertem Mund knöpfte er sich die Uniformjacke auf, um besser atmen zu können, mittlerweile unfähig, auch nur einen einzigen Schritt zu tun. Die Augen fielen ihm zu; die Sinne schwanden; er legte seine schwer gewordene Stirn auf die über der Tischplatte gekreuzten Arme, und nach und nach verlor er jedes Bewusstsein von den Dingen und Sachen um ihn herum.

Der letzte Rest der Mondsichel beleuchtete schwach den Horizont über den Bäumen des Parks. Es war die kalte Stunde vor Anbruch des neuen Tages.

Schattenwesen glitten in großer Zahl und völligem Schweigen durch das Dickicht; von Zeit zu Zeit blitzte eine Stahlspitze im Mondschein auf.

Schwarz und still ragte die Silhouette des Schlosses auf. Licht kam nur aus zwei Fenstern im Erdgeschoss.

Plötzlich brüllte eine Stimme wie Donnerhall: »Vorwärts! Zack zack! Sprung auf, marsch marsch, meine Kinder!«

Im nächsten Moment zerbarsten die Türen, die Fensterstöcke und die Scheiben unter einer Flut von Menschen, die vorwärtsstürmten, alles zerbrachen, alles niedertrampelten, was sich bei der Eroberung des Hauses in den Weg stellte. Blitzschnell fielen fünfzig bis an die Zähne bewaffnete Soldaten in der Küche ein, wo Walter Schnaffs friedlich vor sich hin schlief. Sie hielten ihm fünfzig geladene Gewehre vor die Brust, warfen ihn auf den Boden, rollten ihn herum, packten ihn und fesselten ihn vom Kopf bis zu den Füßen.

Völlig durcheinander, noch zu benebelt, um zu verstehen, was um ihn herum passierte, rang der zusammengeschlagene, misshandelte und angsterfüllte Walter Schnaffs mühsam nach Luft.

Und urplötzlich setzte ihm ein goldbetresster dicker Uniformträger seinen Fuß auf den Bauch und schrie mit lauter Stimme: »Sie sind mein Gefangener, ergeben Sie sich!«

Der Preuße hörte nur dieses eine Wort »Gefangener«, und so antwortete er stöhnend: »Ja, ja, ja.«

Man hob ihn wieder auf, fesselte ihn an einen Stuhl und durchsuchte ihn mit allergrößter Neugierde. Dabei schnauften die Mitglieder des siegreichen Heeres wie ein Haufen erschöpfter Gäule. Mehrere konnten vor lauter Aufregung und mitgenommen von den Anstrengungen nicht mehr stehen und mussten sich hinsetzen.

Er aber, er lächelte jetzt, da er sicher war, nun endlich in Gefangenschaft zu sein!

Da trat ein anderer Offizier ein und meldete: »Herr Oberst, die Feinde haben die Flucht ergriffen; einige von ihnen scheinen verletzt zu sein. Wir sind absolut Herr der Lage.«

Die dicke Befehlshaber wischte sich die Stirn und brüllte: »Victoria!«

Und er schrieb auf einen kleinen Notizblock mit seinem Firmenschild, den er aus seiner Tasche geholt hatte: »Nach erbittertem Kampfe mussten die Preußen den Rückzug antreten; ihre Toten und außer Gefecht gesetzten Verwundeten, die auf fünfzig geschätzt werden, haben sie mitgenommen. Einige sind in unserer Hand geblieben.«

Der junge Offizier fuhr nun fort: »Welche Maßnahmen soll ich ergreifen, Herr Oberst?«

Dieser antwortete: »Wir werden uns nun unsererseits zurückziehen, um einem feindlichen Gegenangriff mit Artillerie und stärkeren Heereskräften zuvorzukommen.«

Und er erteilte den Befehl für den Abmarsch.

Die Truppe stellte sich im Schutz der Dunkelheit unterhalb der Schlossmauern wieder in Reih und Glied auf und setzte sich anschließend in Bewegung. Gefesselt und geknebelt wurde Walter Schnaffs von allen Seiten bewacht, und zusätzlich hielten ihn sechs Krieger mit gezogenem Revolver in Schach.

Späher wurden ausgeschickt, um den Marschweg abzusichern. Man rückte mit allergrößter Vorsicht vor, legte auch von Zeit zu Zeit Ruhepausen ein.

Beim Morgengrauen traf die Truppe bei der Unterpräfektur von La Roche-Oysel ein, deren Nationalgarde mit diesem Waffengang betraut worden war.

Die Heimkehrer wurden von den Dorfbewohnern schon ängstlich und aufgeregt erwartet. Als sie den Helm des Gefangenen erblickten, brach lauter Jubel aus. Die jungen Frauen hoben die Arme; Alte weinten; einer der Dorfältesten schleuderte seine Krücke auf den Preußen und verletzte dabei die Nase eines seiner Bewacher.

Der Oberst brüllte: »Passt mir ja auf, dass dem Gefangenen nichts passiert.«

Schließlich kam der Zug am Rathaus an. Das Gefängnis wurde aufgeschlossen, und Walter Schnaffs, von seinen Fesseln befreit, wurde darin deponiert. Zweihundert bewaffnete Männer hielten um das Gebäude herum Wache.

Trotz mancher Verdauungsstörungen, die ihn seit einiger Zeit plagten, fing der Preuße nun an, freudetrunken zu tanzen. Er tanzte wie von Sinnen, hob mal die Arme, mal die Beine und stieß dabei frenetische Schreie aus, bis er schließlich erschöpft auf dem Boden des Gefängnisses niedersank.

Er hatte es geschafft: Er war in Gefangenschaft! Gerettet!

So also trug es sich zu, dass das Schloss von Champignet nach nur sechsstündiger Besetzung dem Feinde wieder entrissen wurde.

Und der Oberst Ratier, seines Zeichens Tuchhändler, der diesen Handstreich der Nationalgarde von La Roche-Oysel befehligt hatte, bekam einen Orden.

Eine Landpartie

Seit fünf Monaten schon war es ihr gemeinsamer Wunsch gewesen, am Namenstag von Madame Dufour, die mit Vornamen Petronilla hieß, in der Umgebung von Paris essen zu gehen. Und nachdem die ganze Familie auf diesen Ausflug voller Ungeduld gewartet hatte, waren sie an diesem Morgen alle sehr früh aufgestanden.

Monsieur Dufour hatte sich die Kutsche des Milchhändlers ausgeliehen und saß selbst am Kutschbock. Der zweirädrige Karren war sauber herausgeputzt; er hatte ein von vier Metallstangen gehaltenes Dach, an dem Vorhänge angebracht waren, die sie aber hochgerollt hatten, um freie Aussicht auf die Landschaft zu haben. Nur der hintere Vorhang flatterte im Wind, wie eine Fahne. Madame Dufour, die an der Seite ihres Gatten saß, brachte ihre Formen in einem außergewöhnlichen, kirschfarbenen Seidenkleid voll und ganz zur Geltung. Auf zwei anderen Sitzen befanden sich eine alte Großmutter und ein junges Mädchen. Zu sehen war ferner noch der gelbe Haarschopf eines Burschen, der es sich in Ermangelung weiterer Sitzgelegenheiten im hinteren Teil der Kutsche bequem gemacht hatte und von dem nur der Kopf oben herausschaute.

Nachdem sie die Avenue des Champs-Élysées hinaufgefahren waren und die Stadtmauern bei der Porte Maillot passiert hatten, ließen sie ihre Blicke über die Gegend schweifen.

An der Brücke von Neuilly angekommen, hatte Monsieur Dufour gesagt: »Na, da ist sie ja endlich, die Landschaft!«, und als sie das gehört hatte, bekam seine Frau gleich eine große Anwandlung von Rührung über die schöne Natur.

Am Kreisel von Courbevoie waren sie alle von Bewunderung angesichts des sich nun weitenden Horizonts erfasst worden. Auf der rechten Seite, in der Ferne, lag Argenteuil mit seinem hochaufragenden Kirchturm; darüber erhoben sich die Hügel von Sannois und die Mühle von Orgemont. Zur Linken zeichnete sich im klaren Morgenlicht das Aquädukt von Marly ab, und ganz in der Ferne konnte man sogar die Terrasse von Saint-Germain erkennen; wogegen vor ihnen, am Ende einer Hügelkette, Erdaufschüttungen auf die neue Festungsanlage von Cormeilles hinwiesen. Ganz am Ende des Horizontes war über den Ebenen und den Dörfern in großem Abstand ein dunkelgrünes Band von Wäldereien zu erahnen.

Mittlerweile brannte die Sonne heiß auf die Gesichter herab; ständig drang ihnen Staub in die Augen, und zu beiden Seiten der Straße erstreckte sich eine nicht enden wollende nackte, schmutzige und stinkende Fläche. Sie sah aus, als hätte die Lepra sie verwüstet und dabei sogar die Häuser mit abgenagt, denn Skelette von teilweise abgerissenen und verlassenen Häusern und kleine Hütten, die mangels Rechnungsbegleichung bei der Baufirma als Bauruinen stehen geblieben waren, ragten ohne Dach mit ihren vier nackten Mauern in den Himmel.

Hier und da wuchsen lange Fabrikschlote auf dem unfruchtbaren Boden, als einzige Vegetation dieser modrigen Felder, von denen der Frühlingswind zweifelhafte Düfte von Petroleum und Schiefer herüberschickte, denen sich noch ein schlimmeres Aroma beigesellte.

Zu guter Letzt hatten sie die Seine ein zweites Mal überquert, und auf der Brücke hatte sie ein Zauber überwältigt. Der Fluss glitzerte nur so vor Licht; ein leichter Dunst schwebte über dem Wasser, den die Sonne hochsteigen ließ, und sie wurden von sanfter Ruhe, von einer wohligen Erfrischung durchströmt, konnten sie nun doch endlich eine reinere Luft atmen, die nicht vom schwarzen Rauch der Fabriken oder den Abgasen der Schuttabladeplätze infiziert worden war.

Ein Passant, an dem sie vorbeifuhren, hatte ihnen den Namen des Dorfs gesagt: Sie waren in Bezons.

Die Kutsche wurde angehalten, und Monsieur Dufour warf einen interessierten Blick auf das verlockende Schild eines nur bedingt attraktiven Wirtshauses: *Restaurant Poulin – große Auswahl an Fisch- und Fleischgerichten – Räumlichkeiten für besondere Veranstaltungen – schattiger Garten mit Schaukeln.* »Na, wie steht's, Madame Dufour, ist das hier nach deinem Geschmack? Kannst du dich vielleicht irgendwann entscheiden?«

Die Frau las ihrerseits die Inschrift: *Restaurant Poulin – große Auswahl an Fisch- und Fleischgerichten – Räumlichkeiten für besondere Veranstaltungen – schattiger Garten mit Schaukeln.* Danach musterte sie das Haus ausführlich.

Es war ein weiß gestrichener, direkt an die Straße hingepflanzter Landgasthof. Durch die offene Tür konnte man den glänzenden Tresen sehen, an dem zwei Arbeiter in sonntäglicher Kluft standen.

Nach einigem Hin und Her fand Madame Dufour zu einer Entscheidung: »Ja, das ist mir recht«, sagte sie; »und einen schönen Blick hat man auch von hier.« Die Kutsche fuhr in ein großes, mit Bäumen bepflanztes Grundstück hinein, das sich auf der Rückseite des Wirtshauses zur

Seine hin erstreckte und vom Fluss nur durch den Treidelpfad getrennt war.

Die ganze Ausflugsgesellschaft stieg also aus. Der Ehemann hüpfte als erster herunter, dann breitete er die Arme aus, um seine Frau in Empfang zu nehmen. Das Trittbrett, das von zwei eisernen Stangen gehalten wurde, war sehr tief angebracht, sodass Madame Dufour, um es zu erreichen, die untere Partie eines ihrer Beine vorzeigen musste, dessen klobiger Charme in diesem Moment weitgehend hinter einer riesigen Masse an Fett, das von den Oberschenkeln herabdrückte, verschwand.

Monsieur Dufour, den die ländliche Atmosphäre sogleich in Stimmung brachte, zwickte sie keck in die Wade, dann nahm er sie bei den Armen und wuchtete sie unter Aufbietung all seiner Kräfte auf den Boden, wie ein riesiges Paket.

Sie klopfte mit der Hand den Staub von ihrem Seidenkleid ab, dann inspizierte sie den Ort, an dem sie sich befand.

Sie war eine Frau von ungefähr sechsunddreißig Jahren; mit ihren Rundungen, mit der ganzen Pracht ihrer voll aufgeblühten Weiblichkeit bot sie einen durchaus erfreulichen Anblick. Mit dem Atmen tat sie sich allerdings schwer; das zu eng geschnürte Korsett lag wie ein Panzer um ihren Oberkörper, und der Druck dieser Höllenmaschine presste ihr die bewegliche Masse ihres allzu üppigen Busens bis unter das Doppelkinn.

Dann kam das junge Mädchen, das die Hand nur auf die Schulter ihres Vaters legte und ganz allein behände hinuntersprang. Der blondschopfige junge Mann war abgestiegen, indem er einen Fuß aufs Rad der Kutsche stellte, und danach war er Monsieur Dufour dabei behilflich, auch noch die Großmutter abzuladen.

Das Pferd wurde ausgespannt und an einen Baum angeleint; die Kutsche fiel auf die Nase, die zwei Tragearme auf den Boden. Die Männer zogen die Gehröcke aus und wuschen sich in einem Wassereimer die Hände; dann gingen sie zu ihren Damen, die es sich in der Zwischenzeit schon auf den Schaukeln bequem gemacht hatten.

Mademoiselle Dufour versuchte ganz allein die Schaukel aus dem Stand in Bewegung zu setzen, schaffte es aber nicht, aus eigener Kraft ausreichend Schwung zu bekommen. Sie war ein hübsches Mädchen von achtzehn bis zwanzig Jahren, eine dieser Frauen, die einen, wenn man ihr über den Weg läuft, wie mit einem Peitschenschlag mit Begierde erfüllt und bis in die Nacht hinein eine seltsame Unruhe und eine Aufwallung der Gefühle in einem zurücklässt. Sie war groß, hatte eine schmale Taille und breite Hüften, eine sehr braune Haut, sehr große Augen, sehr schwarze Haare. Ihr Kleid brachte die Formen ihres vollen Körpers gut zur Geltung, was durch die Bemühungen ihres Hinterteils, sich in die Luft zu schwingen, noch betont wurde. Mit gestreckten Armen hielt sie sich an den Stricken über ihrem Kopf fest, sodass sich ihre Brust bei jedem Anlauf, den sie nahm, ohne äußeren Ruck, gut sichtbar hob. Ihr Hut, den ein Windstoß mitgenommen hatte, war hinter ihr auf den Boden gefallen; und allmählich kam die Schaukel dann doch in Schwung, und jedes Mal, wenn sie wieder nach vorne flog, wurden ihre zarten Beine bis zum Knie hinauf sichtbar und präsentierten den Augen der grinsenden Männer ihre luftigen Unterröcke, was ihnen mehr zu Kopf stieg als der stärkste Wein.

Auf der anderen Schaukel sitzend jammerte Madame Dufour vor sich hin und wiederholte unaufhörlich: »Cyprien, komm her und schieb mich an; nun komm doch endlich und schieb mich an, Cyprien!« Schließlich erbarmte er sich ihrer, krempelte die Ärmel seines Hemds hoch, so, als ob er eine schwere Arbeit in Angriff nehmen würde, und machte sich mit größter Anstrengung daran, seine Frau in Schwung zu versetzen.

Sie klammerte sich an den Stricken fest und hielt ihre Beine ganz gerade, um den Boden nicht zu berühren, und war von dem Hin und Her der Schaukel wie betäubt. Bei jedem Anschub erbebten ihre Formen wie eine Portion Wackelpudding auf einem Teller. Als aber die Schaukelbewegungen immer heftiger wurden, wurde ihr schwindelig, und Angst bekam sie auch. Jedes Mal, wenn die Schaukel wieder nach unten sauste, stieß sie einen gellenden Schrei aus, was dazu führte, dass alle Dorfjungen herbeiliefen und zuschauten, und vor ihr, oberhalb der Hecke des Gartens, erblickte sie vage eine Gruppe von Köpfen, die lüstern grinsten und dabei verschiedene Grimassen schnitten.

Mittlerweile war eine Kellnerin herausgekommen, und das Mittagessen wurde bestellt.

»Einmal gemischter Grillteller von Seine-Fischen für alle, dann geschmorter Hase, Salat und Dessert«, dekretierte sie von oben herab. »Und dazu hätten wir gern zwei Liter Hauswein sowie eine Flasche Bordeaux«, sagte ihr Mann. »Wir möchten auf dem Rasen essen«, fügte das Mädchen noch hinzu.

Die Großmutter, die sich in die Katze des Hauses verliebt hatte, versuchte schon seit zehn Minuten, diese zu fassen zu bekommen, indem sie ihr ohne jeden Erfolg die süßesten Koseworte zurief. Das Tier, innerlich wohl durchaus geschmeichelt von dieser Zuwendung, kam immer wieder in die Nähe der Hand der guten Frau, ohne sich allerdings jemals von ihr berühren zu lassen und drehte seelenruhig ihre Runde um die Bäume, an denen sie sich rieb, mit hochgestelltem Schwanz und einem zufriedenen Schnurren.

»Seht mal«, rief plötzlich der junge Mann mit den strohgelben Haaren, der im Garten herumtigerte, »da sind ja Boote, ganz tolle sogar!« Und sie gingen alle hin, um sie anzuschauen. Unter dem Dach eines kleinen hölzernen Schuppens waren zwei prächtige Ruderboote aufgehängt, zierlich und wie edle Möbelstücke verarbeitet. Seite an Seite hingen sie ruhig da, schmal und lang, und glänzend, wie zwei große schlanke Mädchen, und ihr bloßer Anblick machte Lust auf eine Ruderpartie an einem lauen schönen Abend oder einem hellen Sommermorgen, an dem man an blühenden Böschungen vorbeigleitet, an denen mächtige Bäume all ihre Zweige ins Wasser herabsenken, wo ein ewiger Schauer das Schilf erzittern lässt, und von wo aus schnelle Eisvögel, wie blaue Blitze, auffliegen.

Die gesamte Familie betrachtete die Boote voller Andacht. »Oh ja! Die sind wirklich toll!«, wiederholte Monsieur Dufour ernst. Und mit Kennermiene gab er seinen Kommentar zu allen Einzelheiten der Boote ab. In seiner Jugend, sagte er, sei er auch gerudert, mit einem von denen da in der Hand – und dabei machte er ganz fachmännisch eine Ruderbewegung –, und damals habe es wenige gegeben, die es mit ihm hatten aufnehmen können! Damals in Joinville, da habe er im Rennen so manchen Engländer abgehängt; und er witzelte über das Wort ›Damen‹, mit dem man die Scharniere bezeichnet, an denen die Ruder eingehängt sind und sagte, dass die echten Ruderer aus gutem Grund niemals ohne ihre ›Damen‹ aus dem Haus gingen. Er redete und redete, kam immer mehr in Fahrt und wollte schließlich hartnäckig darauf wetten, dass er mit einem solchen Boot da locker sechs Meilen in der Stunde schaffen würde, ohne ins Schwitzen zu kommen.

Da kam die Kellnerin heraus und sagte: »Das Essen ist fertig.« Eilig machten sie kehrt und gingen auf die Suche nach dem passenden Essensplatz; aber dummerweise war die schönste Stelle, die sich Madame Dufour im Geiste vorher ausgesucht hatte, schon von zwei jungen Männern belegt, die dabei waren, ihr Mittagessen einzunehmen. Vermutlich waren das die Besitzer der Jollen, denn sie trugen die typische Aufmachung von Ruderern.

Sie hatten sich lässig auf Stühle hingefläzt, fast als würden sie liegen. Ihre Gesichter waren von der vielen Sonne geschwärzt und die Oberkörper waren nur von dünnen weißen Baumwolltrikots bedeckt, aus denen ihre nackten Arme, kräftig wie die von Schmieden, herausschauten.

Das waren zwei gut gebaute Burschen, die vor Kraft nur so strotzten, die aber bei jeder Bewegung diese anmutige Gelenkigkeit demonstrierten, die man nur aufgrund von langem Training gewinnt, im Unterschied zu den uneleganten Bewegungen, die sich die Arbeiter infolge der immer gleichen anstrengenden Handgriffe eben angewöhnen.

Beim Anblick der Mutter tauschten sie rasch ein Lächeln aus; als sie die Tochter erblickten, sahen sie sich vielsagend in die Augen. »Wir müssen ihnen unseren Platz anbieten«, sagte der eine, »so kommen wir ins Gespräch mit ihnen.« Da stand der andere sofort auf und, mit seiner schwarz-roten Kappe in der Hand, bot er den Damen ganz ritterlich den einzigen Platz im ganzen Garten an, wo die Sonne nicht hinschien. Diese stammelten erst allerlei Ausreden, nahmen das Angebot aber gern an, und damit das Ganze auch so richtig ländlich wirkte, ließ sich die Familie ohne Tisch und ohne Stühle auf dem Rasen nieder.

Die zwei jungen Männer verfrachteten ihre Gedecke

ein paar Schritte weiter und nahmen das unterbrochene Mahl wieder auf. Der Anblick ihrer nackten Arme, mit denen sie unentwegt herumhantierten, war dem jungen Mädchen ein wenig peinlich. Also tat sie so, als würde sie wegschauen und sie gar nicht mehr so recht zur Kenntnis zu nehmen, wohingegen ihre Mutter, die mehr Schneid hatte und von einer weiblichen Neugierde angestachelt war, hinter der vielleicht Begierde steckte, die zwei bei jeder sich bietenden Gelegenheit ansah und sie dabei wohl voller Bedauern mit der hinter der Kleidung verborgenen Hässlichkeit ihres eigenen Manns verglich.

Sie hatte sich im Schneidersitz auf dem Rasen breit gemacht und rutschte dauernd zappelig hin und her, angeblich weil Ameisen auf ihr herumkrabbelten. Ihr Mann, dem die Anwesenheit und das liebenswürdige Auftreten dieser Fremden gehörig die Laune verdarben, suchte eine bequeme Stellung zum Sitzen, die er allerdings nicht fand, und der junge Mann mit den strohgelben Haaren schaufelte alles, was es zu essen gab, still in sich hinein, wie ein Menschenfresser.

»Über das Wetter können wir uns ja wirklich nicht beklagen«, sagte die füllige Dame zu einem der Ruderer. Sie wollte liebenswürdig sein, wegen des Platzes, den sie ihnen überlassen hatten.

»Ja, Madame«, antwortete dieser, »fahren Sie denn öfter aufs Land?«

»Ach! Nur ein- oder zweimal, um ein wenig die gute Landluft zu schnuppern, und Sie, mein Herr?«

»Ich übernachte hier ständig.«

»Ach wirklich? Das muss ja herrlich sein!

»Ja, aber sicher, Madame.«

Und er schilderte sein Alltagsleben, mit allerlei poetischen Ausschmückungen, sodass im Herzen dieser Städter, die keinen grünen Flecken um sich haben und große Lust auf Spaziergänge in Wald und Wiesen entwickeln, diese alberne Liebe zur Natur aufloderte, die sie in milderer Form das ganze Jahr hindurch hinter ihrem Ladentisch heimsucht.

Ganz aufgeregt blickte das junge Mädchen auf und schaute den Ruderer an. Monsieur Dufour seinerseits erhob nun auch seine Stimme. »Ja, so sollte man leben.« Und er fügte noch hinzu: »Noch ein wenig vom Hasen gefällig, meine Teuerste?« – »Nein, vielen Dank, mein Bester.«

Erneut drehte sie sich zu den jungen Leuten hin und, indem sie auf ihre Arme hindeutete, sagte sie: »Ist Ihnen denn niemals kalt, in diesem Aufzug?«

Da mussten sie beide lachen, und sie versetzten die ganze Familie in Furcht und Schrecken, als sie ihnen schauerliche Geschichten von ihren Erschöpfungszuständen erzählten, von Fahrten, von denen sie schweißgebadet zurückkehrten, von ihren Bootspartien bei Nacht und Nebel; und dabei klopften sie heftig auf ihre Brust, um zu demonstrieren, wie das krachte. »Sapperlot!«, sagte der Ehemann, dem die Lust vergangen war, von der Zeit zu reden, in denen er die Engländer abgehängt hatte: »Sie sind aber wirklich gut beieinander.«

Das junge Mädchen musterte sie nun von der Seite, und der Bursche mit den strohgelben Haaren, der sich am Rotwein verschluckt hatte, hustete ganz fürchterlich und bekleckerte das kirschfarbene Seidenkleid seiner Chefin, die sich nach einem Wutanfall Wasser holen ließ, um die Flecken herauszuwaschen.

Mittlerweile war es ganz schrecklich heiß geworden. Der glitzernde Fluss sah aus wie ein Brutofen, und die Dämpfe des Weines taten ein Übriges, um die Köpfe zu benebeln.

Monsieur Dufour, den ein heftiger Schluckauf schüttelte, hatte seine Anzugweste und den Bund seiner Hose aufgeknöpft, während seine Frau, die kaum mehr Luft bekam, ihr Kleid allmählich aufhakte. Der Lehrling schüttelte fröhlich seine leinenfarbige strubbelige Mähne und schenkte sich unentwegt nach. Die Großmutter, die das Gefühl hatte, einen Schwips zu haben, saß steif da und machte einen würdevollen Eindruck. Was das Mädchen betrifft, sie ließ sich nichts anmerken; nur ihre Augen glänzten ein bisschen mehr, und ihre sehr braune Haut bekam um die Wangen herum eine zartrosa Färbung.

Der Kaffee gab ihnen den Rest. Jemand machte nun den Vorschlag, etwas zu singen, und so schmetterte ein jeder sein Lied, was die anderen jeweils mit tosendem Beifall bedachten. Danach rappelten sie sich mit gehöriger Mühe wieder auf, und während die zwei beschwipsten Damen in Ruhe durchatmeten, machten die Herren, die beide ziemlich blau waren, ein bisschen Sport. Schwer und schlaff hängten sie sich mit feuerroten Gesichtern linkisch an die Ringe, ohne sich hochziehen zu können, und ihre Hemden waren ständig in Gefahr, aus der Hose herauszurutschen und wie Fähnlein im Wind herumzuflattern.

Währenddessen hatten die Ruderer ihre Jollen zu Wasser gelassen und kamen zurück, um den Damen mit ausgesuchter Höflichkeit eine Spazierfahrt auf dem Fluss anzubieten.

»Monsieur Dufour, hast du Lust? Ach bitte, mir zuliebe!«, rief seine Frau. Mit stumpfsinniger Säufermiene schaute er seine Frau an, ohne zu verstehen, worum es überhaupt ging. Da kam einer der Ruderer zu ihm, mit zwei Angelruten in der Hand. Die Hoffnung, Gründlinge zu angeln, der Traum aller Ladenbesitzer, brachte neues

Leben in die trüben Augen des Ehemanns, der alles erlaubte, was sich irgendjemand wünschte und es sich seinerseits im Schatten, unter der Brücke, bequem machte, die Füße über dem Wasser in der Luft baumeln ließ, neben sich das junge Bürschchen mit den gelben Haaren, der sogleich einschlief.

Einer der Ruderer musste in den sauren Apfel beißen: Er nahm die Mutter. »Zum Wäldchen auf der Insel der Engländer!«, rief er beim Wegfahren noch.

Die andere Jolle hatte es weniger eilig. Der Ruderer war so sehr damit beschäftigt, seine Gefährtin anzuschauen, dass er an nichts anderes mehr dachte, und er war von einer Gefühlsaufwallung so mitgenommen, dass ihm plötzlich die Kraft in den Muskeln ausging.

Das junge Mädchen, das auf der Bank des Ruderboots Platz genommen hatte, gab sich ganz der angenehmen Situation hin, auf dem Wasser zu sein. Sie hatte das Gefühl, als würden alle Gedanken aus ihrem Kopf verschwinden, um einer Wohligkeit all ihrer Glieder Platz zu machen; umnebelt von vielen Reizen, ging sie voll und ganz in dieser seligen Mattigkeit auf. Sie war ganz rot geworden und atmete nun mit schnellen kurzen Stößen. Die berauschende Wirkung des Weins, verstärkt durch die Hitze, die sie wie ein heißes Bad umfing, brachte es mit sich, dass sie glaubte, jeder Baum an der Uferböschung würde ihr beim Vorbeifahren freundlich zuwinken. Ein Anflug von Sehnsucht nach Sinnesfreuden, eine kitzelnde Aufwallung ihres Blutes durchlief ihren von der sommerlichen Hitze aufgeputschten Körper, und erst recht verwirrt war sie von diesem Zusammensein zu zweit auf dem Wasser, mitten in dieser Landschaft, aus der der Feuerbrand des Himmels die letzten Menschenseelen vertrieben hatte, mit Ausnahme des jungen Mannes, der sie schön fand, dessen Blicke ihre Haut mit Küssen übersäten und dessen Begierde so stechend war wie die Sonne.

Ihre Unfähigkeit, etwas zu sagen, verstärkte ihre Gefühle nur noch, und stumm schauten sie die Gegend an. Schließlich gab er sich einen Ruck und fragte sie nach ihrem Namen. »Henriette«, sagte sie. »Ach was!«, antwortete er, »und ich, ich heiße Henri.«

Der Klang ihrer Stimmen hatte sie ein wenig beruhigt; sie lenkten ihr Interesse auf das Ufer. Die andere Jolle hatte angehalten und schien auf sie zu warten. Der Bootskapitän rief: »Wir treffen Euch dann im Wald, wir fahren erst noch bis Robinson; Madame hat nämlich Durst.« Mit diesen Worten legte er sich auch schon in die Riemen und verschwand in kürzester Zeit aus ihrem Blick.

Seit einiger Zeit war nun aber ein ständiges Brummen, das man anfangs nur vage hören konnte, schnell immer näher gekommen. Der Fluss selbst schien zu brausen, als wenn ein dumpfer Lärm aus seinen Tiefen nach oben steigen würde.

»Was hört man denn da?«, fragte sie.

Es war der Wasserfall von einem Staudamm, der den Fluss an der Spitze der Insel in zwei Teile spaltete. Er verlor sich in einer längeren Erklärung, als plötzlich durch das Krachen der Kaskade hindurch der Gesang eines Vogels, der von fern zu kommen schien, an ihr Ohr drang. »Oh!«, sagte er, »die Nachtigallen schlagen am Tage; das heißt, dass die Weibchen brüten.«

Eine Nachtigall! Sie hatte noch nie eine singen hören, und die Vorstellung, nun eine zu hören, erzeugte in ihrem Herzen allerlei Träume von romantischen Liebkosungen. Eine Nachtigall! Die unsichtbare Zeugin von erotischen Rendezvous, die Julia von ihrem Balkon erflehte, diese göttliche Musik, die der Himmel den Menschen schenkte, dieser ewige Auslöser aller schmachtenden Romanzen, die den armen kleinen Herzen der rührseligen Mädchen das Blaue vom Himmel versprachen!

Nun also war es so weit: Sie hörte eine Nachtigall.

»Wir müssen ganz leise sein«, sagte ihr Gefährte, »wir können zum Wald hinunterfahren und uns ganz nah zu ihr ins Gras setzen.«

Die Jolle schien zu schweben. Auf der Insel, deren Böschung so niedrig war, dass man vom Boot aus ins Dickicht hineinschauen konnte, kamen nun Bäume in Sicht. Sie hielten an; das Boot wurde festgemacht, Henriette hakte sich bei Henri unter, und so machten sie sich durch die Zweige hindurch auf den Weg. »Bücken Sie sich«, sagte er. Sie bückte sich, und so drangen sie in ein unentwirrbares Durcheinander von Lianen, Blättern und Schilf ein, in ein unauffindbares Versteck, das man kennen musste und das der junge Mann schmunzelnd sein ›zweites Wohnzimmer‹ nannte.

Genau über ihrem Kopf sang der Vogel, der auf einem der Bäume saß, in deren Schutz sie sich begaben, unaufhörlich sein Lied. Er schmetterte Triller und Roller, dann hielt er immer wieder ein Tremolo ganz lang, das die Luft erfüllte und sich am Horizont allmählich verlor, den Fluss entlangrollte und schließlich über die Ebenen, durch die glutheiße Stille, die über der Landschaft lastete, sanft davonflog.

Aus Angst, die Nachtigall zu vertreiben, sagten sie kein Wort. Sie saßen nebeneinander, und langsam wanderte Henris Arm um Henriettes Taille und umschloss sie mit sanftem Druck. Ohne ihm zu grollen, nahm sie diese allzu kecke Hand und entfernte sie unablässig im gleichen Zug, wie er sie wieder annäherte, und im Übrigen empfand sie wegen dieser Liebkosung keinerlei Verlegenheit, als wenn dies eine ganz natürliche Sache wäre, die sie genauso natürlich zurückwies.

Voller Verzückung lauschte sie dem Konzert des Vogels. In ihr regten sich unendliche Sehnsüchte nach Glück, nach überraschenden Liebkosungen, die sie durchströmten, nach übermenschlichen poetischen Offenbarungen; zugleich wurde ihr ums Gemüt und um ihr Herz so weich, dass sie weinen musste, ohne zu wissen warum. Nun drückte der junge Mann sie fest an sich; und sie dachte gar nicht mehr daran, sich noch länger dagegen zu wehren.

Plötzlich hielt die Nachtigall in ihrem Gesang inne. In der Ferne rief eine Stimme »Henriette!«.

»Antworten Sie nicht«, sagte er ganz leise, »Sie würden sonst den Vogel aufschrecken.«

Ihr war auch nicht sonderlich daran gelegen, auf diesen Ruf zu antworten.

Einige Zeit saßen sie so da. Madame Dufour hatte sich ihrerseits irgendwo hingesetzt, denn von Zeit zu Zeit waren undeutliche kleine Schreie der beleibten Dame zu hören, die wohl der andere Ruderer neckte.

Das junge Mädchen weinte immer noch, erfüllt von sehr sanften Gefühlsregungen, mit heißer Haut und überall von unbekannten Verlockungen bezirzt. Henris Kopf lag auf ihrer Schulter, und auf einmal küsste er sie auf die Lippen. Sie stieß ihn wild zurück und um von ihm loszukommen, legte sie sich auf den Rücken. Aber er warf sich mit seinem ganzen Körper auf sie. Lange suchte sein Mund den ihren, der auswich, fand ihn dann doch und vereinigte sich mit ihm. Von einem heftigen Begehren ganz um den Verstand gebracht, erwiderte sie seinen Kuss, drückte ihn fest an ihre Brust, und ihr ganzer Widerstand schwand dahin, als wenn ein zu großes Gewicht ihn zerdrückt hätte.

Um sie herum war alles still. Der Vogel fing nun wieder an zu singen. Als Erstes kamen drei durchdringende Töne aus seiner Kehle, die sich anhörten wie ein Aufruf zur Liebe, dann, nach einer kleinen Pause, sang er mit abgeschwächter Stimme sehr langsame Tonfolgen.

Eine milde Brise strich durch die Bäume und brachte die Blätter zum Rascheln, und herauf in die Zweige drangen zwei leidenschaftliche Seufzer, die mit dem Gesang der Nachtigall und dem Murmeln der Bäume eins wurden.

Ein Rausch war über den Vogel gekommen, und seine Stimme, die allmählich immer schneller wurde, wie ein sich ausbreitender Feuerbrand oder eine auflodernde Leidenschaft, wirkte wie die Begleitmusik zu einem Konzert von Küssen, das unter dem Baum ertönte. Dann steigerte sich sein hingerissener Gesang bis zum Delirium. Wie von Ohnmachtsanfällen erfasst, hielt er auf manchen Tönen inne, dann nahm er, wie von Krämpfen geschüttelt, die Melodie wieder auf.

Bisweilen beruhigte sich die Nachtigall ein wenig, sang dann nur zwei oder drei leichte Töne, die sie allerdings mit einer scharfen Wendung abbrach. Aber gleich darauf legte sie ganz ausgelassen los, mit Kaskaden von Tonleitern herauf und herunter, die aber stoßweise unterbrochen wurden, wie ein wildes Liebeslied, dem Schreie des Triumphs folgten.

Aber dann verstummte sie, als sie unter sich ein so tiefes Stöhnen hörte, dass man hätte meinen können, eine Seele nähme Abschied vom Leben. Dieses Geräusch dauerte noch einige Zeit an und fand in einem Schluchzer sein Ende.

Sie waren beide sehr blass, als sie ihr grünes Lager wieder verließen. Der blaue Himmel kam ihnen nun verdunkelt vor; die heiße Sonne war in ihren Augen verloschen; sie wurden der Einsamkeit und der Stille gewahr, die hier herrschte. Schnell schritten sie nebeneinander dahin, ohne miteinander zu sprechen, ohne sich zu berühren; denn sie schienen nun unversöhnliche Feinde geworden zu sein, als ob Ekel sich zwischen ihre Körper geschoben hätte, als ob Hass ihre Herzen getrennt hätte.

Von Zeit zu Zeit rief Henriette: »Mama!«

In einem Busch gab es heftiges Geraschel. Henri glaubte einen weißen Unterrock zu sehen, den jemand eiligst über eine stämmige Wade hochzog; und da erschien auch schon die kolossale Dame, ein wenig verlegen und sehr rot im Gesicht, mit glänzenden Augen und wogendem Busen, vielleicht ein wenig zu nah an ihrem Begleiter. Letzterer musste allerlei komische Dinge gesehen haben, denn über sein Gesicht huschte immer wieder überraschend ein spitzbübisches Lachen, das er sich nicht verkneifen konnte.

Liebevoll nahm Madame Dufour seinen Arm, und so traten sie den Rückweg zu den Booten an. Henri, der vorausging, immer noch wortlos an der Seite des jungen Mädchens, glaubte plötzlich so etwas wie einen schmatzenden Kuss zu hören, der schnell wieder erstickt wurde.

Schließlich kehrten sie nach Bezons zurück.

Monsieur Dufour, nun wieder nüchtern geworden, wartete schon ungeduldig. Der junge Mann mit den gelben Haaren aß vor dem Verlassen des Wirtshauses noch einen letzten Happen. Die Kutsche stand angeschirrt im Hof, und die Großmutter, die schon wieder eingestiegen war, stand größte Ängste aus, weil ihr vor dem Gedanken graute, im Dunkeln über die Ebene fahren zu müssen, wo doch die Gegend um Paris in der Nacht alles andere als sicher war.

Sie schüttelten sich die Hände, und die Familie Dufour fuhr davon. »Auf Wiedersehen!«, riefen die Ruderer. Ein Seufzer und eine Träne waren die Antwort darauf.

Zwei Monate später kam Henri zufällig in der Rue des Martyrs vorbei, und da las er an einer Tür: *Eisenhandlung Dufour*.

Er ging hinein.

Hinter der Ladentheke waren die Rundungen der voluminösen Dame zu sehen. Sie erkannten sich sogleich wieder, und nach tausend Höflichkeiten erkundigte er sich nach dem Befinden der Familie. »Und wie geht es denn dem Fräulein Henriette?«

»Danke, der geht es bestens, sie ist verheiratet.«

»Ach! …«

Er war ganz bestürzt über diese Nachricht, dann fragte er nach: »Ja … und mit wem?«

»Na, mit dem jungen Mann, der auf dem Ausflug mit dabei war, Sie erinnern sich sicher an ihn; der wird auch mal das Geschäft übernehmen.«

»Ja, natürlich.«

Traurig wandte er sich dem Ausgang zu, auch wenn er nicht so recht wusste, warum er plötzlich so traurig war. Da rief Madame Dufour ihn zurück.

»Und wie geht es Ihrem Freund?«, fragte sie schüchtern.

»Na, dem geht's gut.«

»Bitte grüßen Sie ihn schön von uns; und sagen Sie ihm, er wäre schön, wenn er auch mal hier vorbeikäme …«

Dabei wurde sie ganz rot im Gesicht und sie fügte schnell hinzu: »Würde mich sehr freuen, bitte richten Sie ihm das aus.«

»Mache ich selbstverständlich. Können sich drauf verlassen. Leben Sie wohl!«

»Nein … auf bald!«

Im Jahr darauf, eines Sonntags, an dem es sehr warm war, da kamen Henri unversehens wieder einmal alle Einzelheiten dieses Abenteuers, das er nie so ganz vergessen hatte, so klar und so deutlich ins Gedächtnis, dass er ganz allein zu ihrem »Salon im Grünen« zurückkehrte.

Als er das Lager betrat, traute er seinen Augen nicht: Sie saß da auf dem Rasen, mit traurigem Gesicht, während an ihrer Seite, hemdsärmelig wie immer, ihr Ehemann, der junge Bursche mit den gelben Haaren, hingebungsvoll vor sich hin schlief wie ein Stück Vieh.

Als sie Henri sah, wurde sie so blass, dass er schon glaubte, sie würde nun gleich in Ohnmacht fallen. Dann plauderten sie miteinander so selbstverständlich, als wäre zwischen ihnen nie etwas geschehen.

Aber als er ihr erzählte, dass er diesen Ort sehr mochte und ihn oft an Sonntagen aufsuche, um sich zu entspannen und um sich in schönen Erinnerungen zu ergehen, da schaute sie ihm lange in die Augen.

»Ich für meinen Teil, ich denke jeden Abend daran«, sagte sie.

Da sagte ihr Mann mit einem großen Gähnen: »So, meine Gute, ich glaube, es wird Zeit für uns, wir müssen wieder zurück nach Hause.«

Im Frühling

Wenn sich die ersten schönen Tage einstellen, die Erde neu erwacht und wieder ergrünt, wenn die Luft mit ihren lauen Düften uns zart über die Haut streift, in die Brust eindringt, ja anscheinend bis ins Herz vorstößt, dann befallen uns undeutliche Sehnsüchte nach einem Glück, von dem wir nicht recht wissen, worin es besteht; wir bekommen große Lust, einfach drauflos zu laufen, aufs Geratewohl aus dem Haus zu gehen, Abenteuer zu suchen, den Frühling in uns einzusaugen.

Nachdem der letzte Winter recht hart ausgefallen war, war dieses Bedürfnis, wieder neu aufzublühen, im Mai wie ein Rausch über mich gekommen, wie ein überbordender Schub Lebenssaft, der in mir hochstieg.

Eines Morgens nun erblickte ich beim Aufwachen durch mein Fenster über den Nachbarhäusern die große blaue Himmelsfläche, die die Sonne mit ihren feurigen Strahlen überflutete. Die Kanarienvögel in ihren Käfigen an den Fenstern zwitscherten um die Wette; auf allen Stockwerken sangen die Dienstmädchen; ein heiterer Lärm stieg von der Straße herauf; und so ging ich in übermütiger Stimmung aus dem Haus, um Gott weiß wohin zu schlendern.

Die Leute, deren Weg man kreuzte, lächelten; ein Hauch Glück schwebte überall in dem warmen Licht des wiedergekehrten Frühlings. Es schien fast so, als läge über der ganzen Stadt eine Brise Liebe; die jungen Frauen, die in ihren leichten Kleidern an mir vorübergingen, die einen mit kaum verhohlener Zärtlichkeit anschauten und deren Gang noch liebreizender war als sonst, brachten mich ganz durcheinander.

Ohne zu wissen wie, ohne zu wissen warum, landete ich am Ufer der Seine. Muntere Dampfer zogen in Richtung Suresnes vorbei, und da überkam mich plötzlich eine übergroße Lust, einen Spaziergang im Wald zu machen.

Das Deck der »Mouche« war mit Passagieren besetzt; denn die ersten Sonnenstrahlen ziehen einen unwiderstehlich hinter dem Ofen hervor, und alle Leute sind in Bewegung, gehen hin, gehen her, und jeder plaudert mit seinem Nachbarn.

Ich selbst hatte eine Sitznachbarin, es war wohl eine einfache Arbeiterin, mit dem typischen Charme der Pariserin. Unter blonden Haaren, die an den Schläfen zu Locken frisiert waren, hatte sie einen entzückenden Kopf. Diese Haare, die aussahen wie gewellte Lichtstrahlen, fielen ihr über die Ohren bis auf den Nacken herab, tanzten im Wind, und wurden weiter unten zu einem so feinen, so luftigen, so blonden Flaum, dass man ihn nur mehr erahnte, der aber eine geradezu unwiderstehliche Lust im Beschauer auslöste, diese Stelle mit Küssen zu bedecken.

Unter meinen ziemlich aufdringlichen Blicken drehte sie mir ihren Kopf zu, senkte dann aber plötzlich den Blick, während eine leichte Falte, wie ein Anflug eines Lächelns, das ihre Mundwinkel umspielte, zugleich auch diesen feinen, seidigen und blassen Flaum zum Vorschein brachte, den die Sonne ein wenig vergoldete.

Der ruhige Fluss wurde nun etwas breiter. Eine warme, friedliche Atmosphäre lag über der Landschaft, und ein Gemurmel des Lebens schien den Weltenraum zu erfüllen. Meine Nachbarin hob den Blick wieder, und dieses Mal – ich schaute sie immer noch unverwandt an – lächelte sie richtig. Wie sie so lächelte, war sie bezaubernd, und in ihrem ausweichenden Blick konnte ich tausend Dinge erkennen, tausend Dinge, von denen ich bis dahin nichts gewusst hatte. In ihrem Innersten waren unbekannte Welten zu sehen, der ganze Zauber der Zärtlichkeit, die ganze Poesie, die wir uns erträumen, das ganze Glück, das wir ohne Unterlass suchen. Und wie ein Wahnsinniger wünschte ich mir, die Arme auszubreiten und sie irgendwohin zu tragen, um ihr die sanften Flötentöne der Liebe ins Ohr zu flüstern.

Schon wollte ich meinen Mund öffnen und sie ansprechen, als mir jemand auf die Schulter klopfte. Überrascht drehte ich mich um und sah vor mir einen Mann von gänzlich normalem Aussehen, weder jung noch alt, der mich traurig anschaute.

»Ich würde gern mit Ihnen reden«, sagte er.

Ich verzog mein Gesicht zu einer Grimasse, was ihm offenbar nicht entging, denn er fügte sofort hinzu: »Es ist wichtig.«

Ich stand auf und folgte ihm bis zum anderen Ende des Schiffes.

»Mein Herr«, fing er nun an zu sprechen, »wenn der Winter anbricht, mit seinen Frösten, dem Regen und dem Schnee, dann rät Ihnen Ihr Arzt tagtäglich: ›Halten Sie Ihre Füße immer hübsch warm, hüten Sie sich vor Erkältungen, vor der Grippe; meiden Sie Bronchitis und Rippenfellentzündungen.‹ Also sind Sie entsprechend vorsichtig; sie tragen Flanell, dicke Überzieher, feste Schuhe, was Sie allerdings nicht davor bewahrt, gelegentlich doch zwei Monate im Bett zu verbringen. Wenn aber der Frühling kommt, mit seinen Blättern und Blüten, seinen warmen und milden Brisen, den von den Feldern hochsteigenden Dunstschwaden, die einem undeutliche Gemütsverirrungen, eine grundlose Rührseligkeit einflößen, dann ist da niemand, der einem sagen könnte: ›Mein Herr, hüten Sie sich vor der Liebe! Sie hält sich überall versteckt! Sie lauert Ihnen hinter jeder Ecke auf; alle ihre Fallen sind gestellt, alle Waffen sind geschärft, alle heimtückischen Listen vorbereitet! Hüten Sie sich vor der Liebe! … Hüten Sie sich vor der Liebe! Sie ist gefährlicher als die Grippe, die Bronchitis oder die Rippenfellentzündung! Sie verzeiht nicht und lässt die ganze Welt Dummheiten begehen, die nachher nicht mehr zu reparieren sind.‹ Jawohl, mein Herr, ich sage Ihnen, die Regierung müsste eigentlich jedes Jahr große Plakate an die Mauern kleben, mit folgendem Inhalt: ›*Der Frühling steht vor der Tür. Französische Staatsbürger, hütet Euch vor der Liebe*‹ – genauso wie man auch an Haustüren oft schreibt: ›Vorsicht! Frisch gestrichen!‹ Na ja, nachdem die Regierung das nicht tut, tue ich es an ihrer Stelle und ich sage Ihnen hiermit: Hüten Sie sich vor der Liebe; Sie ist gerade dabei, Sie zu erwischen, und ich habe die Pflicht, Sie zu warnen, so wie man in Russland einen Passanten warnt, dessen Nase dabei ist, zu erfrieren.«

Vollkommen verdattert saß ich diesem sonderbaren Individuum gegenüber und sagte schließlich, um Würde bemüht: »Alles schön und gut, mein Herr, aber Sie scheinen sich hier in Dinge einzumischen, die Sie nichts angehen.«

Er schüttelte sich und antwortete: »Oh nein! Mein Herr! Oh nein! Wenn ich sehe, dass ein Mensch dabei ist, in gefährlichem Wasser zu ertrinken, soll ich ihn dann absaufen lassen? Hören Sie sich lieber erst einmal meine eigene Geschichte an, dann werden Sie verstehen, warum ich so frei bin, auf diese Weise mit Ihnen zu sprechen.

*

Es war im letzten Jahr, genau zur gleichen Jahreszeit. Als Allererstes muss ich Ihnen sagen, dass ich Beamter im Marine-Ministerium bin, wo unsere Vorgesetzten, die Abteilungsleiter, ihre Offizierstressen, die sie auch im Büro tragen, so ernst nehmen, dass sie uns wie kleine Schiffsjungen im Ausguck behandeln. Ach! Wenn sich doch alle Vorgesetzten nur einigermaßen anständig aufführen würden; aber ich schweife ab … Ich sah also eines schönen Tages von meinem Schreibtisch aus einen Zipfel des blauen Himmels, wo die Tauben herumflogen; und da überkam mich eine unbändige Lust, inmitten meiner schwarzen Aktenordner herumzutanzen.

Meine Sehnsucht nach Freiheit wurde so groß, dass ich meinen Widerwillen überwand und meinen Affen von Chef aufsuchte. Das war ein kleiner mürrischer Typ, der immer gleich auf hundertachtzig war. Ich sagte ihm, ich sei krank. Er schaute mir frech ins Gesicht und schrie: ›Ich glaube Ihnen kein Wort, mein Herr. Aber, von mir aus, gehen Sie nur! Aber glauben Sie bloß nicht, dass mit Mitarbeitern wie Ihnen eine Behörde funktionieren kann!‹

Aber ich machte mich aus dem Staub, und irgendwann war ich an der Seine. Das Wetter war traumhaft, so wie heute; und so bestieg ich die »Mouche«, um einen Ausflug nach Saint-Cloud zu machen.

Ach, mein Herr! Wäre mein Vorgesetzter nur so hart geblieben, mir diesen freien Tag zu verweigern!

Es schien mir, als ginge mir unter der Sonne förmlich das Herz auf. Ich liebte alles, das Schiff, den Fluss, die Bäume, die Häuser, meine Nachbarn auf dem Dampfer, eben alles. Ich hatte Lust, irgendetwas zu umarmen, es kam gar nicht darauf an, was das war: Das alles war die Liebe, die ihre Falle auslegte.

Plötzlich, beim Trocadéro, stieg ein junges Mädchen mit einem Päckchen in der Hand zu und setzte sich mir gegenüber.

Sie war hübsch, ja mein Herr; aber das Komische ist doch, dass die Frauen bei schönem Wetter, besonders im Frühling, schöner aussehen, als sie sind: Sie sind dann einfach hinreißend, bezaubernd, strahlen einen speziellen Reiz aus, der sich nicht in Worte fassen lässt. Das ist wie ein schöner Schluck Wein, den man nach dem Käse zu sich nimmt.

Ich schaute sie an, und sie, sie schaute mich ebenfalls an, aber nur von Zeit zu Zeit, ganz so wie die Ihrige soeben auch. Na ja, als wir uns so einige Zeit angeschaut hatten, da schien es mir, als würden wir uns nun schon gut genug kennen, um ins Gespräch zu kommen, und so richtete ich das Wort an sie. Sie ließ sich darauf ein und antwortete. Sie war ganz besonders nett, keine Frage! Sie brachte meinen Verstand völlig durcheinander, das dürfen Sie mir glauben, mein Herr!

In Saint-Cloud stieg sie aus … und ich auch, ihr hinterher. Sie musste dort eine Bestellung ausliefern. Als sie wieder zurückkam, war das Schiff gerade weitergefahren. Ich ging also neben ihr her, und die angenehme Luft brachte uns beide dazu, Seufzer des Wohlbefindens auszustoßen.

›Im Wald müsste es jetzt aber schön sein‹, sagte ich zu ihr.

Sie antwortete: ›Ja, da haben Sie recht.‹

›Wie wär's mit einem kleinen Spaziergang, haben Sie Lust?‹

Sie musterte mich von oben bis unten mit einem schnellen Blick, so als wollte sie abschätzen, was ich wohl wert war, dann zögerte sie noch einige Zeit, bevor sie meinen Vorschlag annahm. Und schon spazierten wir Seite an Seite zwischen den Bäumen umher. Unter dem noch zarten Laub lag das hohe, dichte, wie mit Lack leuchtend grün gefärbte Gras im Sonnenlicht strahlend da; es wimmelte nur so von kleinen Tierchen, die sich ebenfalls der Liebe hingaben. Von allen Seiten ertönte Vogelgezwitscher. Da fing meine Gefährtin an, von der Luft und dem Duft von Wald und Wiesen betört, munter herumzuspringen. Und ich lief ihr hinterher, hopste genauso herum wie sie. Oh, mein Herr, wie dumm wir uns doch manchmal aufführen!

Dann sang sie voller Lust und Laune tausend Sachen, Opernarien, und speziell das Lied der Musette! Oh, das Lied der Musette – wie poetisch mir das in diesem Augenblick vorkam! … Ich war den Tränen nahe. Ach! Das sind sie, all diese kindischen Sachen, mit denen man sich die Zeit vertreibt und die einem den Kopf verdrehen. Glauben Sie mir: Nehmen Sie ja nie eine singende Frau mit in den Wald, vor allem, wenn sie das Lied der Musette singt!

Sie war bald müde geworden und setzte sich auf einen grün bewachsenen Abhang. Und ich, ich ließ mich zu ihren Füßen nieder und nahm sie bei ihren Händen, ihren kleinen Händen, an denen man überall Spuren von Nadelstichen sehen konnte; und davon wurde ich richtig gerührt. Ich sagte mir im Stillen: ›Da haben wir sie, die hehren Zeichen wahrer Arbeit.‹ Ach, mein Herr, wollen Sie wissen, was diese hehren Zeichen der Arbeit wirklich bedeuten? Diese kleinen Narben, welche die Finger einer Frau mit den Zeichen ehrbarer Arbeit majestätisch zierten, sie waren nichts anderes als der Ausdruck vieler Werkstattlästereien, geflüsterter Obszönitäten, des von allerlei unflätigen Anekdoten befleckten Geistes, der verlorenen Keuschheit, der ganzen Dummheit des Tratsches am Arbeitsplatz, des ganzen Elends der Gewohnheiten des Alltags, der ganzen Engstirnigkeit dieser einfachen Frauen.

Dann schauten wir uns lange in die Augen.

Ach, dieses Auge des weiblichen Wesens, wie mächtig es doch ist! Man glaubt es nicht, wie stark es uns verwirrt, übermannt, besitzt, beherrscht! Wie tiefgründig es scheint, voller unendlicher Versprechungen! Das nennt man sich tief in die Seele hineinblicken! Ach, mein Herr, was für ein schlechter Witz! Wenn es nur so wäre, dass man in die Seele hineinschauen könnte, dann wäre man nämlich hinterher schlauer.

Kurz und gut, ich war völlig in sie verknallt, ich war verrückt. Ich wollte sie in meine Arme nehmen. Sie sagte aber nur: ›Finger weg!‹

Da kniete ich mich vor sie hin und öffnete ihr mein Herz, ich legte ihr alle zarten Gedanken zu Füßen, die sich in mir angestaut hatten. Sie wirkte erstaunt über mein verändertes Verhalten und sah mich schräg an, als ob sie sich gesagt hätte: ›Aha! So also wird hier mit dir gespielt, teure Seele; na ja, wir werden ja sehen.‹

Wenn es um die Liebe geht, mein Herr, da sind wir Männer immer die Naivlinge und die Frauen die Geschäftsleute.

Wahrscheinlich hätte ich sie gleich haben können; erst später habe ich verstanden, wie dumm ich da war; aber was ich suchte, jedenfalls ich, das war kein Körper, das war ein wenig Zärtlichkeit, das war ein Ideal; anstatt meine Zeit mit Besserem zuzubringen, raspelte ich nur Süßholz.

Als sie dann genug von meinen Erklärungen hatte, stand sie auf; und wir wanderten zurück nach Saint-Cloud. Erst in Paris trennte ich mich von ihr. Seit unserer Rückkehr aus dem Wald hatte sie eine so traurige Miene aufgesetzt, dass ich sie nach den Gründen hierfür fragte. Sie antwortete: ›Ich denke, dass es nicht viele solcher Tage im Leben gibt.‹ Da schlug mein Herz so heftig, als wollte es mir den Brustkasten zertrümmern.

Am folgenden Sonntag traf ich sie wieder, und am Sonntag darauf ebenso, und an allen anschließenden Sonntagen auch. Ich fuhr mit ihr nach Bougival, Saint-Germain, Maisons-Laffitte, Poissy; eben an all die Orte, an denen sich die Liebschaften der Vorstadt so abspielen.

Sie, das raffinierte Ding, sie spielte mir die ›große Leidenschaft‹ vor, das ganze Programm.

Nach kurzer Zeit hatte ich völlig den Kopf verloren, und drei Monate später heiratete ich sie.

Ja, mein Herr, was wollen Sie, man ist Beamter, alleinstehend, ohne Familie, ohne jemanden, der einem notfalls mit Rat und Tat beistehen könnte. Also sagt man sich, wie schön das Leben doch mit einer Frau sein würde! Na, und dann heiratet man es eben, dieses Frauenzimmer!

Und was passiert? Sie beschimpft einen von früh bis spät, sie kapiert nichts, sie hat keine Ahnung von irgendetwas, sie tratscht pausenlos mit der Nachbarin, singt so laut es geht das Lied der Musette (oh, das Lied der Musette, ich kann es nicht mehr hören!), streitet sich mit dem Kohlenhändler, erzählt der Hausmeisterin alles, was sich in ihrem Haushalt abspielt, vertraut dem Dienstmädchen der Nachbarsfamilie sämtliche Geheimnisse ihres Nähkästchens an, schwärzt den eigenen Ehemann bei den Lieferanten an, und ihr Kopf ist so sehr mit dämlichen Geschichten, mit idiotischen Vorstellungen, grotesken Meinungen, ungeheuerlichen Vorurteilen überfüllt, dass ich, jedes Mal, wenn ich mit ihr rede, aus Verzweiflung nur so weinen könnte.«

Ein wenig außer Atem und sehr aufgewühlt, hielt er einen Moment inne. Ich sah ihn an, voller Mitleid mit diesem armen einfältigen Teufel, und wollte schon etwas antworten, als das Schiff anlegte. Wir waren in Saint-Cloud angekommen.

Die kleine Frau, die mir den Kopf verdreht hatte, stand auf, um auszusteigen. Sie ging an mir vorbei und warf mir von der Seite zusammen mit einem flüchtigen Lächeln einen Blick zu, mit dieser Sorte von Lächeln, die einem durch und durch gehen. Danach sprang sie auf den Landesteg.

Ich wollte aufspringen, um hinter ihr herzueilen, aber mein Nachbar packte mich am Ärmel. Mit einem Ruck riss ich mich los; da fasste er mich bei dem Schößen meines Gehrocks, und zog mich ins Schiff zurück mit den Worten: »Sie bleiben hier! Sie bleiben hier!« Er sprach so laut, dass alle Leute auf dem Dampfer sich umdrehten.

Da ging ein amüsiertes Lachen durch die Bänke, und ich meinerseits rührte mich nicht, voller Wut, hatte aber auch nicht den Mumm, mich aus dieser lächerlichen und peinlichen Situation zu befreien.

Und so fuhr der Dampfer wieder an.

Die kleine Frau blieb auf dem Steg und schaute enttäuscht zu, wie ich mich langsam von ihr entfernte. Währenddessen rieb sich mein Quälgeist zufrieden die Hände und raunte mir die Worte ins Ohr: »So, jetzt habe ich Ihnen aber wirklich einen guten Dienst erwiesen.«

Ein Abend

Die »Kléber« hatte angehalten, und entzückt ließ ich meinen Blick über den wunderbaren Golf von Bougie schweifen, der sich da vor uns auftat. Die hohen Berge der Kabylen waren von Wäldern bedeckt; die gelben Sandstrände in der Ferne verliehen dem Meer einen goldbestäubten Saum, und die Sonne fiel in flammend heißen Sturzbächen auf die weißen Häuser der kleinen Stadt hernieder.

Die warme Brise, der Lufthauch Afrikas flößte meinem heiteren Herzen den Duft der Wüste ein, den Duft des großen geheimnisvollen Kontinents, in den der Mensch aus der Welt des Nordens nicht so recht einzudringen vermag. Seit drei Monaten zog ich nun am Ufer dieser tiefgründigen und unbekannten Welt entlang, am Küstenstrich dieser fantastischen Erde, wo der Strauß, das Kamel, die Gazelle, das Nilpferd, der Gorilla, der Elefant und der Schwarze beheimatet sind. Ich hatte Araber gesehen, die im Wind dahingaloppierten, wie eine Fahne, die aufflattert und dahinfliegt und dann wieder verschwindet, ich hatte unter dem braunen Zeltdach genächtigt, in der Wohnstatt dieser weißen Zugvögel der Wüste. Ich war geradezu berauscht vom Licht, von der Zauberkraft dieser Welt, von diesem ganz anderen Kosmos.

Nach diesem allerletzten Ausflug hieß es jetzt wieder abzureisen, nach Frankreich zurückzufahren, um Paris, die Stadt des unnützen Geschwätzes, der mittelmäßigen Alltagssorgen und des zahllosen Händeschüttelns wiederzusehen. Ich würde also nun Abschied nehmen von diesen so neuartigen, gerade erst entdeckten und schon vermissten Dingen, die mir so teuer geworden waren.

Eine Flotte von Barken umringte den Dampfer. Ich sprang in eine davon hinein, in der ein schwarzer Junge saß, der mich in kurzer Zeit an den Kai, nahe dem alten Sarazenentor ruderte, dessen graue Ruine, am Eingang der Kabylenstadt, wie ein altehrwürdiges Wappen anmutet.

Als ich dann neben meinem Koffer am Hafen stand und das große Schiff, das da im Hafenbecken vor Anker lag, noch einmal betrachtete und beim Anblick dieser einzigartigen Küste, vor diesem von blauen Wellen umspülten Gebirgskessel, der noch schöner war als der Golf von Neapel und der es mit denen von Ajaccio und Porto auf Korsika aufnehmen konnte, vor Bewunderung in Verzückung geriet, legte sich plötzlich eine schwere Hand auf meine Schulter.

Ich drehte mich um und sah einen großen Mann mit langem Bart, einem Strohhut auf dem Kopf, in weißen Flanell gekleidet, der vor mir stand und mich mit seinen blauen Augen von oben bis unten musterte.

»Sind Sie nicht zufällig mein alter Schulkamerad, der mit mir im gleichen Internat war?«, sagte er.

»Kann schon sein. Wie heißen Sie denn?

»Trémoulin.«

»Ja, natürlich! Du hast im Unterricht immer neben mir gesessen.«

»Na, du alter Knabe, ich habe dich immerhin auf Anhieb wiedererkannt.«

Und schon rieb sich sein langer Bart an meinen Wangen. Er schien so glücklich, so froh, so selig darüber, mich zu sehen, dass ich in einem Anfall von freundschaftlichem Egoismus beide Hände des damaligen Kameraden ganz fest schüttelte und selbst sehr davon angetan war, ihn auf diese Weise wiedergefunden zu haben.

Trémoulin war vier Jahre lang der engste, der beste unter all den Schulkameraden für mich gewesen, die wir, kaum haben wir die Schule verlassen, dann so schnell wieder vergessen. Damals war er von eher schmächtiger Statur gewesen, mit einem zu schweren Kopf auf dem zarten Körper, einem großen runden Kopf, der so schwer war, dass er dauernd schräg über seinen Hals herabhing, mal nach links, mal nach rechts, und so verschwand der schmale Brustkasten dieses langbeinigen Schülers ganz hinter diesem mächtigen Haupt.

Dank seiner Intelligenz, seiner schnellen Auffassungsgabe, einer seltenen geistigen Wendigkeit, einer Art instinktiver Begabung für alle Fächer, die mit Sprache und Literatur zu tun haben, war Trémoulin regelmäßig Klassenbester und erhielt viele Preise.

Im Gymnasium waren sich alle sicher, dass aus ihm mal eine berühmte Persönlichkeit werden würde, wohl ein Dichter, denn er verfasste Verse und war voller ebenso geistreicher wie gefühlstiefer Gedanken. Sein Vater, der im Pantheon-Viertel eine Apotheke betrieb, stand nicht im Ruf, ein reicher Mann zu sein.

Das Abitur war noch nicht richtig vorbei, da hatte ich ihn schon aus den Augen verloren.

»Mensch, was machst du denn ausgerechnet hier?«, rief ich aus.

Lächelnd antwortete er:

»Ich lebe hier als Pflanzer.«

»Was? Du baust hier Pflanzen an?

»Und ich ernte sie auch.«

»Was denn?«

»Trauben, aus denen ich Wein mache.«

»Und bringt das was ein?«

»Das trägt sich sogar bestens.«

»Ja, dann umso besser, alter Knabe.«

»Du warst wohl auf dem Weg ins Hotel?«

»Ja, natürlich.«

»Ach was, du wohnst bei mir.«

»Aber …!

»Keine Widerrede, abgemacht.«

Und er sagte zu dem schwarzen Jungen, der alle unsere Aktivitäten mitverfolgt hatte: »Zu mir, Ali …«

Ali antwortete mit dem starken Akzent der Maghrebiner: »Ja, mein Herr.«

Dann machte er sich im Eiltempo auf den Weg, meinen Koffer über der Schulter, und lief barfüßig mit seinen schwarzen Füßen die staubige Straße hinauf.

Trémoulin nahm mich beim Arm und führte mich zu seinem Haus. Anfangs stellte er mir alle möglichen Fragen über meine Reise, meine Eindrücke, und als er sah, wie begeistert ich war, schien seine Zuneigung zu mir gleich noch zu wachsen.

Er wohnte in einem alten maurischen, zur Straße hin fensterlosen Haus mit einem Innenhof, das oben von einer großen Terrasse beherrscht wurde, die ihrerseits alle Nachbarhäuser überragte, und von der aus man den Golf, die Wälder, das Gebirge und das Meer sehen konnte.

Bei diesem Anblick rief ich aus: »Ach! Wie herrlich das alles ist, in diesem Hause erfüllt der Orient mein Herz mit aller Leidenschaft. Sapperlot, musst du glücklich sein, hier leben zu dürfen! Wenn ich nur an die Nächte denke, die du hier auf dieser Terrasse verbringst! Übernachtest du hier manchmal?«

»Ja, während des Sommers schlafe ich hier. Wir werden heute Nacht auch hier oben sein. Was hältst du eigentlich vom Angeln? Gefällt dir das?«

»Welche Art von Angeln meinst du?«

»Das Angeln bei Fackellicht.«

»Aber ja, ich finde das ganz prima.«

»Also gut, dann machen wir nach dem Abendessen eine solche Angelpartie. Und danach machen wir es uns hier auf dem Dach bequem und lassen uns ein paar Sorbets schmecken.«

Nachdem ich ein Bad genommen hatte, führte er mich durch die reizende kabylische Stadt, eine wahre Kaskade aus weißen Häusern, die zum Meer hinunterpurzeln; danach – es wurde schon Abend – kehrten wir zu ihm zurück und nach einem exquisiten Abendessen gingen wir zum Hafenkai hinunter.

Es war nun nichts mehr zu sehen außer den Straßenlaternen und den Sternen, diesen großen hell leuchtenden, glitzernden Sternen des afrikanischen Himmels.

In einer Ecke des Hafens erwartete uns schon eine Barke. Sobald wir an Bord waren, fing ein Mann, dessen Gesicht ich kaum erkennen konnte, an zu rudern, während mein Freund die Vorbereitungen für das Feuer traf, das er gleich anzünden wollte. Er sagte zu mir: »Du musst wissen, ich angle mit einem Dreizack. Keiner hier kann das besser als ich.«

»Gratuliere.«

Wir hatten zuerst eine Art Mole umfahren, befanden uns jetzt in einer kleinen Bucht voller hoher Felsen, deren Schatten wie ins Wasser gebaute Türme aussahen, und plötzlich konnte ich sehen, dass das Meer phosphoreszierend schimmerte. Die Ruderblätter, die gemütlich in regelmäßigem Rhythmus auf das Wasser schlugen, entzündeten bei jedem Eintauchen ein bewegliches und bizarres Licht, das wir dann eine Weile im Schlepptau hinter uns her zogen, bis es irgendwann wieder verlosch. Wenn ich mich über den Bootsrand hinausbeugte, konnte ich diese Schlieren bleichen Lichts gut sehen, die von den Rudern ständig durcheinandergewirbelt wurden. Dieses unerklärliche Feuer des Meeres, dieses kalte Feuer, das durch eine Bewegung im Wasser entsteht und erstirbt, sobald die Wellen sich wieder beruhigen. Unter uns dieses Licht, über uns die Schwärze – so glitten wir drei dahin.

Wohin fuhren wir eigentlich? Ich konnte nicht einmal meine Nachbarn im Boot erkennen, ich sah nichts als diese kleinen, hell schimmernden Wirbel im Kielwasser und die funkelnden Wasserspritzer, welche von den Ruderblättern hochgeworfen wurden. Es war heiß, sehr heiß. Es war, als ob die Finsternis vorher in einem Ofen gebacken worden wäre, und je länger diese geheimnisvolle Fahrt mit diesen zwei Männern in diesem stillen Boot dauerte, umso mehr zog sich mein Herz unruhig zusammen.

Hunde, magere arabische Hunde, mit rotem Fell, spitzer Nase und leuchtenden Augen bellten in der Ferne, so wie sie es jede Nacht auf dieser unendlichen Erde tun, von den Ufern des Meeres bis tief in die Wüste, wo die herumziehenden Stämme ihre Lager aufschlagen. Die Füchse, die Schakale, die Hyänen antworteten auf dieses Gebell; und in nicht allzu weiter Ferne ließ wohl auch ein einsamer Löwe in einer Schlucht des Atlasgebirges sein Gebrüll ertönen.

Plötzlich hielt der Ruderer an. Wo waren wir jetzt wohl? Da hörte ich ein leichtes knisterndes Geräusch ganz in meiner Nähe. Die Flamme eines Zündholzes blitzte auf, und ich sah eine Hand, nicht mehr als eine Hand, die diese leichte Flamme zu dem eisernen Rost brachte, der am vorderen Ende des Schiffleins festgemacht und mit Holz belegt war und aussah wie ein kleiner schwimmender Scheiterhaufen.

Überrascht sah ich zu, als ob es sich dabei um einen völlig verwirrenden und mir neuen Vorgang gehandelt hätte, und voller Erregung verfolgte ich die kleine Flamme auf ihrem Weg, die dann am Rand dieser Feuerstelle bei einer Handvoll trockenen Heidekrauts ankam, das sogleich lebhaft zu zischen anfing.

Und nun loderte auch schon ein großes gleißendes Feuer in die verschlafene Nacht hinein, in diese schwere heiße Nacht, und erleuchtete unter einem pechschwarzen, über uns lastenden Baldachin die Barke und zwei Männer, einen alten, mageren Matrosen mit bleichem faltigem Gesicht, der sich ein Taschentuch um den Kopf geknotet hatte, und Trémoulin, dessen Bart hell leuchtete.

»So, jetzt geht's los!«, sagte er.

Der andere ruderte nun wieder, setzte das Boot in Bewegung, inmitten eines Meteors, unter der beweglichen Schattenkuppel, die sich mit uns zusammen fortbewegte. Immer wieder warf Trémoulin Holzstücke auf die Glut, deren Flammen hell und rot hochzüngelten.

Wieder beugte ich mich über die Bordkante und konnte nun bis zum Grund des Meeres hinabschauen. Einige Fuß unter dem Schiff tat sich im Vorbeifahren langsam die sonderbare Welt des Wassers unter mir auf, des Wassers, das wie die Luft des Himmels Pflanzen und Tiere am Leben erhält. Die Glut warf ihre Strahlen bis tief hinab auf die unterirdischen Felsen; so war es, als glitten wir über überraschende Wälder aus rötlichen, rosafarbenen, grünen und gelben Gräsern hinweg. Zwischen diesen Gräsern und uns befand sich ein herrlich durchsichtiger Spiegel, ein nahezu unsichtbarer flüssiger Spiegel, der diesen Pflanzen ein unwirklich-märchenhaftes Aussehen verlieh, der sie in eine Traumwelt zurückverwandelte, in einen Traum, den die tiefen Meere auslösen. Dieses klare und durchsichtige Wasser, in dem man die Dinge nicht eigentlich unterscheiden, sondern nur erraten konnte, schob zwischen diese bizarre Vegetation und uns eine beunruhigende Trennwand, die einen an der Wirklichkeit zweifeln ließ, und verwandelte dieses Pflanzenreich in eine geheime Landschaft, wie es auch die Welt der Träume ist.

Manchmal reichten diese Pflanzen, die aussahen wie Haare, bis an die Meeresoberfläche; die Barke fuhr so langsam an ihnen vorbei, dass sie nicht mehr als ein paar müde Bewegungen machten.

Zwischen ihnen flitzten kleine Fischlein umher; kaum waren sie einen Moment sichtbar, da stoben sie auch schon wieder davon. Andere, die noch vor sich hin dösten, trieben wie von geheimer Hand gelenkt zwischen diesen Wassersträuchern hindurch, hell leuchtend und zart, wie traumtänzerische Einzelgänger. Oft lief eine Krabbe zu einem Loch, um sich darin zu verstecken, dann war es eine transparente bläuliche Qualle, eine kaum sichtbare blassblaue Blume, eine wahre Meeresblume, die ihren mit Flüssigkeit gefüllten Körper in unserem Kielwasser treiben ließ. Dann sank der Meeresboden ganz plötzlich wieder, fiel tiefer ab, weit fort, verschwand hinter Nebelschwaden aus dickem Glas. In Umrissen sah man nun große Felsen und dunkles Seegras, auf das sich nur gelegentlich die Strahlen der Glut verirrten.

Trémoulin stand am vorderen Ende des Bootes, mit nach vorne geneigtem Körper, hielt mit beiden Händen seinen langen, mit scharfen Spitzen ausgestatteten Dreizack, und suchte mit einem wilden, raubtierartigen Blick die Felsen, die Gräser, den wechselnden Meeresgrund nach Beute ab.

Plötzlich ließ er mit einer ebenso schnellen wie sanften Bewegung die zackige Spitze seiner Waffe ins Wasser gleiten, dann stieß er pfeilschnell zu, mit einer solchen Schnelligkeit, dass er damit einen großen Fisch, der vor uns davonschwimmen wollte, aufspießte.

Ich hatte nicht mehr gesehen als die Bewegung Trémoulins, aber ich hörte, wie er vor Freude brummte, und als er dann seinen Dreizack in den hellen Schein des Feuers hob, erblickte ich ein Tier, das von den eisernen Zähnen durchstoßen war und noch heftig zappelte. Es war ein Seeaal. Nachdem er ihn erst selbst angeschaut und dann mir im Lichte des Feuers gezeigt hatte, warf mein Freund ihn auf den Boden des Schiffs. Diese Meeresschlange, deren Körper von fünf Stichen verletzt war, glitt so gut es ging dahin, kroch, meine Füße streifend, auf der Suche nach einem Schlupfloch den Boden entlang, und als sie dann zwischen den Planken des Bootes eine salzige Wasserpfütze gefunden hatte, kuschelte sie sich hinein und rollte sich darin, schon fast tot, hin und her.

Von einer Minute zur nächsten erbeutete Trémoulin nun mit überraschender Geschicklichkeit, mit blitzartigen Bewegungen, einer unglaublichen Treffsicherheit all die sonderbaren Lebewesen, die sich in diesem Salzwasser tummelten. Ich sah, wie der Reihe nach über dem Licht des Feuers silberne Seewölfe in ihren letzten Zuckungen, mit dunklem Blut befleckte Muränen, Drachenköpfe mit aufgestellten Zacken, und Tintenfische, diese bizarren Tiere, die Tinte ausspuckten und das Meer um das Boot herum für kurze Zeit ganz schwarz färbten, in die Barke hereingereicht wurden.

Während der ganzen Zeit hatte ich den Eindruck, als

würde ich im nächtlichen Himmel dauernd Vögel um uns herum schreien hören, und so hob ich den Kopf und versuchte herauszufinden, woher diese durchdringenden, bald nahen, bald fernen, mal kurzen, mal langen Zischlaute kamen. Wie eine Wolke aus unzähligen Flügeln, die pausenlos in Bewegung waren, schwebten sie wohl vom Licht der Glut angelockt über uns.

Ich fragte: »Was ist das bloß, was hier ständig so pfeift?«

»Aber das sind bloß die Kohlenstücke, die ins Wasser fallen.«

Es war tatsächlich die Feuerstelle, die das Meer mit einem wahren Regen von kleinen Funken übersäte. Mal dunkel, mal hellrot fielen sie hinab und verloschen mit einem sanften, durchdringenden, bizarren Klagelaut, der mal wie ein wahres Vogelgezwitscher, mal wie der kurze Bettelruf eines vorüberziehenden Emigranten klang. Harztropfen krachten beim Eintauchen ins Meer wie Gewehrkugeln oder wie Hornissen und verschwanden sogleich im Wasser. Das alles hörte sich wirklich wie ein Chor von Stimmen an, wie eine unerklärliche und schwache, lebendige Geräuschkulisse, die sich in der Dunkelheit um uns herum bewegte.

Plötzlich schrie Trémoulin: »Ah ... da ist sie ja, das Luder!«

Er stieß seinen Dreizack ins Meer, und als er ihn wieder herauszog, sah ich eine Art großen Lappen aus rotem Fleisch, der zuckend und zappelnd die Zähne der Gabel umschlang, lange, weiche und feste Arme hatte, die um den Stiel des Dreizacks herumhingen und die sich mal ausrollten und wieder zusammenzogen und mit Saugwarzen bedeckt waren. Es war ein großer Polyp.

Sie rutschte in meine Richtung, diese neue Beute, und ich konnte die zwei großen Augen des scheußlichen Tiers gut erkennen, die auf mich gerichtet waren. Hervorstehende, trübe und fürchterliche Augen, die in einer Art Tasche saßen, die wie eine Geschwulst aussah. In der Annahme, die Freiheit wiedererlangt zu haben, fuhr das Tier langsam einen seiner Arme aus, dessen weiße Saugnäpfe nach und nach auf mich zu krochen. Dessen Spitze war so fein wie ein Faden, und sowie eines dieser Glieder sich gierig an der Sitzbank festgesaugt hatte, da löste sich schon das nächste vom Körper, um das Gleiche zu tun. Im Inneren dieses muskulösen und weichen Körpers, in dieser lebendigen, rötlichen und schlaffen Saugvorrichtung war eine unwiderstehliche Kraft zu spüren. Trémoulin hatte inzwischen sein Messer aufgeklappt und stieß es völlig überraschend dem Tier in die Augen.

Man konnte einen Seufzer hören, dann einen pfeifenden Luftzug, der ihm entstieg, danach hörte der Polyp auf, vorwärts in meine Richtung zu kriechen.

Aber tot war er noch nicht, denn das Leben in diesen mit vielen Nervensträngen ausgestatteten Körpern ist hartnäckig; sein Bewegungssystem allerdings war zerstört, seine Saugkraft erloschen; er konnte nicht länger das Blut der Krabben trinken und ihr kleines Skelett bis auf den letzten Tropfen aussaugen.

Trémoulin löste jetzt die nunmehr kraftlosen Saugnäpfe von den Planken, so als ob er mit dem Tier, das da in seinen letzte Zügen lag, spielen wollte, und urplötzlich von einem sonderbaren Zorn gepackt, schrie er: »Na, komm her, jetzt werden wir dir mal die Füße wärmen.«

Mit einem Stoß des Dreizacks spießte er den Polypen wieder auf, hob ihn hoch und hielt ihn gegen die Flamme, wobei er die zarten, fleischigen Vorderteile der Krake am glutroten Eisengitter der Feuerstelle hin und her rieb.

Die Tentakel krümmten sich knisternd und zogen sich vom Feuer gerötet zusammen; und als ich dieses schreckliche Tier so leiden sah, empfand ich selbst Schmerzen bis in die Fingerspitzen hinein.

»Ach! Lass das sein«, rief ich aus.

Völlig gelassen antwortete er: »Ach was! Das ist genau das, was der braucht.«

Danach warf er die nun fast tote und verstümmelte Krake ins Boot zurück, wo sie sich zwischen meine Beinen verzog, es gerade noch bis zur salzigen Wasserlache schaffte, wo sie sich zusammenkauerte, um zwischen den toten Fischen zu verenden.

Noch lange ging die Angelpartie so weiter, bis schließlich das gesamte Holz aufgebraucht war.

Als dann nicht mehr genug vorhanden war, um die Glut weiter in Gang zu halten, kippte Trémoulin die ganze Restglut mit einem Schwung ins Wasser, und die Nacht, die wir im gleißenden Flammenschein über unseren Köpfen sahen, fiel daraufhin über uns herab, begrub uns von Neuem mit ihrer Dunkelheit.

Der Alte fing nun wieder an zu rudern, langsam, mit regelmäßigen Bewegungen. Wo war denn nur der Hafen, wo das Festland? Wo war die Einfahrt in den Golf und das freie Meer? Ich hatte keine Ahnung. Der Polyp, der in der Nähe meiner Füße lag, machte noch ein paar Bewegungen, und mir taten die Hände bis zu den Fingernägeln hinauf weh, ganz so als ob jemand mir die Finger verbrannt hätte. Plötzlich erblickte ich Lichter; wir waren wieder zurück am Hafen.

»Bist du müde?«, fragte mich mein Schulfreund.

»Nein, überhaupt nicht.«

»Na, dann wollen wir doch noch ein wenig auf meiner Dachterrasse plaudern.

»Aber gern.«

In dem Augenblick, als wir auf der Terrasse ankamen, konnte ich die Sichel des Mondes sehen, die gerade hinter den Bergen hochstieg. Der warme Wind strich langsam, voller zarter Düfte, kaum wahrnehmbar über uns hinweg, so als wollte er auf seinem Weg das ganze Aroma der Gärten und der Städte all dieser von der Sonne verbrannten Länder aufkehren.

Um uns herum fielen die weißen Häuser mit ihren viereckigen Dächern zum Meer hin ab, und auf diesen Dächern waren menschliche Formen zu erkennen, teilweise liegend, teilweise aufrecht stehend, die entweder schliefen oder unter den Sternen vor sich hin träumten; ganze Familien lagen in lange Flanellgewänder eingerollt da und ruhten sich in der ruhigen Nacht von der Hitze des Tages aus.

Plötzlich hatte ich das Gefühl, dass die Seele des Orients in mich eindrang, diese Seele der einfachen Völker mit ihrer blühenden Fantasie, wie die Dichtung und das Reich der Legende sie uns überliefert hatten. Ich war ganz erfüllt von der Bibel und den Geschichten aus Tausendundeiner Nacht; ich hörte die Stimme der Propheten, wie sie Wunder weissagten, und ich sah auf den Terrassen von Palästen Prinzessinnen in Seidenhosen lustwandeln, während in silbernen Stövchen feine Essenzen vor sich hin brannten, deren Rauch die Form von Geisterwesen annahm.

Ich sagte zu Trémoulin: »Du hast wirklich großes Glück, hier leben zu dürfen.«

Er antwortete darauf: »Nun ja, es war eher der Zufall, der mich hierher geführt hat.«

»Der Zufall?«

»Ja, der Zufall und das Unglück.«

»Was, du bist unglücklich gewesen?«

»Ja, sogar sehr unglücklich.«

Er stand vor mir da, von seinem Burnus umhüllt, und seine Stimme ließ mich erschaudern, so schmerzerfüllt war sie bei diesen Worten.

Nach einem Augenblick des Schweigens fuhr er fort: »Ich kann dir meinen ganzen Kummer erzählen. Wenn ich davon spreche, wird es mir vielleicht auch guttun.«

»Also erzähle.«

»Willst du's wirklich hören.«

»Ja, aber gern.«

*

»Also gut. Du wirst dich sicher daran erinnern, was ich im Gymnasium war: eine Art Dichter, der in einer Apotheke aufgewachsen war. Mein Traum war es, Bücher zu schreiben, und nach dem Abitur unternahm ich auch einige Versuche in dieser Richtung. Erfolg hatte ich damit nicht. Ich veröffentlichte einen Band mit Gedichten, danach einen Roman; das eine Buch verkaufte sich so schlecht wie das andere; danach schrieb ich noch ein Theaterstück, das kein Mensch spielen wollte.

In dieser Zeit verliebte ich mich in eine Frau. Ich werde dir die Details meiner Leidenschaft ersparen. Neben dem Geschäft meines Papas hatte ein Schneider seine Werkstatt, und dieser Schneider hatte eine Tochter. Sie war intelligent, hatte diverse Zeugnisse höherer Lehranstalten erworben und dazu hatte sie eine lebhafte, sprunghafte Fantasie, die übrigens ganz in Einklang mit ihrer sonstigen Persönlichkeit stand. Man hätte sie auf nicht mehr als fünfzehn Jahre geschätzt, obwohl sie schon über zweiundzwanzig war. Sie war eine ganz kleine Person, mit feinen Gesichtszügen, feinen Linien und einem ebensolchen

Teint, alles an ihr war zart wie bei einem Aquarell. Ihre Nase, ihr Mund, ihre blauen Augen, die blonden Haare, ihr Lächeln, ihre Taille, ihre Hände, alles an ihr schien eher dazu geeignet, ein Schaufenster zu zieren als durchs wirkliche Leben zu gehen. Nichtsdestoweniger hatte sie ein unglaublich lebhaftes, wendiges und dynamisches Temperament. Ich war sehr in sie verliebt. Ich kann mich noch an zwei oder drei Spaziergänge im Luxembourg-Park erinnern, am Médicis-Brunnen, die mit Sicherheit zu den schönsten Stunden in meinem Leben gehören. Du kennst ja sicher auch diesen bizarren Zustand leichter Verrücktheit, der dazu führt, dass wir an nichts anderes mehr denken, als das geliebte Wesen auf immer neue Weisen anzubeten? Man wird dann wahrhaftig zu einem Besessenen, der vom Gedanken an eine Frau so sehr heimgesucht wird, dass es außer ihr für uns nichts mehr auf der Welt zu geben scheint.

Es dauerte nicht lange und wir waren verlobt. Ich schilderte ihr, welche Pläne ich für die Zukunft hatte, von denen sie aber ganz und gar nicht begeistert war. In ihren Augen hatte ich weder das Zeug zu einem Dichter noch hatte ich ausreichend Begabung fürs Romanschreiben oder für das Verfassen von Dramen. Sie war vielmehr der Ansicht, nur die Welt des Geschäftslebens, sofern man es einträglich betreibe, könne zum vollkommenen Lebensglück führen.

So habe ich also darauf verzichtet, Bücher zu schreiben und mich stattdessen darauf beschränkt, solche zu verkaufen, und so kaufte ich die Librairie Universelle in Marseille, deren Besitzer gerade verstorben war.

Ich hatte dort drei gute Jahre. Wir hatten aus unserem Laden eine Art literarischen Salon gemacht, in dem sich die literarisch Interessierten der ganzen Stadt zum Plaudern trafen. Die Leute fühlten sich bei uns so zu Hause wie in einem Literaturzirkel und tauschten ihre Meinungen aus über die Bücher, die Dichter, vor allem über die Politik. Meine Frau, die für den Verkauf zuständig war, war geradezu eine stadtbekannte kulturelle Größe. Was mich betrifft, so zog ich es vor, in meinem Büro im ersten Stock, zu dem eine Wendeltreppe vom Geschäft nach oben führte, zu arbeiten, während unten die Leute miteinander plauderten. Ich hörte die Stimmen, das Gelächter, die Debatten, und manchmal hörte ich auf zu schreiben, um zuzuhören. Ich hatte nämlich insgeheim damit begonnen, einen Roman zu verfassen – den ich allerdings niemals zu Ende brachte.

Die Kunden, die am häufigsten kamen, waren Montina, ein großer und hübscher Kerl, ganz der Typ südländischer Schönling, der von seinen Kapitaleinkünften lebte, mit schwarzen Haaren und dem klassischen Schlafzimmerblick, Barbet, ein höherer Beamter, zwei Geschäftsleute mit Namen Faucil und Labarrègue, und dann war da noch der Marquis de Flèche, seines Zeichens General und Vorsitzender des Ortsverbands der Royalisten, zugleich die beleibteste Persönlichkeit der ganzen Provinz, ein älterer Herr von sechsundsechzig Jahren.

Das Geschäft lief gut. Ich war glücklich, sehr glücklich.

Bis ich eines Tages, so gegen drei Uhr, während ich einige Besorgungen erledigte, durch die Rue Saint-Ferréol kam und ganz unerwartet eine Frau aus einer Tür heraustreten sah, deren Aussehen so sehr meiner eigenen ähnelte, dass ich mir eigentlich gesagt hätte: ›Das ist sie und keine andere!‹, wenn ich sie nicht, etwas unpässlich, eine Stunde zuvor im Geschäft zurückgelassen hätte. Mit flottem Schritt ging sie vor mir her, ohne sich umzudrehen. Und ich meinerseits konnte gar nicht anders als überrascht und unruhig, wie ich nun einmal war, hinter ihr herzugehen.

Ich sagte mir: ›Das ist nicht sie. Nein. Das ist völlig unmöglich; sie hat ja gerade ihre Migräne. Und außerdem, was hätte sie denn in diesem Haus verloren?‹

Dennoch wollte ich ganz gern wissen, woran ich war, und so beschleunigte ich meine Schritte, um sie einzuholen. Hat sie etwas gespürt oder erraten oder hat sie meine Schritte erkannt, keine Ahnung, jedenfalls drehte sie sich ganz plötzlich um. Und sie war es doch! Als sie mich sah, wurde sie feuerrot im Gesicht und blieb stehen, dann setzte sie ein Lächeln auf und sagte:

›Ja, wo kommst du denn her?‹

Mir blieb das Herz stehen.

›Das frage ich dich! Du bist also doch aus dem Haus gegangen. Und was ist mit deiner Migräne?‹

›Ach, die hat sich gleich wieder gelegt, und so bin ich ausgegangen, um etwas zu erledigen.‹

›Und wo?‹

›Bei Lacaussade, in der Rue Cassinelli, um eine neue Schachtel Bleistifte zu bestellen.‹

Sie sah mir dabei direkt ins Gesicht. Die Röte hatte sich wieder aus ihrem Gesicht verzogen, aber dafür war sie nun ein wenig blass geworden. Ihre klaren und hellen Augen – ach! die Augen einer Frau! – schienen ganz die Wahrheit zu sprechen, aber unterschwellig fühlte ich schmerzlich, dass sie voller Falschheit und Lüge waren. So stand ich denn verlegener, verwirrter und betroffener als sie selbst vor ihr; ich traute mich nicht, einen konkreten Verdacht zu schöpfen, war aber doch sicher, dass sie mich gerade anlog. Aber warum? Ich hatte keine Ahnung.

So brachte ich nur heraus: ›Ja, das hast du ganz recht

gemacht, ein wenig an die Luft zu gehen, wenn's dir nun wieder besser geht.‹

›Ja, es geht schon wieder viel besser.‹

›Und jetzt bist du also auf dem Heimweg?‹

›Genau.‹

Ich trennte mich von ihr und setzte meinen Weg allein fort. Was war hier bloß los? Als sie vor mir gestanden hatte, hatte ich intuitiv das Gefühl gehabt, dass sie mir etwas vormachte. Jetzt konnte ich nicht mehr daran glauben, und als ich zum Abendessen wieder nach Hause ging, machte ich mir Vorwürfe, sie fälschlich verdächtigt und auch nur eine Sekunde lang an ihrer Aufrichtigkeit gezweifelt zu haben.

Bist du in deinem Leben schon einmal eifersüchtig gewesen? Ja oder nein, was soll's! Der erste Tropfen Eifersucht war jedenfalls auf mein Herz gefallen. Das sind Tropfen so heiß wie Feuer. Ich hatte keinerlei konkrete Vermutung, ich hatte keinen bestimmten Verdacht. Das Einzige, was ich wusste, war, dass sie gelogen hatte. Du musst dir vorstellen, jeden Abend, wenn wir in unserem Geschäft wieder zu zweit waren, nachdem die Kunden und die Angestellten gegangen waren, und wenn wir dann bei schönem Wetter bis zum Hafen hinabspazierten, oder bei schlechtem Wetter zu Hause blieben und in meinem Büro miteinander plauderten, da breitete ich immer mein ganzes Herz voller Hingabe und ohne jede Einschränkung vor ihr aus, denn ich liebte sie. Sie war ein Teil meines Lebens, der größte, und sie war meine ganze Freude. Sie hielt meine arme gefangene, vertrauensselige und treue Seele in ihren kleinen Händen.

Während der ersten Tage, dieser ersten Tage des Zweifels und der inneren Not – noch bevor der Verdacht langsam konkrete Gestalt annimmt und immer größer wird –, am Anfang also, da fühlte ich mich niedergeschlagen und erstarrt wie bei einer Krankheit, die man ausbrütet. Ständig war mir kalt, wirklich kalt, ich verlor meinen Appetit, ich konnte nicht mehr schlafen.

Warum hatte sie mich angelogen? Was hatte sie in diesem Haus zu tun? Ich war einmal hineingegangen, um herauszufinden, ob da etwas zu entdecken war. Aber ich war auf nichts gestoßen. Der Mieter im ersten Stock, ein Tapezierer, hatte mir über alle seine Wohnungsnachbarn Auskunft gegeben, ohne dass irgendetwas mich auf eine konkrete Spur gebracht hätte. Im zweiten Stock wohnte eine Hebamme, im dritten eine Schneiderin und eine Handpflegerin, unter dem Dach zwei Kutscher mit ihren Familien.

Warum hatte sie mich angelogen? Es wäre ja ein Leichtes für sie gewesen, mir zu sagen, dass sie gerade von der Schneiderin oder von einer Maniküre gekommen wäre. Oh! Wie sehnte ich mich danach, diese Frauen zu befragen! Ich habe es aber sein lassen, vor lauter Angst, sie würde davon etwas mitbekommen und so von meinem Verdacht erfahren.

Sie war also in dieses Haus gegangen und hatte das vor mir geheim gehalten. Dahinter steckte ein Geheimnis. Aber welches? Bald stellte ich mir löbliche Absichten vor, etwa ein gutes Werk, von dem sie mir nichts sagen wollte, oder eine Auskunft, die sie dort eingeholt hatte; und dann warf ich mir wieder vor, sie zu Unrecht zu verdächtigen.

Hat denn nicht jeder von uns ein Anrecht auf seine harmlosen kleinen Geheimnisse, auf eine Art Doppelleben in seinem Inneren, von dem man niemandem Rechenschaft ablegen muss? Darf ein Mann, weil man ihm eine junge Frau als Gefährtin fürs Leben gegeben hat, von dieser verlangen, dass sie nur noch Dinge denkt und tut, über die sie ihm vorher oder nachher genauestens Bescheid gibt? Besagt denn das Wort Heirat den völligen Verzicht auf jegliche Unabhängigkeit, auf jegliche Freiheit? War es denn wirklich so ganz ausgeschlossen, dass sie eine Schneiderin aufsuchte, ohne es mir zu sagen, oder dass sie der Familie eines dieser Kutscher irgendetwas Gutes tat? War es nicht auch möglich, dass ihr Besuch in diesem Haus, ohne mit einer moralisch bedenklichen Handlung verbunden zu sein, mit einem Verhalten zu tun hatte, das ich, wenn schon nicht scharf getadelt, so doch ein wenig kritisiert hätte? Sie kannte mich ja bis in die vermeintlich unbekanntesten Winkel meiner Eigenheiten hinein und befürchtete vielleicht, wenn schon nicht einen direkten Vorwurf, so doch zumindest eine kleine Auseinandersetzung, die ihr Geständnis womöglich zwischen uns ausgelöst hätte. Sie hatte ja ganz besonders hübsche Hände, und so redete ich mir schließlich ein, dass sie diese insgeheim von der Maniküre in der verdächtigen Wohnung pflegen ließ und das mir gegenüber nicht zugeben wollte, um ja nicht in den Verdacht zu geraten, unser Geld zu verprassen. Sie hielt viel auf Ordnung, auf eine sparsame Lebensführung, hielt den Haushalt gut in Schuss und kannte sich in allen geschäftlichen Angelegenheiten bestens aus. Hätte sie also diese kleine Sünde ihrer Koketterie mir gegenüber zugegeben, hätte sie wahrscheinlich befürchtet, in meiner Achtung zu sinken. Die Frauen haben ja so viele angeborene kleine Spitzfindigkeiten und unschuldige Tricks auf Lager, mit denen sie uns Männer zur rechten Zeit beschwindeln.

Aber alle meine Überlegungen konnten mich auf die Dauer nicht beschwichtigen. Ich war eifersüchtig. Der Verdacht arbeitete in mir, zerriss mich, nagte an mir. Das war noch kein konkreter Verdacht, sondern eben *der* Verdacht. Ich trug in mir einen Schmerz, eine schreckliche Angst, einen noch verhüllten Gedanken – ja, einen Gedanken mit einem Schleier darüber – und diesen Schleier wagte ich nicht zu lüften; denn dahinter würde ein entsetzlicher Zweifel zum Vorschein kommen ... Ein Liebhaber! ... Hatte sie vielleicht einen Liebhaber? ... Stell dir mal diesen Gedanken vor! Allein schon der Gedanke! Das war unwahrscheinlich, unmöglich ... und dennoch? ...

Das Gesicht Montinas tauchte ständig vor meinen Augen auf. Ich sah ihn, diesen großen Schönling mit den glänzenden Haaren, wie er ihr ins Gesicht lächelte, und ich sagte mir: ›Der ist es.‹

Ich malte mir ihre Geschichte aus. Sie hatten sich über ein Buch unterhalten, dessen Liebesabenteuer diskutiert, etwas darin gefunden, das ihrer Situation nicht unähnlich war, und aus dieser bloßen Analogie hatten sie eine wahre Begebenheit gemacht.

Und der abscheulichsten aller Martern ausgeliefert, die einen Mann quälen können, fing ich an, sie zu überwachen. Ich hatte mir Schuhe mit Gummisohlen gekauft, um völlig geräuschlos herumgehen zu können, und ich richtete mein Leben nun so ein, dass ich meine kleine Wendeltreppe immer wieder hinauf und hinab ging, um sie zu überraschen. Oft rutschte ich sogar auf dem Bauch, mit dem Kopf voraus, einige Stufen nach unten, nur um sehen zu können, was sie trieben. Dann musste ich wieder mit viel Kraftaufwand und unendlichen Mühen zurückrutschen, nachdem ich festgestellt hatte, dass unser Angestellter auch mit im Raum war.

Ich lebte nicht mehr, ich litt nur noch. Ich konnte an nichts mehr denken, ich war weder in der Lage an meinem Roman zu arbeiten noch mich um das Geschäft zu kümmern. Sobald ich aus dem Haus ging, sowie ich ein paar Schritte auf der Straße gemacht hatte, sagte ich mir: ›Er ist da‹, und ging wieder zurück. Er war aber nicht da. Also brach ich wieder auf! Kaum aber hatte ich das Haus verlassen, dachte ich wieder: ›Aber jetzt ist er sicher gekommen.‹ Und drehte um.

Tagelang ging das so.

In der Nacht war es noch schlimmer; denn ich spürte sie neben mir, in meinem Bett. Sie lag da, schlief oder tat so, als ob sie schliefe! Schlief sie wirklich? Nein, wohl nicht. War das auch eine Lüge?

So lag ich regungslos da, auf dem Rücken, von der Wärme ihres Körpers nahezu verbrannt, rang nach Atem und fühlte mich gerädert. Ach! In mir kam eine Lust hoch, eine unwürdige und unbändige Lust, aufzustehen, eine Kerze und einen Hammer zu holen, und ihr mit einem einzigen Schlag den Schädel zu spalten, um hineinzuschauen! Natürlich hätte ich nicht mehr gesehen, völlig klar, als einen Brei aus Gehirnmasse und Blut. Gar nichts hätte ich dadurch erfahren! Es war unmöglich, etwas herauszubringen! Und erst ihre Augen! Wann immer sie mich ansah, geriet ich in völlig wahnwitzige Wutzustände. Man blickt sie an – sie blickt zurück! Ihre Augen sind durchscheinend, treuherzig – und dabei so falsch, so falsch, so falsch! Welche Gedanken sich hinter diesem Blick verbergen, kann man nicht erraten. Ich hatte große Lust, ihr spitze Nadeln in die Augen zu stechen, um diese Spiegel der Falschheit zu zerstören.

Ach! Wie gut kann ich jetzt die Inquisition verstehen! Ich hätte ihr am liebsten die Handgelenke mit eisernen Manschetten verrenkt. ›Sprich ... gestehe! ... Du willst nicht? ... Na warte! ...‹ – Ich hätte ihr sachte den Hals zugedrückt ... ›Sprich, gestehe! ... Du willst nicht? ...‹ – Und ich hätte gedrückt, immer weiter gedrückt, bis ich gesehen hätte, wie sie anfängt zu röcheln, zu ersticken, zu sterben … Oder ich hätte ihr die Finger über einem Feuer verbrannt … Ach! Du kannst dir nicht vorstellen, mit welchem Genuss ich das gemacht hätte! … ›Sprich! … nun sprich doch endlich … du willst nicht?‹ Ich hätte ihre Finger über glühende Kohlen gehalten, die Fingerspitzen wären verbrannt … und sie hätte gesprochen … bestimmt hätte sie dann gesprochen …«

Mit geballten Fäusten stand er da, Trémoulin, und schrie. Auf den Dächern um uns herum richteten sich die schlafenden Nachbarn, die nun aufgewacht waren, in ihrem Schlummer gestört, wie Schattenwesen auf und lauschten.

Und ich, von einer mächtigen Anteilnahme in Bann geschlagen, sah vor mir in der Nacht, so als ob ich sie gekannt hätte, diese kleine Frau, dieses kleine blonde, lebhafte und hinterlistige Wesen. Ich sah ihr zu, wie sie ihre Bücher verkaufte, wie sie mit den Männern plauderte, ihnen mit ihrem kindlichen Wesen den Kopf verdrehte, sah in ihrem zarten Puppenköpfchen die kleinen heimtückischen Ideen, die verrückten ausgefallenen Ideen, diese Träume, wie sie die nach Moschus duftenden Modistinnen so haben, die ihr Herz an alle Helden von Abenteuerromanen hängen. Genauso wie er verdächtigte ich sie der Untreue, ich verabscheute sie, ich hasste sie, ich hätte ihr auch liebend gern die Finger verbrannt, damit sie ein Geständnis ablegte.

Mit ruhigerem Ton fuhr er fort: »Ich weiß nicht, warum ich dir das alles erzähle. Noch nie habe ich jemandem ein Wort davon erzählt. Aber ich habe ja auch seit zwei Jahren niemanden mehr gesehen. Ich habe seither mit keiner Menschenseele gesprochen, mit keiner! Und all das kochte in meinem Herzen wie ein fauliger Bodensatz, der angefangen hat zu gären. Jetzt wird der Schmutzkübel ausgeleert. Tut mir leid für dich.

Tja, ich hatte mich getäuscht, es war noch schlimmer, als ich geglaubt hatte, schlimmer als schlimm. Hör zu. Ich bediente mich des klassischen Tricks, den man immer anwendet. In regelmäßigen Abständen täuschte ich meinerseits vor, auszugehen. Jedes Mal, wenn ich das Haus verlassen hatte, tat dies auch meine Frau, um fern vom eigenen Tisch zu speisen. Ich werde dir nicht erzählen, wie ich den Kellner eines Restaurants bestochen habe, um sie zu überraschen.

Die Tür des für sie reservierten Zimmers sollte mir geöffnet werden, und ich traf zur abgemachten Stunde ein, mit der festen Absicht, sie beide zu töten. Seit dem Abend zuvor sah ich die Szene in allen Einzelheiten vor mir, als hätte sie bereits stattgefunden! Ich trat ein! Ein kleiner, mit Gläsern, Flaschen und Tellern bedeckter Tisch stand zwischen ihr und Montina. Sie waren so perplex, als sie mich sahen, dass sie starr und bewegungslos sitzen blieben. Ohne ein Wort zu sagen, hieb ich mit dem mit Blei verstärkten Spazierstock, mit dem ich mich bewaffnet hatte, auf den Kopf des Mannes. Von dem heftigen Schlag voll getroffen, sackte er in sich zusammen und fiel mit dem Gesicht auf das Tischtuch. Da wandte ich mich ihr zu und ließ ihr Zeit, ein paar Sekunden, um die Lage zu durchschauen und, außer sich vor Schrecken, ihre Arme nach mir auszustrecken, bevor auch sie an der Reihe war zu sterben. Oh! Ich war bereit, stark, entschlossen und selig, ganz berauscht von dieser Seligkeit. Die Vorstellung von dem entsetzten Blick, den sie mir angesichts meines drohenden Spazierstocks zuwerfen würde, von ihren nach vorn gereckten Händen, von dem Schrei, der sich aus ihrer Kehle lösen würde, von ihrem plötzlich bleich gewordenen und krampfhaft verzerrten Gesicht, rächte mich schon im Voraus. Ich würde sie nicht gleich mit dem ersten Schlag töten, sie nicht! Du findest mich brutal, nicht wahr? Du weißt nicht, was es heißt zu leiden. Allein die bloße Vorstellung, dass eine Frau, Ehefrau oder Geliebte, die man liebt, sich einem anderen hingibt, sich ihm wie dem eigenen Partner ausliefert und dessen Lippen empfängt wie deine eigenen! Das ist etwas ganz Fürchterliches, etwas Schreckliches. Wenn man einmal diese Folter kennengelernt hat, ist man danach zu allem fähig. Oh! Ich wundere mich, dass es nicht mehr Morde auf der Welt gibt, denn all die, welche verraten wurden, sie alle hatten den Wunsch zu töten und in Gedanken diesen Mord vorab ausgekostet; allein in ihrem Zimmer oder auf einer verlassenen Landstraße haben sie, ganz besessen von der Wahnvorstellung der erfolgten Rache, vorher diese Bewegung des Erwürgens oder Zuschlagens ausgeführt.

Ich kam also bei diesem Restaurant an. Ich fragte den bestochenen Kellner: ›Sind sie da?‹ Dieser antwortete: ›Jawohl, mein Herr.‹ Er führte mich eine Treppe hinauf und wies auf eine Tür. ›Hier‹, sagte er. Ich packte meinen Stock so fest, als wären meine Finger aus Stahl. Dann ging ich hinein.

Ich hatte den passenden Moment erwischt. Sie küssten sich gerade; aber es war nicht Montina. Es war der General de Flèche, besagter General, der nicht weniger als sechsundsechzig Jahre auf dem Buckel hatte!

Ich war so sehr auf den anderen eingestellt, dass ich vor Staunen völlig erstarrte.

Und dann … und dann … ich weiß selbst heute noch nicht, was da in mir vorging … nein … ich kann es nicht sagen! Vor dem anderen wäre ich vor Zorn explodiert! … Vor diesem da, diesem dickbäuchigen alten Mann mit hängenden Wangen, war ich ganz einfach fassungslos vor lauter Ekel. Sie, die Kleine, die immer noch aussah wie mit fünfzehn, hatte sich diesem dicken, fast altersschwachen Menschen da hingegeben, hatte ihren Körper an ihn verschenkt, weil er ein Marquis und General, der Freund und Vertreter der entmachteten Könige war. Nein, ich weiß nicht, was ich in dem Augenblick fühlte und was mir so durch den Kopf ging. Meine Hand wäre nicht imstande gewesen, diesen Greis zu erschlagen! Was für eine Schmach! Nein, mir war auch die Lust vergangen, meine Frau zu töten; stattdessen war mir danach, alle Frauen zu töten, die so etwas tun können. Ich war nicht mehr eifersüchtig, ich war völlig fassungslos, als wenn ich gerade den schlimmsten aller Schrecken zu sehen bekommen hätte!

Man kann über die Männer sagen, was man mag; aber so niederträchtig sind sie nicht! Wenn man einen trifft, der es bunt getrieben hat, zeigt man mit dem Finger auf ihn. Der Mann oder der Geliebte einer alten Frau zieht mehr Verachtung auf sich als ein Dieb. Wir Männer halten da schon auf Ordnung, mein Lieber. Sie aber, die Frauen, diese Weibsstücke, deren Herzen voller Schmutz ist, sie gehören allen, den jungen wie den alten, und zwar aus anderen, ganz verächtlichen Gründen, weil das nämlich ihr Beruf ist, ja, ihre Berufung und ihre Aufgabe. Sie sind seit Urzeiten die Prostituierten, die ohne sich dabei etwas zu denken und ohne sich zu ekeln, voller Heiterkeit ihren Körper den Männern hingeben, weil ihr Körper nun mal die Handelsware der Liebe ist, die sie verkaufen oder verschenken, an den Greis, der mit einem Haufen Gold in der Tasche am Straßenrand lauert, oder auch, um des Ruhmes willen, an den geilen alten König, oder eben an einen beliebigen berühmten und widerlichen alten Mann! ...«

Er stieß seine Worte mit 'zorniger Stimme hervor, unter dem Sternenhimmel, wie ein Prophet der Vorzeit, zählte brüllend, mit der Wut eines Verzweifelten, die ruhmvoll verklärte Schande aller Mätressen der alten Könige auf, danach die respektierte Schande aller Jungfrauen, die einen alten Ehemann akzeptieren, danach die tolerierte Schande aller jungen Frauen, die sich mit einem Lächeln auf dem Gesicht von alten Männern küssen lassen.

Ich sah sie vor mir, alle seit der Entstehung der Welt, wie er sie mit Namen nannte, herbeirief und vor unserem Geist in dieser nächtlichen Stunde im Orient vortreten ließ, all diese Mädchen, diese schönen Mädchen mit der verkommenen Seele, die so wie die weiblichen Tiere das Alter der Männchen nicht wissen, sich bereitwillig den Begierden von Greisen hingaben. Sie standen vor uns, die von der Bibel besungenen Dienerinnen der Patriarchen, Agar, Ruth, Lots Töchter, die braune Abigail, die Jungfrau von Sunnam, die mit ihren Liebkosungen den schon sterbenden David nochmals ins Leben zurückholte, und all die anderen: junge, rundliche, weiße, adelige wie plebejische, unverantwortliche Weibchen eines Herrn, dieses ganze unterwürfige, verblendete oder bezahlte Pack Sklavenfleisch!

Ich fragte ihn: »Was hast du dann gemacht?«

Er antwortete einfach: »Ich habe alles liegen und stehen lassen und bin weggegangen. Und so kommt es, dass ich jetzt hier lebe.«

Danach blieben wir noch lange nebeneinander sitzen, ohne zu sprechen, und jeder träumte vor sich hin! …

Dieser Abend ist mir unvergesslich geblieben. Alles was ich gesehen, gefühlt, gehört und erahnt hatte, die Angel-

partie, der Polyp vielleicht auch, und dieser herzzerrei-
ßende Bericht inmitten dieser weiß gewandeten Schattenwesen auf den Nachbardächern, das alles schien sich
in mir zu einer einzigen großen inneren Ergriffenheit zu
bündeln. Ganz sicher enthalten manche Begegnungen,
manche unerklärlichen Konstellationen, ohne dass auf
den ersten Blick etwas Außergewöhnliches darin zu erkennen wäre, unter der Oberfläche viel mehr der wesentlichen Dinge des Lebens als jene, auf die wir im Alltag
stoßen.

GESCHICHTE EINER BAUERNMAGD

I

Da das Wetter sehr schön war, hatten die Bauersleute ihr Mittagessen etwas schneller als üblich eingenommen und waren anschließend gleich wieder zur Arbeit aufs Feld gegangen.

Rose, die Magd, blieb ganz allein inmitten der großen Küche zurück, wo das verlöschende Herdfeuer einen großen Wasserkessel warm hielt. Aus diesem Topf schöpfte sie von Zeit zu Zeit etwas Wasser und spülte damit ihr Geschirr; diese Tätigkeit unterbrach sie gelegentlich, um zwei leuchtende Vierecke anzuschauen, die die Sonne durch das Fenster auf den langen Tisch warf und die die kaputten Stellen der Fensterscheiben zum Vorschein brachten.

Drei sehr kecke Hühner suchten Krümel unter den Stühlen. Durch die halboffene Tür kamen Gerüche aus dem Hühnerhof und leichter Gestank vom Kuhstall herein, und in der Stille der Mittagshitze konnte man hören, wie die Hähne krähten.

Als das Mädchen mit dem Abspülen fertig war, den Tisch abgewischt, den Kamin geputzt und die Teller auf dem hohen Gestell im hinteren Teil der Küche neben der laut tickenden hölzernen Standuhr verstaut hatte, holte sie erst einmal tief Atem; ohne rechten Grund war ihr ein wenig komisch zumute und fast ein bisschen schwer ums Herz. Sie warf einen Blick auf die geschwärzten Lehmwände, die verräucherten Deckenbalken, von denen Spinnennetze, Bücklinge und an Schnüren aufgereihte Zwiebeln herabhingen; dann setzte sie sich, geschwächt von den immer noch durch den Raum ziehenden Dünsten, die die Hitze des Tages aus dem abgetretenen Fußboden hochsteigen ließ, auf dem die Sonne schon so viele Dinge, die im Laufe der Zeit darauf verschüttet worden waren, weggetrocknet hatte. Hinzu kam der scharfe Geruch der Milch, die in der Kühlkammer nebenan Rahm ansetzte. Trotzdem wollte sie sich an ihre übliche Näharbeit machen, aber ihr fehlte die Kraft dazu, und so trat sie auf die Schwelle des Hauses, um ein wenig frische Luft zu schnappen.

Unter der Liebkosung des warmen Sonnenlichts spürte sie, dass ihr wieder wohler ums Herz wurde und ein angenehmes Gefühl ihren ganzen Körper durchströmte.

Vom Misthaufen, der sich vor der Haustür befand, stieg unablässig ein glitzernder Dampf auf. Die Hühner ließen es sich dort oben wohl ergehen; sie hatten sich seitwärts hingelegt und scharrten hin und wieder mit einem ihrer Beine nach einem Wurm. In der Mitte der Hühnerschar thronte der Hahn in seiner ganzen Pracht. Ständig suchte er sich eine der Hennen heraus, stolzierte um sie herum und machte kleine glucksende Laute, um sie anzulocken. Die Henne erhob sich ganz lässig und nahm ihn ganz seelenruhig in Empfang, indem ihre Beine unter seinem Gewicht, mit dem er sich auf ihre Flügel legte, einknickten; danach schüttelte sie den Staub aus ihren Federn und ließ sich wieder auf dem Misthaufen nieder, während er mit lautem Gesang seinen neuesten Triumph verkündete, und in allen Hühnerhöfen ringsum antworteten ihm die anderen Hähne, so als ob sie sich alle von einem Bauernhof zum nächsten gegenseitig ihre erotischen Abenteuer zurufen wollten.

Gedankenlos schaute die Magd dem Spektakel zu; danach hob sie ihren Blick und war ganz vom Glanz der blühenden Apfelbäume geblendet, die wie gepuderte Köpfe dastanden, so weiß waren sie.

Plötzlich galoppierte ein junges Fohlen ausgelassen an ihr vorüber. Es umkreiste zwei Mal die mit Bäumen bepflanzten Gräben, blieb dann urplötzlich stehen und drehte seinen Kopf nach allen Seiten, als ob es sich wundere, ganz allein zu sein.

Auch sie empfand nun große Lust, einfach loszulaufen, hatte ein Bedürfnis nach Bewegung; gleichzeitig aber wollte sie sich hinlegen, ihre Glieder ausstrecken, sich in der stehenden warmen Luft ausruhen. Unentschlossen machte sie ein paar Schritte, schloss, von einer animalischen Wohligkeit ergriffen, die Augen; dann ging sie gemütlich zum Hühnerstall, um die Eier einzusammeln. Es waren ihrer dreizehn, die sie fand und mitnahm. Als diese im Schrank abgelegt waren, wurde ihr von den Küchengerüchen gleich wieder übel und deshalb ging sie ins Freie, um sich ein wenig ins Gras zu setzen.

Der von Bäumen umstandene Hof des bäuerlichen Anwesens lag wie im Schlaf da. Das hohe Gras, in dem die gelben Löwenzähne wie Lampen strahlten, war von einem mächtigen Grün, dem neuen Grün des Frühlings. Der Schatten der Apfelbäume bildete zu ihren Füßen einen Kreis; und aus den Strohdächern der Gebäude, auf deren Spitzen Schwertlilien wuchsen, deren Blätter wie Säbel aussahen, trat ein wenig Dampf aus, so als ob die Feuchtigkeit der Pferdeställe oder der Scheunen durch das Stroh hindurchgezogen wäre.

Die Magd war bis zum Schuppen gekommen, in dem die Karren und Kutschen untergestellt wurden. Dort, in der Mulde des Grabens, befand sich eine große grüne Senke voller stark duftender Veilchen, und über die Böschung hinweg konnte man die Landschaft erblicken, eine weite, hier und da von Baumgruppen unterbrochene Ebene, auf der allerlei Feldfrüchte angebaut wurden und hier und da waren in der Ferne Gruppen von Feldarbeitern, so klein wie Puppen, auszumachen, und Schimmel, die Spielzeugen glichen; sie zogen einen Miniaturpflug hinter sich her, hinter dem ein zwergengroßes Kerlchen ging, das nicht mehr als einen Finger maß.

Sie besorgte sich vom Speicher einer Scheune ein Strohbündel und warf es in diese Senke, um sich daraufzusetzen; weil ihr das alles noch nicht ausreichend gemütlich war, löste sie die Schnur des Ballens, verstreute das Stroh unter sich und legte sich auf den Rücken, mit den beiden Armen unter dem Kopf und die Beine ausgestreckt.

Von einer höchst angenehmen Mattigkeit eingeschläfert, machte sie sachte ihre Augen zu. Und sie war schon fast ganz eingeschlafen, als sie plötzlich zwei Hände auf ihrer Brust spürte, und deshalb richtete sie sich mit einem Ruck wieder auf. Es war Jacques, der Knecht des Bauern, ein stattlicher großer Bursche aus der Picardie, der ihr schon seit einiger Zeit den Hof machte. Er arbeitete an diesem Tag im Schafstall, und als er gesehen hatte, wie sie sich im Schatten hingelegt hatte, war er ganz heimlich mit angehaltenem Atem, glänzenden Augen und Strohhalmen in den Haaren herbeigeschlichen.

Er versuchte sie zu küssen, aber sie, die es an Kraft durchaus mit ihm aufnehmen konnte, verpasste ihm dafür eine Ohrfeige; mit schelmischer Miene bat er sie um Verzeihung. So setzten sie sich nebeneinander und plauderten freundschaftlich miteinander. Sie sprachen vom Wetter, das eine gute Ernte versprach, vom Jahr, das sich gut anließ, von ihrem Herrn, einem rechtschaffenen Mann, danach auch von den Nachbarn, von allen den Leuten dieser Gegend, von sich selbst, von ihrem Heimatdorf, ihrer Jugend, ihren Erinnerungen, den Eltern, die sie für lange Zeit, ja vielleicht für immer verlassen hatten. Bei diesem Gedanken wurde sie ganz gerührt, und er seinerseits, rückte mit Hintergedanken näher an sie heran, schmiegte sich an sie, zitterte regelrecht vor Begierde. Sie sagte:

»'S ist schon lange her, dass ich meine Mama 's letzte Mal gesehen hab; es ist schon hart, immer so lange voneinander getrennt zu sein.«

Und ihr Blick streifte gedankenverloren in die Ferne, durch Raum und Zeit, bis hin zu dem Dorf, das sie da weit weg, irgendwo im Norden, verlassen hatte.

Plötzlich packte er sie am Hals und küsste sie von Neuem; sie aber schlug ihm mit geballter Faust so heftig mitten ins Gesicht, dass er davon Nasenbluten bekam; und er stand auf, um seinen Kopf an einen Baumstamm zu lehnen. Da bekam sie ein wenig Mitleid mit ihm und, während sie auf ihn zuging, sagte sie: »Na, tut's sehr weh?«

Er aber fing an zu lachen. Nein; war alles nicht so schlimm; sie hatte nur genau die Mitte getroffen. Er murmelte: »'dammtes Luder«, und sah sie mit Bewunderung, voller Respekt an, mit einer ganz anderen Zuneigung, einem Anflug wahrer Liebe für diese große, so kräftige resolute Frau.

Als die Nase aufgehört hatte, zu bluten, schlug er ihr vor, eine kleine Runde mit ihm zu drehen, da er Angst hatte, wenn sie weiterhin so nebeneinander saßen, nochmals die Bekanntschaft der harten Faust seiner Nachbarin zu machen. Sie selbst aber hakte sich bei ihm ein, ganz wie es Verlobte am Abend machen, wenn sie so dahinpromenieren, und sagte zu ihm: »Das ist aber gar nicht in Ordnung, Jacques, mich mit so viel Verachtung zu behandeln.«

Er protestierte. Nein, von wegen er verachtete sie, er sei nur in sie verliebt, das sei alles.

»Du willst mich also heiraten?«, sagte sie.

Er wartete ein wenig mit seiner Antwort, dann schaute er sie von der Seite an, während sie ihren Blick in die Ferne schweifen ließ. Sie hatte rote Wangen und ein volles Gesicht, eine füllige Brust unter dem farbigen Mieder aus Kattunstoff, kräftige frische Lippen, und ihr freiliegender Hals war mit kleinen Schweißperlen bedeckt. Da merkte er, wie die Begierde ihn wieder überkam, und den Mund an ihrem Ohr flüsterte er:

»Ja, das will ich.«

Da schlang sie ihre beiden Arme um seinen Hals und küsste ihn so lange, dass sie zuletzt beide ganz außer Atem waren.

Von da an begann zwischen ihnen die ewige Geschichte der Liebe. Sie schäkerten in den Ecken, verabredeten nächtliche Stelldicheins beim Mondschein, im Schutze eines Heuschobers; und sie fügten sich mit ihren groben eisenbeschlagenen Schuhen unter dem Tisch allerlei blaue Stellen an den Beinen zu.

Dann schien Jacques ihrer so allmählich wieder überdrüssig zu werden; er ging ihr aus dem Weg, sprach nur noch selten mit ihr, sorgte dafür, nur noch in Gesellschaft anderer mit ihr zusammenzutreffen. Da wurde sie von Zweifeln und einer großen Traurigkeit befallen, und es dauerte nicht mehr lange, da wurde ihr klar, dass sie schwanger war.

Zuerst war sie völlig durcheinander; dann wurde sie zornig, jeden Tag mehr, denn es gelang ihr nicht, ihn zu erwischen, so zielstrebig vermied er jedes Zusammentreffen mit ihr.

Eines Nachts schließlich, als alle auf dem Bauernhof schliefen, schlüpfte sie im Hemd und barfuß aus ihrer Kammer, lief über den Hof und stieß die Tür des Pferdestalls auf, wo Jacques in einer großen mit Stroh gefüllten Kiste über seinen Pferden schlief. Als er sie kommen hörte, tat er so, als würde er schnarchen; sie aber baute sich auf den Knien vor ihm auf und rüttelte ihn so lange, bis er sich doch aufrichtete.

Als er dann vor ihr saß und sie fragte »Was willst du?«, biss sie die Zähne zusammen und sagte wutschnaubend: »Ich will, ich will, dass du mich heiratest, das hast du mir schließlich versprochen.« Da lachte er nur und gab ihr zur Antwort. »Ach wirklich? Wenn man alle Mädchen heiraten würde, mit denen man mal ins Bett gegangen ist, da würde man ja niemals fertig.«

Aber da packte sie ihn am Hals, drehte ihn um, ohne dass er sich aus ihrem wütenden Griff befreien konnte und würgte ihn heftig; dabei kam sie mit ihrem Mund seinem Gesicht ganz nah und schrie ihn an: »Ich krieg ein Kind, hast du verstanden, ich krieg ein Kind.«

Er keuchte und rang nach Luft; und eine Zeit lang saßen sie reglos da, wechselten kein Wort in dieser nächtlichen Stille, die nur vom Geräusch eines Pferdes unterbrochen wurde, das ein wenig Heu aus der Raufe holte und dann gemächlich zwischen seinen Kiefern zermahlte.

Als Jacques klar wurde, dass sie die stärkere von ihnen beiden war, stammelte er: »Also gut, ich werde dich heiraten, wenn es denn sein soll.«

Sie aber traute seinen Versprechungen nicht mehr.

»Du bestellst sofort das Aufgebot«, sagte sie, »sofort.«

Er antwortete: »Ja, sofort.«

»Schwör mir das bei allen Heiligen im Himmel.«

Er zögerte ein paar Sekunden, dann fügte er sich und sagte: »Ich schwöre es bei allen Heiligen im Himmel.«

Da lockerte sie ihren Griff und ging, ohne ein weiteres Wort zu sagen, wieder zurück in ihre Kammer.

Einige Tage lang gelang es ihr nicht, ihn wieder zu sprechen, und da der Pferdestall nun jede Nacht abgesperrt war, wagte sie aus Furcht vor einem Skandal nicht, Lärm zu machen.

Dann sah sie eines Morgens, dass ein neuer Knecht bei der Suppe am Tisch saß. Sie fragte:

»Ist Jacques weg?«

»Ja, freilich«, sagte der Andere, »seine Stelle nehme ich jetzt ein.«

Da musste sie so heftig zittern, dass sie nicht imstande war, den Kochtopf vom Haken zu nehmen; und als dann das ganze Gesinde bei der Arbeit war, stieg sie in ihre Kammer hinauf und weinte; dabei presste sie ihr Gesicht fest in ihr Kissen, damit sie ja von niemandem gehört wurde.

Während des ganzen Tages versuchte sie vorsichtig, um ja keinerlei Verdacht zu erwecken, herauszufinden, was es mit Jacques' Verschwinden auf sich hatte; aber ihr Unglück rumorte so nachhaltig in ihrem Kopf, dass sie das Gefühl hatte, alle Leute, die sie befragte, würden hinter ihrem Rücken boshaft lachen. Sosehr sie sich auch anstrengte, sie brachte nicht mehr heraus, als dass er das Dorf für immer verlassen hatte.

II

Nun begann ein Leben pausenloser Qualen für sie. Sie arbeitete wie eine Maschine, ohne sich zu fragen, was sie da machte; sie hatte immer nur einen einzigen Gedanken, der ihr unablässig im Kopf herumging: ›Wenn die Leute im Dorf das erführen!‹

Diese unaufhörliche Besessenheit raubte ihr die Fähigkeit zum Überdenken ihrer Lage so vollständig, dass sie nicht einmal nach Mitteln zur Vermeidung dieses Skandals suchte, den sie, jeden Tag ein Stück näher kommen sah, einen Skandal, der durch nichts zu beheben schien und so sicher war wie der Tod.

Sie stand jeden Tag weit vor allen anderen auf und versuchte mit geradezu leidenschaftlicher Hartnäckigkeit, ihre Figur mit einem kleinen Stück eines zerbrochenen Spiegels, den sie eigentlich zum Kämmen benutzte, zu untersuchen, voller Angst feststellen zu müssen, dass nun der Tag gekommen wäre, an dem man ihren Zustand erkennen würde.

Und tagsüber unterbrach sie ständig ihre Arbeit, um sich von oben bis unten zu betrachten und kritisch zu prüfen, ob der Umfang ihres Bauches ihre Schürze nicht zu sehr wölbte.

Die Monate gingen vorüber. Sie sprach nur noch das Nötigste, wenn man sie etwas fragte, stand sie meist verständnislos da, verdattert, mit stumpfsinnigem Blick und zitternden Händen; was ihren Herrn zu dem Kommentar veranlasste: »Meine Güte, du armes Ding, wie vertrottelt du seit einiger Zeit doch bist!«

In der Kirche versteckte sie sich hinter einem Pfeiler und hatte nicht mehr den Mut, zur Beichte zu gehen; besonders fürchtete sie nämlich, dem Pfarrer einmal ge-

genüberzustehen, dem sie eine übermenschliche Kraft zuschrieb, aufgrund derer er in das Gewissen seiner Schäfchen blicken und darin lesen konnte.

Beim Essen brachten die Blicke der anderen Knechte und Mägde sie vor lauter Angst fast um den Verstand, und sie sah in ihrer Fantasie ständig voraus, vom Kuhhirten, einem kleinen frühreifen und hinterlistigen Bürschchen, der seine blitzenden Augen keine Sekunde von ihr ließ, entlarvt zu werden.

Eines Morgens brachte ihr der Briefträger einen Brief. Noch nie in ihrem Leben hatte sie einen Brief bekommen; deshalb war sie so verwirrt, dass sie sich erst einmal hinsetzen musste. War er etwa von ihm, vielleicht? Aber da sie nicht lesen konnte, saß sie angstvoll, zitternd vor diesem mit Tinte beschriebenem Stück Papier. Sie steckte es in ihre Tasche und traute sich nicht, sich mit ihrem Geheimnis irgendjemanden anzuvertrauen; oft unterbrach sie ihre Arbeit, um diese gleichmäßig mit Wörtern ausgefüllten Linien, an deren Ende eine Unterschrift stand, des Langen und Breiten zu betrachten und sie gab sich der vagen Hoffnung hin, in einer plötzlichen Eingebung den Sinn dieser Zeilen zu durchschauen. Als sie schließlich vor Ungeduld und Unruhe fast verrückt geworden war, suchte sie den Dorfschulmeister auf, der zu ihr sagte, sie solle sich hinsetzen und ihr dann folgende Worte vorlas:

Meine liebe Tochter, dieser Brief soll Dir mitteilen, dass es mir gar nicht gut geht; unser Nachbar, der Lehrer Dentu, war so nett, Dir an meiner Stelle zu schreiben, um Dich zu bitten, hierherzukommen, wenn Du kannst.

Im Namen Deiner Dich liebenden Mutter,
CESAIRE DENTU, Hilfslehrer

Sie sagte kein Wort und ging davon; aber als sie dann wieder allein war, gaben ihre Beine nach und sie sackte am Wegesrand zusammen; dort blieb sie bis zum Einbruch der Nacht sitzen.

Als sie zurückkam, erzählte sie dem Bauern, in welch schlimmer Lage sie ihrer Mutter wegen war. Dieser gab ihr so lange frei, wie sie wollte und versprach ihr, ihre Arbeit in der Zwischenzeit ersatzweise von einer Tagelöhnerin versehen zu lassen und sie bei der Rückkehr wieder einzustellen.

Ihre Mutter lag schon im Sterben; sie verstarb noch am Tag der Ankunft; und am nächsten brachte Rose ein Sieben-Monats-Kind auf die Welt, das nicht mehr als Haut und Knochen hatte und so mager war, dass es einem kalt über den Rücken lief; es schien überhaupt nur aus Kummer und Leiden zu bestehen, so schmerzvoll verkrampfte es seine armen Händchen, die so dünn wie die Beine von Krabben waren.

Dennoch blieb es am Leben.

Sie machte den Leuten weis, verheiratet zu sein, sich um den Kleinen aber nicht kümmern zu können, und sie ließ ihn bei Nachbarn zurück, die ihr versprachen, für ihn zu sorgen.

Sie kehrte auf den Bauernhof zurück.

Aber nun regte sich in ihrem so lange gequälten Herzen wie eine Morgenröte eine unbekannte Liebe für dieses winzige, schmächtige Wesen, das sie dort zurückgelassen hatte; und eben diese Liebe war nun Ursache eines neuen Leidens, eines Leidens, das sie jede Stunde, jede Minute in sich spürte, da sie ja von ihm getrennt war.

Was sie ganz besonders marterte, war ein irrsinniges Bedürfnis, ihn zu küssen, ihn fest in die Arme zu nehmen, an ihrem Körper die Wärme seines kleinen Körpers zu spüren. In der Nacht fand sie keinen Schlaf mehr, am Tage musste sie fortwährend daran denken; und am Abend, nach der Arbeit, setzte sie sich ans Feuer und schaute hinein wie Menschen, die ihre Gedanken in die Ferne schweifen lassen.

Die anderen fingen schon an, über sie zu tratschen und lästerten über den Liebhaber, den sie ganz sicher hatte, fragten sie, ob er denn schön, groß und reich sei, für wann denn die Hochzeit und die Taufe geplant wären. Oft lief sie dann davon, um in ihrer Kammer vor sich hin zu weinen, denn diese Fragen durchstachen ihre Haut wie Nadeln.

Um sich von diesen Sticheleien abzulenken, stürzte sie sich voller Wut in die Arbeit, und die Sorge um ihr Kind, das ihr ganzes Denken beherrschte, brachte sie dazu, soviel Geld wie möglich für ihren Sprössling anzuhäufen.

Sie beschloss, so fleißig zu arbeiten, dass der Bauer gar nicht anders könnte, als ihren Lohn zu erhöhen.

Ganz allmählich zog sie alle Sorten von Arbeiten in ihrem Umfeld an sich und schuftete für zwei, sodass eine andere Magd überflüssig war und entlassen wurde; sie hielt streng Haushalt mit dem Brot, dem Öl und den Kerzen, mit den Körnern, die vorher zu üppig an die Hühner verteilt worden waren ebenso wie mit dem Viehfutter, mit dem die anderen zu verschwenderisch umgingen. Sie verwaltete das Geld des Hausherrn so knauserig, als wenn es das ihrige gewesen wäre, und nach einigen einträglichen Geschäften, die sie getätigt hatte, indem sie die Waren des Bauernhofs teuer verkaufte und sich umgekehrt von den Tricks der Händler nicht täuschen ließ, bekam sie allein das Recht, Einkäufe und Verkäufe zu tätigen, wurde mit der Aufsicht über das übrige Personal und der Buchhaltung betraut; und so machte sie sich binnen kurzer Zeit zu einer absolut unentbehrlichen Person. Sie entfaltete bei all diesen Tätigkeiten so viel Geschick, dass der Bauernhof unter ihrer Leitung einen enormen Aufschwung erlebte. Zwei Meilen im Umkreis sprachen die Leute nur noch von dem »Vallin seiner Magd«, und auch der Bauer selbst schwärmte unablässig von ihr: »Dieses Mädchen, das ist mehr wert als ein Haufen Gold.«

Die Zeit verging, aber der Lohn blieb der gleiche. Ihr Fleiß wurde angenommen wie etwas, das im Prinzip jede brave Magd dem Dienstherrn schuldig war, als ein Zeichen ihres guten Willens; und so erkannte sie mit ein wenig Bitterkeit, dass der Bauer dank ihrer Tüchtigkeit fünfzig oder hundert Taler im Monat mehr in seinen Säckel bekam, während sie weiterhin ihre zweihundertvierzig Francs im Jahr verdiente, nicht mehr, nicht weniger.

Sie beschloss, eine Gehaltserhöhung zu verlangen. Drei Mal suchte sie den Bauern auf, und jedes Mal, wenn sie dann vor ihm stand, wich sie auf ein anderes Thema aus. Sie empfand eine Art Scham bei dem Gedanken, Geld zu verlangen, so als wäre das ein schäbiges Verhalten. Eines Tages schließlich, als der Bauer allein in der Küche saß und etwas aß, sagte sie ganz verlegen zu ihm, dass sie ihn in einer speziellen Sache sprechen wolle. Überrascht hob er den Kopf, und mit beiden Händen auf dem Tisch, von denen die eine das in die Luft gerichtete Messer und die andere ein Stück Brot hielt, schaute er seiner Dienerin fest in die Augen. Unter seinem starken Blick wurde sie schwach und verlangte nur acht Tage Urlaub, um in ihr Heimatdorf zu gehen, weil sie ein wenig krank sei.

Sofort gewährte er ihr diesen Wunsch, danach fügte er, genauso verlegen wie sie, hinzu: »Übrigens muss ich auch mit dir etwas besprechen, wenn du wieder da bist.«

III

Das Kind war nun beinahe acht Monate alt: Sie erkannte es nicht wieder. Es war nun ganz rosig, pausbäckig und rundlich geworden und sah aus wie ein kleines Päckchen lebendes Fett. Seine wulstigen Finger bewegten sich mit erkennbarer Freude hin und her. Sie stürzte sich auf ihn wie auf eine Beute, mit geradezu animalischer Hingabe und küsste den Kleinen so heftig, dass er vor lauter Angst zu schreien anfing. Da fing sie selbst an zu weinen, weil er sie nicht erkannte und seine Ärmchen nach der Amme ausstreckte, wann immer er sie sah.

Schon am nächsten Tag aber gewöhnte er sich an ihr Gesicht und lachte, wenn er sie sah. Sie trug ihn ins Grüne, rannte wie verrückt durch die Gegend und hielt ihn vorsichtig mit ihren Fingerspitzen fest, um sich danach im Schatten der Bäume niederzusetzen. Zum allerersten Mal in ihrem Leben und obwohl der Kleine es nicht verstehen konnte, öffnete sie ihr Herz einem anderen Menschen, erzählte ihm von ihrem Kummer, ihrer Arbeit, ihren Sorgen, ihren Hoffnungen, und ständig strapazierte sie seine Gutmütigkeit, indem sie ihn viel zu heftig und häufig liebkoste.

Es machte ihr unendlich viel Freude, ihn mit ihren Händen zu betatschen, ihn zu waschen, anzuziehen; und sogar wenn sie ihn dann von den schmutzigen Windeln befreien und sein Hinterteil säubern musste, war sie selig, so als ob dieses Hantieren mit dem Körper des Kleinen eine Bestätigung ihrer Mutterschaft gewesen wäre. Sie schaute ihn immer wieder an, voller Staunen, dass er ihr gehörte, und halblaut sagte sie immer wieder vor sich hin und schaukelte ihn dabei in ihren Armen: »Das ist mein kleiner Liebling, das ist mein kleiner Liebling.«

Auf ihrem Rückweg zum Bauernhof schluchzte sie ununterbrochen, und kaum war sie angekommen, da rief sie auch schon ihr Dienstherr in seine Kammer. In höchstem Maße erstaunt und bewegt, ohne den Grund zu wissen, begab sie sich zu ihm.

»Setz dich«, sagte er zu ihr.

Sie setzte sich, und so saßen sie eine Zeit lang nebeneinander da, verlegen alle beide, wussten nicht, was sie mit ihren Händen anfangen sollten, schauten aneinander vorbei, wie Bauern es eben tun.

Der Bauer, ein rundlicher, ebenso leutseliger wie dickköpfiger Kerl von fünfundvierzig Jahren, dem schon zwei Frauen weggestorben waren, war, anders als bei ihm üblich, so verlegen, dass er erst einmal kein Wort herausbrachte. Schließlich gab er sich einen Ruck, schaute ins Grüne hinaus und stotterte mit unsicherem Blick: »Rose«, sagte er, »hast du, hast du denn niemals … daran gedacht, dich irgendwo fest niederzulassen?«

Sie wurde bleich wie eine Tote. Als er sah, dass sie keine Antwort gab, fuhr er fort: »Du bist ein braves Mädchen, ordentlich, tüchtig und sparsam. Ein Frau wie du, das wäre für jeden Mann ein wahrer Glücksgriff.«

Sie rührte sich immer noch nicht, hatte einen völlig verstörten Blick und machte gar nicht erst den Versuch, verstehen zu wollen, was er da sagte; in ihrem Kopf ging es nur wild durcheinander, ganz so, als ob eine große Gefahr auf sie zukäme. Er wartete noch eine Sekunde, dann fügte er hinzu: »Du siehst doch selber, ein Bauernhof ohne echte Bäuerin, das geht auf die Dauer nicht gut, selbst mit einer Magd wie du eine bist.«

Er schwieg nun, wusste nicht, was er sonst noch sagen könnte, und Rose schaute ihn mit dem verschreckten Blick eines Menschen an, der glaubt, seinem Mörder ge-

genüberzusitzen und nur darauf wartet, bei dessen kleinster Bewegung die Flucht zu ergreifen.

Schließlich, nachdem fünf Minuten verstrichen waren, fragte er: »Also, was ist nun, ist's dir recht?«

Sie antwortete mit einem Blick, in dem sich ihre totale Verständnislosigkeit spiegelte: »Was soll mir recht sein, Herr?«

Da versetzte er brüsk: »Na, mich zu heiraten, ja was denn sonst!«

Da stand sie plötzlich auf und sackte gleich darauf wieder wie zerschmettert auf ihren Stuhl zurück, wie jemand, den soeben der allerschlimmste Schicksalsschlag in seinem Leben getroffen hat. Allmählich wurde der Bauer ungeduldig: »Also, was ist nun, was überlegst du denn so ewig?«

Sie schaute ihn völlig fassungslos an; dann liefen ihr mit einem Mal Tränen über das ganze Gesicht, und sie sagte zwei Mal schwer atmend: »Ich kann nicht, ich kann nicht.«

»Wieso kannst du nicht?«, fragte der Bauer. »Nun spiel hier nicht die Dumme, ich gebe dir Bedenkzeit bis morgen.«

Und darauf ging er eilig aus dem Zimmer, überaus erleichtert, ihr gegenüber mit seinem Anliegen, das ihm sehr im Magen gelegen hatte, nun endlich herausgerückt zu sein; im Übrigen zweifelte er nicht daran, dass seine Magd am nächsten Tag einen Vorschlag, der für sie ja völlig unverhofft gekommen war und für ihn selbst ein ausgezeichnetes Geschäft darstellte, da er sich für immer mit einer Frau verband, die ihm mehr einbringen würde als die beste Mitgift weit und breit, selbstverständlich annehmen würde.

Skrupel wegen einer unstandesgemäßen Verbindung

brauchte es zwischen ihnen auch keine zu geben; denn auf dem Lande, da sind doch alle fast gleich: Der Bauer arbeitet auf dem Feld wie sein Knecht, der oft genug seinerseits früher oder später zum Herrn des Hofs wird, und die Mägde steigen auch ganz häufig zur Bäuerin auf, ohne dass das ihr Leben oder ihre Gewohnheiten wesentlich ändern würde.

In dieser Nacht fand Rose keinen Schlaf. Sie ließ sich auf ihr Bett fallen und blieb dort sitzen und hatte nicht einmal mehr genügend Kraft zum Weinen, so mitgenommen war sie von alldem. Sie saß reglos da, spürte ihren Körper nicht mehr, und ihr Gehirn war völlig zersplittert, als wenn es jemand mit einem jener Instrumente zerstückelt hätte, mit denen die Wollkämmer die Matratzenwolle zerkleinern.

Nur gelegentlich gelang es ihr, ein klein wenig Ordnung in ihrem Kopf herzustellen, und vor dem, was da auf sie zukommen konnte, schauderte ihr ganz schrecklich.

Ihre Ängste wurden immer größer, und jedes Mal, wenn die große Standuhr der Küche langsam die Stunden in die Stille des im Schlaf liegenden Hauses hinein schlug, bekam sie neue Schweißausbrüche. In ihrem Kopf verschwamm alles, ein Albtraum jagte den nächsten, ihre Kerze war schließlich abgebrannt; da setzte das Delirium ein, dieses Fluchttrauma, das Leute vom Lande oft befällt, wenn sie sich von einem Schicksalsschlag bedroht fühlen, wenn sie ein rasendes Bedürfnis ergreift, loszurennen, zu fliehen, vor dem Unglück davonzulaufen so wie ein Schiff vor einem Sturm davonsegelt.

Eine Eule kreischte; sie erzitterte, richtete sich auf, fuhr sich mit den Händen über das Gesicht, durch die Haare, tastete wie eine Verrückte ihren Körper ab; danach ging sie wie eine Nachtwandlerin die Treppe hinab. Als sie im

Hof angekommen war, bewegte sie sich kriechend voran, um ja nicht von irgendeinem herumziehenden Flegel gesehen zu werden, denn der Mond warf kurz vor seinem Verschwinden ein helles Licht auf die Felder. Statt das Gatter zu öffnen, kletterte sie die Böschung hinauf, dann als sie die freie Landschaft erreicht hatte, ging sie immer weiter. Sie marschierte einfach geradeaus, mit leichten und flotten Schritten, und stieß von Zeit zu Zeit unbewusst einen durchdringenden Schrei aus. Ihr überlebensgroßer Schatten, den der Mond neben ihr auf den Erdboden zeichnete, begleitete sie auf der Flucht, und hie und da kam ein Nachtvogel und umkreiste ihren Kopf. Die Hunde auf den Höfen bellten, als sie sie vorübergehen hörten; einer von ihnen sprang die Böschung hinauf und verfolgte sie, um sie zu beißen; aber sie drehte sich zu ihm um und brüllte ihn so schauerlich an, dass das Tier vor Schrecken die Flucht ergriff, sich in seiner Hütte zusammenkauerte und das Gebell einstellte.

Manchmal hoppelte eine junge Hasenfamilie munter auf einem Acker hin und her; als dann aber diese kühne Furie wie eine wahnsinnig gewordene Diana auftauchte, stoben die furchtsamen Tiere sogleich auseinander; die Jungen und die Mutter suchten Zuflucht in einer Furche, während der Vater so schnell es ging davongaloppierte. Dabei geriet er manchmal in den Lichtkegel des Mondes, der da sein Nachtlager aufgeschlagen hatte und jetzt über den Rand der Welt hinuntersank und dabei die ganze Ebene mit seinen schrägen Strahlen erleuchtete, wie eine riesige Laterne, die jemand am Horizont abgestellt hatte, und in dieses Licht warf der Hase mit seinen großen hochgestellten Ohren einen Schatten, der Sprünge zu machen schien.

Die Sterne verloschen in der Weite des Firmaments, ein

paar Vögel zwitscherten; der Tag zog herauf. Völlig am Ende ihrer Kräfte rang die junge Frau nach Luft; und als die Sonne die purpurne Morgenröte durchstieß, blieb sie stehen.

Ihre geschwollenen Füße versagten ihr nun den Dienst; aber sie erblickte einen Tümpel, einen großen Tümpel, dessen ruhiges Wasser unter dem roten Licht des anbrechenden Tages aussah wie Blut, und langsam hinkte sie ans Ufer, die Hand aufs Herz gelegt, um ihre Beine ins Wasser zu tauchen.

Sie setzte sich auf ein Grasbüschel, zog ihre groben, staubigen Schuhe sowie die Strümpfe aus und tauchte ihre blau angelaufenen Füße in das stillstehende Wasser, aus dem manchmal einige Luftblasen blubbernd aufstiegen.

Eine angenehme Frische stieg von den Fersen bis zum Hals in ihr auf; und plötzlich, während sie dieses tiefe Gewässer fixierte, wurde sie von einem Schwindel ergriffen, einem wilden Drang, mit dem ganzen Körper ins Wasser einzutauchen. Da drinnen wäre Schluss mit all dem Leiden, für immer Schluss. Sie dachte nicht mehr an ihr Kind; sie wollte Frieden, völlige Ruhe, schlafen für immer. Da richtete sie sich auf, hob die Arme in die Höhe und machte zwei Schritte nach vorn. Sie stand nun schon bis zu den Schenkeln im Wasser und war schon dabei, sich voll und ganz hineinzustürzen, da stieß sie einen verzweifelten Schrei aus, denn heftige Stiche an den Knöcheln ließen sie wieder zurück zum Ufer springen: von ihren Knien bis zu den Zehenspitzen hatten sich schwarze Blutegel, die an ihrem Fleisch festklebten, daran gemacht, ihr Blut zu trinken und sie wurden immer dicker. Sie traute sich aber nicht, die Blutegel zu berühren und brüllte vor Schrecken. Ihre verzweifelten Schreie holten einen Bauern herbei, der gerade in der Ferne mit seinem Fuhrwerk vorüberkam. Er riss ihr die Blutegel einen nach dem anderen ab, bedeckte die Wunden notdürftig mit Gräsern und brachte die junge Frau mit seinem Karren bis zum Hof ihres Dienstherrrn.

Zwei Wochen lang musste sie das Bett hüten, dann, an dem Vormittag, als sie wieder aufgestanden war und sich einen Moment vor der Haustür hingesetzt hatte, pflanzte sich der Bauer plötzlich vor ihr auf.

»Also«, sagte er, »die Sache mit uns ist doch abgemacht, nicht wahr?«

Sie antwortete nicht gleich, dann, als er stehen blieb und sie unverwandt anstarrte, da brachte sie nur mit Mühe die Worte heraus: »Nein, Herr, ich kann nicht.«

Da geriet nun aber plötzlich er in Wut.

»Du kannst nicht, du kannst nicht, zum Donnerwetter, was soll das heißen?

Sie fing wieder zu weinen an und sagte nur ein weiteres Mal: »Ich kann nicht.«

Er sah sie scharf an und schrie ihr dann ins Gesicht: »Du hast also einen Liebhaber?«

Vor lauter Scham zitternd, stammelte sie nur: »Vielleicht wird es das sein.«

Feuerrot wie Mohn stammelte der Mann: »Ha! Gestehst du's also, du Schlampe! Und wer ist er, dieser miese Kerl? Ein Habenichts, ein Bettler, ein Rumtreiber, ein Hungerleider? Wer ist es, raus mit der Sprache!«

Und als sie darauf keine Antwort gab, fügte er hinzu: »Ach! Du willst nicht … Aber ich werd's dir schon sagen: Ist es vielleicht Jean Baudu?«

Da schrie sie: »Oh, nein! Der nicht.«

»Dann ist's Pierre Martin?«

»Nein, Herr, der ist es auch nicht.«

Und völlig außer sich zählte er alle Burschen des Dorfes auf, während sie voller Niedergeschlagenheit jedes

Mal verneinte und sich ständig mit dem Zipfel ihrer Schürze die Tränen aus den Augen wischte. Er aber suchte und suchte mit wilder Hartnäckigkeit, drang immer weiter in ihr Herz, um ihr das Geheimnis zu entreißen, wie ein Jagdhund, der einen Fuchsbau einen ganzen Tag lang durchschnüffelt, um schließlich das Tier doch zu bekommen, das er am Ende des Loches riecht. Plötzlich rief er aus: »Natürlich, der Jacques ist's, der Knecht vom vergangenen Jahr; das war ja ein offenes Geheimnis, dass er auf dich stand und dass ihr euch die Ehe versprochen habt!«

Rose war erst einmal sprachlos; Blutröte schoss ihr ins Gesicht; ihre Tränen waren mit einem Schlag wie weggeblasen; sie trockneten auf ihren Wangen wie Wassertropfen auf heißem Eisen. Sie schrie: »Nein, der ist es nicht, der ist es nicht!«

»Wirklich nicht?«, fragte der Bauer spitzbübisch mit dem sicheren Gefühl, ganz nah an der Wahrheit dran zu sein.

Wie aus der Pistole geschossen antwortete sie: »Ich schwör's Euch, ich schwör's Euch …«

Sie wagte es nicht, auf irgendeinen Heiligen zu schwören, und während sie noch nach einer passenden Ausflucht suchte, unterbrach er sie: »Er scharwenzelte aber ganz schön hinter dir her und bei den Mahlzeiten hat er dich mit seinen Blicken mit Haut und Haaren verspeist. Hast du dich ihm etwa versprochen, ha, gib's schon zu?«

Dieses Mal war sie es, die dem Herrn direkt ins Gesicht sah.

»Nein, niemals, niemals, und ich schwöre Ihnen bei Gott im Himmel, dass, wenn er heute daherkäme und um meine Hand anhalten würde, ich würde ihn nicht nehmen.«

Dabei wirkte sie so aufrichtig, dass der Bauer nun wieder unsicher wurde. Er fing aber nochmals an, als wenn er zu sich selbst spräche: »Also, was ist dann? Es ist dir aber doch nichts Dummes passiert? Das hätten wir ja mitgekriegt. Und nachdem die Sache keine Folgen gehabt hat, würde ein Mädchen wegen so etwas seinem Herrn doch keinen Korb geben. Aber irgendetwas stimmt da nicht.«

Sie antwortete darauf nicht mehr; die Angst schnürte ihr den Hals zu.

Nochmals fragte er sie: »Du willst also wirklich nicht?«

Sie seufzte nur: »Ich kann nicht, Herr.« Und er drehte sich um und ging davon.

Sie glaubte, das Problem los zu sein und war den Rest des Tages zwar einigermaßen ruhig, dafür aber so zerschlagen und erschöpft, als ob man sie anstelle des alten Schimmels seit dem frühen Morgen an der Dreschmaschine angeschirrt hätte.

Sobald es möglich war, ging sie ins Bett und schlief sofort ein.

Mitten in der Nacht wurde sie von zwei Händen, die ihr Bett abtasteten, geweckt. Vor Angst schreckte sie hoch, erkannte aber gleich die Stimme des Bauern, der zu ihr sagte: »Du brauchst keine Angst haben, Rose; ich bin's nur, ich muss mit dir reden.«

Sie war erst verdattert; aber als er Anstalten machte, zu ihr unter die Bettdecke zu schlüpfen, wurde ihr klar, was er bei ihr suchte, und sie begann stark zu zittern, so ganz allein in der Dunkelheit, noch ganz benommen vom Schlaf und ganz nackt dazu, das alles in einem Bett, neben einem Mann, der sie haben wollte. Zwar willigte sie nicht direkt in sein Vorhaben ein, aber sie leistete auch keinen übertriebenen Widerstand, zumal es ihr nicht leichtfiel, gegen den Instinkt anzukämpfen, der in diesen einfachen Naturen herrscht, die ja aufgrund ihres schlaffen und weichen Naturells über keinen klaren und kräftigen Willen verfügen, und der somit zuletzt immer der Stärkere bleibt. Sie drehte den Kopf auf die Seite, mal zur Wand, mal zum Zimmer hin, um den Liebkosungen auszuweichen, mit denen der Mund des Bauern den ihren verfolgte, und ihr Körper krümmte sich ein wenig unter der Bettdecke, zuckte vom Kampf ermüdet hin und her. Er seinerseits wurde immer gewalttätiger, je mehr die Lust ihn überkam. Mit einem plötzlichen Ruck riss er ihr das Bettlaken vom Leib. Da spürte sie, dass es mit ihrer Kraft zu Ende war. Wie der Vogel Strauß bedeckte sie vor Scham ihr Gesicht mit ihren Händen und gab ihren Widerstand gegen die Annäherungsversuche des Bauern auf.

Der Bauer blieb die ganze Nacht bei ihr. Er kam in der nächsten Nacht wieder und alle weiteren Tage auch.

Von da an lebten sie zusammen.

Eines Morgens sagte er zu ihr: »Ich habe das Aufgebot bestellt. Nächsten Monat heiraten wir.«

Sie sagte nichts darauf. Was konnte sie denn schon sagen? Sie sperrte sich nicht gegen die Hochzeit. Was konnte sie denn schon machen?

IV

Sie heiratete ihn also. Sie fühlte sich in ein Loch hineingestoßen, dessen Ränder für sie unerreichbar waren, aus dem sie niemals hinausfinden würde, und so hingen über ihrem Kopf alle Arten von Unglück wie schwere Felsbrocken, die bei der ersten Gelegenheit auf sie herabstürzen würden. Ihr Ehemann kam ihr vor wie einer, den sie bestohlen hatte und der dies früher oder später bemerken würde. Und außerdem dachte sie an ihren Kleinen, die Ursache von all dem Unglück, aber auch des größten Glücks, das sie auf Erden hatte.

Sie besuchte ihn zwei Mal im Jahr und kehrte jedes Mal ein bisschen trauriger wieder heim.

Mit der Zeit verloren sich ihre Befürchtungen dann doch, ihr Herz fand allmählich Ruhe, und sie lebte trotz einer vagen Angst, die immer noch in ihrer Seele spukte, mit wachsender Zuversicht.

So vergingen die Jahre; das Kind ging schon auf sechs Jahre zu. Sie war mittlerweile fast glücklich, als die Stimmung des Bauern sich plötzlich verdüsterte.

Seit zwei oder drei Jahren schon schien eine gewisse Unruhe an ihm zu nagen; er schien eine Sorge, irgendeine Schwermut in sich zu tragen, die allmählich immer schlimmer wurde. Er blieb nach dem Essen immer länger am Tisch sitzen, den Kopf zwischen den Händen versteckt, wirkte traurig, sehr traurig, von einem Kummer zerfressen. Seine Art zu reden wurde immer heftiger, bisweilen geradezu aggressiv; und es hatte den Anschein, als hege er einen Groll gegen seine eigene Frau, denn er antwortete ihr mitunter in einem harten, ja regelrecht zornigen Tonfall.

Eines Tages war der Sohn einer Nachbarin gekommen, um Eier zu holen; und als sie ihn, da sie wegen der vielen Arbeit in Eile war, ein wenig anschnauzte, da trat plötzlich ihr Mann hinzu und sagte zu ihr mit boshaftem Unterton: »Wenn das dein eigener wäre, würdest du ihn aber nicht so behandeln.«

Sie war verdattert, fand keine Antwort darauf, dann ging sie ins Haus zurück, und all ihre alten Ängste waren mit einem Mal wieder da.

Beim Abendessen sprach der Bauer kein Wort mit ihr,

schaute sie nicht an und schien sie zu verabscheuen, zu verachten, ganz als wüsste er nun schließlich etwas.

In ihrer Panik wagte sie nicht, nach dem Essen mit ihm allein im Haus zu bleiben; sie stand schnell auf und lief zur Kirche.

Die Nacht brach herein; das schmale Kirchenschiff lag ganz im Dunkeln da, aber in der Stille, vorne beim Chor, waren Schritte zu hören, denn der Messner richtete die Lampe des Tabernakels für die Nacht her. Dieser flackernde helle Punkt inmitten der Dunkelheit des Gewölbes erschien Rose wie eine letzte Hoffnung, und den Blick auf dieses Licht gerichtet, sank sie auf die Knie.

Die kleine Lampe mit dem ewigen Licht stieg ratternd vom Lärm einer Kette in die Höhe. Gleich darauf war auf dem Pflaster das regelmäßige Klappern von Holzschuhen zu hören, die einen kleinen Sprung machten, und danach das Schleifen einer Schnur, die von jemandem gezogen wurde, und die mickrige Kirchglocke verbreitete ihr »Angelus«-Geläute durch die hochsteigenden Nebelschwaden. Als der Mann schon wieder gehen wollte, lief sie zu ihm hin.

»Ist der Herr Pfarrer zu Hause?«, fragte sie.

Er antwortete: »Ich denke schon; er nimmt immer beim »Angelus«-Gebet sein Abendessen ein.«

Da stieß sie zitternd das Gatter des Pfarramts auf.

Der Priester war gerade dabei, sich zum Essen hinzusetzen und bat sie sofort, sich ebenfalls mit an den Tisch zu setzen.

»Ja, ja, ich weiß schon, Ihr Mann hat schon mit mir über das Problem gesprochen, das Sie zu mir führt.«

Die arme Frau war am Rande einer Ohnmacht. Der Geistliche fuhr fort.

»Wie kann ich Ihnen helfen, mein Kind?«

Und nebenbei löffelte er gierig seine Suppe in sich hinein, von der immer wieder Tropfen auf die engsitzende und am Bauch verschmutzte Soutane hinabfielen.

Rose hatte keinen Mut mehr, etwas zu sagen oder gar den Pfarrer um etwas zu bitten, ihn anzuflehen; so stand sie auf; da sagte der Pfarrer zu ihr.

»Nur Mut ...«

Aber da war sie schon draußen.

Sie kehrte zum Hof zurück, ohne zu wissen, was sie tat. Der Bauer wartete schon auf sie; das übrige Gesinde war während ihrer Abwesenheit schon gegangen. Da fiel sie schwerfällig vor ihm auf die Knie und stöhnte unter einem Strom von Tränen: »Was hast du denn bloß gegen mich?«

Mit einem Fluch auf den Lippen schrie er: »Ich habe keine Kinder, Himmel Herrgott, das ist's, was ich gegen dich habe! Wenn man eine Frau heiratet, dann will man doch auf die Dauer nicht nur zu zweit bleiben. Das ist's, was mich wurmt. Wenn eine Kuh keine Kälber kriegt, dann ist sie nix wert. Wenn eine Frau keine Kinder kriegt, dann ist sie auch nix wert.«

Sie weinte und stammelte immer wieder: »Ich kann nix dafür! Ich kann nix dafür!«

Da wurde er wieder freundlicher und sagte besänftigend noch: »Ich bin dir ja nicht böse, aber ärgerlich ist es trotzdem.«

V

Von diesem Tag an hatte sie nur noch einen einzigen Gedanken: ein Kind bekommen, ein zweites; und diesen Wunsch vertraute sie allen Leuten an.

Eine Nachbarin gab ihr einen Tipp: Sie sollte ihrem Mann jeden Abend ein mit einer Prise Asche versetztes Glas Wasser zum Trinken geben. Der Bauer nahm alles brav ein; geholfen hat es nicht.

Sie sagten sich: »Vielleicht gibt es geheime Rezepte.« Und so holten sie allerlei Erkundigungen ein. Sie wurden an einen Schäfer verwiesen, der zehn Meilen von ihnen weg lebte, und Bauer Vallin ließ eines Tages seinen Tilbury anspannen, um diesen Schäfer zu konsultieren. Der Schäfer gab ihm ein Brot mit, auf dem er Zeichen anbrachte, ein Brot, in das Gräser mit hineingebacken waren und von dem sie beide ein Stück essen sollten, am Abend, vor und nach ihren ehelichen Zärtlichkeiten.

Sie verzehrten das Brot bis zur letzten Scheibe, ohne erkennbare Resultate.

Ein Volksschullehrer verriet ihnen geheime Verfahren, wie man bei der Liebe vorgehen sollte, Verfahren, die auf dem Land unbekannt waren, die aber, wie er sagte, garantiert halfen. Sie halfen auch nicht.

Der Pfarrer empfahl ihnen eine Pilgerwanderung zum kostbaren »Blut von Fécamp«. Rose machte sich zusammen mit der ganzen Pilgerschar auf, um sich in der Abtei zur Anbetung niederzuwerfen, und gemeinsam mit den derben Wünschen, den all diese Bauernherzen ausstießen, flehte sie jenes Wesen, das alle anbeteten, an, ihren Leib ein zweites Mal zu befruchten. Aber auch dieser Versuch war umsonst. Da redete sie sich ein, für ihren ersten Fehltritt bestraft worden zu sein, und da befiel sie ein großer Schmerz.

Vor Kummer verfiel sie mehr und mehr; auch ihr Mann alterte vor der Zeit; »die Sorgen fraßen ihn auf«, sagten die Leute; die vielen unnützen Hoffnungen nagten sichtbar an ihm.

Dann brach der Krieg zwischen ihnen aus. Er überschüttete sie mit Beleidigungen und Schlägen. Den ganzen Tag suchte er Streit mit ihr, und am Abend, in ihrem Bett, warf er ihr, schwer atmend und voller Hass, boshafte Vorwürfe und schmutzige Kränkungen an den Kopf.

Eines Nachts schließlich, als ihm nichts anderes mehr einfiel, womit er sie quälen konnte, befahl er ihr, aufzustehen und sich bis zum Morgengrauen vor die Haustür in den Regen zu stellen. Als sie nicht gehorchte, packte er sie am Hals und begann ihr mit seinen Fäusten ins Gesicht zu schlagen. Sie sagte nichts, machte keine Bewegung. Vor Wut außer sich sprang er mit den Knien auf ihren Bauch und prügelte mit zusammengebissenen Zähnen weiter auf sie ein. In einem verzweifelten Akt des Aufbegehrens warf sie ihn wütend an die Wand, richtete sich auf und sagte mit ganz veränderter keuchender Stimme: »Ich hab ja schon ein Kind, nur dass du's weißt, ich hab eins! Das ist passiert, als ich mit Jacques zusammen war, du weißt schon, mit welchem Jacques. Er sollte mich heiraten, aber er hat sich davongemacht.«

Völlig verdutzt verharrte der Bauer reglos, wo er war, genauso durcheinander wie sie; dann stammelte er:

»Was ... was erzählst du da? Was hast du da ... gerade gesagt?«

Da fing sie an zu schluchzen, und durch ihren Tränenstrom hindurch stotterte sie: »Deshalb wollte ich dich ja auch nicht heiraten; nur deshalb. Aber das konnte ich dir doch nicht sagen; du hättest mich doch mit meinem Kleinen vor die Tür gesetzt. Du hast ja keins, kein Kind, und du, du hast ja keine Ahnung!«

Mit wachsender Verblüffung antwortete er ganz mechanisch: »Was, Du hast 'n Kind? Was, Du hast 'n Kind?«

Unterbrochen von vielen Schluchzern sagte sie: »Du

hast mich ja mit Gewalt genommen, das wirst du ja wohl noch wissen! Ich wollte dich ja gar nicht heiraten!«

Da stand er auf, zündete die Kerze an und ging mit auf dem Rücken verschränkten Armen einige Zeit im Zimmer hin und her. Wie ein Häufchen Elend lag sie auf dem Bett und weinte in einem fort. Da blieb er plötzlich vor ihr stehen. »Also liegt's nur an mir, wenn ich dir noch keins gemacht hab?«, sagte er. Sie gab darauf keine Antwort. Wieder ging er im Zimmer auf und ab. Irgendwann blieb er wieder stehen und fragte sie: »Wie alt is' er denn überhaupt, dein Knirps?«

Sie murmelte: »Er wird jetzt dann bald sechs.«

Er fragte weiter: »Und warum hast du mir nichts davon erzählt?«

Sie stöhnte: »Wie hätte ich das denn anstellen sollen?«

Er blieb vor ihr stehen und rührte sich nicht von der Stelle.

Dann sagte er: »Steh auf, los, mach schnell.«

Mit Mühe rappelte sie sich langsam hoch; als sie dann endlich, an die Wand gelehnt, auf ihren Beinen stand, fing er plötzlich an zu lachen, mit seinem dröhnenden Lachen, das er immer dann hatte, wenn er gut aufgelegt war, und als sie immer noch völlig verwirrt dastand, versetzte er: »Na ja, dann holen wir ihn eben zu uns, den kleinen Kerl, nachdem 's bei uns beiden nicht geklappt hat.«

Bei diesen Worten war sie so verschreckt, dass, wenn sie nicht zu allem viel zu schwach gewesen wäre, ganz sicher davongelaufen wäre. Aber der Bauer rieb sich die Hände und murmelte: »Ich war schon fast dabei, einen zu adoptieren, nun haben wir ihn ja gefunden, nun haben wir ihn ja gefunden. Ich hatte deshalb schon den Pfarrer gefragt, ob er kein Waisenkind für uns hat.«

Er lachte und lachte; dann gab er seiner völlig verweinten Frau, die nicht wusste, wie ihr geschah, einen kräftigen Kuss auf beide Backen und rief laut, als ob sie es sonst nicht gehört hätte: »So, du wackere Mutter, jetzt schaun wir mal nach, ob nicht noch ein bisschen Suppe im Topf ist, ich könnte jetzt wirklich eine kräftige Portion vertragen.«

Sie schlüpfte schnell in ihren Rock hinein, dann gingen sie hinunter in die Küche, und während sie auf den Knien das Herdfeuer unter dem Suppentopf wieder anfachte, stolzierte er mit geschwellter Brust und mit großen Schritten in der Küche herum und sagte immer wieder: »Na, so eine gute Nachricht; ja, wer hätte denn so was gedacht! Was will man da noch sagen, ja, so eine Freude, so eine Freude.«

SIMONS PAPA

Das Zwölfuhrläuten war gerade verklungen. Die Schultür ging auf, und die Knirpse stürzten heraus, was nicht ohne gegenseitige Rempeleien abging, denn jeder wollte als Erster draußen sein. Aber anstatt sich möglichst schnell zu zerstreuen und zum Essen nach Hause zu eilen, wie sie es jeden Tag machten, blieben sie nach ein paar Schritten wieder stehen, bildeten kleine Gruppen und fingen an, miteinander zu flüstern.

An diesem Morgen war nämlich Simon, der Sohn der Blanchotte, zum ersten Mal in die Schule gekommen.

Alle hatten sie schon mal in ihren Familien von der Blanchotte reden hören; und obwohl man ihr in der Öffentlichkeit freundlich begegnete, behandelten die Mütter sie, wenn sie unter sich waren, mit einem leicht verächtlichen Mitgefühl, das sich auf die Kinder übertragen hatte, ohne dass diese den Grund hierfür hätten angeben können.

Was Simon anging, den kannten sie überhaupt nicht, denn er ging nie aus dem Haus, trieb sich nie mit ihnen in den Straßen des Dorfs oder an den Ufern des Flusses herum. Daher hatten sie auch kaum etwas für ihn übrig; und so hatten sie ihn mit einer gewissen Freude, unter die sich eine Portion Staunen mischte, empfangen und untereinander einen Satz weitergesagt, den ein Schulkamerad von vierzehn oder fünfzehn Jahren, der anscheinend Bescheid wusste, mit kennerischem Augenzwinkern geäußert hatte: »Ihr wisst schon ... der Simon ..., na ja, einen Papa hat der nicht.«

Zuletzt erschien auch der Sohn von Frau Blanchotte auf der Schwelle der Schule.

Er war sieben oder acht Jahre alt. Er war ein wenig blässlich im Gesicht, sehr sauber angezogen, von schüchternem, beinahe linkischem Auftreten.

Er wollte sich gerade auf den Heimweg zu seiner Mutter machen, als die Grüppchen seiner Schulkameraden, die immer noch untereinander flüsterten und ihn mit dem hämischen und grausamen Blick ansahen, den Kinder immer dann haben, wenn sie gerade einen bösen Streich aushecken, ihn allmählich einkreisten und schließlich voll und ganz umzingelten. Überrascht und verlegen stand er wie angewurzelt in ihrer Mitte da, ohne zu durchschauen, was die mit ihm vorhatten. Aber der Bursche, der diese Nachricht verbreitet hatte und der mächtig stolz auf die Wirkung war, die er damit erzielt hatte, fragte ihn: »He, du, wie heißt du denn überhaupt?«

Er antwortete: »Simon.«

»Simon und wie noch?«, bohrte der andere nach.

Ganz durcheinander wiederholte das Kind: »Simon.«

Der Bursche schrie ihn nun an: »Man heißt Simon und weiter... Simon allein, das reicht noch nicht aus für einen Namen.«

Er aber antwortete am Rande der Tränen zum dritten Mal nur: »Ich heiße Simon.«

Da fingen die Bengel an zu lachen. Der Junge, der alles aufgebracht hatte, hob triumphierend die Stimme und sagte: »Da habt ihr's, er hat keinen Papa.«

Da trat großes Schweigen ein. Die Kinder konnten es gar nicht fassen, diese außergewöhnliche, unmögliche, ungeheuerliche Tatsache – ein Junge, der keinen Papa hatte; sie schauten ihn an wie ein Phänomen, wie ein außerirdisches Lebewesen, und sie spürten, wie auch in ihnen diese bisher unerklärliche Verachtung ihrer Mütter für die Blanchotte hochkam und immer stärker wurde.

Simon seinerseits hatte sich mittlerweile an einen Baum gelehnt, um nicht umzufallen, und so stand er nun wie von einer fürchterlichen Katastrophe niedergeschmettert da. Er suchte nach einer Erklärung. Aber er kam auf nichts, was er ihnen hätte entgegenhalten können, um diese ungeheuerliche Sache, dass er keinen Papa hatte, aus der Welt zu schaffen. Zuletzt schrie er totenbleich aufs Geratewohl: »Doch, ich habe einen.«

»Ja, wo ist er denn?«, fragte der Wortführer der Kinder.

Simon schwieg; er wusste nicht mehr weiter. Da lachten die Kinder, aufgedreht wie sie waren; und diese Landkinder empfanden in ihrer ganzen tierischen Primitivität dieses grausame Bedürfnis, das die Hühner eines Hühnerhofs dazu antreibt, einem der ihren, sobald es verletzt ist, den Rest zu geben. Simons Blick fiel plötzlich auf einen, der ganz in seiner Nähe stand, den Sohn einer Witwe, den er immer allein mit seiner Mutter gesehen hatte, so wie es auch bei ihm war.

»Und du da«, sagte er, »du hast doch auch keinen Papa.«

»Doch«, antwortete der andere, »ich habe schon einen.«

»Und wo ist er, dein Papa?«, gab Simon zurück.

»Er ist tot«, erklärte das Kind mit allergrößtem Stolz, »er liegt auf dem Friedhof, mein Papa.«

Zustimmendes Gemurmel lief durch den Kreis der naseweisen Knirpse, als ob die Tatsache, dass dessen Vater tot auf dem Friedhof lag, ihren Kameraden so aufgewertet hätte, dass dadurch dieser andere, der mit so einem

Trumpf nicht aufwarten konnte, völlig erledigt wäre. Und diese kleinen Flegel, deren Väter durch die Bank bösartig, trunksüchtig, diebisch und hart zu ihren Frauen waren, drängten sich immer enger um Simon, ganz so, als ob sie, die legitim auf die Welt Gekommenen, den, der außerhalb des Gesetzes stand, zerdrücken wollten.

Plötzlich streckte einer von ihnen, der direkt vor Simon stand, ihm die Zunge heraus und rief ihm hämisch zu:

»Kein Papa, kein Papa!«

Simon packte ihn mit seinen zwei Händen bei den Haaren und trat wie wild mit seinen Füßen auf ihn ein, während er ihn gleichzeitig grausam in die Wange biss. Es entwickelte sich eine große Rangelei. Bis die zwei Streithähne getrennt wurden und Simon von dieser Meute getreten, an ihm gezerrt, grün und blau geschlagen und mitten in dieser Menge der begeistert jubelnden Lausbuben auf den Boden geworfen und herumgewälzt wurde. Als er sich dann wieder hochrappelte und mechanisch mit der Hand seinen kleinen Schulkittel sauber klopfte, rief ihm einer zu:

»Du kannst es ja deinem Papa erzählen.«

Da fühlte er, wie in seinem Herzen etwas zusammenbrach. Sie waren stärker als er, sie hatten ihn zusammengeschlagen, und er war nicht in der Lage, ihnen die passende Antwort zu geben, denn er spürte sehr wohl, dass sie recht hatten und er ja wirklich keinen Papa hatte. Voll Stolz kämpfte er einige Sekunden gegen die Tränen, die in ihm hochstiegen und ihn würgten. Eine Zeit lang bekam er keine Luft mehr; dann ließ er seinen Schluchzern, die insgeheim schon in ihm tobten, endgültig freien Lauf.

Bei seinen Feinden kam es nun zu einem wilden Freudentaumel, und wie die wilden Völker in ihren schrecklichen Lustbarkeitsriten fassten auch sie sich wie von selbst bei den Händen und fingen an, im Kreis um ihn herumzutanzen, wobei sie nichts anderes als die immer gleiche Formel wiederholten:

»Kein Papa! Kein Papa!«

Aber Simon hörte mit einem Mal auf zu schluchzen. Eine große Wut gewann Macht über ihn. Unter seinen Füßen waren eine Menge Steine. Er hob sie auf und warf sie mit aller Kraft auf seine Henker. Zwei oder drei wurden getroffen und rannten schreiend davon; in seinem Zorn wirkte er nun so furchterregend, dass sich unter den anderen Panik breitmachte. Feige, wie die Mitglieder eines Menschenauflaufs im Angesicht eines aufgebrachten Menschen nun mal sind, stoben sie auseinander und verdrückten sich.

Als er dann allein war, lief das vaterlose Kind in Richtung der Felder; denn er hatte sich an etwas erinnert, und diese Erinnerung hatte in ihm einen großen Entschluss ausgelöst. Er wollte sich im Fluss ertränken.

Es war ihm nämlich wieder eingefallen, dass ein armer Teufel, der sich seinen Lebensunterhalt erbettelte, vor acht Tagen ins Wasser gegangen war, weil er kein Geld mehr hatte. Simon war dabei gewesen, als er aus dem Wasser gefischt wurde; und der traurige Kerl, der ihm vorher immer nur jämmerlich, schmutzig und hässlich vorgekommen war, hatte ihn nun durch sein ruhiges Gesicht, mit seinen bleichen Wangen, dem langen nassen Bart und den geöffneten, sehr ruhigen Augen ganz betroffen gemacht. Einer von denen, die herumstanden, hatte gesagt: »Er ist tot.« Und ein anderer hatte hinzugefügt: »Nun ist er endlich glücklich.« Und so wollte auch Simon sich ertränken, weil er keinen Vater hatte, so wie dieser arme Kerl, der kein Geld hatte.

Er kam beim Wasser an und sah dabei zu, wie es dahinströmte. Einige Fische flitzten in der klaren Strömung munter umher, machten gelegentlich einen kleinen Sprung und schnappten nach Fliegen, die über der Wasseroberfläche herumtanzten. Er hörte auf zu weinen, um ihnen zuzuschauen; denn der Zirkus, den sie veranstalteten, erregte sein ganzes Interesse. Aber so wie bei den Stürmen der Wind erst abflaut, um danach wieder unversehens mit heftigen Böen die Bäume zu entwurzeln und sich dann im Horizont zu verlieren, so kam auch bei ihm dieser Gedanke mit stechendem Schmerz zurück: »Ich will mich ertränken, weil ich keinen Papa habe.«

Es war sehr warm, sehr schön. Milde Sonnenstrahlen wärmten das Gras. Das Wasser glitzerte wie ein Spiegel. Und Simon erlebte einige Minuten voll jener Glückseligkeit, die immer dann eintritt, wenn man vom vielen Weinen matt wird, und so überkam ihn auch eine große Lust, da auf dem Gras, in der warmen Luft, ein Schläfchen zu machen.

Ein kleiner grüner Frosch hüpfte an seinen Füßen vorüber. Er versuchte ihn mit der Hand zu erwischen, doch der Frosch war schneller. Er versuchte es wieder, und hatte drei Mal keinen Erfolg. Zuletzt gelang es ihm aber doch, ihn hinten an seinen Beinen zu packen, und er musste lachen, als er sah, wie sehr der Frosch sich anstrengte, um freizukommen. Er kauerte sich auf seinen langen Beinen zusammen, und streckte diese, nach einer kurzen Entspannung, wie zwei harte Eisenstangen blitzschnell aus. Währenddessen glotzte er mit seinen großen runden, goldrandigen Augen und strampelte mit den Vorderbeinen in der Luft herum, die aussahen wie herumfuchtelnde Hände. Das erinnerte Simon an ein Spielzeug, das aus aufeinander in Zickzackform zusammengenagelten Holzbrettchen bestand, auf denen kleine Soldaten angebracht waren, die beim Exerzieren ähnliche Bewegungen machten. Da musste er an sein Zuhause denken, danach an seine Mutter, und von übergroßer Traurigkeit erfasst, musste er von Neuem weinen. Sein ganzer Körper wurde von Schauern von Schluchzern geschüttelt, und er ging auf die Knie und sprach laut sein Gebet, das er sonst immer vor dem Einschlafen sprach. Aber er kam nicht bis zum Ende, denn neue Schluchzer erfüllten ihn mit solcher Macht, mit solcher Heftigkeit, dass er nur noch ein heulendes Elend war. Er dachte nun gar nichts mehr; er nahm um sich herum nichts mehr wahr; seine einzige Beschäftigung war zu weinen.

Da legte sich plötzlich eine schwere Hand auf seine Schulter, und eine mächtige Stimme fragte ihn: »Na, kleiner Mann, was macht dir denn so viel Kummer?«

Simon drehte sich um. Ein großer Arbeiter mit Bart und lockigen, schwarzen Haaren schaute ihn gutmütig an. Er antwortete mit tränenschwerem Blick und einem Schluchzer im Hals:

»Sie haben mich geschlagen … weil … weil ich … keinen Pa … keinen Papa habe.«

»Ach was«, sagte der Mann lächelnd, »aber einen Papa hat doch jeder.«

Immer noch von Schluchzern geschüttelt, antwortete der Kleine mühsam: »Ich … ich … habe aber keinen.«

Da wurde der Arbeiter ernst; er hatte in Simon den Sohn der Blanchotte erkannt, und obwohl er noch nicht lange in der Gegend lebte, wusste er so halbwegs über ihre Geschichte Bescheid.

»So, mein Kleiner, jetzt beruhigst du dich erst einmal«, sagte er, »und kommst mit mir. Wir beide gehen jetzt zu deiner Mama; und dann schaun wir mal, dass wir dir auch einen besorgen … einen Papa.«

So machten sie sich denn auf den Weg; der Große nahm den Kleinen an der Hand, und der Mann hatte nun wieder sein Lächeln im Gesicht, denn es war ihm gar nicht unrecht, diese Frau Blanchotte mal persönlich zu sehen, die nach den Schilderungen der Leute eine der schönsten Frauen des Dorfes sein musste; und vielleicht dachte er sich insgeheim, dass eine junge Frau nach einem ersten Fehltritt auch noch einen zweiten riskieren könnte.

So kamen sie bei einem kleinen weißen Haus an, das vor Sauberkeit nur so blitzte.

»Da sind wir«, sagte das Kind und rief: »Mama!«

Eine Frau trat vor die Tür, und dem Arbeiter verging sofort sein Lächeln, denn es wurde ihm schlagartig klar, dass die Zeit für solche Späße mit dieser großen, bleichen jungen Frau vorbei war, die da streng in der Tür stand, als wolle sie einem Fremden verwehren, über die Schwelle des Hauses zu treten, wo sie schon einmal von einem Anderen verraten worden war. Verunsichert stand er also mit der Mütze in der Hand da und stammelte: »Ich bringen Ihnen da Ihren Buben, der sich beim Fluss verlaufen hatte.«

Aber Simon fiel seiner Mutter um den Hals, fing wieder an zu weinen und sagte zu ihr: »Nein, Mama, ich wollte ins Wasser gehen, weil die anderen mich verhauen haben … mich verprügelt haben … weil ich keinen Papa habe.«

Bei diesen Worten lief das Gesicht der jungen Frau blutrot an, und bis ins Innerste verletzt nahm sie ihr Kind und küsste es heftig, während ihr die Tränen nur so über das Gesicht liefen. Voller Rührung stand der Mann da und wusste nicht, wie er es anstellen sollte, sich zu verabschieden. Doch plötzlich lief Simon zu ihm hin und sagte: »Wollen Sie nicht mein Papa sein?«

Ein großes Schweigen trat ein. Stumm und von Scham

gequält, lehnte sich die Blanchotte, beide Hände am Herzen, an die Hauswand. Als das Kind sah, dass keiner der beiden irgendetwas sagen wollte, versetzte es:

»Wenn ihr nicht wollt, dann gehe ich eben zum Fluss zurück und ertränke mich.«

Der Arbeiter ging nun zum Spaß auf Simons Wunsch ein und antwortete lachend: »Aber freilich will ich dein Papa sein.«

»Wie heißt du denn?«, fragte das Kind, »damit ich den anderen die Antwort nicht schuldig bleiben muss, wenn sie deinen Namen wissen wollen?«

»Philippe«, antwortete der Mann.

Simon verharrte eine Sekunde schweigend, um diesen Namen auch richtig zu speichern; dann streckte er seine Arme zu ihm aus und sagte, getröstet:

»Na prima! Philippe, du bist jetzt also mein Papa.«

Da hob der Arbeiter ihn ganz plötzlich hoch und küsste ihn auf beide Wangen. Dann machte er sich mit schnellen Schritten von dannen.

Als das Kind am nächsten Tag wieder in die Schule kam, begrüßte ihn ein boshaftes Lachen; und als nach Schulschluss der gleiche Kerl mit der alten Geschichte wieder anfangen wollte, warf Simon ihm, so wie er es auch mit einem Stein gemacht hätte, die folgenden Worte an den Kopf: »Damit du's nur weißt: Philippe heißt er, mein Papa.«

Da erschallten von allen Seiten Freudenschreie: »Philippe wie? … Philippe wer? … Was soll das heißen, Philippe? … Wo hast du ihn denn hergenommen, deinen Philippe?«

Simon gab darauf keine Antwort. Und in seinem Glauben unerschütterlich, hielt er ihnen mit trotzigem Blick stand, bereit, sich lieber quälen zu lassen, als vor ihnen davonzulaufen. Als der Schulmeister ihm bedeutete, dass der Unterricht beendet war, kehrte er zu seiner Mutter nach Hause zurück.

Während des nächsten Vierteljahres schaute der große Arbeiter Philippe immer wieder mal im Hause der Blanchotte vorbei und riskierte gelegentlich sogar ein Schwätzchen mit ihr, wenn er sie dabei überraschte, dass sie am Fenster saß und nähte. Sie antwortete ihm höflich, blieb stets ernst; nie kam ihr ein Lachen aus und nie ließ sie ihn über die Schwelle des Hauses treten. Trotzdem bildete er sich, ein wenig eitel wie alle Männer, ein, dass ihr Gesicht, wenn er mit ihr plauderte, oft einen Stich röter gefärbt war als sonst.

Aber ist der Ruf eines Menschen erst einmal verdorben, ist es schwer, ihn wiederherzustellen, und wenn es dann so weit ist, bleibt er lange gefährdet, denn trotz aller Scheu und Zurückhaltung der Blanchotte fingen die bösen Zungen im Dorf schon wieder an zu lästern.

Was Simon anging, so mochte der seinen neuen Papa sehr, und er ging fast jeden Abend mit ihm spazieren, wenn dieser mit der Arbeit fertig war. Eifrig und strebsam ging er in die Schule und behauptete voller Würde seinen Platz in der Klasse, ohne sich auf Gespräche mit seinen Mitschülern einzulassen.

Eines Tages allerdings sagte der Bursche, der als Erster auf ihn losgegangen war, zu ihm: »Du hast gelogen, du hast gar keinen Papa mit Namen Philippe.«

»Warum denn?«, fragte Simon ganz besorgt.

Der andere rieb sich die Hände und versetzte: »Ganz einfach: Wenn du einen hättest, dann wäre er mit deiner Mama verheiratet.«

Die Triftigkeit dieser Überlegung brachte Simon völlig durcheinander. Dennoch gab er zurück: »Trotzdem ist er mein Papa.«

»Kann schon sein«, sagte der Klassenkamerad süffisant, »aber so ganz dein Papa ist er eben doch nicht.«

Da zog der Sohn der Blanchotte den Kopf ein und machte sich nachdenklich auf den Weg zur Schmiedewerkstatt des alten Loizon, wo Philippe arbeitete.

Diese Schmiedewerkstatt war dicht von Bäumen umstanden. Es war ziemlich dunkel dort. Das Einzige, was man sah, war eine mächtige Feuerstelle, deren flackerndes rotes Licht fünf Schmiede erleuchtete, die mit bloßen Armen auf ihre Ambosse einhämmerten und dabei einen Riesenlärm machten. Im Feuerschein standen sie da wie Geisterwesen aus einem Märchen, ihren Blick fest auf das Eisen gerichtet, das sie mit aller Gewalt bearbeiteten. Und jedes Mal, wenn sie den Hammer hoben, überlegten sie genau und ernst, wie der nächste Schlag ausfallen sollte.

Simon trat ein, ohne dass irgendjemand ihn bemerkt hätte, und vorsichtig ging er zu seinem Freund und zupfte ihn am Ärmel. Dieser drehte sich um. Und mit einem Mal hörte die Arbeit in der Werkstatt auf; alle Männer schauten voll Interesse den Ankömmling an. Mitten in diese ungewohnte Stille hinein ertönte das zarte Stimmchen von Simon.

»Hör mal, Philippe, der Sohn der Michaude hat vorhin mir gegenüber behauptet, dass du gar nicht mein richtiger Papa bist.«

»Und wie kommt er dazu?«, fragte der Arbeiter.

Mit seiner ganzen Naivität antwortete der kleine Bub: »Weil du mit meiner Mama nicht verheiratet bist.«

Keinem der Männer war zum Lachen zumute. Philippe stand da und legte seine Stirn auf den Rücken der großen Hände, die auf dem Stiel des Hammers ruhten, der noch auf dem Amboss lag. Er dachte nach. Seine vier Arbeitskollegen schauten ihn an und Simon, der kleine Knirps zwischen diesen Riesen, stand da und wartete voller Angst. Plötzlich sagte einer der Schmiede laut zu Philippe, was alle dachten: »Wenn man's genau bedenkt, ist die Blanchotte ein gutes und tüchtiges Frauenzimmer, und obwohl sie ein schweres Leben hat, hält sie ihren Haushalt couragiert und ordentlich in Schuss. Die würde für jeden anständigen jungen Kerl eine prächtige Frau abgeben.«

»Ja, da hast du recht«, sagten die drei anderen.

Der Arbeiter war aber noch nicht fertig mit seiner Rede: »Ist es denn überhaupt ihr Fehler, wenn diesem Mädchen so ein Fehltritt passiert ist? Da hat ihr vorher einer versprochen, sie zu heiraten, und ich kenne mehr als eine Frau, die genau das Gleiche getan hat und heute bei allen Leuten in bestem Ansehen steht.«

»Ja, da hast du recht«, antworteten die drei anderen Männer wie im Chor.

Und er fuhr fort: »Und was sie durchgemacht hat, die Arme, um ihren Sprössling ganz alleine aufzuziehen, und was sie das an Tränen gekostet hat, seit sie nur noch ihr Haus verlässt, um in die Kirche zu gehen, das alles weiß nur der liebe Gott im Himmel.«

»Und das stimmt genauso«, sagten die anderen darauf.

Für einen Moment war nur noch der Blasebalg zu hören, der das Feuer der Schmiede anfachte. Plötzlich beugte sich Philippe zu Simon hinunter und sagte: »Geh heim und sag deiner Mama, dass ich heute Abend etwas mit ihr besprechen will.«

Nach diesen Worten schob er den Kleinen bei den Schultern aus der Werkstatt.

Er kehrte an seinen Arbeitsplatz zurück, und wie auf Kommando fielen die fünf Hämmer wieder gemeinsam auf die Ambosse nieder. So bearbeiteten sie das Eisen bis zum Einbruch der Nacht, mit all ihrer Kraft und Stärke, voller Fröhlichkeit, wie fünf zufriedene lebendige Hämmer. Aber so wie die große Glocke einer Kathedrale an den Feiertagen das Gebimmel der anderen Glocken übertönt, so fiel auch Philippes Hammer von Sekunde zu Sekunde mit ohrenbetäubendem Krach hernieder und übertönte den Lärm der anderen. Und so schmiedete er mit leuchtenden Augen voller Hingabe aufrecht inmitten der Funken vor sich hin.

Der Himmel war schon voller Sterne, als er an die Tür der Blanchotte klopfte. Er trug nun seinen Sonntagskittel, ein frischgewaschenes Hemd und hatte sich auch noch extra rasiert. Die junge Frau trat auf die Schwelle ihres Hauses und sagte mit kummervollem Ton zu ihm: »Wissen Sie denn nicht, Herr Philippe, dass Besuche zu so später Stunde nicht schicklich sind?«

Er suchte nach einer passenden Antwort, stammelte irgendetwas Unhörbares und blieb verlegen vor ihr stehen.

Sie aber fuhr fort: »Sie werden doch hoffentlich verstehen, dass ich keinen Wert darauf lege, dass sich die Leute nochmals das Maul über mich zerreißen.«

Da platzte es aus ihm heraus: »Was macht das schon aus«, sagte er, »wenn Sie meine Frau werden möchten.«

Eine Antwort darauf bekam er nicht, aber es kam ihm so vor, als hörte er, wie drinnen im dunklen Zimmer in diesem Augenblick jemand zu Boden fiel. Schnell stürzte er hinein; und Simon, der schon im Bett lag, hörte nacheinander das Geräusch eines Kusses und ein paar Worte, die seine Mutter ganz leise murmelte. Gleich darauf spürte er plötzlich, wie die Hände seines Freundes ihn hochhoben, und dieser rief ihm zu, während er ihn mit seinen Herkulespranken in der Luft hielt: »Sag deinen Schulkameraden, dein Papa, das ist der Philippe Rémy, der Schmied, und wenn einer von ihnen dir nochmals das Geringste antut, wird er ihm die Ohren lang ziehen.«

Am nächsten Morgen, das Klassenzimmer war schon voller Schüler und der Unterricht sollte gerade anfangen, da stand der kleine Simon auf, blass und mit zitternden Lippen, und sagte mit klarer Stimme: »Mein Papa, das ist der Philippe Rémy, der Schmied, und er hat versprochen, jedem, der mir nur das Geringste tut, die Ohren lang zu ziehen.«

Dieses Mal lachte keiner mehr, denn den kannten sie alle sehr gut, diesen Philippe Rémy, den Schmied, und der, ja der war ein Papa, den sie alle selbst gern gehabt hätten.

DER BETTLER

Trotz seines Elends und seiner körperlichen Gebrechen hatte er auch bessere Tage gekannt.

Im Alter von fünfzehn Jahren wurden ihm auf der Hauptstraße von Varville die beiden Beine von einer Kutsche überfahren. Seit dieser Zeit lebte er vom Betteln, wobei er sich mal am Straßenrand, mal auf den Bauernhöfen herumtrieb; er stützte sich dabei auf seine Krücken, die seine Schultern bis auf die Höhe der Ohren hochgedrückt hatten. So schien sein Kopf zwischen zwei Bergen zu stecken.

Als Kind vom Pfarrer von Les Billettes in einem Straßengraben am Vorabend von Allerheiligen gefunden und aus diesem Grunde auf den Namen »Allerheiligen« getauft, verstand sich Nicolas Toussaint, der – im Armenhaus ohne jede Schulbildung aufgewachsen – nach ein paar Gläschen Schnaps, die ihm der Dorfbäcker, um sich einen Jux zu machen, ausgegeben hatte, zum Krüppel und seither zum Landstreicher geworden war, auf nichts anderes, als die Hand aufzuhalten.

Früher einmal hatte ihm die Baronin von Avary eine mit Stroh belegte Nische am Rand des Hühnerstalls auf dem Bauernhof neben dem Schloss als Schlafstelle zur Verfügung gestellt, und er konnte sicher sein, dass immer dann, wenn sein Magen wieder einmal ganz besonders knurrte, in der Schlossküche ein Stück Brot und ein Glas

Cidre auf ihn warteten. Und nicht selten bekam er sogar einige Geldstücke, die ihm die alte Dame von der Freitreppe oder vom Fenster ihres Zimmers aus zuwarf. Aber nun war sie tot.

In den Dörfern war es vorbei mit der Freigebigkeit: Sein Gesicht war den Leuten nur allzu vertraut; nach vierzig Jahren war man seiner überdrüssig geworden, wenn man ihn sah, wie er seinen zerlumpten und missgestalteten Körper auf zwei Holzbeinen von Hof zu Hof schleppte. Er aber wollte die Gegend nicht verlassen, weil er auf dieser Erde nichts anderes kannte als dieses Fleckchen, diese drei oder vier Weiler, wo er nun mal immer schon sein Bettlerleben gefristet hatte. Er hatte um diese Bettelwelt Grenzen gezogen, und niemals hätte er diese Grenzen, an die er nun einmal gewöhnt war, überschritten.

Er wusste nicht einmal, ob sich die Welt hinter den Bäumen, die seinen Blick begrenzten, noch sehr weit erstreckte. Die Frage stellte er sich gar nicht. Und wenn die Bauern, wenn sie es mal wieder satt hatten, ihm ständig am Rande ihrer Äcker oder entlang ihren Gräben über den Weg zu laufen, ihm zuriefen: »Warum gehst du denn nicht mal in die andern Dörfer anstatt dauernd mit deinen Krücken hier herumzulungern?«, blieb er ihnen die Antwort schuldig, und ging ihnen aus dem Weg, voller unbestimmter Angst vor dem Unbekannten, ergriffen von der Angst des Armen, der sich vor tausenderlei Dingen, auf die er stoßen könnte, fürchtet, vor neuen Gesichtern, vor Beschimpfungen, vor den misstrauischen Blicken der Leute, die ihn nicht kannten, und vor den Polizisten, die immer zu zweit durch die Straßen gingen und bei deren Auftauchen er sogleich instinktiv hinter einem Busch oder einem Steinhaufen verschwand.

Wenn er sie in der Ferne, von der Sonne angestrahlt,

auftauchen sah, kam ihm urplötzlich eine ganz besondere Geschicklichkeit zu, die Agilität eines Ungeheuers, mit der er blitzschnell irgendein Versteck fand. In solchen Situationen klinkte er sich aus seinen Krücken aus, ließ sich wie ein Stück Stoff fallen, rollte sich zu einer Kugel zusammen, machte sich klein, unsichtbar, wurde mit seinen braunen Lumpen eins mit der Erde, ganz so wie ein Hase farblich mit seinem Lager verschmilzt.

Zwar hatte er noch nie Ärger mit ihnen gehabt; aber diese Angst steckte ihm nun einmal in den Knochen, so als ob seine Eltern, die er nicht gekannt hatte, ihm diese Angst und diese List vererbt hätten.

Er hatte kein Zuhause, kein Dach über dem Kopf, keine Hütte, keinen Unterschlupf. Im Sommer schlief er im Freien, da wo er eben gerade war, und im Winter schlüpfte er mit beachtlicher Gelenkigkeit unter den Wänden der Scheunen oder der Ställe hindurch. Und noch bevor irgendjemand seine Anwesenheit am Morgen bemerken konnte, da hatte er sich schon wieder aus dem Staub gemacht. Er kannte jedes Loch, durch das man in die Gebäude hineinkam, und durch das ständige Hantieren mit den Krücken waren seine Arme so kräftig geworden, dass er sich auf ganz erstaunliche Weise allein mit der Kraft seiner Handgelenke zu den Futterställen hochhieven konnte, wo er manchmal vier oder fünf Tage blieb, ohne sich zu rühren, wenn es ihm vorher bei seiner Bettelrunde gelungen war, eine ausreichende Menge Essen aufzutreiben.

Er lebte wie die Tiere im Walde, mitten unter den Menschen, ohne jedoch jemanden zu kennen, ohne jemanden zu mögen und bei den Bauern löste er nicht mehr aus als eine Art gleichgültiger Verachtung und schlecht unterdrückter Feindseligkeit. Sie hatten ihm den Spitznamen »Cloche« verpasst, denn wenn er so dahinging, baumelte er zwischen seinen beiden Krücken wie eine Glocke zwischen den Tragebalken.

Seit zwei Tagen hatte er nichts mehr zwischen die Zähne bekommen. Niemand wollte ihm mehr etwas geben. Sie hatten die Nase nun endgültig voll von ihm. Von Weitem schon riefen die Bäuerinnen, sobald sie seiner ansichtig wurden: »Verschwinde, du aufdringlicher Bursche! 'S ist noch keine drei Tage her, da hab ich dir ein Stück Brot spendiert!«

Und so drehte er auf seinen hölzernen Stützen wieder um und schleppte sich zum nächsten Haus, wo man ihm den gleichen Empfang bescherte.

Von einer Tür zur nächsten erklärten die Frauen: »Man kann diesen Nichtsnutz doch nicht das ganze Jahr durchfüttern.«

Das änderte aber nichts an der Tatsache, dass der Nichtsnutz jeden Tag etwas zu essen brauchte.

Er hatte seine Runde durch Saint-Hilaire, Varville und Les Billettes gedreht, ohne auch nur einen Centime oder das kleinste Stück trockenes Brot einzusacken. So blieb ihm als letzte Hoffnung nur noch Tournolles, aber bis dorthin waren es auf der Straße zwei Meilen, und da sein Magen so leer war wie seine Taschen, fühlte er sich so kaputt, dass er glaubte, keinen Schritt mehr tun zu können. Dennoch machte er sich auf den Weg.

Es war Dezember, und ein kalter Wind blies über die Felder, pfiff durch die kahlen Zweige; und die Wolken stoben über den tief hängenden dunklen Himmel, ohne zu wissen, wohin. Der Krüppel ging langsam, setzte seine Krücken mühsam von einer Stelle zur nächsten und stützte sich immer wieder auf das gekrümmte einzige Bein, das ihm geblieben war, das in einem Klumpfuß endete, um den er einen Lumpen gewickelt hatte.

Von Zeit zu Zeit setzte er sich am Grabenrand nieder und ruhte sich ein paar Minuten aus. Mit dem wachsenden Hunger wurde das Elend in seinem dumpfen und matten Gemüt allmählich übermächtig. Er war nur noch von einer Idee besessen, nämlich »essen«, aber er wusste nicht, wie er das anstellen sollte.

Drei Stunden lang schleppte er sich mühselig auf dem langen Weg hin; als er schließlich die Bäume des Dorfes erblickte, beschleunigte er seine Bewegungen.

Der erste Bauer, den er traf und anbettelte, antwortete ihm nur: »So, bist du auch schon wieder da, du alter Schnorrer! Na, dich werden wir wohl nie loswerden?«

Und so zog Cloche weiter. Von einer Tür zur nächsten; überall wurde er brüsk abgewiesen, ohne die kleinste milde Gabe wieder fortgeschickt. Dennoch setzte er seine Runde geduldig und hartnäckig fort. Doch er bekam nicht einen Sou.

Also versuchte er sein Glück auf den Bauernhöfen, stapfte durch die vom Regen aufgeweichte Erde mal hierhin, mal dorthin und war bald so erschöpft, dass er seine Krückstöcke nicht mehr heben konnte. Überall wurde er verjagt. Es war einer jener kalten und traurigen Tage, an denen sich die Herzen verschließen, die Köpfe leicht zu reizen sind, die Hand sich nicht öffnet, weder zum Geben noch zum Helfen.

Als er alle Häuser, die er kannte, abgeklappert hatte, ließ er sich an der Ecke eines Grabens nieder, der an dem Hof entlanglief, der dem Bauern Chiquet gehörte. Er klinkte sich aus – das war die Formulierung, die die Leute hier gebrauchten, wenn er sich zwischen den hohen Krücken fallen ließ und diese dabei unter seine Arme zog. Und lange Zeit saß er an diesem Fleck, ohne sich zu rühren, vom Hunger gequält, aber zu stumpfsinnig im Kopf, um sich ein Bild vom ganzen Ausmaß seines Elends zu machen.

Er wartete, ohne so recht zu wissen, worauf, in dieser zögerlichen Haltung, die nun einmal in uns Menschen steckt. Er wartete an der Ecke dieses Bauernhofs, unter dem eisigkalten Himmel, auf die geheimnisvolle Hilfe, die man immer, sei es vom Himmel, sei es von den Menschen, erhofft, ohne sich zu fragen, wie und wieso und durch wen diese Hilfe ihn erreichen könnte. Da zog plötzlich eine Schar Hühner an ihm vorbei, die ihrerseits ihren Lebensunterhalt auf dieser Erde suchten, die alle Lebewesen ernährt. Ständig pickten sie mit dem Schnabel ein Korn oder ein unsichtbares Insekt auf, dann nahmen sie gemächlich und zuversichtlich ihre Suche wieder auf.

Cloche schaute ihnen zu, ohne an irgendetwas zu denken; dann überkam ihn, eher im Bauch als im Kopf das Gefühl und nicht so sehr der Gedanke, dass eines dieser Tiere da, über einem Feuer aus trockenem Holz gegrillt, nicht schlecht schmecken würde.

Die Sorge, dass er dabei war, einen Diebstahl zu begehen, stellte sich bei ihm gar nicht erst ein. Er nahm einen Stein, der in der Nähe lag, und geschickt wie er war, gelang es ihm mit einem Wurf das Federvieh, das ihm am nächsten war, zu erlegen. Das Tier fiel auf die Seite und flatterte noch etwas mit den Flügeln. Die anderen Hühner stoben wackelnd davon, so gut es ihre kurzen Beine eben erlaubten, und Cloche schob sich seine Krücken wieder unter die Arme und machte sich, mit Bewegungen, die denen der Hühner ziemlich glichen, auf den Weg, um seine Beute aufzuheben.

Als er beim schwarzen Körper, der am Kopf einen roten Fleck hatte, ankam, bekam er einen fürchterlichen Stoß in den Rücken, der ihm seine Krücken aus den Händen riss und ihn auf den Boden warf, wo er zehn Schritte weit vor sich hin kullerte. Und Chiquet, der Bauer, ging voller Zorn auf den Wilddieb los und deckte ihn mit Schlägen ein, schlug zu wie ein Tobsüchtiger, wie eben ein bestohlener Bauer zuschlägt, mit der Faust, mit dem Knie, wo immer er den Körper des Krüppels traf, der sich nicht zu wehren vermochte.

Alsbald kamen die Leute vom Bauernhof dazu und prügelten gemeinsam mit ihrem Herrn wie wild auf den Bettler ein. Als sie ihn schließlich ausgiebig verdroschen hatten, packten sie ihn, schleppten ihn fort und sperrten ihn in den Holzschuppen ein, bis die Gendarmen, nach denen Chiquet jemanden schickte, eintreffen würden.

Halb tot, blutend und fast schon verhungert, blieb Cloche auf dem Boden liegen. Es wurde Abend, es wurde Nacht, dann graute der nächste Morgen. Cloche hatte immer noch nichts zu essen bekommen.

Gegen Mittag erschienen die Gendarmen und öffneten vorsichtig die Tür, da sie mit Widerstand rechneten, denn Chiquet, der Bauer, hatte behauptet, von dem Bettler angegriffen worden zu sein und nur mit größter Mühe seine Haut gerettet zu haben.

Der Unteroffizier schrie: »He, du, steh auf!«

Aber Cloche konnte sich nicht mehr bewegen; er konnte sich noch so sehr anstrengen, auf die Beine zu kommen, er schaffte es nicht. Die Gendarmen hielten das für eine List, einen Trick, für Böswilligkeit seitens des Übeltäters, und so packten ihn die zwei bewaffneten Männer brutal und stellten ihn mit aller Gewalt auf seine Krücken.

Nun hatte ihn die Angst erfasst, diese angeborene Angst vor den gelben Uniformlitzen, diese Angst des Wildes vor dem Jäger, der Maus vor der Katze. Und unter Einsatz schier übermenschlicher Kräfte schaffte er es dann doch, aufrecht stehen zu bleiben.

»So, nun beweg dich endlich!«, sagte der Unteroffizier. So setzte er sich in Bewegung. Das gesamte Gesinde des Bauernhofs sah zu, wie er von dannen ging. Die Frauen zeigten ihm die Faust, die Männer machten üble Scherze und lästerten boshaft über ihn: Nun war er doch noch erwischt worden, endlich! Eine famose Art, ihn loszuwerden.

Von den beiden Gendarmen eingerahmt, ging er davon. In seiner Verzweiflung mobilisierte er alle ihm verbliebenen Kräfte, die er brauchte, um sich bis zum Abend dahinzuschleppen. In seinem Kopf war es so leer, dass er nicht einmal mehr wusste, was ihm da widerfuhr; er war von allem zu mitgenommen, als dass er irgendetwas hätte verstehen können.

Die Leute, auf die sie unterwegs trafen, blieben stehen, um ihn vorüberziehen zu sehen, und die Bauern murmelten: »Das ist einer, der was geklaut hat.«

Spät am Abend kamen sie in der Kreisstadt an. So weit war er in seinem bisherigen Leben nie gekommen. Er hatte nicht die geringste Vorstellung von dem, was da mit ihm passierte, noch was da noch auf ihn zukommen konnte. Alle diese schrecklichen, unerwarteten Gesichter und diese neuen Häuser verwirrten ihn voll und ganz.

Er brachte kein einziges Wort heraus, hatte auch gar nichts zu sagen, denn was da passierte, war ihm völlig unklar. Schon seit Jahren hatte er übrigens mit niemandem mehr gesprochen; so war ihm allmählich die Gewohnheit zu sprechen abhandengekommen; und sein Denken war ohnehin zu wirr, als das es sich zu sinnvollen Sätzen hätte bündeln lassen.

Er wurde im Gefängnis des Orts eingesperrt. Die Gendarmen verschwendeten keinen Gedanken auf die Frage, ob er etwas zu essen gebraucht hätte, und so sah bis zum nächsten Morgen keine menschliche Seele nach ihm.

Aber als man ihn am frühen Morgen abholen wollte, um ihn zu verhören, fand man ihn tot auf dem Boden. Was für eine Überraschung!

PIERROT

Madame Lefèvre war eine typische Landpomeranze, eine Witwe, eine dieser Möchte-gern-Damen, die ihren bäuerlichen Geschmack mithilfe übertrieben aufgetakelter Garderobe und auffälligen Kopfbedeckungen übertünchen, eine dieser Personen, die so überkandidelt daherreden, dass sie die Buchstaben durcheinanderbringen, die in der Öffentlichkeit protzig auftreten, hinter deren lustiger und glitzernder Oberfläche allerdings ein harter und anmaßender Charakter steckt, so wie diese Leute ihre groben roten Hände unter feinen Handschuhen aus Rohseide verbergen.

Als Dienstmädchen hatte sie ein tüchtiges und braves, einfaches Mädchen vom Lande namens Rose.

Die beiden Frauen wohnten zusammen in der Normandie, im *Pays de Caux*, in einem Häuschen mit grünen Fensterläden, das direkt an der Landstraße stand.

Da zu ihrem Besitz ein schmaler Garten gehörte, der sich zwischen Haus und Straße erstreckte, bauten sie ein wenig Gemüse an.

Eines Nachts wurden daraus ein Dutzend Zwiebeln gestohlen.

Kaum hatte Rose diesen Raub bemerkt, lief sie eilig zu ihrer Herrin, um sie zu verständigen. Diese, noch im wollenen Unterrock, begab sich sogleich an den Ort des Verbrechens. Was für ein Jammer, was für ein Schrecken!

Da hatte doch glatt jemand gestohlen – Madame Lefèvre bestohlen! So weit war es also gekommen, in ihrer Gegend herrschten Raub und Diebstahl und das konnte sich jederzeit wiederholen.

Die zwei schockierten Frauen besahen die Fußspuren, beratschlagten, äußerten allerlei Verdacht: »Sie sind wohl von dieser Seite da gekommen. Dann sind sie auf die Mauer gestiegen; und dann sind sie aufs Beet gesprungen.«

Und sie wurden von großer Angst vor der Zukunft erfasst. Wie sollten sie denn je wieder in Ruhe schlafen können!

Die Nachricht vom Diebstahl machte schnell die Runde. Die Nachbarn schauten vorbei, warfen einen prüfenden Blick auf den Tatort, ließen sich auf längere Diskussionen ein; und die zwei Frauen erläuterten jedem neuen Interessenten, was sie beobachtet hatten und wie sie über den Vorfall dachten.

Ein Bauer, der gleich um die Ecke wohnte, gab ihnen den folgenden guten Rat: »Sie sollten sich einen Hund zulegen.«

Das war wahr; einen Hund sollten sie haben und sei es nur, um sie durch sein Bellen zu warnen. Keinen großen, um Gottes willen! Sie brauchten doch keinen großen Hund! Der würde sie ja nur arm fressen. Aber ein kleiner Hund, ein hübsches Hündchen, das kläffen könnte, das wäre gerade recht.

Als die Besucher wieder gegangen waren, unterzog Madame Lefèvre diese Idee, sich einen Hund zuzulegen, einer ausführlichen Diskussion. Im Rahmen intensiven Nachdenkens stellten sich bei ihr tausend Gegenargumente ein, wobei ihr vor allem die Vorstellung eines vollen Futternapfs geradezu Panik einflößte; sie gehörte nämlich zur Spezies dieser sparsamen ländlichen Frauenzimmer, die die kleinen Centimes-Münzen in ihrer Tasche horten, um sie für die demonstrative milde Gabe an die Straßenbettler und für die Kollekte bei der Sonntagsmesse immer parat zu haben.

Rose, die sehr tierlieb war, brachte ihre Gegenargumente in die Diskussion ein und verteidigte sie mit aller Raffinesse, die sie aufbringen konnte. So einigten sie sich schließlich darauf, sich einen Hund zuzulegen, eben einen ganz winzigen Hund.

Sie machten sich auf die Suche, fanden aber nur große Hunde mit einem Appetit, dass einem Hören und Sehen verging. Der Krämer von Rolleville aber hatte einen, einen ganz kleinen; aber er wollte zwei Francs dafür haben, um seine Ausgaben für die Aufzucht des Hündchens wieder hereinzubekommen. Madame Lefèvre erklärte, dass sie zwar selbst für das Futter eines kleinen Hundes aufkommen wolle, aber einen kaufen, nein, das käme nicht infrage.

Da kam eines Morgens der Bäcker, der auf dem Laufenden war, mit seiner Kutsche vorbei und brachte ein sonderbares gelbes Tierchen mit, das nur kleine Stummelbeine hatte, dafür den Körper eines Krokodils, den Kopf eines Fuchses, einen abstehenden Schwanz, der so lang war wie der ganze übrige Körper und aussah wie ein riesiger Rasierpinsel. Einer seiner Kunden wollte diesen Köter loswerden. Madame Lefèvre fand diesen widerlichen Kläffer, der nichts kostete, ausgesprochen schön. Rose gab ihm einen Kuss, dann fragte sie, ob er denn schon einen Namen habe. Der Bäcker antwortete: »Pierrot heißt er.«

Er wurde in einer alten Seifenkiste untergebracht; dann stellten sie ihm Wasser zum Trinken hin. Er trank. Danach stellten sie ihm ein Stück Brot hin. Er fraß. Beunruhigt äußerte Madame Lefèvre eine Idee: »Wenn er erst einmal ans Haus gewöhnt ist, lassen wir ihn frei in der Gegend herumlaufen. Dann wird er schon selber ausreichend zu fressen finden.«

Sie ließen ihn also frei laufen, was ihn nicht daran hinderte, ständig großen Hunger anzuzeigen. Im Übrigen kläffte er nur, wenn er etwas zu fressen haben wollte; in diesem Fall aber bellte er mit allen verfügbaren Leibeskräften.

Jeder beliebige Besucher konnte den Garten ungehindert betreten. Pierrot schwänzelte um jeden Neuankömmling freundlich herum und gab niemals auch nur einen Laut von sich.

Madame Lefèvre hatte sich allerdings an dieses Tier gewöhnt. Sie hatte sogar angefangen, ihn gern zu haben und gab ihm auch gelegentlich mit der Hand Brotstückchen, die sie vorher in ihr Ragout getaucht hatte.

Aber an eines hatte sie nicht gedacht, an die Hundesteuer, und als sie aufgefordert wurde, acht Francs Steuer zu entrichten – acht Francs, und keinen Centime weniger! – für dieses Sonderexemplar von Köter, der nicht einmal im richtigen Moment kläffte, da fiel sie fast in Ohnmacht.

Unverzüglich erging die Entscheidung, dass sie sich dieses Pierrots sogleich wieder entledigen mussten. Aber sie fanden niemanden, der ihn haben wollte. Alle Einwohner des Dorfes und zehn Meilen in der Umgebung weigerten sich kategorisch, ihn aufzunehmen. Da beschlossen sie, als sich kein anderer Weg auftat, ihm eine »Mergelkur« zu verpassen.

Die »Mergelkur« bestand darin, Mergel zu fressen. Das war in der Gegend das probate Mittel, um Hunde loszuwerden.

Mitten auf einer großen Ebene kann man eine Hütte sehen, besser gesagt ein kleines Dach aus Stroh, das an einer Stelle den Boden bedeckt. Das ist der Zugang zur Mergelgrube. Von da aus geht ein fast zwanzig Meter langer Brunnen nach unten und trifft dort auf ein Netz langer Schächte.

Ein Mal im Jahr klettern die Leute der Gegend hinunter, nämlich zu der Jahreszeit, in der man die Felder mit Mergel düngt. Die restliche Zeit dient dieser Ort als Friedhof für verstoßene Hunde; und oft, wenn man an der Öffnung vorüberkommt, kann man klagende Heullaute, wütendes oder auch verzweifeltes Gebell, jammernde Hilferufe hören, die von da unten bis nach oben dringen.

Die Hunde der Jäger und der Hirten machen voller Schrecken einen großen Bogen um dieses winselnde Loch; und wenn man sich darüberbeugt, so steigt einem ein fürchterlicher Geruch von Fäulnis in die Nase.

Schreckliche Dramen spielen sich dort unten im Dunkeln ab.

Wenn ein Tier seit zehn oder zwölf Tagen am Brunnenboden gegen den Tod ankämpft, indem es sich von den stinkenden Resten seiner Vorgänger ernährt, dann purzelt plötzlich ein neues Tier, das mit Sicherheit größer und kräftiger ist, herab. Auf sich allein gestellt stehen sie sich dann ausgehungert mit leuchtenden Augen gegenüber. Sie belauern sich, schleichen hintereinander her, zögernd und ängstlich. Aber der Hunger ist stärker: Sie kämpfen lange verbissen gegeneinander, und am Ende frisst der Stärkere den Schwächeren, verzehrt ihn bei lebendigem Leib.

Nachdem dieser Beschluss, Pierrot der »Mergelkur« zu überantworten, gefallen war, stellten die Frauen Erkundigungen an, wer dieses Unterfangen für sie durchführen könnte. Der Straßenarbeiter, der gerade die Landstraße zum zweiten Mal in diesem Jahr in Ordnung brachte, verlangte zehn Sous für diesen Gang. Dieser Betrag erschien Madame Lefèvre irrsinnig übertrieben. Der Nichtsnutz von Nachbarssohn war mit fünf Sous zufrieden, aber auch das war in ihren Augen immer noch viel zu viel; und als Rose meinte, das Beste wäre es, sie würden ihn selber da hintragen, weil er dann unterwegs wenigstens nicht schlecht behandelt und so nicht schon auf sein Schicksal hingewiesen würde, kamen sie zu dem Schluss, sich selbst zu zweit bei Anbruch der Nacht auf den Weg zu machen.

An diesem Abend bekam er als Henkersmahlzeit eine gute Suppe mit einem Klacks Butter darin. Er schlapperte sie bis zum letzten Tropfen in sich hinein; und wie er noch vor Zufriedenheit mit dem Schwanz wedelte, nahm Rose ihn und verstaute ihn in ihrer Schürze.

Mit eiligen Schritten marschierten sie wie Diebe über die Ebene. Bald schon erblickten sie die Mergelgrube. Dort angekommen, beugte sich Madame Lefèvre über den Brunnenrand, um zu überprüfen, ob nicht irgendein Tier da unten stöhnte. Nein – da war keines! Pierrot wäre für sich allein. Da nahm Rose, in Tränen aufgelöst, Pierrot, küsste ihn und warf ihn dann ins Loch; und beide beugten sich hinab und horchten aufmerksam.

Zuerst hörten sie einen dumpfen Plumps; dann das durchdringende, herzerweichende Gewinsel eines verletzten Tieres, darauf eine Serie von kleinen Schmerzensschreien, dann verzweifeltes Bellen, inständige Appelle eines Hundes, der den Kopf zur Brunnenöffnung gerichtet hatte, um Hilfe bellte.

Er kläffte, ach, und wie er kläffte!

Sogleich wurden sie von Gewissensbissen erfasst, von Schrecken, von einer irrwitzigen und unerklärlichen Angst; und so liefen sie in Panik zurück nach Hause. Und da Rose die schnellere von beiden war, rief Madame

Lefèvre hinter ihr her: »Nun warten Sie doch auf mich, Rose, warten Sie!«

In ihren Träumen wurden sie immer wieder von grauenhaften Erscheinungen heimgesucht.

Madame Lefèvre träumte, dass sie sich an den Tisch setzte, um ihre Suppe zu essen, aber als sie den Deckel von der Schüssel hob, saß Pierrot darin. Er sprang heraus und biss sie in die Nase.

Da wachte sie auf und hatte den Eindruck, ihn immer noch kläffen zu hören. Sie lauschte eine Weile und merkte schließlich, dass sie sich getäuscht hatte.

Sie schlief wieder ein und befand sich im Traum auf einer großen Landstraße, einer endlosen Straße, auf der sie dahinging. Plötzlich erblickte sie mitten auf der Straße einen Korb, einen großen Bauernkorb, der da verlassen herumlag; und dieser Korb machte ihr Angst.

Schließlich brachte sie es über sich, ihn aufzumachen, und Pierrot, der darin zusammengekauert war, packte ihre Hand, ließ diese nicht mehr los; und da lief sie völlig außer sich davon, mit Pierrot, der ihre Hand nicht loslassen wollte und so an ihrem Arm hing.

Früh am Morgen stand sie auf, fast von Sinnen, und lief sofort zur Mergelgrube.

Er kläffte; er kläffte immer noch, er hatte wohl die ganze Nacht hindurch gekläfft. Da fing sie an zu schluchzen und rief ihm tausend liebkosende Namen zu. Und er antwortete mit allen sanften Varianten seiner Hundestimme.

Da wollte sie ihn wiedersehen und gab sich das Versprechen, ihn bis zu seinem natürlichen Tod glücklich zu machen.

Sie lief zum Brunnenbauer, zu dessen Aufgaben es gehörte, den Mergel aus der Grube herauszuholen, und schilderte ihm ihren Fall. Ohne ein Wort zu sagen, hörte er ihr zu. Als sie fertig war, sagte er nur: »Sie wollen also ihren Kläffer wiederhaben? Macht vier Francs.«

Sie fuhr hoch; ihr ganzer Schmerz war mit einem Mal wie weggeblasen.

»Vier Francs! Ihnen geht's wohl nicht gut! Vier Francs!«

Er antwortete: »Sie glauben wohl, dass ich meine Stricke, meine Kurbeln da anschleppe, das alles dort aufbaue, mich mit meinem Lehrling abseile, um mich dann vielleicht auch noch von Ihrem verfluchten Köter beißen zu lassen, nur für das Vergnügen, ihn Ihnen mit herzlichen Grüßen zu überreichen? Sie hätten ihn ja nicht hinunterwerfen müssen!«

Voller Wut ging sie von dannen. – Vier Francs!

Zu Hause angelangt, rief sie Rose zu sich und teilte ihr die Forderungen des Brunnenmachers mit. Rose, die immer schnell verzagt war, wiederholte nur brav: »Vier Francs! Das ist ein Haufen Geld, Madame.«

Dann fügte sie hinzu. »Und wenn wir ihm was zum Fressen runterwerfen würden, diesem armen Kerl, damit er nicht einfach so krepiert?«

Vergnügt stimmte Madame Lefèvre dieser Idee zu; und schon waren sie wieder unterwegs, mit einem großen Stück Butterbrot.

Sie schnitten es in kleine Stücke, die sie dann eines nach dem anderen hineinwarfen; dabei redeten sie mit Pierrot, mal die eine, dann wieder die andere. Und sowie der Hund einen Happen gefressen hatte, reklamierte er kläffend gleich den nächsten.

Am nächsten Abend kamen sie wieder, und am folgenden auch, so ging das eine Reihe von Tagen. Aber dann kam der Tag, wo sie ihn zum allerletzten Male aufsuchten.

Eines Morgens nämlich, sie waren gerade dabei, das erste Stück in den Brunnen zu werfen, da hörten sie plötzlich ein schauerliches Bellen da unten. Nun waren es zwei! Jemand hatte einen anderen Hund hineingeworfen, einen großen!

Rose rief: »Pierrot!« Und Pierrot kläffte, kläffte. Sie fingen also an, das Futter hinabzuwerfen; aber jedes Mal konnten sie genau hören, dass es da unten ein schlimmes Gerangel gab, an dessen Ende Pierrot jämmerlich zu heulen anfing, von seinem Rivalen gebissen wurde und dieser, da er der Stärkere war, alles Fressen erfolgreich für sich beanspruchte.

Sie konnten rufen, wie sie wollten: »Pierrot, das ist für dich!« Pierrot bekam natürlich trotzdem nichts von dem ab, was sie da hinabwarfen.

Sprachlos schauten sich die beiden Frauen an; schließlich sagte Madame Lefèvre säuerlich: »Aber ich kann doch nicht alle Hunde durchfüttern, die die Leute da hineinwerfen. Wir müssen aufgeben.«

Und voller Ärger bei der bloßen Vorstellung, dass all diese Hunde da auf ihre Kosten leben könnten, schritt sie von dannen; das restliche Brot nahm sie wieder mit und fing an, es auf dem Heimweg selbst zu verspeisen.

Rose ging hinter ihr her und wischte sich ihre Tränen mit dem Zipfel ihrer Schürze ab.

DAS SCHMUCKSTÜCK

Sie war eine dieser hübschen und bezaubernden jungen Frauen, die gleichsam durch einen Irrtum des Schicksals in eine Familie von Angestellten hineingeboren worden waren. So brachte sie für ihren Lebensweg keine Mitgift und keine Hoffnungen mit, all jene Dinge, die nötig gewesen wären, die Bekanntschaft eines reichen und herausragenden Mannes zu machen, der sie hätte kennenlernen, verstehen, lieben und heiraten können; und so ließ sie sich eben mit einem kleinen Beamten des Unterrichtsministeriums verheiraten.

Sie pflegte das einfache Äußere derer, die nicht über das Geld verfügen, sich elegant zurechtzumachen, verbunden allerdings mit dem kummervollen Auftreten jener Menschen, die der Verlust ihres Vermögens erst so richtig ins Unglück gestürzt hat; denn die Frauen kennen weder Kaste noch Rasse, ihre Schönheit, ihre Anmut und der Zauber, den sie ausstrahlen, ist ihnen Abstammung und gesellschaftlicher Rang genug. In ihren Augen zählen als gesellschaftliche Werte und Rangmerkmale nur die ihnen angeborene Feinheit, ihr Sinn für Eleganz und die Wendigkeit ihres Verstandes, und diese machen aus den einfachen Wesen, die sie sind, Frauen, die den Damen der allerhöchsten Schichten der Gesellschaft ebenbürtig sind.

Da sie also der Auffassung war, eigentlich für ein luxuriöses Leben in Saus und Braus geboren zu sein, war ihr Alltag ein einziger Quell des Leidens. Sie litt unter der Ärmlichkeit ihrer Wohnung: Deren Wände hatten schon lange keinen Maler mehr gesehen, die Sessel waren abgenutzt, die Stoffe hässlich. All diese Dinge, die eine andere Frau ihresgleichen nicht einmal bemerkt hätte, quälten und empörten sie ohne Unterlass. Der bloße Anblick der kleinen Bretonin, die es sich in ihrem bescheidenen Haushalt gut gehen ließ, genügte schon, um in ihr bittere Frustrationen und verzweifelte Träume aufsteigen zu lassen. Sie dachte an die stummen Vorzimmer, die mit orientalischen Stofftapeten ausgeschlagen waren und von hohen Bronzekandelabern erleuchtet wurden, und an die zwei kurzbehosten Kammerdiener, die unter der von der Heizung ausgehenden Schwüle in den ausladenden Sesseln eingenickt waren. Sie dachte an die großen Salons, die mit alter Seide ausstaffiert waren, an die edlen Möbel, auf denen sich teure Nippessachen häufen, und an die kleinen koketten, exquisit parfümierten Kabinette, die für die Plauderstündchen um fünf Uhr mit den engsten Freunden gemacht sind, den stadtbekannten und beliebten Persönlichkeiten, um deren Gewogenheit alle Frauen gierig buhlen.

Wenn sie sich zum Abendessen an den Tisch setzte, auf dem eine drei Tage alte Tischdecke lag, gegenüber ihrem Ehemann, der beim Anblick der Suppenschüssel begeistert ausrief: »Oh! Eintopf, prima! Es gibt doch nichts Besseres als das ...«, da dachte sie an die exquisiten Diners, an das glänzende Silberbesteck, an die Gobelins, die die Wände mit antiken Helden und sonderbaren Vögeln inmitten eines Märchenwaldes bevölkerten; sie dachte an die köstlichen Speisen, die in wunderbarem Geschirr serviert wurden, an die Galanterien, die die Esser mit sphinxhaftem Lächeln flüsterten oder entgegennahmen, während sie sich gerade das rosa Fleisch einer Forelle oder die Flügel eines Haselhuhns in den Mund schoben.

Sie hatte keinerlei hübsche Sachen zum Anziehen, keinen Schmuck, nichts. Und dabei hing ihr ganzes Herz genau daran; sie fühlte in ihrem Inneren, dass sie eigentlich genau hierfür auf der Welt war. Ihr seligster Wunsch war es, Gefallen zu erregen, neidische Blicke auf sich zu ziehen, Gegenstand der Verführung und allgemeiner Aufmerksamkeit zu sein.

Sie hatte eine reiche Freundin, eine Klassenkameradin aus der Zeit der Klosterschule, die sie nicht mehr sehen wollte, so sehr litt sie jedes Mal, wenn sie nach einem Besuch bei dieser wieder nach Hause ging. Und dann weinte sie tagelang, aus Kummer, aus Ärger, aus Verzweiflung und aus seelischer Not.

*

Eines Abends nun kam ihr Mann mit strahlender Miene nach Hause, und in der Hand hielt er einen großen Umschlag.

»Schau her«, sagte er, »da hab' ich was für dich.«

Sie riss gleich ganz interessiert das Kuvert auf und holte eine bedruckte Karte heraus, auf der folgende Worte zu lesen waren:

»Der Minister für das Schulwesen und seine Frau, Madame Georges Ramponneau, geben sich die Ehre, Herrn und Frau Loisel zu der Abendveranstaltung am Montag, den 18. Januar, im Saal des Ministeriums einzuladen.«

Anstatt in helle Begeisterung auszubrechen, wie es ihr Gatte erhofft hatte, warf sie die Einladung verächtlich auf den Tisch und murmelte nur: »Und was soll ich deiner Meinung nach damit machen?«

»Aber ich dachte, mein Liebling, du würdest dich freuen. Du gehst ja sonst nie aus; und das ist nun mal eine gute Gelegenheit, und was für eine! Du kannst dir ja gar nicht vorstellen, wie schwer es war, eine solche Einladung zu ergattern. Das ganze Ministerium ist scharf darauf; jeder im Haus will eine Einladung, aber für das Personal ist nur ein kleiner Anteil vorgesehen. Du wirst dort alles sehen, was Rang und Namen hat.«

Wütend blickte sie ihn an, und dann erklärte sie unwirsch: »Und kannst du mir auch verraten, in welcher Aufmachung ich da hingehen soll?«

Daran hatte er nicht gedacht; er stammelte: »Aber in dem Kleid, in dem du auch ins Theater gehst. Also, wenn du mich fragst, mir persönlich gefällt das gut …«

Er hielt inne; er war verblüfft, ja ganz durcheinander, als er sah, dass seine Frau weinte. Zwei dicke Tränen kullerten langsam aus den Winkeln ihrer Augen in Richtung Mund; er stotterte: »Aber … aber was hast du denn? Was … hast du denn?«

Da hatte sie aber ihren Kummer schon durch eine heftige Aufwallung ihres Willens gezähmt, und mit ruhiger Stimme antwortete sie ihm und trocknete gleichzeitig ihre feuchten Wangen: »Nichts. Das Problem ist, ich habe kein passendes Kleid, und aus diesem Grund kann ich auch nicht auf dieses Fest gehen. Gib deine Karte einem Kollegen, dessen Frau garderobenmäßig besser gestellt ist als ich.«

Er war ganz bekümmert. Dann sagte er: »Also gut, Mathilde. Wie viel würde denn ein solches Kleid kosten, das du dann auch noch zu anderen Gelegenheiten tragen könntest, etwas der ganz einfachen Art?«

Sie überlegte ein paar Sekunden, rechnete hin und her und versuchte auf die Schnelle auf den Betrag zu kommen, mit dem sie sich nicht sofort einen Schrei der Entrüstung und eine glatte Weigerung ihres sparsamen Buchhalters von Ehemann einhandeln würde.

Zögernd rückte sie schließlich mit der Sprache heraus: »Also ganz genau kann ich das nicht sagen, aber ich könnte mir vorstellen, dass ich mit vierhundert Francs so einigermaßen hinkommen könnte.«

Er war etwas blass geworden, denn genau diese Summe hatte er für sich selbst beiseitegelegt, um sich davon ein Jagdgewehr und ein paar schöne Jagdausflüge zu genehmigen, im nächsten Sommer, in der Ebene von Nanterre, mit ein paar Freunden, die dort am Sonntag regelmäßig auf Lerchenjagd gingen.

Dennoch sagte er: »Sei's drum. Du sollst die vierhundert Francs haben. Ich geb sie dir. Aber für diesen Betrag solltest du schon was Schönes finden!«

*

Der Tag des Festes nahte heran, und Madame Loisel wirkte traurig, unruhig, ängstlich, obwohl sie ihr Kleid bekommen hatte. Eines Abends sagte ihr Mann zu ihr: »Was hast du nur? Seit drei Tagen bist du wirklich eigenartig.«

Und da antwortete sie ihm: »Mich ärgert die Tatsache, dass ich keinen Schmuck habe, keinen Edelstein, nicht ein Stück, das ich anlegen könnte. Ich werde aussehen wie eine arme Kirchenmaus. Es wäre mir fast lieber, gleich gar nicht erst auf diesen Ball zu gehen.«

Er versetzte darauf: »Du nimmst einfach echte Blumen. Das ist der letzte Schrei derzeit. Für zehn Francs kriegst du zwei oder drei wunderschöne Rosen.«

Von diesem Vorschlag war sie aber alles andere als überzeugt: »Nein … Nichts ist demütigender als in einer Gruppe reicher Frauen ärmlich daherzukommen.«

Aber da rief ihr Mann schon aus: »Sei doch nicht so dumm! Am besten gehst du zu deiner Freundin, dieser Madame Forestier, und leihst dir von ihr den passenden Schmuck. Du kennst sie ja weiß Gott gut genug für eine solche Bitte.«

Sie stieß einen Freudenschrei aus.

»Da hast du recht. Daran hatte ich überhaupt nicht gedacht.«

Am nächsten Tag ging sie zu ihrer Freundin und schilderte ihr ihre heikle Situation.

Madame Forestier ging zu ihrem Spiegelschrank, entnahm ihm eine große Schatulle, holte sie her, öffnete sie und sagte zu Madame Loisel: »Such dir was Schönes aus, meine Liebe.«

Sie sah als erstes Armbänder, dann ein Halsband aus Perlen, dann ein venezianisches Kreuz aus Gold und Edelsteinen, alles in wunderbarer Ausführung. Sie probierte die Schmuckstücke vor dem Spiegel, überlegte lange hin und her, konnte sich nicht entschließen, sich wieder von ihnen zu trennen, sie zurückzugeben. Immer fragte sie: »Hast du vielleicht nicht noch etwas anderes?«

»Aber gewiss. Such nur weiter. Ich weiß ja nicht, was dir am besten gefällt.«

Da entdeckte sie plötzlich in einer Schachtel aus schwarzem Satin ein phantastisches Diamanthalsband; und ihr Herz fing mit maßloser Begierde an zu schlagen. Ihre Hände zitterten förmlich, als sie es nahm. Sie legte es um ihren Hals über ihr hochgeschlossenes Kleid an und geriet beim Anblick ihrer selbst schier in Ekstase.

Ängstlich fragte sie dann, nach einigem Zögern: »Kannst du mir das da leihen, nur das da?«

»Aber sicher, gern.«

Sie fiel ihrer Freundin um den Hals, küsste sie überschwänglich, und machte sich dann mit ihrem Schatz eilig auf den Heimweg.

*

Dann war der Tag des Festes da. Madame Loisel hatte großen Erfolg. Sie war die hübscheste, eleganteste, anmutigste von allen; sie kam aus dem Lächeln gar nicht mehr heraus und war selig. Alle Männer warfen ihr Blicke zu, erkundigten sich nach ihrem Namen, wollten ihr vorgestellt werden. Alle Abteilungsleiter wollten mit ihr einmal Walzer tanzen. Selbst der Minister nahm Notiz von ihr.

Sie tanzte mit großem Temperament, mit äußerster Hingabe, vom Vergnügen geradezu berauscht; in diesem Triumph ihrer Schönheit, in dieser Herrlichkeit ihres Erfolges konnte sie an nichts anderes denken, sondern befand sich in einer Art Glückswolke, die sich aus all diesen Komplimenten, bewundernden Blicken, all diesen erregten Begehrlichkeiten, aus diesem so vollständigen und schmeichelhaften Sieg bildete, wie sie nur im Herzen der Frauen entstehen können.

Gegen vier Uhr morgens brachen sie auf. Ihr Mann schlief seit Mitternacht in einem leeren, kleinen Salon zusammen mit drei anderen Herren, deren Frauen sich blendend amüsierten.

Er warf ihr die Sachen, die er für die Rückkehr mitgebracht hatte, über die Schultern, bescheidene alltägliche Kleidungsstücke, deren Ärmlichkeit von der Eleganz des Ballkleids extrem abstach. Sie bemerkte das und wollte sich eiligst davonmachen, um ja nicht von den anderen Frauen, die sich in üppige Pelze hüllten, bemerkt zu werden.

Loisel hielt sie aber zurück.

»Nun warte doch. Du wirst dich draußen sonst erkälten. Ich werde einen Fiaker rufen.«

Aber sie hörte nicht zu und ging schnell die Treppe hinab. Als sie auf der Straße waren, fanden sie keine Kutsche, und so machten sie sich auf die Suche, riefen den Kutschern, die sie in der Ferne vorüberfahren sahen, hinterher.

Verzweifelt und schlotternd gingen sie bis zur Seine hinunter. Endlich stießen sie am Seine-Kai auf eines dieser alten nächtlichen Coupés, die man in Paris erst ab den Abendstunden zu sehen bekommt, so als ob sich diese tagsüber für ihr schäbiges Aussehen schämten.

Der Kutscher lieferte sie in der Rue des Martyrs vor ihrer Haustür ab, und traurig stiegen sie die Treppe zu ihrer Wohnung hoch. Für sie war es vorbei, und er musste daran denken, dass er um zehn Uhr wieder im Ministerium Dienst hatte.

Sie streifte die Sachen, die sie sich über die Schultern gebreitet hatte, vor dem Spiegel ab, um sich ein letztes Mal in ihrer ganzen Pracht anzuschauen. Plötzlich aber stieß sie einen Schrei aus. Das Diamantcollier, das sie um den Hals getragen hatte, war nicht mehr da.

»Was hast du denn?«, fragte ihr Mann, der schon halb ausgezogen war.

Völlig außer sich drehte sie sich zu ihm um: »Das … Das … das Halsband von Madame Forestier ist weg.«

Entsetzt richtete er sich auf: »Wie! … Was? … Aber das ist doch nicht möglich!«

Und sie suchten in den Falten des Kleides, in den Falten des Mantels, in den Taschen, überall. Sie fanden es nicht.

Er fragte: »Und du bist sicher, dass du es noch hattest, als wir uns auf den Heimweg gemacht haben?«

»Ja, ich habe es im Vestibül des Ministeriums noch deutlich an mir ertastet.«

»Aber wenn du es auf der Straße verloren hättest, dann hätten wir es doch fallen gehört. Also muss es im Fiaker liegen geblieben sein.«

»Ja, das ist gut möglich. Hast du dir seine Nummer notiert?«

»Leider nicht. Du hast nicht zufällig darauf geachtet?«

»Nein.«

Völlig niedergeschlagen schauten sie sich an. Schließlich zog sich Loisel wieder an.

»Ich gehe den ganzen Weg nochmals zu Fuß zurück, um zu schauen, ob ich es nicht auf der Straße finde.«

Und damit ging er. Im Abendkleid blieb sie, ohne die Kraft sich ins Bett zu legen, völlig apathisch auf einem Stuhl sitzen, ohne Feuer im Kamin, ohne einen Gedanken im Kopf.

Gegen sieben Uhr kam ihr Mann zurück. Er hatte nichts gefunden.

Er begab sich aufs Polizeirevier, zu den Zeitungen, setzte eine Belohnung aus, wandte sich an die Kutschenfirmen, er ging überallhin, wo er einen Hauch von Hoffnung witterte.

Sie wartete den ganzen Tag, immer im gleichen Zustand der Niedergeschlagenheit, in den sie dieses schreckliche Unglück gestürzt hatte.

Loisel kam am Abend nach Hause, mit einem eingefallenen, blassen Gesicht; er hatte nichts aufgetrieben.

»Wir müssen«, sagte er, »deiner Freundin einen Brief schreiben, des Inhalts, dass der Verschluss des Halsbands kaputtgegangen ist und dass du ihn reparieren lässt. Das verschafft uns die nötige Zeit, um einen Ausweg zu finden.«

Sie schrieb einen entsprechenden Brief, den er ihr diktierte.

*

Als eine Woche verstrichen war, hatten sie jede Hoffnung verloren.

Und Loisel, der um fünf Jahre gealtert war, erklärte: »Wir müssen uns mit dem Gedanken abfinden, dieses Schmuckstück ersetzen zu müssen.«

Tags darauf nahmen sie die Schatulle, die den Schmuck beherbergt hatte, und begaben sich zu dem Juwelier, dessen Name sich darin befand. Er sah in seinen Auftragsbüchern nach und erklärte ihr dann: »Leider wurde dieses Diamanthalsband nicht von mir verkauft; so wie es aussieht, stammt nur die Schatulle aus unserem Hause.«

So wanderten sie denn von Juwelier zu Juwelier, auf der Suche nach einem Diamanthalsband, das so aussah wie das andere; sie versuchten dabei, sich möglichst genau zu erinnern, und waren die ganze Zeit krank vor Kummer und Angst.

Schließlich fanden sie in einem Geschäft beim Palais-Royal eine Diamantkette, die ihnen derjenigen, die sie suchten, bis ins kleinste Detail zu ähneln schien. Sie kostete vierzigtausend Francs. Der Besitzer bot sie ihnen für sechsunddreißigtausend an.

Sie baten ihn, das Stück nicht innerhalb der nächsten drei Tage zu verkaufen. Und sie handelten zudem noch aus, dass das Geschäft die Kette für vierunddreißigtausend Francs zurücknehmen würde für den Fall, dass die erste Kette doch noch bis Ende Februar gefunden würde.

Loisel besaß achtzehntausend Francs, die ihm sein Vater hinterlassen hatte. Den Rest würde er sich leihen.

Das tat er denn auch, borgte sich bei dem einen tausend Francs aus, bei einem anderen fünfhundert, fünf Goldstücke hier, drei dort. Er füllte Schuldscheine aus, ging ruinöse Verpflichtungen ein, machte dubiose Geschäfte mit Wucherern und allen Arten von Leihgebern. Er setzte seine gesamte Existenz aufs Spiel, unterschrieb Dinge, von denen er nicht sicher sein konnte, sie jemals zu begleichen, und voller Angst vor der Zukunft, vor dem schwarzen Elend, das sich über ihn stürzen würde, und vor der Aussicht auf alle physischen Entbehrungen und alle vorstellbaren moralischen Qualen begab er sich zu dem Juwelierladen, legte die sechsunddreißigtausend Francs auf den Ladentisch und nahm das neue Diamanthalsband dafür entgegen.

Als Madame Loisel Madame Forestier das Schmuckstück aushändigte, sagte diese leicht pikiert zu ihr: »Etwas früher hättest du es mir schon zurückbringen können; wäre ja möglich gewesen, dass ich es auch mal brauche.«

Sie öffnete die Schatulle nicht, wovor sich ihre Freundin ganz besonders gefürchtet hatte. Hätte sie den Tausch der Halsbänder bemerkt, was würde sie wohl gedacht haben? Was hätte sie gesagt? Am Ende hätte sie sie vielleicht sogar für eine Diebin gehalten?

*

Madame Loisel lernte nun das Leben der Bedürftigen kennen. Im Übrigen akzeptierte sie dieses Los von vornherein ganz heldenhaft. Diese schreckliche Schuld musste eben beglichen werden. Und das würde sie tun. Sie kündigten ihrem Dienstmädchen; sie zogen in eine Mansardenwohnung unter dem Dach um.

Sie lernte die groben Seiten des Haushalts nun kennen,

die abscheulichen Arbeiten in der Küche. Beim Geschirrspülen arbeitete sie ihre rosa Fingernägel an den fettigen Schüsseln und dem Boden der Kasserolen auf. Sie seifte die schmutzige Wäsche ein, die Hemden und die Küchentücher, die sie nach dem Waschen an einer Leine aufhängte; sie brachte jeden Morgen den Müll nach unten auf die Straße und das Wasser nach oben, wobei sie auf jeder Etage eine kleine Pause zum Verschnaufen einlegen musste. Und wie eine ganz gewöhnliche Frau gekleidet ging sie zum Obsthändler, zum Krämer, zum Metzger, den Korb am Arm; sie feilschte bei jeder Gelegenheit, erklärte alles für zu teuer und verteidigte so Sou um Sou das bisschen Geld, das ihr geblieben war.

Jeden Monat mussten Schuldscheine bezahlt, andere verlängert werden, um Zeit zu gewinnen.

Ihr Ehemann kümmerte sich am Abend um die Buchhaltung eines Händlers und manche Nacht machte er auch noch Kopierarbeiten für fünf Sous die Seite.

Und dieses Leben dauerte zehn Jahre.

Nachdem zehn Jahre vergangen waren, hatten sie alle Schulden Franc für Franc abbezahlt, die Wucherzinsen sowie Zinseszinsen der Bankdarlehen inklusive.

Madame Loisel war in dieser Zeit sichtlich gealtert. Sie war an den Hüften breit geworden, hatte harte und grobe Gesichtszüge bekommen, wie es für arme Hausfrauen typisch ist. Mit schlampiger Frisur, ausgebesserten Röcken und roten Händen redete sie laut, wenn sie mit viel Wasser den Fußboden scheuerte. Aber ganz gelegentlich, wenn ihr Mann im Büro war, setzte sie sich ans Fenster und dachte zurück an diesen einen Abend damals, an diesen Ball, auf dem sie so schön und so umworben worden war.

Was wäre wohl geschehen, wenn sie dieses Schmuckstück nicht verloren hätte? Wer weiß? Wer weiß? Wie sonderbar das Leben doch ist, wie schnell sich die Dinge ändern – von einem Moment zum nächsten! Wie wenig es braucht, um einen Menschen zu verderben oder zu retten!

*

Eines Sonntags nun, als sie einen Spaziergang auf die Champs-Élysées machte, um sich von der vielen Arbeit der Woche ein wenig zu entspannen, erblickte sie plötzlich eine Frau mit einem Kind an der Hand. Es war Madame Forestier, immer noch jung, immer noch schön, immer noch verführerisch. Madame Loisel war ganz bewegt. Sollte sie sie ansprechen? Aber sicher! Und jetzt, wo sie alles abbezahlt hatte, jetzt würde sie ihr auch alles sagen. Warum denn nicht?

Sie trat näher und sagte: »Guten Tag, Jeanne.«

Die andere erkannte sie nicht, wunderte sich erst einmal, so familiär von dieser gewöhnlichen Frau auf der Straße angeredet zu werden. Sie stammelte: »Aber … Madame! … Ich weiß nich … Sie müssen mich mit jemand verwechseln.«

»Aber nein. Ich bin Mathilde Loisel.«

Ihre Freundin stieß einen Schrei aus.

»Oh, meine arme Mathilde, hast du dich aber verändert!«

»Ja, ich habe schwere Tage hinter mir, seit wir uns das letzte Mal gesehen haben, und viel Elend durchgemacht … und das alles deinetwegen! …«

»Meinetwegen … Wie ist denn das möglich?«

»Du erinnerst dich doch sicher an dieses Diamanthalsband, das du mir für das Fest im Ministerium geliehen hast!«

»Ja. Und?

»Na ja, dieses Halsband habe ich verloren.«

»Verloren? Wie das? Du hast es mir doch zurückgebracht.«

»Ich habe dir eine andere Kette gebracht, die genauso aussah. Und seit zehn Jahren stottern wir die Schulden dafür ab. Du wirst verstehen, dass das für uns alles andere als einfach war, wir hatten ja nichts ... Aber nun ist es vorbei und ich bin wirklich froh.«

Madame Forestier war stehen geblieben.

»Was sagst du da, du hast eine Diamantkette gekauft, um mir die meine zu ersetzen?«

»Genau. Und du hast gar nichts bemerkt, was? Sie waren sich wirklich sehr ähnlich.«

Und bei diesen Worten ging ein stolzes und zugleich naives Lächeln über ihr Gesicht.

Madame Forestier war nun auf einmal ganz bewegt und nahm sie bei den Händen.

»Oh Gott, meine arme Mathilde! Aber der Schmuck, den ich dir geliehen hab, der war überhaupt nicht echt. Der war höchstens fünfhundert Francs wert! ...«

DAS GLÜCK

Es war zur Teestunde, kurz bevor man die Lampen herienbrachte. Die Villa stand hoch oben über dem Meer; die schon untergegangene Sonne hatte am Himmel einen großen roten, mit Goldpulver durchsetzten Streifen hinterlassen; und das Mittelmeer lag ohne eine Falte, ohne jeden Wellengang, glatt und unter dem sterbenden Tageslicht immer noch leuchtend da und ähnelte einer überdimensionalen feinpolierten Metallplatte.

In der Ferne, auf der rechten Seite, zeichneten sich die schwarzen Schatten der gezackten Berge auf dem verblassten Purpurrot des Sonnenuntergangs schroff ab.

Man sprach über die Liebe. Dieses alte Thema wurde ausgiebig diskutiert, wobei wieder einmal die schon so oft geäußerten Gedanken ausgetauscht wurden. Die sanfte Melancholie der Abenddämmerung dämpfte den Überschwang der Worte, sorgte für eine allgemeine Rührseligkeit in den Gemütern der Anwesenden, und es schien, als würde dieser Salon von keinem anderen Wort als »Liebe« erfüllt, das pausenlos mal von einer starken Männerstimme, mal von einer hellen Frauenstimme ausgesprochen wurde. Einem Vogel gleich flog dieses Wort unablässig durch den Raum, schwebte darin herum wie ein Geist.

Kann man einen Menschen über mehrere Jahre lieben?

»Ja«, behaupteten die einen.

»Nein«, meinten die anderen.

Mehrere Fälle wurden miteinander verglichen, auf ihre feinen Unterschiede hin betrachtet, Beispiele in der einen wie der anderen Richtung angeführt. Und alle Anwesenden, Männer wie Frauen, in denen eine Fülle von aufregenden Erinnerungen hochstieg, die sie zwar auf den Lippen hatten, aber nicht aussprechen durften, sie alle schienen im Innersten gerührt und sprachen mit tiefen Gefühlen und einem heißen Interesse über diese ebenso banale wie allmächtige Sache, nämlich die sanfte und geheimnisvolle Harmonie zwischen zwei menschlichen Wesen.

Plötzlich aber rief einer, dessen Blick ganz in die Ferne gerichtet war: »Oh! Seht nur, da drüben, was mag das bloß sein?«

Auf dem Meer tauchte am Ende des Horizonts eine kaum erkennbare, riesige graue Masse auf.

Die Frauen waren aufgestanden und blickten verständnislos auf diese unerwartete Sache, die sie vorher noch nie gesehen hatten.

Bis dann einer sagte: »Das ist Korsika! Zwei oder drei Mal im Jahr kann man es bei ganz außergewöhnlichen atmosphärischen Bedingungen sehen, nämlich dann, wenn die Luft äußerst klar und die Insel nicht hinter diesen Dampfwolken versteckt ist, die ansonsten immer den Blick in die Ferne versperren.«

Gerade noch konnte man die Bergrücken erahnen, manche Gipfel deuteten darauf hin, dass auf ihnen noch Schnee lag. Und alle, die im Raum waren, waren überrascht, verwirrt, fast erschreckt von dieser Welt, die da aus dem Nichts aufgetaucht war, von diesem dem Meer entstiegenen Phantom. Vielleicht hatten diejenigen, welche wie Kolumbus in unerforschte Ozeane aufgebrochen waren, ähnlich sonderbare Erscheinungen vor Augen gehabt.

Da ergriff ein älterer Herr, der sich bis dahin noch ganz aus der Konversation herausgehalten hatte, das Wort: »Hört mal; auf dieser Insel, die sich da vor unseren Augen erhebt, wie um uns eine Antwort auf all das zu geben, worüber wir eben gesprochen haben und um mich persönlich an ein eigenartiges Erlebnis zu erinnern, auf dieser Insel habe ich ein wunderbares Beispiel einer beständigen Liebe kennengelernt, ein Beispiel einer unwahrscheinlich glücklichen Liebesbeziehung. Und diese Geschichte hat sich folgendermaßen zugetragen:

*

Vor fünf Jahren machte ich eine Reise nach Korsika. Diese wilde Insel ist uns unbekannter und scheint uns weiter entfernt als Amerika, obwohl man sie dann und wann von Frankreichs Küsten aus sehen kann, so wie heute.

Stellen Sie sich bitte eine Welt vor, die sich noch im Zustand des totalen Chaos befindet, ein Getümmel von Bergen, die von engen Schluchten getrennt werden, durch die Sturzbäche fließen; eine Welt ohne Ebenen, aber voll von riesigen Granit- und Erdwällen, die mit dickem Buschwerk oder hohen Kastanien- und Pinienwäldern bedeckt sind. Das ist ein jungfräuliches, unbearbeitetes, verlassenes Stück Erde, auch wenn sich dann und wann ein Dorf dem Blick darbietet, das wie ein Felsenhaufen auf dem Gipfel eines Berges daliegt. Ein Land ohne jede Kultur, ohne jegliche Industrie, ohne jedes Handwerk. Nirgendwo begegnet man einem Stück bearbeiteten Holzes, kein Stein hat jemals den Hammer eines Steinmetzes gespürt; vergebens sucht man nach Spuren des kindlichen oder verfeinerten Geschmacks, den unsere Vorfahren für die anmutigen und schönen Dinge entwickelt hatten. Ja, genau das ist es, was einen am allermeisten an diesem stolzen und harten Land verwundert: eine vererbte Gleichgültigkeit für dieses Streben nach verführerischen Formen, das man auch Kunst nennt.

Italien, wo jeder Palast, reich an Meisterwerken, für sich selbst schon ein Meisterwerk ist, wo Marmor, Holz, Bronze, Eisen, die Metalle und die Steine die vielfältigen Talente des Menschen beweisen, wo noch die kleinsten Antiquitäten, die in den alten Häusern herumstehen, dieses göttliche Streben nach Anmut offenbaren. Italien ist für uns alle die heilige Heimat, die man liebt, weil dieses Land uns die Anstrengung, die Größe, die Macht und den Triumph der schöpferischen Intelligenz vor Augen führt und unter Beweis stellt.

Und gegenüber diesem Land ist das wilde Korsika so geblieben, wie es schon in seinen ersten Tagen war. Jeder haust dort in seiner primitiven Hütte; alles, was nicht direkt seine eigene Existenz oder die Streitereien innerhalb seiner Familie betrifft, ist ihm völlig gleichgültig. Und so ist der Bewohner Korsikas mit seinen Fehlern und Stärken auf dem Stand der primitiven Völker stehen geblieben, anfällig für Gewalttätigkeit, Hass, allzeit bereit zu Mord und Totschlag, aber auch ausgestattet mit Gastfreundschaft, Großzügigkeit, Anhänglichkeit, Unbefangenheit, und so öffnet er sein Haus allen vorüberziehenden Wanderern und ist bereit, die bescheidenste Geste der Zuneigung mit treuer Freundschaft zu vergelten.

Seit einem Monat also führte mich meine Wanderschaft kreuz und quer über diese großartige Insel; dabei wurde ich nie das Gefühl los, mich am Ende der Welt zu befinden. Keine Gasthöfe, keine Kneipen, keine Straßen. Zu diesen an die Flanken der Berge wie angeklebten Ortschaften gelangt man nur auf Maultierpfaden; von diesen

Weilern fällt die Felswand steil ab auf gewundene Abgründe, aus denen am Abend ein beständiges Brausen, die dumpfe und tiefe Stimme des Sturzbachs, zu vernehmen ist. Man klopft an die Tür eines der Häuser und erbittet eine Unterkunft für die Nacht und etwas Speise, um den Hunger bis zum nächsten Tag zu stillen. Man setzt sich an den bescheidenen Tisch, und man schläft unter dem bescheidenen Dach; am nächsten Morgen dann schüttelt man dem Gastgeber, der einen noch bis ans Ende des Dorfes geleitet hat, die freundlich dargebotene Hand.

Eines Abends also kam ich nach zehnstündigem Fußmarsch zu einer kleinen Behausung, die völlig einsam am Ende eines engen Tals lag, eine Meile flussaufwärts vom Meer entfernt. An den Seiten umschlossen zwei steile Abhänge, die von dichten Büschen, Felsbrocken und großen Bäumen bedeckt waren, dieses entsetzlich traurige Tal wie zwei dunkle Mauern.

Um die Hütte gab es noch ein paar Rebstöcke, einen kleinen Garten, und in einiger Entfernung noch ein paar große Kastanien; das alles reichte zum Leben gerade aus, stellte aber für dieses arme Land geradezu ein Vermögen dar.

Es war eine alte Frau mit strengem Blick und ungewöhnlich sauberem Aussehen, die mich empfing. Der Mann, der auf einem Strohstuhl saß, stand auf, um mich zu begrüßen, setzte sich dann aber wieder hin, ohne auch nur ein Wort zu sagen. Seine Lebensgefährtin sagte zu mir: ›Sie müssen ihn entschuldigen; er ist mittlerweile taub. Er ist schon zweiundachtzig Jahre alt.‹

Das Französisch, das sie sprach, war das Französisch des Festlands. Ich war überrascht und fragte sie: ›Stammen Sie wohl gar nicht von Korsika?‹

Sie antwortete: ›Nein, wir sind vom Festland. Aber nun sind es schon fünfzig Jahre, dass wir hier wohnen.‹

Beim bloßen Gedanken an die fünfzig Jahre, die diese beiden Leute in diesem finsteren Loch, weit ab von den Städten, wo die Menschen wohnen, miteinander gehaust hatten, überkam mich ein Gefühl von Angst und Schrecken. Ein alter Hirte kam von der Weide zurück, und dann wurde das einzige Gericht, aus dem das Abendessen bestand, eingenommen: In dem Topf, in dem Kartoffeln, Speck und Kohl zusammen geschmort worden waren, kam eine dicke Suppe zum Vorschein.

Als das kurze Mahl beendet war, setzte ich mich vor die Tür. Das Herz wurde mir schwer von der Melancholie dieses düsteren Landstrichs; zusätzlich bedrückte mich dieser Kummer, der manchmal an bestimmten traurigen Abenden den Reisenden überfällt, vor allem an trostlosen Orten. Man hat dann das Gefühl, als würde nun gleich alles zu Ende gehen, das eigene Leben und die ganze Welt dazu. Schlagartig wird einem das schreckliche Elend des Lebens klar, die Fremdheit zwischen allen Wesen, das Nichts in allen Dingen, und dazu auch noch die schwarze Einsamkeit des Herzens, das sich wiegt und mit trügerischen Illusionen bis zum Tod selbst belügt.

Die alte Frau setzte sich zu mir, und von dieser Neugier geplagt, die selbst noch in den Herzen derer fortlebt, die mit der Welt schon abschlossen haben, fragte sie mich: ›Sie kommen also aus Frankreich?‹

›Ja, ich bin aus reinem Vergnügen unterwegs.‹

›Sind Sie vielleicht aus Paris?‹

›Nein, ich komme aus Nancy.‹

Es kam mir so vor, als wäre sie bei dieser Auskunft von einer außergewöhnlichen Gefühlsregung durchzuckt worden, ohne dass ich hätte sagen können, woran ich das gesehen oder wie ich das gespürt habe.

Langsam fragte sie mich ein zweites Mal: ›Sind Sie tatsächlich aus Nancy?‹

In dem Moment erschien ihr Mann in der Tür, ohne erkennbare Gefühlsregung, wie das bei Tauben eben so üblich ist.

Sie sagte nur: ›Das besagt gar nichts. Er kann nichts hören.‹

Dann, nach ein paar Sekunden fragte sie mich: ›Sie kennen also so allerlei Leute in Nancy?‹

›Aber ja, so ziemlich die ganze Stadt.‹

›Auch die Familie de Sainte-Allaize?‹

›Ja, sehr gut sogar; mein Vater war ein guter Freund der Familie.‹

›Darf ich fragen, wie Sie heißen?‹

Ich sagte ihr meinen Namen. Sie musterte mich einige Zeit lang, dann sagte sie in dieser leisen Tonlage, die die Erinnerung hervorruft: ›Ja, ja, ich erinnere mich gut. Und die Familie Brisemare, was ist denn aus denen geworden?‹

›Die sind schon alle gestorben.‹

›Ach! Und die Sirmonts, kennen Sie die auch?‹

›Ja, der Letzte, der noch lebt, hat es bis zum General gebracht.‹

Zitternd vor Aufregung, vor Angst, aus einem unbestimmbaren, starken und hehren Gefühl, aus einem schwer benennbaren Drang heraus, ein Geständnis abzulegen, alles und jedes zu sagen, was sie bis dahin in ihrem tiefsten Herzen verborgen hatte, was diese Leute betraf, deren Name ihre Seele durcheinanderwirbelte, sagte sie: ›Ja, Henri de Sirmont, ich weiß. Das ist mein Bruder.‹

Vollkommen perplex schaute ich zu ihr hoch. Und blitzartig fiel mir die ganze Sache wieder ein.

Das war seinerzeit ein großer Skandal gewesen, im alten Lothringer Adel. Ein schönes und reiches Mädchen, Suzanne de Sirmont, war entführt worden, von einem Unteroffizier aus dem Husarenregiment, das unter dem Kommando ihres Vaters stand.

Er war ein schöner Bursche gewesen, ein Bauernsohn, dem die blaue Uniform mit dem Husarenpelz prächtig stand; und dieser Soldat hatte der Tochter des Obersten den Kopf verdreht. Wahrscheinlich war es bei einer Parade der Schwadronen passiert, dass sie ihn gesehen, bemerkt und sich in ihn verliebt hatte. Aber wie hatte sie es angestellt, mit ihm ins Gespräch zu kommen, wie hatten sie es geschafft, ihre Rendezvous zu organisieren? Auf welche Weise war es ihr wohl gelungen, ihm zu verstehen zu geben, dass sie ihn liebte? All diese Dinge sind nie herausgekommen.

Kein Mensch hatte irgendetwas erraten; niemand hatte auch nur einen Funken geahnt. Eines Abends verschwand dieser Soldat ganz einfach nach Dienstschluss mit ihr. Man suchte sie lange, gefunden wurden sie nicht. Die Familie hörte niemals mehr irgendetwas von ihr; so dachten alle, sie wäre wohl tot.

Und ausgerechnet ich fand sie in diesem unseligen Tal wieder.

Nun antwortete ich meinerseits: ›Ja, ich erinnere mich sehr wohl. Sie sind Mademoiselle Suzanne.‹

Sie nickte, und Tränen kullerten ihr über das ganze Gesicht. Sie wies mit dem Kopf auf den Greis, der reglos auf der Schwelle seiner armseligen Hütte saß, und sagte: ›Er ist es.‹

Und da wurde mir klar, dass sie ihn immer noch liebte, dass sie ihn immer noch mit den gleichen Augen ansah wie damals, als sie seinem Charme erlegen war.

Ich fragte: ›Und waren Sie denn wenigstens glücklich mit ihm?‹

Mit einem Tonfall, der direkt vom Herzen kam, antwortete sie: ›Oh ja! Sehr glücklich. Er hat mich sehr glücklich gemacht. Ich habe niemals irgendetwas bereut.‹

Traurig, überrascht, verwundert über die Macht der Liebe saß ich da und schaute sie an. Diese junge Frau aus reichem Hause hatte ihr ganzes Leben an diesen Mann, diesen Bauern, geknüpft. So hatte sie sich mit der Zeit selbst in eine Bäuerin verwandelt. Sie hatte sich an ihr Leben ohne Annehmlichkeiten, ohne jeden Luxus, ohne Genüsse jeglicher Art gewöhnt; sie hatte sich ganz seiner einfachen Art zu leben unterworfen. Und liebte ihn immer noch! Mit der Haube und dem Leinenrock war sie zur Frau eines ganz gewöhnlichen Bauernburschen geworden. Auf einem Strohstuhl sitzend, aß sie eine Suppe aus Kohl und Speckkartoffeln aus einem irdenen Teller, der auf einem Holztisch stand. Auf einem Strohsack schlief sie an seiner Seite.

Niemals hatte sie an etwas gedacht, außer an ihn! Nie hatte sie bereut, auf den Schmuck, die schönen Stoffe, all die eleganten Dinge, die weichen Sessel, die mollige Atmosphäre tapezierter Zimmer, die sanften Daunen, in die die Körper hineintauchen, um sich zu erholen, verzichtet zu haben. Sie hatte zu keiner Zeit etwas anderes gebraucht als ihn; solange er da war, war sie wunschlos glücklich.

Schon in ganz jungen Jahren hatte sie sich vom Leben und der Gesellschaft, und auch von denen, die sie erzogen, die sie geliebt hatten, verabschiedet. Allein, nur mit ihm, war sie in diese wilde Schlucht gekommen. Und er war ihr Ein und Alles gewesen, alles, was man begehrt, alles, was man erträumt, alles, was man ohne Unterlass erwartet, alles, man sich bis zuletzt erhofft. Und er hatte ihr Leben mit Glück erfüllt, vom Anfang bis zum Ende.

Glücklicher hätte ihr Leben nicht verlaufen können.

Und die ganze Nacht hindurch, während ich den rauen Atem des alten Soldaten hörte, wie er neben der, die ihm so weit gefolgt war, auf seiner Pritsche dalag, musste ich an dieses sonderbare und einfache Abenteuer denken, an dieses so vollkommene Glück, zu dem es so wenig gebraucht hatte.

Bei Sonnenaufgang brach ich dann wieder auf, nachdem ich den beiden alten Eheleuten nochmals die Hände geschüttelt hatte.«

✻

Nun saß der Erzähler schweigend da. Da sagte eine Frau: »Schön und gut, aber ihre Idealvorstellung vom Leben war einfach viel zu bescheiden; sie hatte nur ganz elementare Bedürfnisse und war eben völlig anspruchslos. Was für eine einfältige Person sie doch war!«

Eine andere Frau sagte daraufhin langsam und bedächtig: »Kann schon sein; aber dafür war sie glücklich!«

Und da unten, am Ende des Horizonts versank Korsika im Dunkel der Nacht, kehrte langsam wieder ins Meer zurück, löschte den eigenen Schatten wieder aus, der offenbar nur erschienen war, um gleichsam selbst die Geschichte dieser zwei bescheidenen Liebenden zu erzählen, die auf den Gestaden dieser Insel Schutz gefunden hatten.

DER HORLA

8. Mai. – Was für ein herrlicher Tag! Den ganzen Vormittag habe ich auf dem Rasen vor meinem Haus verbracht, unter der riesigen Platane liegend, die es überdacht, beschützt und nach allen Seiten hin mit ihrem Schatten bedeckt. Ich hänge sehr an diesem Landstrich, und ich lebe sehr gern in dieser Gegend, weil ich hier meine Wurzeln habe, diese tiefen und zarten Wurzeln, die einen Menschen mit dem Fleckchen Erde verbinden, wo seine Ahnen geboren und gestorben sind, die ihn an all das ketten, was man denkt und was man isst, an die Gebräuche wie an die Speisen, an die örtlichen Redeweisen, an die Sprachmelodie der Bauern, an die Gerüche des Bodens, der Dörfer, ja sogar der Luft.

Ich mag mein Haus, in dem ich aufgewachsen bin. Von meinen Fenstern aus sehe ich die Seine, die an meinem Garten, hinter der Straße, fast an meinem Grundstück vorbeifließt, diese große und breite Seine, deren Weg von Rouen nach Le Havre führt, und auf der viele Schiffe vorüberziehen.

Links, in der Ferne, liegt Rouen, diese gewaltige Stadt mit den blauen Dächern, unter der Schar der spitzen gotischen Türme. Kaum zu zählen sind sie, zartgliedrig oder mächtig, überragt von der gusseisernen Spitze der

Kathedrale, und sie alle sind gefüllt mit Glocken, die in der blauen Luft der schönen Vormittage ihr Lied ertönen lassen und bis zu mir heraus ihr sanftes und fernes Gebimmel aus Eisen vernehmen lassen, ihren ehernen Gesang, den der Wind mir zuträgt, bald stärker, bald leiser, je nachdem, wann er erwacht oder gerade wieder eindöst.

Ach, war es schön, an diesem Morgen!

Gegen elf Uhr fuhr ein langer Konvoi von Schiffen, gezogen von einem Schlepper, der so klein wie eine Fliege war und der vor Anstrengung nur so ächzte und eine dicke Rauchfahne ausstieß, an meinem Gitterzaun vorbei.

Nach zwei englischen Schonern, deren rote Flaggen munter im Himmel herumflatterten, kam ein prächtiger brasilianischer Dreimaster, ganz weiß, makellos sauber und an allen Stellen glänzend. Ich winkte ihm zu, warum weiß ich nicht, so schön anzuschauen war dieses Schiff.

12. Mai. – Seit ein paar Tagen habe ich ein wenig Fieber; ich fühle mich nicht so ganz wohl oder – genauer gesagt – ich bin irgendwie traurig.

Woher kommen diese geheimnisvollen Einflüsse, die unser Glück in Mutlosigkeit verwandeln und unser Vertrauen in Elend. Man hat fast den Eindruck, die Luft, die unsichtbare Luft, ist mit unerforschlichen Mächten angefüllt, deren geheimnisvolle Nähe spürbar auf uns lastet. Mit bester Laune wache ich auf, habe große Lust, ein Lied vor mich hin zu trällern. – Warum? – Ich gehe zum Wasser hinunter; und plötzlich, nach einem kleinen Spaziergang am Ufer entlang, gehe ich missmutig zum Haus zurück, so als ob mich dort irgendein Unglück erwarten würde. – Warum nur? – Ist es ein kaltes Lüftchen, das mich gestreift und dabei meine Nerven etwas durcheinandergebracht und meinen Seelenzustand verdunkelt hat? Ist es die Form der Wolken, oder die Farbe des Tageslichts, die Farbe der Dinge, die, in stetem Wechsel begriffen, beim Kontakt mit meinen Augen mein Denken getrübt hat? Was weiß man denn schon? Alles, was uns umgibt, alles, was wir sehen, ohne es richtig anzuschauen, alles, was wir flüchtig streifen, ohne es kennenzulernen, alles, was wir berühren, ohne es wirklich zu spüren, alles, worauf wir im Leben stoßen, ohne es wahrzunehmen, übt das alles womöglich auf uns, auf unsere Organe, und hierdurch auf unsere Vorstellungen, ja auf unser Herz, blitzschnell überraschende und unerklärliche Einflüsse aus?

Wie tief dieses Geheimnis der unsichtbaren Welt doch ist! Mit unseren armseligen Sinnen können wir sie nicht durchdringen, nicht mit unseren Augen, die weder die ganz kleinen noch die ganz großen Dinge wahrnehmen können, auch nicht die ganz nahen und die sehr entfernten, weder die Bewohner eines Sterns noch jene eines Wassertropfens … Genauso ist es mit unseren Ohren, die uns täuschen, denn sie transportieren die Bewegungen der Luft in Form von Schallwellen zu uns. Sie sind märchenhafte Wesen, die das Wunder vollbringen, Bewegung in Schall zu verwandeln und sie bringen durch diese Metamorphose die Musik zum Leben und die eigentlich stummen Bewegungen der Natur zum Singen … Genauso ist es mit unserem Geruchssinn, der schwächer ist als der des Hundes … mit unserem Geschmackssinn, der kaum den Jahrgang eines Weines erkennen kann!

Ach! Hätten wir doch andere Organe, die für uns weitere Wunder vollbringen könnten, was könnten wir nicht alles um uns herum noch entdecken!

16. Mai. – Ich bin krank, da gibt es keinen Zweifel mehr! Und dabei ging es mir letzten Monat so gut! Ich habe

Fieber, ein schreckliches Fieber, oder besser gesagt eine fiebrige Nervosität, die meiner Seele genauso zusetzt wie meinem Körper. Ich werde dieses fürchterliche Gefühl nicht los, dass mir eine Gefahr droht, dass mir ein Unglück bevorsteht oder gar der Tod, diese Vorahnung, die wohl das Anzeichen einer noch unbekannten Krankheit ist, die ich im Blut und im Körper gerade ausbrüte.

18. Mai. – Ich war gerade bei meinem Hausarzt, denn ich konnte nicht mehr schlafen. Er hat festgestellt, dass mein Puls ein wenig zu hoch ist, die Pupillen erweitert, die Nerven etwas durcheinander, ansonsten fand er nichts Beunruhigendes. Er hat mir kalte Duschen verordnet sowie die Einnahme von Kaliumbromid.

25. Mai. – Keinerlei Veränderung! Mein Zustand ist wirklich höchst sonderbar. Je näher der Abend kommt, umso unruhiger werde ich auf ganz unerklärliche Weise, so als ob die Nacht eine schreckliche Drohung vor mir verbergen wollte. Schnell bringe ich das Abendessen hinter mich, versuche dann in einem Buch zu lesen; aber es gelingt mir nicht, den Sinn der Wörter zu verstehen, kaum dass ich die Buchstaben auseinanderhalten kann. So wandere ich in meinem Wohnzimmer hin und her, bin völlig niedergedrückt von einer unbestimmten und unwiderstehlichen Furcht, der Furcht vor dem Schlaf und der Furcht vor dem Bett.

Gegen zehn gehe ich also nach oben in mein Schlafzimmer. Sobald ich es betreten habe, drehe ich sofort den Schlüssel zweimal um und schiebe den Riegel vor, ich habe Angst ... aber wovor eigentlich? ... Bis jetzt hatte ich eigentlich vor nichts Angst ... ich inspiziere meine Schränke, ich schaue unters Bett; ich lausche ... ich lausche ... auf was? ... Ist es nicht sonderbar, dass ein simples Unbehagen, vielleicht eine kleine Störung im Kreislauf, die Reizung einer Nervenbahn, ein harmloser Blutstau, irgendeine kleine Störung im so unvollkommenen und empfindlichen Ablauf unserer Körperfunktionen, aus dem fröhlichsten aller Menschenkinder einen Melancholiker machen kann, und aus dem tapfersten Kerl einen Hasenfuß? Dann lege ich mich ins Bett und warte auf den Schlaf, so, wie man auf den Henker warten würde. Ich erwarte ihn und gleichzeitig graust es mir vor dem Gedanken, dass er über mich kommt; und mein Herz fängt an zu rasen, und meine Beine zittern, und mein ganzer Körper bebt zwischen den heißen Bettlaken, bis zu dem Augenblick, in dem ich dann schlagartig Ruhe finde, wie man sich in ein tiefes stehendes Gewässer hineinstürzt, um sich darin zu ertränken. Ich fühle nicht, wie er kommt, so wie es früher war, dieser perfide Schlaf, der sich neben mir versteckt, mich belauert, mich gleich am Kopf packen wird, um mir die Augen zu schließen und mich auszulöschen.

Ich schlafe – lange – zwei oder drei Stunden – dann überfällt mich ein Traum – nein – ein Albtraum. Ich fühle sehr wohl, dass ich im Bett liege und schlafe ... ich fühle es und ich weiß es auch ... und ich spüre aber auch, dass sich mir jemand nähert, mich anschaut, mich berührt, auf mein Bett klettert, sich auf meine Brust kniet, meinen Hals zwischen seine Hände nimmt und drückt ... zudrückt ... mit all seiner Kraft ... um mich zu erwürgen.

Ich wehre mich dagegen, bin aber gefesselt von dieser schrecklichen Ohnmacht, die uns in den Träumen lähmt; ich will schreien – aber ich kann nicht; – ich will mich bewegen –, und ich kann es nicht; – ich bäume mich auf, versuche keuchend, mich umzudrehen, um dieses Wesen, das mich erdrückt und würgt, zurückzustoßen –, ich kann es einfach nicht!

Und plötzlich wache ich auf, völlig außer mir, in Schweiß gebadet. Ich zünde eine Kerze an. Ich bin allein im Zimmer.

Nach dieser Krise, die jede Nacht neu beginnt, schlafe ich schließlich ruhig bis zum Morgengrauen durch.

2. Juni. – Mein Zustand hat sich noch weiter verschlechtert. Was habe ich nur? Das Kaliumbromid zeigt keinerlei Wirkung; die Duschen helfen auch nicht. Heute Nachmittag habe ich, um meinen Körper, obwohl er ja schon matt genug ist, zu ermüden, einen Spaziergang im Wald von Roumare gemacht. Anfangs glaubte ich, die frische, leichte und sanfte Luft, die stark nach Gräsern und Blättern duftete, würde meinen Adern neues Blut zuführen, und meinem Herzen neue Energie. Ich ging durch eine große Jagdstraße, dann schlug ich die Richtung nach La Bouille ein, was mich durch eine enge Allee aus extrem hohen Bäumen führte, die zwischen dem Himmel und mir ein grünes, dichtes, fast schwarzes Dach schufen.

Plötzlich erfasste mich ein Schauder, kein Schauder vor Kälte, sondern ein ganz eigenartiger Schauder vor Angst.

Ich beschleunigte meine Schritte, war nicht mehr sicher, in diesem Wald allein zu sein, war grundlos und sinnlos von der tiefen Einsamkeit verängstigt. Urplötzlich hatte ich den Eindruck, jemand würde mir folgen, mir ganz dicht auf den Fersen sein, ganz nahe, so als könnte er mich berühren.

Blitzschnell drehte ich mich um. Ich war allein. Ich sah hinter mir nur die gerade und breite Allee, die leer, hoch aufragend, furchtbar leer dalag, und auf der anderen Seite erstreckte sie sich ganz genauso furchterregend, soweit das Auge reichte.

Ich schloss die Augen. Warum? Und ich fing an mich auf einem meiner Absätze zu drehen, ganz schnell, wie ein Kreisel. Beinahe wäre ich dabei hingefallen; ich machte die Augen wieder auf; die Bäume tanzten; die Erde schwankte; ich musste mich hinsetzen. Dann – ach! – wusste ich nicht mehr, von wo ich gekommen war! Welcher Teufel hatte mich da bloß geritten! Bizarr! Welcher Teufel hatte mich da bloß geritten! Ich hatte nicht mehr die geringste Ahnung, wo ich mich befand. Also ging ich über die Seite zurück, die sich gerade rechts von mir befand und gelangte auf den Weg, der mich mitten in den Wald hineingeführt hatte.

3. Juni. – Die Nacht war schrecklich. Ich werde für ein paar Wochen von hier weggehen. Eine kleine Reise wird mir bestimmt guttun.

2. Juli. – Nun bin ich wieder zurück. Die Beschwerden sind weg. Und außerdem war das ein ganz wunderbarer Ausflug, ein Besuch auf dem Mont Saint-Michel, den ich noch nicht gekannt hatte.

Was für eine Aussicht, wenn man, wie ich, gegen Abend, in Avranches ankommt! Die Stadt liegt auf einem Hügel, und ich wurde in den Stadtpark geführt, der sich am Rand der Altstadt befindet. Ich stieß einen Schrei der Verblüffung aus. Vor mir breitete sich eine schier unendliche Bucht aus, so weit das Auge reichte, zwischen zwei auseinanderliegenden Küstenstreifen, die sich am Horizont in Dunstschleiern verloren, und inmitten dieser riesigen gelben Bucht ragte unter einem golden strahlenden Himmel ein sonderbarer Berg dunkel und spitz, von Sandmassen umgeben, in die Höhe. Die Sonne war gerade untergegangen, und auf dem noch feurig leuchtenden Horizont zeichnete sich das Profil dieses unwirklichen Felsens ab, der auf seinem Gipfel ein unwirkliches Denkmal trägt.

Sobald sich die Morgenröte zeigte, marschierte ich darauf zu. Es herrschte Ebbe, wie am Abend zuvor, und je näher ich kam, umso intensiver betrachtete ich diese Abtei, die sich überraschend vor mir erhob. Nach mehreren Stunden Wanderung erreichte ich den riesigen Felsblock, der die kleine Stadt trägt, die von der großen Kirche überragt wird. Nachdem ich die enge und steile Straße erklommen hatte, betrat ich die wunderbarste gotische Wohnung, die jemals für Gott auf dieser Erde errichtet worden ist, weitläufig wie eine kleine Stadt, voller niedriger Säle, die sich unter Gewölben und hohen Emporen hinducken, welche auf zierlichen Säulen ruhen. Ich trat ein in dieses riesige Schmuckstück, das so leicht wirkt wie ein Stück Spitze, obwohl es aus Granit ist, und das mit großen Türmen und schlanken Glockentürmen bedeckt ist, zu denen sich Treppen hinaufwinden, und diese Türme schleudern ihre bizarren, mit Fantasiegebilden und Teufeln, mit Fabeltieren und monströsen Blumenornamenten bestückten Köpfe, die untereinander durch verzierte Bögen verbunden sind, hinauf in den blauen Himmel der Tage und den schwarzen Himmel der Nächte.

Als ich auf den obersten Zinnen angekommen war, sagte ich zu dem Mönch, der mich begleitete: »Herr Pater, Sie müssen es hier wirklich gut haben!«

Er antwortete: »Na ja, es ist hier schon recht windig, mein Herr«, und beim Anblick des wieder ansteigenden Meeres, das über den Sand strömte und ihn mit einem stählernen Panzer bedeckte, kamen wir ins Gespräch.

Und der Mönch erzählte mir allerhand Geschichten, all die alten Geschichten dieses Ortes, Legenden, nichts als Legenden …

Eine davon beeindruckte mich ganz besonders. Die Leute der Gegend, speziell die hier auf dem Berg wohnen, behaupten, dass man auf den weiten Sandflächen des Nachts menschliche Stimmen hören kann, ferner dass man auch zwei Ziegen hört, die blöken, die eine laut, die andere leise. Die Ungläubigen sind sich sicher, dass das nur die Schreie von Vögeln sind, die einmal dem Blöken von Tieren, dann wieder menschlichen Stimmen ähneln; aber die ältesten unter den Fischern schwören, einen alten Hirten erblickt zu haben, dessen Kopf nicht zu sehen ist, weil er ihn mit seinem Mantel umhüllt; dieser zwischen Ebbe und Flut auf den Dünen in der Umgebung dieser Ortschaft fernab der Welt herumstreunende Hirte habe einen Bock mit einem Männergesicht und eine Ziege mit Frauengesicht hinter sich hergeführt, die beide lange weiße Haare hatten und sich ununterbrochen in einer unbekannten Sprache gestritten haben, bis sie plötzlich mit dem Geschrei aufhörten, um mit aller Lautstärke zu blöken.

Ich sagte zu dem Mönch: »Und Sie, glauben Sie daran?«
Er murmelte: »Ich weiß nicht.«
Ich fuhr fort mit den Worten: »Wenn es auf der Erde noch andere Lebewesen als uns gäbe, würden wir diese dann nicht schon seit Langem kennen, hätten Sie sie nicht schon einmal gesehen? Hätte ich sie nicht auch schon irgendwann einmal erblickt?«
Da antwortete er: »Sind wir denn überhaupt in der Lage, den hunderttausendsten Teil der Dinge, die es auf der Erde gibt, mit unseren Augen wahrzunehmen? Nehmen wir als Beispiel nur mal den Wind, der die größte Kraft der Natur darstellt, der Menschen umwerfen kann, Gebäude zum Einstürzen bringt, Bäume entwurzelt, das Meer zu gigantischen Wassermassen aufpeitscht, Felswän-

de zerstört, und die größten Schiffe auf verborgene Klippen wirft, dieser Wind, der tötet, pfeift, ächzt, brüllt –, haben Sie ihn denn schon einmal gesehen, können Sie ihn sehen? Und dennoch gibt es ihn.«

Dieser schlichte Gedankengang verschlug mir die Sprache. Dieser Mensch war entweder ein Weiser oder vielleicht ein Dummkopf. Ich war mir in dieser Frage ziemlich unsicher; aber lieber sagte ich darauf gar nichts mehr. Was er da gesagt hatte, das war mir selbst jedenfalls auch schon des Öfteren genauso durch den Kopf gegangen.

3. Juli. – Ich habe schlecht geschlafen; hier grassiert ganz bestimmt gerade eine fiebrige Grippe, denn mein Kutscher hat die gleiche Krankheit wie ich. Als ich gestern nach Hause zurückkehrte, fiel mir auf, wie sonderbar blass er war. Ich fragte ihn: »Was haben Sie denn, Jean?«

»Ich kann mich nicht mehr ausruhen, keine rechte Nachtruhe mehr finden, Monsieur; meine Nächte fressen meine Tage auf. Seit Sie von hier weggefahren sind, Monsieur, klebt das an mir wie ein böses Schicksal.«

Immerhin sind die anderen Hausangestellten bei guter Gesundheit, aber ich befürchte, dass mein eigenes Unwohlsein wieder anfangen könnte.

4. Juli. – Prompt hat es mich wieder erwischt. Meine alten Albträume suchen mich wieder heim. Letzte Nacht habe ich jemanden gespürt, der auf mir kauerte, seinen Mund auf den meinen presste und meine Lebenssäfte aus meinen Lippen heraustrank. Ja, er saugte sie aus meiner Brust heraus, so ähnlich wie ein Blutegel. Danach, als er sich vollgesogen hatte, ist er wieder aufgestanden, und ich, ich bin daraufhin aufgewacht, völlig zerschlagen, zerbrochen, wie ausgelöscht, sodass ich unfähig war, mich zu bewegen. Wenn das noch ein paar Tage so weitergeht, werde ich mit Sicherheit gleich wieder abreisen.

5. Juli. – Habe ich den Verstand verloren? Was da passiert ist, was ich letzte Nacht gesehen habe, ist so bizarr, dass mir fast schwindelig wird, wenn ich nur daran denke!

Wie ich es nun jeden Abend mache, hatte ich meine Schlafzimmertür mit dem Schlüssel abgeschlossen; als ich danach nochmals Durst bekam, trank ich ein halbes Glas Wasser und zufällig bemerkte ich, dass meine Karaffe bis zum Kristallverschluss gefüllt war.

Anschließend legte ich mich ins Bett und fiel in einen dieser furchtbaren Schlummer, aus dem mich nach etwa zwei Stunden ein noch schrecklicherer Ruck herausriss.

Stellen Sie sich einen schlafenden Menschen vor, der umgebracht wird und der mit einem Messer in der Brust aufwacht und blutüberströmt röchelt und nicht mehr atmen kann und dabei ist zu sterben und das alles nicht verstehen kann … Genau!

Als ich dann endlich meine Verstandeskräfte zurückgewonnen hatte, bekam ich wieder Durst; ich zündete also eine Kerze an und ging zu dem Tisch, auf dem meine Karaffe stand. Ich hob sie auf und hielt sie schräg über mein Glas; aber es floss kein Tropfen Wasser heraus. – Die Karaffe war leer! Sie war völlig leer! Erst verstand ich gar nichts; dann, plötzlich, überkam mich eine derartig schreckliche Aufregung, dass ich mich hinsetzen musste beziehungsweise mich auf einen Stuhl fallen ließ! Dann sprang ich auf, um mich umzuschauen! Dann setzte ich mich vor dem durchsichtigen Kristall wieder hin, völlig zerschmettert vor Staunen und Angst! Ich fixierte das Glas eine Zeit lang und versuchte zu erraten, worin das

Geheimnis lag. Die Hände zitterten mir dabei! Irgendjemand hatte also dieses Wasser getrunken? Aber wer? Ich? Vermutlich ich selbst? Es konnte ja nur ich selbst sein? Ich war also zu einem Nachtwandler geworden; ohne es zu wissen, lebte ich ein rätselhaftes zweites Leben, was die Frage aufwirft, ob in unserem Körper zwei Wesen leben, oder ob nicht womöglich ein fremdes, unerforschliches und unsichtbares Lebewesen immer dann, wenn wir uns im Zustand des Schlafes befinden, für Augenblicke in unseren Körper schlüpft und ihn unterwirft, der diesem anderen dann genauso gehorcht, ja noch mehr gehorcht als uns selbst.

Ach! Wer wird in der Lage sein, meine fürchterliche Angst nachzuvollziehen? Wer wird die Aufregung verstehen, die einen vernunftbegabten, hellsichtigen, geistig gesunden Menschen befällt, wenn er vor Schrecken durch das Glas einer Karaffe schaut und feststellen muss, dass, während er geschlafen hat, ein bisschen Wasser daraus verschwunden ist! Und so blieb ich bis zum nächsten Morgen sitzen, ohne den Mut aufzubringen, nochmals ins Bett zu gehen.

6. Juli. – Ich werde verrückt. Auch in dieser Nacht hat wieder jemand meine ganze Karaffe leer getrunken – oder vielmehr, ich habe sie leer getrunken!

Aber war ich es wirklich? War ich es? Wer könnte es noch sein? Wer bloß? Oh mein Gott! Ich werde verrückt! Wer kann mich noch retten?

10. Juli. – Ich habe gerade überraschende Experimente gemacht.

Ich bin also definitiv verrückt! Und dennoch!

Am 6. Juli habe ich, bevor ich ins Bett ging, etwas Wein,

Milch, Wasser, Brot und Erdbeeren auf meinen Tisch gelegt.

Und irgendjemand hat das ganze Wasser und ein wenig Milch getrunken – oder ich selbst war es. Der Wein, das Brot und auch die Erdbeeren lagen völlig unberührt da.

Am 7. Juli habe ich diesen Test wiederholt, mit dem gleichen Resultat.

Am 8. Juli habe ich das Wasser und die Milch weggelassen. Alles andere blieb unberührt.

Am 9. Juli schließlich habe ich auf meinen Tisch nur das Wasser und die Milch gestellt und die Karaffen außerdem sorgfältig mit weißen Musselintüchern umhüllt und die Stöpsel zusätzlich mit einer Schnur zugebunden. Danach habe ich meine Lippen, meinen Bart und meine Hände mit Bleimine eingerieben und mich dann ins Bett gelegt.

Der unbezwingbare Schlaf hat mich gepackt; ganz bald folgte wieder das abrupte Aufwachen. Ich hatte mich nicht bewegt; nicht einmal meine Bettdecke wies Bleiflecken auf. Eilig ging ich zum Tisch. Die Tücher, die ich um die Karaffen geschlungen hatte, waren völlig unversehrt geblieben. Vor Angst bibbernd, löste ich die Verschnürungen. Jemand hatte das ganze Wasser ausgetrunken! Und die Milch auch! Oh mein Gott! …

So schnell es geht, werde ich nach Paris abreisen.

12. Juli. – Paris. In den letzten Tagen hatte ich also wirklich den Kopf verloren. Ich muss wohl das Spielzeug meiner übernervösen Fantasie geworden sein, wenn ich nicht tatsächlich unter Somnambulismus leide, oder aber ich bin doch einem dieser Einflüsse erlegen, von deren Existenz man weiß, die man aber bisher nicht erklären kann und die man Suggestion nennt. In jedem Fall war mein seelisches Durcheinander vom Zustand des Wahnsinns nicht mehr allzu weit entfernt, und ganze vierundzwanzig Stunden Paris haben schon ausgereicht, um mich schlagartig davon zu kurieren.

Gestern habe ich, nach diversen Besorgungen und Besuchen, die meiner Seele einen Schub Frische und neuen Schwung verpasst haben, den Abend im Théâtre-Français beendet. Dort wurde ein Stück von Alexandre Dumas dem Jüngeren gegeben, und dieser muntere und mächtige Geist hat mich vollends geheilt. Ja ja, das Leben in Einsamkeit ist für Menschen mit einer wachen Intelligenz nicht ungefährlich. Wir brauchen eben um uns herum andere denkende und sprechende Individuen. Wenn wir längere Zeit alleine leben, bevölkern wir diese Leere mit Phantomwesen.

Bester Laune bin ich über die großen Boulevards zu meinem Hotel zurückflaniert. Beim Kontakt mit der Menge musste ich, nicht ohne einen Anflug von Selbstkritik, an meine Schreckenszustände, meine Wahnvorstellungen der vorigen Woche denken, denn ich habe geglaubt, ja, ich habe doch glatt geglaubt, dass ein unsichtbares Wesen unter meinem Dach wohnt. Wie schwach unser Kopf doch ist und wie leicht er außer Fassung gerät, sobald uns auch nur irgendetwas Harmloses zustößt, das wir nicht gleich begreifen können!

Anstatt den Vorgang mit diesen einfachen Worten »Ich begreife nicht, weil ich die Ursache nicht durchschaue« zu beenden, bilden wir uns sogleich ganz fürchterliche Geheimnisse und übernatürliche Mächte ein.

14. Juli. – Nationalfeiertag. Ich bin die Straßen hinauf und hinunter gebummelt. Wie ein Kind hatte ich meinen Spaß an den Feuerwerksknallern und den Fahnen. Dabei ist es doch reichlich albern, zu einem festen Termin auf

Anordnung der Regierung hin gut aufgelegt zu sein. Die Volksmasse ist doch eine geistlose Herde, heute bis zum Schwachsinn bereit, sich alles gefallen zu lassen, morgen dann ganz wild darauf aus, gegen alles aufzubegehren. Auf die Anordnung hin: »Amüsiert euch, Leute!«, amüsieren sich alle bereitwillig. Kommt die Aufforderung: »Prügle dich mit deinem Nachbarn!«, und schon fliegen die Fetzen. Sagt man ihnen: »Gib deine Stimme dem Kaiser«, dann stimmen eben alle für den Kaiser. Sagt man ihnen danach: »Gib deine Stimme der Republik«, und schon stimmen alle für die Republik.

Die da oben, die die Masse dirigieren, sind genauso dumm, aber anstatt irgendwelchen anderen Menschen zu gehorchen, gehorchen sie irgendwelchen Prinzipien, die nichts anderes sind als albern, unnütz und fehlerhaft, und zwar aufgrund der schlichten Tatsache, dass es Prinzipien sind, das heißt Ideen, denen man nachsagt, sie seien solide und unveränderlich, und das in einer Welt, in der man doch keiner Sache sicher sein kann, nachdem selbst das Licht Ergebnis einer optischen Täuschung ist, und alle Geräusche, die wir hören, ganz genauso.

16. Juli. – Gestern habe ich Dinge gesehen, die mich in große Verwirrung gestürzt haben.

Ich habe bei meiner Cousine Madame Sablé zu Abend gegessen, deren Mann Kommandeur des 76. Jagdregiments in Limoges ist. Außer uns waren da noch zwei junge Frauen, von denen die eine mit einem Arzt verheiratet ist, Doktor Parent, der sich viel mit Nervenkrankheiten und ungewöhnlichen Krankheitserscheinungen befasst, die im Zusammenhang mit den gerade hochaktuellen Experimenten über Hypnose und Suggestion stehen.

Er berichtete uns lang und breit von den erstaunlichen

Ergebnissen, die englische Forscher sowie die Ärzte der Schule von Nancy erzielt haben.

Was er da an neuen Erkenntnissen vortrug, erschien mir so absonderlich, dass ich auf der Stelle lauthals erklärte, das alles nicht glauben zu können.

»Wir sind nahe daran«, behauptete er nachdrücklich, »eines der wichtigsten Geheimnisse der Natur zu entschlüsseln, ja, eines ihrer allerwichtigsten Geheimnisse auf dieser Erde; denn die Natur verfügt ja auch über Geheimnisse da draußen im Sternenhimmel. Seit der Mensch denken kann, seit er in der Lage ist, seine Gedanken auszusprechen und aufzuschreiben, fühlt er sich von einem undurchdringlichen Geheimnis in Bezug auf seine plumpen und höchst unvollkommenen Sinne ummantelt, und so versucht er mithilfe seiner Intelligenz diese Schwächen der Sinnesorgane auszugleichen. Solange diese Intelligenz noch auf einer rudimentären Stufe angesiedelt war, solange hatte diese Angst vor unsichtbaren Erscheinungen recht primitive Formen angenommen. Hieraus sind die diversen Ausprägungen des Volksglaubens in Bezug auf das Übernatürliche entstanden, die Legenden von umherstreifenden Wesen, von den Feen, den Gnomen, den Gespenstern, ja, ich würde so weit gehen zu sagen, dass zu diesen Legenden auch der Glaube an Gott gehört, denn unsere Vorstellung von Gott als einem Schöpfer beziehungsweise einem Handwerker, um welche Religion es da auch gehen mag, das sind doch alles höchst mittelmäßige, dumme, inakzeptable Ausgeburten des ängstlichen Gehirns von schlichten Gemütern. Nichts trifft die Sache besser als Voltaires Diktum: ›Gott hat den Menschen nach seinem Bilde geschaffen, aber der Mensch hat ihm das gebührend heimgezahlt.‹

Aber seit mehr als einem Jahrhundert gibt es nun offenbar eine Vorahnung von etwas Neuem. Mesmer und ein paar andere haben uns auf eine ganz unerwartete Spur gebracht, und auf diesem Weg sind wir tatsächlich seit vier oder fünf Jahren zu höchst überraschenden Ergebnissen gekommen.«

Meine Cousine, die ebenfalls ein recht skeptisches Naturell hat, lächelte. Da sagte Doktor Parent zu ihr: »Madame, wollen Sie, dass ich versuche, Sie in Schlaf zu versetzen?«

»Ja, aber gern.«

Sie setzte sich in einen Sessel und er begann damit, sie mit seinen Augen zu fixieren und in Trance zu versetzen. Ich für meine Person fühlte mich dabei plötzlich etwas unwohl, mein Herz schlug heftiger, und meine Kehle war wie zugeschnürt. Ich konnte sehen, wie die Augen von Madame Sablé schwer wurden, sich ihr Mund verkrampfte und ihre Brust sich schwer hob.

Nach Ablauf von zehn Minuten schlief sie.

»Begeben Sie sich hinter sie«, sagte der Arzt.

Ich setzte mich hinter sie. Er legte eine Visitenkarte zwischen ihre Hände und sagte dabei zu ihr: »Das ist ein Spiegel; wen sehen Sie darin?«

Sie antwortete: »Ich sehe meinen Vetter.«

»Was macht er gerade?«

»Er zwirbelt seinen Schnurrbart.«

»Und jetzt?«

»Er zieht eine Fotografie aus seiner Tasche.«

»Was ist auf dieser Fotografie zu sehen?

»Er selbst.«

Das stimmte! Und diese Fotografie war mir am gleichen Abend erst ins Hotel geliefert worden.

»Und wie ist er auf diesem Porträt dargestellt?«

»Er steht aufrecht da mit seinem Hut in der Hand.«

Sie sah also in dieser Karte, in diesem weißen Stück Karton Dinge, als ob sie in einen Spiegel geblickt hätte.

Voll Schrecken sagten die jungen Frauen: »Aufhören! Aufhören! Hören Sie auf damit!«

Aber der Arzt befahl: »Morgen früh um acht Uhr stehen Sie auf; dann suchen Sie Ihren Vetter in seinem Hotel auf und bitten ihn, Ihnen fünftausend Francs zu leihen, die Ihr Ehemann von Ihnen verlangt und nach denen er Sie bei der Rückkehr von seiner Reise fragen wird.«

Anschließend weckte er sie wieder auf.

Während meines Heimwegs ins Hotel konnte ich an nichts anderes als diese sonderbare Sitzung denken, und Zweifel beschlichen mich, nicht so sehr was diese uneingeschränkte, ungeahnte Gutgläubigkeit meiner Cousine anging, die ich wie eine Schwester kannte, sondern hinsichtlich der Frage, ob der Arzt hier nicht einen Schwindel inszeniert hatte. Hatte er womöglich in seiner Hand einen Spiegel versteckt gehabt, den er der schlafenden jungen Frau zusammen mit der Visitenkarte hingehalten hatte? Die professionellen Zauberkünstler machen ja ähnlich erstaunliche Dinge.

Ich ging also zurück und legte mich schlafen.

Heute früh nun, gegen halb neun, wurde ich von meinem Kammerdiener mit den Worten geweckt:

»Sie haben Besuch von Madame Sablé; sie wünscht Sie unverzüglich zu sprechen.«

In aller Eile zog ich mich an und empfing sie.

Ganz durcheinander, mit gesenktem Blick, nahm sie Platz und sagte zu mir, ohne den Schleier zu heben: »Mein lieber Vetter, ich bin gekommen, um Sie um einen großen Gefallen zu bitten.«

»Worum geht es denn, liebe Cousine?«

»Die Sache ist mir furchtbar peinlich, aber es hilft alles

nichts, ich brauche, ich brauche ganz dringend fünftausend Francs.«

»Nicht möglich, Sie brauchen fünftausend Francs?«

»Ja, wirklich, genauer gesagt mein Mann braucht sie und er hat mich beauftragt, diese aufzutreiben.«

Ich war so verblüfft, dass ich meine eigenen Antworten nur so daherstottern konnte. Ich fragte mich, ob sie sich nicht in Wirklichkeit zusammen mit Doktor Parent über mich lustig machte, ob das Ganze nicht bloß ein Streich war, den sie sich vorher ausgedacht hatten und nun mit mir spielten.

Aber als ich sie genauer anschaute, da zerstoben alle meine Zweifel sogleich. Sie zitterte vor Angst, so peinlich war ihr die ganze Angelegenheit, und ich stellte fest, dass sie nahe daran war, laut aufzuschluchzen.

Nun wusste ich, dass sie sehr reich war, und so sagte ich: »Wie? Ihr Gatte hat keine fünftausend Francs bei der Hand! Nun überlegen Sie doch mal ein wenig. Sind Sie wirklich sicher, dass er Sie beauftragt hat, mich darum zu bitten.«

Sie überlegte ein paar Sekunden, als ob sie sich sehr anstrenge, in ihren Erinnerungen zu kramen, und dann antwortete sie: »Ja … doch … ich bin da ganz sicher.«

»Hat er Ihnen das geschrieben?«

Nochmals zögerte sie und überlegte ein wenig. Ich konnte erraten, welch quälender Vorgang da in ihr ablief. Sie wusste es nicht. Das Einzige, was sie wusste, war die Tatsache, dass sie fünftausend Francs für ihren Mann bei mir ausleihen sollte. Also traute sie sich sogar zu lügen.

»Ja«, sagte sie, »er hat mir geschrieben.«

»Und wann? Sie haben mir gestern gar nichts davon gesagt.«

»Ich habe seinen Brief erst heute früh bekommen.«

»Können Sie ihn mir zeigen?«

»Nein … nein … nein … Da stehen auch ganz private Dinge drin … zu persönliche Dinge … ich habe ihn deshalb verbrannt.«

»Das heißt also, Ihr Mann macht Schulden.«

Wieder zögerte sie, dann murmelte sie:

»Ich weiß nicht.«

Brüsk erklärte ich: »Das Problem ist, meine liebe Cousine, dass ich im Augenblick leider auch keine fünftausend Francs bei mir habe.«

Da stieß sie einen Schrei aus, der deutlich machte, wie sehr sie litt.

»Oh! Oh! Bitte, bitte, treiben Sie das Geld auf.«

In größter Aufregung faltete sie die Hände wie zu einem Gebet zusammen. Ich hörte, wie ihre Stimme die Tonlage wechselte; sie weinte und stammelte, sie stand völlig unter dem unwiderstehlichen Befehl, den sie bekommen hatte und litt große Qualen.

»Oh! Oh! Ich flehe Sie an … Wenn Sie wüssten, wie ich leide, ich brauche die Summe noch heute.«

Ich wurde von Mitleid für sie erfasst.

»Sie bekommen sie, sobald es geht, ich schwöre es Ihnen.«

Da rief sie: »Oh! Danke! Danke! Was für ein guter Mensch Sie doch sind.«

Ich fuhr fort und sagte: »Erinnern Sie sich an das, was sich gestern bei Ihnen abgespielt hat?«

»Ja.«

»Erinnern Sie sich auch, dass Doktor Parent Sie eingeschläfert hat?«

»Ja.«

»Nun gut; er hat Ihnen aufgetragen, mich heute Vormittag aufzusuchen und mich um fünftausend Francs zu bitten, und diesen in Trance erhaltenen Auftrag führen Sie gerade aus.«

Sie dachte ein paar Sekunden nach und antwortete dann: »Aber wenn es doch mein Mann ist, der um das Geld bittet!«

Eine ganze Stunde lang versuchte ich sie zu überzeugen, aber es gelang mir nicht.

Als sie dann gegangen war, begab ich mich eilig zu dem Arzt. Er war gerade dabei, sein Haus zu verlassen und hörte mir lächelnd zu. Dann sagte er: »Na, glauben Sie mir jetzt?«

»Ja, es bleibt mir wohl nichts anderes übrig.«

»Na, dann suchen wir jetzt mal Ihre Verwandte auf.«

Sie lag schon dösend auf einer Chaiselongue; so sehr hatte sie der Besuch bei mir mitgenommen. Der Arzt fühlte ihren Puls, musterte sie eine Zeit lang und richtete dabei eine Hand auf ihre Augen, die sie allmählich unter dem unwiderstehlichen Druck dieser magnetischen Macht schloss.

Als sie eingeschlafen war, sagte er: »Ihr Mann braucht die fünftausend Francs nicht mehr! Sie werden nun also vergessen, dass Sie ihren Vetter um diese Summe gebeten haben, und sollte er das Gespräch darauf bringen, so werden Sie kein Wort davon verstehen.«

Danach weckte er sie wieder. Ich zog eine Geldbörse aus meiner Tasche mit den Worten: »Hier, liebe Cousine, da ist das Geld, um das Sie mich heute früh gebeten haben.«

Sie war so überrascht, dass ich nicht wagte, auf dieser Sache weiter herumzureiten. Aber ich versuchte ihrem Gedächtnis auf die Sprünge zu helfen; sie indessen bestritt alles ganz massiv, glaubte nun ihrerseits an einen üblen

Scherz meinerseits und war am Ende nahe daran, mir die Sache übel zu nehmen.

****

So, nun bin ich wieder zurück; ich war nicht in der Lage einen Bissen zu mir zu nehmen, so sehr hat mich dieses Experiment durcheinandergebracht.

19. Juli. – Viele der Leute, denen ich dieses Abenteuer erzählt habe, haben sich über mich lustig gemacht. Nun weiß ich überhaupt nicht mehr, was ich denken soll. Der Weise sagt: »Vielleicht?«

21. Juli. – Ich war zum Abendessen in Bougival, den restlichen Abend habe ich auf dem Ball der Ruderer verbracht. Es ist schon wahr: Alles hängt vom jeweiligen Ort und der Umgebung ab, wo man sich gerade befindet. Auf der Île de la Grenouillière ans Übernatürliche zu glauben, das wäre der Gipfel der Narretei … Aber auf den Zinnen des Mont Saint-Michel? … Aber in Indien? … Wir sind auf ganz schreckliche Weise Sklaven der uns umgebenden Einflüsse. Ich werde nächste Woche die Heimreise antreten.

30. Juli. – Seit gestern bin ich wieder zurück in meinem Haus. Alles ist in bester Ordnung.

2. August. – Keinerlei Neuigkeiten; das Wetter ist herrlich. Tagein, tagaus sitze ich da und schaue zu, wie die Seine vorüberfließt.

4. August. – Streitereien unter den Hausangestellten. Sie beschuldigen sich gegenseitig, des Nachts die Gläser in den Schränken zu zerbrechen. Der Kammerdiener bezichtigt die Köchin dieser Tat, die ihrerseits die Wäscherin anklagt, die die beiden anderen in Verdacht hat. Wer ist nun wohl der Schuldige? Wirklich schwer zu sagen!

6. August. – Dieses Mal bin ich aber nicht verrückt … Ich habe es gesehen! Ich habe es gesehen! … Ich habe es mit eigenen Augen gesehen! Ich kann nun nicht mehr zweifeln … Ich habe es gesehen! … Mich fröstelt es noch bis in die Fingerspitzen … Die Angst steckt noch in mir, bis tief ins Mark hinein … Ich habe es gesehen! …

Um zwei Uhr bin ich bei strahlendem Sonnenschein in meinem Beet im Rosengarten herumgegangen … in der Reihe der Herbstrosen, die nun so langsam anfangen zu blühen.

Als ich nun vor einem *Géant-des-Batailles*-Strauch mit drei wunderbaren Blüten stehen blieb, um ihn in Ruhe anzuschauen, sah ich, sah ich ganz genau in meiner Nähe, wie der Stängel einer dieser Rosen auf einmal zusammenknickte, als ob eine unsichtbare Hand ihn mit Gewalt gedreht hätte, und danach brach die Blüte vom Stängel ab, als wenn diese Hand sie gepflückt hätte. Danach schwebte die Blüte davon und machte dabei die gleiche Kurve, die auch ein Arm gemacht hätte, der sie zum Mund geführt hätte, und sie verharrte so in der klaren Luft, ganz allein, unbeweglich, wie ein schrecklicher roter Fleck, nur drei Schritte von meinen Augen entfernt.

Völlig verdutzt sprang ich der Blüte nach, um sie zu fassen! Aber ich griff ins Leere; nichts; sie war verschwunden. Da wurde ich von einer wilden Wut gegen mich selbst ergriffen; denn es ist einem vernunftbegabten, ernsthaften Menschen nicht erlaubt, sich solchen Halluzinationen hinzugeben.

Aber war es denn überhaupt eine Halluzination? Ich drehte mich um, um den Stängel zu suchen, und fand ihn auch sofort am Strauch, mit einer frisch abgebrochenen Stelle, zwischen den zwei anderen Rosenblüten, die noch unversehrt am Zweig hingen.

Vollkommen fassungslos ging ich zum Haus zurück, denn nun bin ich sicher, so sicher wie die Nacht auf den Tag folgt, dass es in meiner Nähe ein unsichtbares Wesen gibt, das sich von Wasser und Milch ernährt, das die konkreten Dinge berühren, sie ergreifen und wegtragen kann, das also, obwohl es für unsere Sinne nicht wahrnehmbar ist, mit einer konkreten Natur ausgestattet ist, und dieses Wesen wohnt mit mir zusammen, mit mir unter diesem meinem Dach ...

7. August. – Ich habe ruhig geschlafen. Er hat das Wasser meiner Karaffe getrunken, aber meinen Schlaf hat er nicht gestört.

Ich frage mich, ob ich verrückt bin. Beim Spazierengehen soeben, am Ufer entlang, in der prallen Sonne, da sind bezüglich meines Verstandes Zweifel in mir hochgekommen, keine undeutlichen Zweifel, wie ich sie bisher hatte, sondern ganz konkrete, grundsätzliche. Ich habe in meinem Leben schon manche verrückten Leute gesehen; ich habe einige kennengelernt, die mit Ausnahme eines Bereichs ihres Verstandes mit Intelligenz, Scharfsinn, ja in allen Dingen des Lebens mit Weitblick ausgestattet waren. Sie sprachen über alles mit großer Klarheit, geistiger Wendigkeit, voller Tiefsinn, und plötzlich, wenn ihr Denken an die Klippe ihres Wahnsinns anstieß, dann zerschellte es in tausend Stücke, zersplitterte und versank in diesem schrecklichen und wilden Meer, das gefüllt ist mit mächtig springenden

Wogen, Nebeln, Windstößen, und das man »Demenz« nennt.

Ich würde mich ganz sicher für verrückt, für total verrückt halten, wenn ich mir meines Zustands nicht gleichzeitig so bewusst wäre, wenn ich ihn nicht so genau durchschauen würde, wenn ich ihn nicht mit völliger Klarsicht erforschen und analysieren würde. Sollte ich also schließlich und endlich nichts anderes sein als ein Mensch, der unter Halluzinationen leidet, über die er gleichzeitig auch nachdenkt? In meinem Gehirn hätte sich also eine bislang unbekannte Störung eingestellt, eine jener Störungen, an deren Benennung und Abklärung heutzutage die Physiologen arbeiten; und diese Störung hätte zu einer weitreichenden Spaltung in meinem Verstand, in der Anordnung und logischen Funktionsweise meiner Gedanken geführt. Ähnliche Phänomene kommen auch in der Welt der Träume vor, die uns durch völlig unwahrscheinliche Wahngebilde führt, ohne dass wir hiervon besonders überrascht wären, weil nämlich der für die Überprüfung zuständige Teil des Gehirns, weil unser Kontrollapparat eingeschläfert ist, während auf der anderen Seite der für die Fantasie zuständige Teil des Gehirns völlig wach ist und arbeitet. Sollte also eine dieser unbekannten Tasten der zerebralen Klaviatur bei mir gelähmt sein? Es kommt ja auch schon mal vor, dass Menschen infolge von Unfällen die Fähigkeit verlieren, sich an Eigennamen, an Wörter, Zahlen oder auch nur an bestimmte Daten zu erinnern. Mittlerweile kennt man ja den genauen Ort aller für das Denken zuständigen Hirnparzellen. Unter diesen Umständen ist es vielleicht gar nicht besonders ungewöhnlich, dass die Fähigkeit, mit der man normalerweise feststellen kann, dass bestimmte Erscheinungen Halluzinationen sind und nicht der Realität angehören, bei mir im Augenblick radikal gestört ist!

An all das musste ich denken, während ich am Flussufer entlangging. Die Sonne ließ den Fluss in seiner ganzen Helligkeit und die Erde in ihrer Zartheit erstrahlen, sie erfüllte mein Auge mit Lust am Leben, mit Freude an den Schwalben, deren Gewandtheit beim Fliegen immer schon eine Augenweide für mich war, sie ließ mich die Ufergräser genießen, deren Rascheln immer schon Musik in meinen Ohren war.

Allmählich machte sich allerdings in mir ein unerklärliches Unwohlsein breit. Eine Kraft, eine – so schien es mir – dunkle Kraft lähmte mich, bremste mich, hinderte mich daran, weiterzugehen, rief mich ins Haus zurück. Ich empfand dieses schmerzliche Bedürfnis, zurückzugehen, das einen bedrückt, wenn man einen geliebten kranken Menschen in der Wohnung zurückgelassen hat und von der Sorge überfallen wird, dessen Zustand könnte sich in der Zwischenzeit verschlechtert haben. Unwillkürlich ging ich also zurück, war fast sicher, im Haus irgendeine schlimme Nachricht, einen Brief oder eine Depesche vorzufinden. Aber nichts Derartiges lag vor, und das überraschte und beunruhigte mich noch mehr, als wenn ich wieder eine dieser absonderlichen Erscheinungen gehabt hätte.

8. August. – Der gestrige Abend war schauerlich. Mein Besucher zeigt sich nicht mehr, aber ich spüre, dass er sich in meiner Nähe aufhält, dass er mich belauert, dass er mir bei allem zuschaut, dass er mich durch und durch mustert, dass er mich beherrscht und dass er sich durch nichts zu erkennen gibt, was noch viel schlimmer ist, als wenn er mir durch übernatürliche Erscheinungen seine unsichtbare und beständige Anwesenheit deutlich anzeigen würde.

Aber geschlafen habe ich, immerhin.

9. August. – Nichts; aber ich habe Angst.

10. August. – Nichts; was wird morgen wohl passieren?

11. August. – Immer noch nichts, mit dieser Angst im Leib und dieser fixen Idee in der Seele halte ich es hier bei mir nicht länger aus; ich werde abreisen.

12. August. – 10 Uhr abends. – Den ganzen Tag über wollte ich weg von hier; aber ich hab es einfach nicht geschafft. Ich wollte diesen so leichten, so einfachen Akt der Freiheit – aus dem Haus gehen und in meine Kutsche einsteigen, um nach Rouen zu fahren – in die Tat umsetzen, und war dazu nicht in der Lage. Aber warum nur?

13. August. – Wenn man einmal bestimmte Krankheiten aufgeschnappt hat, dann scheinen alle inneren Triebfedern des Körpers zerbrochen, die gesamte Energie ausgelöscht, alle Muskeln völlig kraftlos, die Knochen so weich wie das Fleisch und das Fleisch so flüssig wie Wasser. Ich empfinde dies in meinem Inneren auf ganz sonderbare und deprimierende Weise. Ich habe keinerlei Kraft mehr, keinen Mut, keine Macht über mich, ich bin nicht einmal so stark, meinen eigenen Willen in Gang zu setzen. Ich habe nicht länger die Kraft zum Wollen; mein Wille wird stattdessen von einem anderen bestimmt, und ich gehorche nur noch.

14. August. – Ich bin verloren! Irgendjemand hat von meiner Seele Besitz ergriffen und herrscht über sie! Da ist einer, der alle meine Handlungen, alle meine Bewegungen, alle meine Gedanken kommandiert. Ich habe in meinem eigenen Inneren nichts mehr zu melden, bin nur noch ein versklavter und verschreckter Zuschauer all der Dinge, die ich so tue. Ich will ausgehen. Und ich kann es nicht. Er will es nicht; und so bleibe ich, völlig hilflos und zitternd in dem Sessel sitzen, wo er mich gefangen hält. Ich möchte eigentlich nur aufstehen, mich erheben, um mich wenigstens so im Glauben zu wiegen, noch Herr meiner selbst zu sein. Ich kann es aber nicht! Ich bin wie festgenagelt an meinen Stuhl; und mein Stuhl ist so festgewachsen am Fußboden, dass keine Macht der Welt uns von diesem Platz entfernen könnte.

Dann, mit einem Male, muss ich, muss ich, muss ich wie aus einem inneren Zwang heraus in meinen Garten gehen, um Erdbeeren zu pflücken und sie zu essen. Und ich gehe wirklich. Ich pflücke Erdbeeren und esse sie! Oh mein Gott! Mein Gott! Mein Gott! Gibt es überhaupt einen Gott? Wenn es ihn gibt, erlöse mich, lieber Gott im Himmel, rette mich, hilf mir! Verzeih mir! Habe Mitleid mit mir! Erbarme dich meiner! Rette mich! Oh! Was für ein Leiden! Welche Qualen! Welch Schrecken!

15. August. – Bestimmt war meine arme Cousine auch so besessen und fremdbestimmt, als sie mich aufgesucht hat, um die fünftausend Francs von mir auszuleihen. Sie litt unter der Tatsache, dass ein fremder Wille in sie eingedrungen war, wie eine zweite Seele, die in ihr als Schmarotzer und Herrscher wirkte. Sind wir womöglich am Ende der Welt angekommen?

Aber der, der mich beherrscht, wer ist er wohl, dieser Unsichtbare? Dieser Unerforschliche? Dieses durch die Welt streifende Exemplar einer übernatürlichen Rasse?

Es gibt sie also, unsichtbare Wesen! Aber warum nur sind sie, seit es die Welt gibt, nicht früher so deutlich aufgetreten, wie sie es nun mit mir treiben? Noch nie habe ich irgendwo etwas in der Richtung gelesen, das dem ähnelt, was sich unter meinem Dach abgespielt hat. Ach, könnte ich nur mein Haus verlassen, weggehen, fliehen und nie mehr zurückkehren. Dann wäre ich gerettet; aber genau das kann ich nicht.

16. August. – Heute ist es mir gelungen, für zwei Stunden auszureißen, wie ein Sträfling, der zufällig die Tür seines Gefängnisses offen vorfindet. Ich habe gespürt, dass ich plötzlich frei war und dass er weit weg von mir war. Ich ließ schnell anspannen und bin nach Rouen gefahren. Oh! Wie schön es doch ist, zu jemandem sagen zu können: »Fahren Sie mich nach Rouen!«, und der gehorcht auch noch.

Ich habe mich vor der Bibliothek absetzen lassen und mir dort die große Abhandlung von Doktor Hermann Herestauss über die unbekannten Lebewesen in Antike und Neuzeit ausgeliehen.

Doch in dem Augenblick, als ich wieder in meine Kutsche einstieg, wollte ich eigentlich sagen: »Zum Bahnhof!« Gesagt habe ich aber, nein, geschrien habe ich so laut, dass sich sogar die Leute auf der Straße umgedreht haben: »Zurück nach Hause!«, und bin, von panischer Angst befallen, ins Kissen meiner Kutsche hineingeplumpst. Er hatte mich wiedergefunden und sogleich wieder fest an seine Kandare genommen.

17. August. – Ach! Was für eine Nacht! Was für eine Nacht! Dabei hätte ich eigentlich Grund zur Freude. Bis ein Uhr nachts habe ich gelesen! Hermann Herestauss, ein promovierter Fachmann der Philosophie und der Götterkunde, hat die Geschichte und die Erscheinungsarten aller unsichtbaren Wesen verfasst, die tatsächlich oder in Form von Träumen im Umkreis des Menschengeschlechts herumgestreift sind. Er schildert ihre Herkunft, ihren Wirkungsbereich, ihre Macht. Aber keiner von ihnen allen ähnelt dem, der mich heimsucht. Es hat den Anschein, dass der Mensch, seit er denken kann, die Ankunft eines neuen Wesens gespürt und befürchtet hat, eines Wesens, das stärker ist als er und das nach ihm die Herrschaft über die Welt gewinnen wird. Und da der Mensch die Nähe dieses Wesens gespürt hat, aber die genaue Beschaffenheit dieses neuen Weltherrschers nicht vorhersehen konnte, hat er sich in all seinem Schrecken diese absonderlichen Heerscharen von fantastischen Wesen, diese undefinierbaren Ausgeburten der Angst selbst ausgedacht.

Bis ein Uhr früh hatte ich also gelesen und danach habe ich mich ans offene Fenster gesetzt, um mein Gesicht und mein Gehirn im sanften Wind der Dunkelheit zu erfrischen.

Die Luft war angenehm und mild! Früher hätte mich eine Nacht wie diese in einen Zustand absoluter Seligkeit versetzt!

Kein Mond am Firmament. Weit oben am schwarzen Himmel waren Sterne zu sehen, die glitzerten und zuckten. Wer wird wohl diese Welten bewohnen? Welche Formen von Leben, welche Tiere, welche Pflanzen existieren dort wohl? Die Wesen, die in diesen fernen Universen leben und denken können, sind sie intelligenter als wir? Mächtiger als wir? Über welche Instrumente der Erkenntnis verfügen sie, die wir hier nicht besitzen? Wird vielleicht eines von ihnen eines baldigen oder künftigen Tages den Weltenraum durchqueren und schließlich auf unserer Erde erscheinen, um sie zu erobern, so wie die Normannen einst das Meer überquerten, um schwächere Völker, als sie es waren, zu unterjochen?

Wir sind so schwach, so machtlos, so arm an Wissen, so nichtig, wir Menschen, die wir auf diesem Staubkorn leben, das sich in einem Wassertropfen auflöst.

Ganz solchen Träumereien hingegeben, bin ich im frischen Wind der Nacht etwas eingenickt.

Nachdem ich ungefähr vierzig Minuten geschlafen hatte, machte ich, von einer schwer benennbaren dunklen und bizarren Gefühlsregung aufgeweckt, ohne mich zu bewegen, die Augen wieder auf. Erst sah ich gar nichts, dann schien es mir plötzlich, als würde sich eine Seite des Buches, das immer noch offen auf meinem Tisch dalag, von selbst umblättern. Durchs Fenster war nicht der geringste Windhauch hereingekommen. Nach weiteren vier Minuten etwa sah ich, sah ich, ja, sah ich mit meinen eigenen Augen, wie eine weitere Seite hochklappte und auf die vorherige niederfiel, ganz so, als wenn ein Finger sie umgeblättert hätte. Mein Sessel war leer, schien jedenfalls leer; aber mir war sofort klar, dass er da war, auf meinem Platz saß und las. Mit einem wilden Sprung, mit einem Satz, den ein gereiztes Raubtier macht, um seinen Dompteur zu zerreißen, durchquerte ich das Zimmer, um ihn zu packen, um ihn zu erwürgen, um ihn zu töten! ... Aber noch bevor ich meinen Stuhl erreichte, fiel er um, so als ob jemand vor mir davongelaufen wäre ... mein Tisch wackelte, die Lampe fiel herab und verlosch, und das Fenster schloss sich, als wenn ein ertappter Übeltäter in die Nacht hinausgesprungen wäre und sich dabei an beiden Fensterflügeln festgehalten hätte.

Er war also geflohen; er hatte Angst gehabt, Angst vor mir, er!

So ... so ... morgen ... oder übermorgen ... oder ein anderes Mal ... werde ich ihn also zwischen die Finger kriegen und dann am Boden zerschmettern! Beißen nicht auch Hunde manchmal ihre Herren und bringen sie um?

18. August. – Den ganzen Tag über habe ich nachgedacht ... Oh ja, ich werde ihm gehorchen, seine Befehle ausführen, alle seine Wünsche erfüllen; ich werde mich demütig, unterwürfig, feige stellen. Er ist nun mal der Stärkere. Aber meine Stunde wird kommen ...

19. August. – Ich weiß ... ich weiß ... ich weiß jetzt alles! Soeben habe ich Folgendes in der ›Revue du Monde Scientifique‹ gelesen: »Aus Rio de Janeiro erreicht uns eine ziemlich sonderbare Nachricht. Eine spezielle Geisteskrankheit, die sich epidemisch ausbreitet und den ansteckenden Demenzkrankheiten ähnelt, die im Mittelalter die Länder Europas heimgesucht haben, wütet derzeit in der Provinz von São Paulo. Die davon befallenen Bewohner der Gegend verlassen ihre Häuser, ziehen aus ihren Dörfern weg, kümmern sich nicht länger um ihre Äcker und Felder, behaupten, von unsichtbaren, aber spürbaren Wesen besessen zu sein, ja, in geradezu tierischer Abhängigkeit beherrscht zu werden von einer Art Vampiren, die sich, während sie schlafen, von ihren Lebenssäften ernähren, und die außerdem Wasser und Milch trinken, offenbar ohne irgendwelche anderen Lebensmittel anzurühren.

Professor Don Pedro Henriques ist in Begleitung mehrerer in der Forschung tätiger Ärzte in die Provinz von São Paulo gereist, um die Ursprünge und die Erscheinungsformen dieser überraschenden Art des Wahnsinns vor Ort zu erforschen und dem Kaiser daraufhin Vorschläge zu unterbreiten, mit welchen Maßnahmen man am besten diese außer Rand und Band geratenen

Bevölkerungsgruppen wieder zur Vernunft bringen könnte.«

Aha! Aha! Ich erinnere mich genau, ich erinnere mich an den schönen brasilianischen Dreimaster, der unter meinen Fenstern die Seine hinaufgefahren ist, am 8. Mai dieses Jahres. Und wie schön, wie weiß, wie heiter er sich in meinen Augen ausgenommen hatte! Das fragliche Lebewesen war auf diesem Schiff, das ja von dort, wo seine Rasse entstanden ist, herkam! Und er hat mich gesehen! Er hat auch mein weißes Haus gesehen; und dann ist er vom Schiff ans Ufer gesprungen. Oh mein Gott!

Nun ist mir alles klar, ich habe das Rätsel durchschaut. Die Herrschaft des Menschen ist zu Ende.

Er ist gekommen, ER, dessen Ankunft schon die primitiven Völker voller Angst erwartet hatten, ER, den die besorgten Priester mit Riten auszutreiben versuchten, den die Zauberer in finsteren Nächten beschworen, ohne ihn je gesehen zu haben, ER, dem die Vorahnungen der verschiedenen geistlichen Führer der Welt alle monströsen oder anmutigen Formen von Gnomen, Geistern, Feen, Kobolden verliehen hatten. Nach den grobschlächtigen Vorstellungen der Ängste der menschlichen Frühzeit sind hellsichtigere Denker auf den Plan getreten und haben ihn mit größerer Klarheit vorhergesehen. Mesmer hatte ihn durchschaut, und seit mittlerweile zehn Jahren haben auch die Ärzte recht genau die Natur seiner Macht erkannt, bevor er selbst sie überhaupt ausgeübt hat. Sie haben mit dieser Waffe des neuen Weltherrschers gespielt, nämlich der machtvollen Inszenierung eines geheimnisvollen Willens über die menschliche Seele, die zu einem Sklavendasein herabsinkt. Sie haben das Magnetismus oder Hypnose oder auch Suggestion genannt ... und was sonst noch alles! Ich habe gesehen, wie sie sich wie unvorsichtige Kinder mit dieser schrecklichen Macht verlustiert haben! Ein Unglück hat uns ereilt! Ein Unglück hat die Menschheit ereilt! Er ist gekommen, er … er … ja wie heißt er wohl … dieser … ja … es kommt mir so vor, als würde er mir seinen Namen zuschreien, und doch kann ich ihn nicht hören … er … ja … er schreit ihn … ich höre zu … ich kann nicht … er wiederholt … es ist … der … Horla … Ich habe es gehört … der Horla … ja das ist er … der Horla … er ist da! …

Ach! der Geier hat die Taube gefressen, der Wolf das Lamm; der Löwe hat den Büffel mit den spitzen Hörnern verzehrt; der Mensch hat den Löwen mit Pfeil, Schwert und Pulver getötet; aber der Horla wird die Menschen zu dem machen, was wir aus dem Pferd und dem Rind gemacht haben: sein Eigentum, seinen Diener und seine Nahrung, und das alles einzig und allein mithilfe seiner Willenskraft. Unglück über uns!

Das Tier begehrt immerhin in vereinzelten Fällen auf und tötet den, der es gezähmt hat … auch ich will … auch ich werde dazu in der Lage sein … aber erst einmal muss man ihn kennen, ihn zwischen die Finger bekommen, ihn sehen! Die Gelehrten sagen uns, dass das Auge der Tiere, das ja anders gebaut ist als das unsrige, die Dinge nicht in der gleichen Weise wahrnimmt wie unseres … Und nun können meine Augen den Neuankömmling, der mich unterdrückt, auch nicht wahrnehmen.

Warum nur? Oh! Mir kommen jetzt die Worte des Mönchs auf dem Mont Saint-Michel wieder in den Sinn: »Sind wir denn überhaupt in der Lage, den hunderttausendsten Teil der Dinge, die es auf der Erde gibt, mit unseren Augen wahrzunehmen? Nehmen wir zum Beispiel nur mal den Wind, der die größte Kraft der Natur darstellt, der Menschen umwerfen kann, Gebäude zum Einstürzen bringt, Bäume entwurzelt, das Meer zu gigantischen Wassermassen aufpeitscht, Felswände zerstört, und die größten Schiffe auf verborgene Klippen wirft, dieser Wind, der tötet, pfeift, ächzt, brüllt – haben Sie ihn denn schon einmal gesehen, können Sie ihn sehen? Und dennoch gibt es ihn.«

Ich blieb noch weiter in meinen Gedanken versunken: Mein Auge ist so schwach, so unvollkommen, dass es nicht einmal feste Körper, wenn sie so durchsichtig sind wie Glas, wahrnehmen kann! ... Wenn ich beim Gehen auf ein Stück Spiegelglas ohne Spiegelfolie als Hindernis treffe, dann stoße ich damit genauso zusammen, wie ein Vogel, der sich in ein Zimmer verirrt hat, sich den Kopf an den Fensterscheiben anschlägt. Außerdem täuschen tausend Dinge meine Augen und lenken sie in die Irre. Kein Wunder also, dass sie nicht in der Lage sind, einen neuen Körper, den das Licht durchdringt, wahrzunehmen.

Ein neues Wesen! Warum soll es so etwas nicht geben? Natürlich musste es kommen! Wo steht denn geschrieben, dass wir die letzten in der Geschichte sein würden. Wir können es nicht wahrnehmen; geht es uns also genauso wie den Geschöpfen vor uns? Freilich, sein Wesen ist noch eine Stufe vollkommener, sein Körper ist noch einen Schritt feiner und besser gearbeitet als der unsere, während der unsere so schwach, so ungeschickt gebaut, mit ständig überarbeiteten Organen belastet, in seinem Funktionsapparat dauernd überfordert ist, der wie eine Pflanze und wie ein Tier lebt, indem er sich mühsam von Luft, von Pflanzen und Tierfleisch ernährt; unser Körper ist doch bloß eine mittelmäßige Maschine aus Fleisch und Blut, anfällig für Krankheiten, Missbildungen, für Verwesung, mit schlechter Atemapparatur, ein durch und durch schlecht organisierter, mit schwachem und absonderlichem Denkvermögen ausgestatteter, verkorkster, zugleich plumper und schwächlicher Organismus, kurzum, er ist nicht mehr als der Entwurf zu einem Lebewesen, das das Zeug dazu hätte, intelligent und großartig zu werden.

Wir sind zahlenmäßig eine überschaubare Menge auf dieser Welt, und von der Qualität her eine ziemlich unbedeutende Größe auf diesem Weg von der Auster zum Menschen. Warum sollte es in dieser Entwicklungsgeschichte der Lebewesen nicht ein weiteres Wesen geben, nachdem die Periode abgeschlossen ist, in der sich allmählich die verschiedenen Gattungen herausgebildet haben?

Warum nicht ein Wesen mehr? Warum nicht auch andere Baumsorten mit riesigen, prächtigen Blüten, die ihren Duft über ganze Landschaften verströmen? Warum soll es nicht auch weitere Elemente geben als nur Feuer, Luft, Erde und Wasser? – Es sind nur vier, nicht mehr als vier, diese Nährväter aller Lebewesen! Wie ärmlich das doch im Grunde ist! Warum gibt es nicht vierzig, vierhundert, oder viertausend Elemente? Wie ist die Welt doch arm, schäbig, elend ausgestattet! So kärglich ausgerüstet, so anspruchslos erfunden, so tollpatschig ausgearbeitet! Ach! Wie anmutig sind dagegen doch der Elefant oder das Nilpferd! Wie elegant ist doch das Kamel!

Aber was ist das schon im Vergleich zum Schmetterling, werden Sie sagen? Eine fliegende Blume! Ich male mir im Geiste einen Schmetterling aus, der hundertmal so groß ist wie das Universum, mit Flügeln, für deren Form, Schönheit, Farbe und Bewegung es keine Worte gibt. Aber ich sehe ihn vor mir … er fliegt von einem Stern zum nächsten und erfrischt sie alle, erfüllt sie in wundersamer Weise mit dem Duft seines harmonischen und leichten Fluges! ... Und die Bewohner dieser Welten da oben schauen zu, wie er vorbeifliegt und sind selig, einfach hingerissen! ...

****

Was habe ich nur? Er ist es, er, der Horla, der mich dauernd heimsucht, der mich dazu bringt, diese Narreteien zu denken! Er steckt in mir, er tritt an die Stelle meiner Seele; ich werde ihn umbringen!

19. August. – Ich werde ihn töten. Nun habe ich ihn gesehen! Gestern Abend habe ich mich an meinen Tisch gesetzt, und tat so, als schriebe ich mit großer Hingabe. Mir war natürlich klar, dass er um mich herumscharwänzeln würde, ganz in meiner Nähe, so nahe, dass ich ihn vielleicht berühren, ergreifen könnte? Und dann! ... Ja, dann wäre sie in mir, die Macht der Verzweiflung; ich hätte meine Hände, meine Knie, meine Brust, meine Stirn, meine Zähne, um ihn zu erwürgen, ihn zu erdrücken, ihn zu zerbeißen, ihn zu zerreißen.

Und ich war auf der Hut, mit allen meinen überreizten Sinnesorganen.

Ich hatte meine zwei Lampen und die acht Kerzen auf meinem Kamin angezündet, so als hätte ich ihn in dieser Helligkeit gut erkennen können.

Mir gegenüber stand mein Bett, ein altes Himmelbett aus Eichenholz; mir zur Rechten der Kamin; zu meiner Linken die Zimmertür, die sorgfältig abgeschlossen war, nachdem ich sie lange bewusst offen gelassen hatte, um ihn herbeizulocken; hinter mir ein sehr hoher Spiegelschrank, der mir tagtäglich gute Dienste leistete, beim Rasieren, beim Anziehen, und in den ich ganz routinemäßig hineinschaute, vom Kopf bis zu den Füßen, wann immer ich an ihm vorbeikam.

Ich tat also so, als würde ich etwas schreiben, um ihn auf diese Weise zu überlisten, denn er spähte mich auch aus; und plötzlich fühlte ich mit absoluter Gewissheit, dass er mir über die Schulter sah und las, dass er da war und mein Ohr leicht streifte.

Ich richtete mich auf, mit ausgestreckten Händen, und drehte mich so schnell um, dass ich beinahe hingefallen wäre. Und nun? ... Man konnte so gut sehen wie am hell-lichten Tag, und doch sah ich mich nicht in meinem eigenen Spiegel! ... Er war leer, hell erleuchtet, tiefgründig, voller Licht! Aber mein Abbild war nicht darin ... und dabei stand ich doch direkt davor! Ich inspizierte die große durchsichtige Glasfläche von oben bis unten. Und ich schaute hin und schaute her, mit völlig entgeistertem Blick; und ich traute mich nicht einen Schritt nach vorn zu tun, auch nur eine weitere Bewegung zu machen, obwohl ich genau merkte, dass er da war, aber dass er mir womöglich noch einmal entwischen könnte, er, dessen unsichtbarer Körper mein eigenes Spiegelbild verschluckt hatte.

Wie ich mich fürchtete! Dann gelang es mir, mich plötzlich ganz langsam wie in einem Dunstschleier, ganz am Grunde des Spiegels zu erblicken, in einem Nebel, der wie eine Wasserschicht aussah; und es schien mir, dass dieses Wasser langsam von links nach rechts schwappte und so, von Sekunde zu Sekunde, mein Bild immer schärfer hervortreten ließ. Es war wie das Ende einer Sonnenfinsternis. Was mich überdeckte, schien keine klaren Konturen aufzuweisen, sondern vielmehr eine Mischung von Durchsichtigkeit und Dunkelheit, die sich allmählich aufhellte.

Zu guter Letzt konnte ich mich voll und ganz erkennen, so wie ich es jeden Tag mache, wenn ich mich darin betrachte.

Nun habe ich ihn also gesehen! Der Schauder steckt mir noch in den Gliedern, ich schlottere immer noch vor Angst.

20. August. – Ihn töten, aber wie? Wo ich es doch nicht schaffe, ihn zu fassen zu bekommen? Mit Gift? Aber er würde mir ja dabei zuschauen, wie ich das Gift ins Wasser hineinschütten würde; und dann ist ja noch die Frage, ob unsere Gifte überhaupt schädlich für seinen unsichtbaren Körper sind? Nein … nein … Gift ist nicht die Lösung … Aber was dann? Was dann?

21. August. – Ich habe einen Schlosser aus Rouen kommen lassen und ihn damit beauftragt, an meinem Schlafzimmer eiserne Fensterläden anzubringen, so wie es manche besonders feine Anwesen in Paris im Erdgeschoss haben, aus Angst vor Einbrechern. Außerdem wird er mir eine Tür aus gleichem Material bauen. Ich habe mich aufgeführt wie der schlimmste Hasenfuß, aber was kümmert's mich! …

✳✳✳✳✳✳✳✳

10. September. – Rouen, »Hôtel Continental«. Die Sache ist erledigt … die Sache ist erledigt … Aber ist er auch wirklich tot? Ich bin noch völlig durcheinander von all dem, das ich gesehen habe.

Gestern also, nachdem der Schlosser die Läden an den Fenstern angebracht und die eiserne Zimmertür eingebaut hatte, ließ ich bis Mitternacht alles offen, obwohl es mit der Zeit von draußen schon kalt hereinkam.

Plötzlich habe ich gespürt, dass er da war, und da hat mich Freude, eine wahnsinnige Freude erfasst. Langsam bin ich aufgestanden, bin mal nach links, dann wieder nach rechts gegangen, das Ganze eine Zeit lang, sodass er nichts erraten konnte; dann habe ich wie nebenbei meine Schnürstiefel aus- und meine Hausschuhe angezogen; dann habe ich den eisernen Fensterladen zugemacht und bin ganz gemütlich zur Tür gegangen und habe diese mit zwei Umdrehungen verschlossen. Danach bin ich wieder zum Fenster marschiert und habe es mit einem Vorhängeschloss noch weiter versperrt; den Schlüssel habe ich in meine Hosentasche gesteckt.

Plötzlich habe ich gemerkt, dass er um mich herumtigerte, dass er seinerseits auch Angst hatte, dass er von mir verlangte, dass ich ihn hinausließ. Beinahe hätte ich ihm nachgegeben; aber das tat ich dann doch nicht, sondern lehnte mich mit dem Rücken an die Tür, öffnete sie einen Spalt, gerade so weit, dass ich rückwärts gehend hindurchkam; und da ich sehr groß bin, stieß ich mit meinem Kopf leicht am Türsturz an. Ich war mir sicher, dass er bei dieser Gelegenheit nicht entwischen konnte und so sperrte ich ihn ganz allein, ganz allein im Zimmer ein! Was für eine Freude! Jetzt war er mir in die Falle gegangen! Schnell lief ich die Treppe hinab, nahm im Wohnzimmer, das unter dem Schlafzimmer liegt, meine beiden Öllampen und verschüttete das ganze Öl über den Teppich, die Möbel, überallhin; dann zündete ich das Öl an und ging, nachdem ich noch die große Haustür gewissenhaft mit zwei Umdrehungen des Schlüssels abgesperrt hatte, schnell aus dem Haus.

Dann versteckte ich mich weit hinten im Garten, in einem dichten Lorbeerstrauch. Meine Güte, hat das aber lang gedauert! Eine Ewigkeit! Alles war schwarz, stumm, reglos; kein Lufthauch, kein Stern am Himmel, nur Berge von Wolken, die man aber nicht sehen konnte, die mir aber schwer, sehr schwer auf der Seele lagen.

Ich beobachtete mein Haus und wartete. Und das dauerte und dauerte! Schon war mir der Verdacht gekommen, das Feuer wäre von selbst wieder ausgegangen, oder dass vielleicht ER es ausgetreten haben könnte, ER, als auf einmal eines der unteren Fenster unter dem Druck des Feuerbrands zerbarst, und eine Flamme, eine rot-gelbe, lange, weiche, schmeichelnde Flamme an der weißen Hausmauer entlang nach oben züngelte, bis zum Dach hinauf. Ein Zittern lief durch die Bäume, durch die Zweige, durch das Laub, und gleichzeitig ein Schauder, ein Schauder der Angst! Die Vögel erwachten; ein Hund fing an zu bellen; es kam mir so vor, als würde schon der neue Tag anbrechen! Gleich darauf zersprangen zwei weitere Fenster, und ich konnte sehen, dass das ganze Erdgeschoss meines Hauses nur noch eine fürchterliche Feuersbrunst war. Aber da gellte ein schrecklicher hoher Schrei, ein herzzerreißender Frauenschrei durch die Nacht, und zwei Mansardenfenster wurden geöffnet! Ich hatte meine Domestiken vergessen! Ich sah ihre entsetzten Gesichter und ihre wild herumfuchtelnden Arme! …

Außer mir vor Schrecken lief ich nun zum Dorf und brüllte: »Hilfe! Hilfe! Es brennt! Es brennt!« Unterwegs stieß ich auf Leute, die schon herbeikamen, um zu helfen, und mit denen ging ich zum Haus zurück, um alles Weitere mitzubekommen!

Das Haus war jetzt nur mehr ein grusliger und großartiger Scheiterhaufen, ein riesiger Scheiterhaufen, der die ganze Gegend hell erleuchtete, ein Scheiterhaufen, in dem Menschen verbrannten, und wo auch ER, mein Gefangener, mit verbrannte, ER, das neue WESEN, der neue Herrscher, der Horla!

Plötzlich stürzte der gesamte Dachstuhl zwischen den Mauern zusammen, und ein Vulkan von Flammen wirbelte gen Himmel. Durch alle offenen Fenster hindurch, die Einblick in dieses Flammenmeer gewährten, sah ich den glühenden Kern der Feuersbrunst, und ich dachte bei mir, dass er mitten in diesem Backofen steckte, tot …

Tot? Vielleicht? … Und was war nun mit seinem Körper? Dieser Körper, den das Licht der Sonne durchdringen konnte, war der nicht immun gegen alle die Mittel, die unseren Körpern den Tod bringen?

Und wenn er doch nicht tot war? … Vielleicht hat nur die Zeit Macht über dieses UNSICHTBARE und FURCHTBARE WESEN. Wieso sollte denn dieser unerforschliche Körper, dieser Körpergeist überhaupt vor den Krankheiten, Verletzungen, Gebrechen, all den Anlässen vorzeitiger Zerstörung Angst haben?

Vorzeitige Zerstörung? Alles, wovor sich der Mensch fürchtet, kommt davon! Nach dem Menschen kommt die Zeit des Horla. – Nach dem Lebewesen, das jeden Tag, zu jeder Stunde, in jeder Minute durch vielerlei Anlässe und Unfälle sterben kann, ist nun der gekommen, der erst dann sterben muss, wenn auch ihm der letzte Tag, die letzte Stunde, die letzte Minute schlägt, weil er eben dann seine Existenz voll ausgeschöpft hat!

Nein … nein … es gibt keinen Zweifel, es gibt keinen Zweifel … Er ist nicht tot … Nun, nun, das Einzige, was mir nun noch übrig bleibt, ist … mich selbst umzubringen! …

****

NACHWORT

Ihre Frage nach meinem Verhältnis zu Maupassant will
ich in aller Einfachheit dahin beantworten, daß ich das
Werk dieses Franzosen für im wahren Sinn des Wortes
unsterblich halte und überzeugt bin, daß er durch die
Jahrhunderte als einer der größten Meister der Novelle
gelten wird, die in der Dichtung der Menschheit glänzen.

Thomas Mann

Ein warmer Frühlingstag auf dem Lande. Die Sonne
scheint mächtig auf einen Bauernhof in der Normandie
herab. Die herrlich blühenden Apfelbäume werfen ihre
Schatten auf das hochaufschießende Gras. Ein Fohlen ga-
loppiert ausgelassen über den Hof. Auf dem Misthaufen
scharren Hühner gemütlich nach Würmern. Zwischen
ihnen stolziert der Gockel hin und her. Ab und an schar-
wenzelt er um eine von ihnen herum, die sich ihm gleich
bereitwillig hingibt und dann wieder ihrer Wege geht. Der
Hahn lässt als Zeichen seines Triumphs ein lautes Kikeriki erschallen, in das die Hähne der Nachbarhöfe alsbald
lautstark einfallen. Eine friedliche Genreszene des Lebens
auf dem Lande? Nein, was Maupassant zu Beginn seiner
»Geschichte einer Bauernmagd« inszeniert, das ist vielmehr die trügerisch-idyllische Vorwegnahme einer bitteren Geschichte, mehr noch: das Symbol einer Welt, in der

es immer nur um das Eine geht, nämlich die ständige Fortpflanzung aller Wesen im jährlichen Kreislauf, der Hühner, der Pferde ... und der Menschen. Was so beschaulich zu beginnen scheint, wächst sich binnen Kurzem zu einer ländlichen Tragödie aus. Eine Magd wird zum Opfer jener universalen triebhaften Begierde, mit der schon der Gockel der Reihe nach über die Hühner herfällt.

Die Länge und Ausführlichkeit der Einleitung dieser Geschichte und das signifikante Detail des fruchtbaren Gockels verweisen allerdings auch auf die Unterschiede zwischen der Tierwelt und den Menschen. Die menschliche Menagerie erweist sich, wie der Verlauf der Novelle vorführt, eben doch als komplexer als die Vorgänge auf dem Hühnerhof: Die Fruchtbarkeitsmechanismen der Natur brechen sich an den Regularitäten einer zivilisierten Gesellschaft – mit furchtbaren Folgen. Den drei Hennen entspricht im Hauptteil eine einzige Frau, die nacheinander das Sexualobjekt zweier Männer wird; während sich aber diese Hennen der Reihe nach geradezu lässig und sorglos dem Hahn hingeben, ist sich die Heldin der Novelle von Anbeginn der gesellschaftlichen Problematik und der potenziellen schlimmen Konsequenzen bewusst, die die sexuellen Kontakte mit Männern implizieren. Schon bei der ersten Annäherung durch den Knecht dringt sie deshalb auf eine alsbaldige Eheschließung als Bedingung für die erwünschten sexuellen Freuden. Damit fokussiert der Autor das Interesse des Lesers raffiniert sowohl auf den weiblichen Part, die Opferrolle, wie auch auf den männlichen, verbunden mit der Frage, wie sich diese menschlichen Protagonisten in der Gemengelage von Trieblehen und sozialen Normen verhalten. Der Knecht wiederholt nicht mehr als das Kopulationsgebaren des Hahnes, verliert binnen Kurzem die Lust an der Magd, und entzieht sich bei der Mitteilung ihrer Schwangerschaft jeglicher gesellschaftlicher Verantwortung durch überstürzte Flucht vom Bauernhof. Mehrfach am Rande der Verzweiflung bleibt die verlassene Magd mit dem Kind und ihren gesellschaftlichen Nöten allein. Ihre Schicksalsschläge, wie etwa der überraschende Tod der Mutter und ihre Bemühungen, ihre neue Lage durch besonders gewissenhafte Arbeit auf dem Hof zu kompensieren, bringen ihr nicht nur die Anteilnahme des Lesers ein, sondern auch das Interesse ihres Herrn, des Bauern. Dieser verhält sich zunächst kaum anders als vorher der Knecht – egoistisch und triebgesteuert. Allerdings handelt dieser Bauer auch aus dem sozioökonomischen Ziel heraus, dem Hof eine tüchtige Bäuerin und, in Gestalt von Kindern, einen Nachfolger zu beschaffen. Sein Heiratsantrag stürzt die Magd insofern in ein neues Dilemma, als sie nicht wagt, dem Bauern ihr geheim gehaltenes Kind zu gestehen. Eine Wendung ins Tragische durch einen Selbstmordversuch wird gerade noch durch einen Zufall verhindert. Als die Magd dann doch in Sexualkontakte und die Heirat mit dem Herrn ihres Hofs einwilligt, sich aber kein Nachwuchs einstellt, bekommt der Ehemann unter umgekehrten Vorzeichen ganz ähnliche Probleme wie vorher die Frau: Nun fehlt der die gesellschaftliche Ordnung bewahrende und das Ansehen mehrende Faktor des ehelichen Kindes. Erst die brutale Zuspitzung der männlichen Aggressivität gegenüber der – wie der Leser weiß – für die Kinderlosigkeit der Familie nicht verantwortlichen Frau führt kurz vor der endgültigen Katastrophe zum Geständnis ihres gesellschaftlichen Fehltritts und zur daraus resultierenden Einsicht beim Bauern bezüglich seiner Zeugungsunfähigkeit. Was dann folgt, lässt sich nur als »unerhörtes Ereignis« (im Sinne von Goethes berühmter Novellendefinition) bezeichnen: In der spontanen Entscheidung des Bauern, das uneheliche Kind seiner Frau zu adoptieren, siegt gesellschaftliches Verantwortungsbewusstsein über patriarchalisches Imponiergehabe. Nach dem schäbigen Abgang des Knechts steigt zuletzt der Bauer zum zweiten Helden der Novelle auf. So wendet sich die ländliche Tragödie zu allerletzt doch noch völlig überraschend zum Guten.

Mit einfachen Bausteinen und ihrem pointierten Ende gelingt Maupassant eine ebenso spannende wie emotional aufgeladene Geschichte über den Regelfall der naturhaften Vorgänge und ihre gesellschaftliche Ausnahme. Dem Leser fällt dabei die Aufgabe zu, in Ermangelung näherer philosophierender Kommentare des Erzählers dieses Spannungsfeld von Natur und Gesellschaft selbst aufzulösen. Den entscheidenden Hinweis für diese kritische Dissoziation von Natur und Menschenwelt liefert allein die scheinbar so redundante Einleitung von der Welt des Hühnerhofs. Realistische Genreszene und allegorisierende Leserlenkung fallen in dieser Erzählung subtil zusammen.

***

Als Guy de Maupassant, einunddreißigjährig, diese Erzählung 1881 als Teil seiner ersten Novellensammlung ›La Maison Tellier‹ veröffentlichte, war er bereits eine literarische Berühmtheit im Frankreich der III. Republik. Im Jahr zuvor hatte er an einer anderen Zusammenstellung von Erzählungen mitgewirkt. Auf Anregung seines zehn Jahre älteren Freundes Émile Zola, in dessen Haus in Médan sich jüngere Schriftsteller in Abständen zum Gedankenaustausch trafen, hatte diese Gruppe ein Buch mit dem Titel ›Die Abende von Médan‹ (›Les Soirées de Médan‹) herausgebracht. Dabei hatte jeder, auch Zola selbst, eine Erzählung zum Motiv des deutsch-französischen Krieges verfasst, und Maupassant, der bis dahin allenfalls als Autor gelegentlicher Zeitungsartikel wahrgenommen worden war, wurde mit diesem Band von einem Tag auf den anderen der literarischen Öffentlichkeit bekannt, denn es war insbesondere seine Erzählung, die dem Buch den Sensationserfolg bescherte. Sein Beitrag, die Geschichte einer gesellschaftlichen Außenseiterin, einer Prostituierten namens Schmalzkügelchen (Boule de suif), erregte nicht zuletzt dank des gesellschaftlichen Skandalisierungsfaktors hohe Aufmerksamkeit beim bürgerlichen Lesepublikum. Die breite Resonanz, die diese Novelle fand, der wirtschaftliche Erfolg, der mit diesem Band verbunden war, veranlassten den aus normannischem Adel stammenden Autor, seine von Anfang an ungeliebte Tätigkeit als Ministeriumsangestellter zu quittieren und eine Tätigkeit als freier Schriftsteller zu riskieren. Mit durchschlagendem Erfolg: In rascher Folge entstanden im Jahrzehnt zwischen 1880 und 1890 um die dreihundert Erzählungen, nicht weniger als sechs Romane, von denen ›Bel-Ami‹ die wohl größte und bis heute anhaltende Berühmtheit erlangte, sowie rund zweihundert Artikel für die Feuilletons der kulturell ambitionierten Pariser Zeitungen. Seine Karriere geriet allerdings schon früh aufgrund gesundheitlicher Probleme ins Stocken. Wie Schumann und Schubert, wie Nietzsche und nicht wenige andere Künstler seines Jahrhunderts hatte sich Maupassant im Alter von 27 Jahren die damals unheilbare Syphilis zugezogen, deren Auswirkungen er durch Reisen in den Süden und Kuren aller Art zu bekämpfen suchte. Freilich ohne jeden dauerhaften Erfolg:

Sein physischer und mentaler Zustand verschlechterten sich nach 1890 zusehends. Mehrere angefangene Werke – darunter ein siebter Roman – blieben unbeendet. Nach einem bizarren Selbstmordversuch zu Beginn des Jahres 1892 wurde er in eine Pariser Klinik gebracht, in der Guy de Maupassant am 6. Juli 1893 starb. Mit der ihm eigenen Keckheit hatte er José-Maria de Hérédia, einem erfolgreichen Lyriker jener Tage, seinen Auftritt in der Literaturszene der Belle Époque in guten Tagen mit folgenden Worten beschrieben: »Ich bin wie ein Meteor ins literarische Leben eingetaucht, und wie ein Blitzstrahl werde ich daraus wieder verschwinden.« Der erhoffte brillante selbstgewählte Abgang von der literarischen Bühne wurde ihm leider von jener Macht verwehrt, die er in seinem Werk so vielgestaltig beschrieben hatte, der blind waltenden, generierenden und zerstörerischen Natur.

***

Sein Wissen um diese Macht verdankte er im Wesentlichen jenem deutschen Philosophen, der im zutiefst verunsicherten Frankreich der Jahrzehnte nach dem verlorenen Krieg von 1870/71 zu einem der einflussreichsten Denker aufstieg, Arthur Schopenhauer (1788-1860). Maupassant war ja bereits durch seinen literarischen Mentor der Jahre vor 1880, Gustave Flaubert, in Richtung einer pessimistisch-resignativen Weltsicht vorgeprägt worden. Schon 1878 hatte er in einem Brief an diesen geschrieben: »Bisweilen überkommt mich die Nutzlosigkeit von allem, die Nutzlosigkeit der aller Schöpfung innewohnenden Bosheit, der Sinnlosigkeit aller Zukunft (worin diese auch bestehen mag) so stark, dass ich eine Gleichgültigkeit gegenüber allen Dingen in mir aufsteigen spüre.« Deutlicheres Profil erhielt diese seit jeher in ihm angelegte und von Flaubert bestätigte pessimistische Weltsicht durch die Schopenhauer-Übersetzungen Jean Bourdeaus, eines seiner Bekannten aus der Pariser Kulturszene; dieser hatte seit den späten 1870er-Jahren an einer auszugsweisen Übertragung von Schopenhauers Hauptwerk gearbeitet und Maupassant über seine Ergebnisse in Kenntnis gesetzt.

Schopenhauers vitalistische Deutung einer Welt ohne Gott kristallisiert sich über das zentrale Konzept einer grund- und ziellosen Naturkraft heraus. Ein blinder Wille macht demnach das innere Wesen aller Dinge, Tiere und Menschen aus. Dieser Urwille taucht objektiviert in allen Erscheinungen der Welt in Form eines ständigen Werdens und Vergehens auf, als ein ewiger und grundloser Kampf um das Dasein unter den Lebewesen. Und da dieser Wille keinen wahren Sinn und keine Grenzen kennt, kann alles Wünschen und alles Begehren auch keine Erfüllung finden. Zentrale Pole dieser unendlichen und leidvollen antagonistischen Dynamik sind die Sexualität, der Hunger und der Kampf um den Lebensraum. Befreiung oder gar Erlösung aus dieser schlechtesten aller Welten ist kaum möglich: ansatzweise über die Kunst, mehr aber noch über eine Ethik der Entsagung und des Mitleids. Zum Mitleid mit Mensch und Tier findet der Einzelne über die Einsicht in diese allen Lebewesen gemeinsame Verdammtheit zum Leiden. Diese Ansatzpunkte aus Schopenhauers Gedankengebäude sind bei Maupassant gleichsam allgegenwärtig – mal als zentrale Bauform, mal als kompositorische Zutat. Dies gilt schon für die erste Erfolgsnovelle um die Prostituierte Schmalzkügelchen, deren Handlung ja um nichts anderes kreist als sexuelle Machtausübung dessen, der sich zumindest zeitwillig als überlegen im Kampf um den Lebensraum erwiesen hat. Wie dürftig der zivilisatorische Lack auf allen Schichten der repräsentierten Gesellschaft ist, sieht man an der Schnelligkeit, mit der die Mitreisenden der Prostituierten ihre Bereitschaft, sich mit der patriotischen Position der Heldin zu solidarisieren, ablegen. Auch das Motiv des Streits um die Nahrungsaufnahme bleibt in »Schmalzkügelchen« nicht ausgespart, erlaubt diese dem Autor doch vorzuführen, um wie viel lebenstüchtiger die Prostituierte sich mit dieser kriegerischen Situation zurechtgefunden hat als alle anderen Vertreter dieser bürgerlichen Welt: Nur sie hat sich ausreichend für die erwartbar heiklen Tage der Reise mit Proviant eingedeckt. Und die gnadenlose Abrechnung Maupassants mit allen Schichten der »ehrenwerten Gesellschaft« findet ihren bitteren Höhepunkt in der Schlussphase der Erzählung, als die Kutsche dank der Selbstaufopferung Schmalzkügelchens ihre Fahrt wieder aufnimmt: Trotz der heldenhaften Tat, die Prostituierte wird in diesem Text ja mehrfach mit Jeanne d'Arc assoziiert, wird sie nach dem Opfergang wieder in ihre Ausgangssituation der Außenseiterin versetzt und bei der allgemeinen Brotzeit ignoriert. Schon ihre einleitende karitative Bereitschaft, ihre Habe zu teilen, verschafft ihr einen Sympathiebonus; und wenn ihr zuletzt, missachtet und vom Imbiss ausgeschlossen, in einer Mischung aus Wut und Tristesse die Tränen kommen, so befördert sie der Autor ohne weiteren Kommentar – wie schon Flaubert erkannte – für einen Augenblick in den mitleiderregenden Zustand der Erhabenheit.

In »Schmalzkügelchen« nur ein Nebenmotiv, wird der Nahrungstrieb zum zentralen Handlungskern im »Abenteuer des Walter Schnaffs«, eines pazifistischen Mitglieds der preußischen Invasionsarmee, und der Hunger fungiert auch als auffälliges Bauelement in »Pierrot«, einer scheinbar banalen Tiererzählung, in der Maupassant allerdings seine Weltanschauung geradezu parabelhaft-allegorisch »versteckt« hat. Vordergründig geht es in »Pierrot« um nicht mehr als die Beseitigung eines Hündchens, das die von ihm von der geizigen Besitzerin erwartete Hilfsfunktion als Bewacher des Hauses nicht erfüllen kann und deshalb in einer Mergelgrube ausgesetzt wird. Dort unten vollzieht sich im Kleinen, was an der Erdoberfläche ständig im Großen abläuft: ein fortwährender Kampf ums Überleben, bei dem derjenige gewinnt, der kräftiger und talentierter ist. Als nach einigen Tagen ein neuer und überlegener Hund zu Pierrot in die Grube geworfen wird, hat der Kleine und Schwache sogleich ausgespielt. Hier zeigt sich die Überlagerung von Schopenhauers Philosophie und der englischen Evolutionstheorie, die primär mit dem Namen Darwin verbunden ist. Ob Maupassant Darwin kannte bzw. eingehend rezipierte, scheint zweifelhaft. Gut vertraut war er jedenfalls mit dem Werk von Herbert Spencer (1820-1903), der als Begründer des sogenannten Sozialdarwinismus gilt und von dem auch die berühmt gewordene Formel vom »Survival of the fittest« (»Überleben des am besten Angepassten«) stammt. Raffiniert verlagert Maupassant die Mitleidshaltung auch noch in die Geschichte und macht sie der Spannungserzeugung des Erzählers dienstbar: Auch hier ist es eher ein einfaches Bauernmädchen namens Rose, das sich für den Schwachen einsetzt, freilich ohne Erfolg.

Dass Maupassant aber seine Kritik an Geiz und Egoismus – wie etwa Zola in bestimmten Romanen jener Zeit – nicht klassenkämpferisch-aufklärend funktionalisiert, zeigt die Erzählung über Cloche, den behinderten Vagabunden und Bettler. Dessen Chancen auf das Über-

leben schwinden in dem Augenblick, in dem eine mild-
tätige Landadelige, die vorher ihre schützende Hand über
den verkrüppelten Außenseiter gehalten hat, stirbt. Wie
schon in »Schmalzkügelchen«, so inszeniert Maupassant
seine Kritik an der Welt zwar als konkrete historisch-
regionale Satire auf die gerade vorkommenden Mitspieler,
aber stets vor dem Hintergrund einer geschichtsüber-
greifenden Skepsis. Hier ist es zunächst der Vertreter
der Kirche, der dem Findelkind nicht mehr als Namen
und Taufe beschert. Hinzu kommen wieder die geizigen
Bauern der Normandie, die den Akt der Verzweiflung
des ausgehungerten Vagabunden mit brutaler Gewalt
ahnden, sowie die Vertreter der Justiz, die als bloße und
gedankenlose Erfüllungsgehilfen dieser Bauern agieren,
die gleichsam irgendwann den Tod dieses unfreiwilligen
Parasiten beschlossen haben. Auch hier verbindet Maupassant unübersehbar Schopenhauers Mitleidsethik in
Bezug auf den zugrunde gehenden Außenseiter mit evo-
lutionstheoretischem Gedankengut (von Anfang an wird
dieser Bettler ja als an seinem Zustand unschuldig vor-
geführt): Eingeführt als Krüppel, entwickelt der traurige Held, der Evolutionstheorie gemäß, eine erstaunliche
Anpassungsfähigkeit, insofern er sich bei seinem Leben
im Freien chamäleonartig zu verstecken lernt. Nach seiner »Missetat« verhaftet und abgeführt, verliert Cloche
dann aber auch noch die Ähnlichkeit zu den Tieren, eine
gewisse animalische Beweglichkeit, sowie die Fähigkeit
zu sprechen und sinkt auf die bloß dinghafte Seinsstufe
seiner Krücken herab. So wird er denn auch von den gna-
denlosen Bauern behandelt – wie ein Stück Holz.

Während der Kampf zwischen Cloche und den Bauern, die seiner Existenz überdrüssig sind, von vornherein
entschieden ist und sich das Leserinteresse primär auf das

Mitleiden mit dieser Kreatur konzentriert, nimmt der Leser an dem erst einmal offenen Konflikt zwischen dem wohlhabenden Ich-Erzähler und jenem fremden Wesen, das dieser nach einiger Zeit Horla nennen wird, in ganz anderer Weise eher intellektuellen Anteil. In »Der Horla« inszeniert Maupassant ja zielstrebig jene Modellierungsstrategie einer Gratwanderung, bei der der Leser von Anfang bis Ende des Textes zwischen einer realen und einer irrealen Lesart der vorgeführten Ereignisse schwankt. Unabhängig davon aber, ob man dem Protagonisten in seiner Annahme eines aus Brasilien eingewanderten unsichtbaren, aber mächtigen Lebewesens folgt oder die in Tagebuchform mitgeteilten Ereignisse als psychotische Krankengeschichte vom Identitätsverlust eines abseits der Gesellschaft lebenden, spintisierenden Individuums deuten will – der Text legt sich ja nicht fest –, auch hier spielt sich diese Auseinandersetzung des Helden mit dem vermeintlichen, unsichtbaren Feind als Kampf um den Lebensraum ab. Die entscheidenden Vorgänge ereignen sich ja konsequent auf dem Anwesen des Protagonisten und Tagebuchschreibers, das bezeichnenderweise am Ende in einem Akt der Verzweiflung des mehr und mehr verunsicherten Ichs in Flammen aufgeht. Auch die sonstigen Merkmale dieses neuen Wesens Horla finden sich weitgehend in Schopenhauers Willenslehre: Der vom Erzähler gemutmaßte Machtanspruch des unsichtbaren Feindes macht sich dahingehend geltend, dass er ihm nach und nach seinen Willen raubt. So wie Cloche, der Bettler, den Bauern als höherwertigen Objektivationen des Willens unterliegen muss, so geht es auch dem Protagonisten von »Der Horla«: Er gibt sich gegenüber einer vermeintlich höheren Objektivation der Willensmacht in der evolutionären Abfolge geschlagen.

***

So unverkennbar Maupassants Orientierung also in Fragen seiner pessimistischen Weltsicht ist, so offen erscheint seine Prägung als Novellenkünstler. Anders als Deutschland verfügte Frankreich während des gesamten 19. Jahrhunderts über keinerlei nennenswerte Theoriebildung zur Gattung Novelle. Und auch Maupassant selbst äußerte sich an keiner Stelle prinzipiell zu dieser Gattung, die zehn Jahre lang im Mittelpunkt seines Schaffens stehen sollte. Mit einer gewissen Großzügigkeit ließe sich deshalb seine Position in der Gattungsgeschichte der Kurzerzählung jener Boccaccios vergleichen, der viele Jahrhunderte vorher aus einer Serie verwandter, aber divergierender Texttypen die neuzeitliche Novelle formte. Was für den Italiener an der Schwelle zur Renaissance die *novella*, die noch nie gehörte Neuigkeit, das war für den Franzosen an der Schwelle zur Moderne das *fait divers*, die Kategorie der »vermischten Nachrichten«, die ihm die Welt der Zeitungen, für die er ja regelmäßig arbeitete, zuhauf lieferte. Für diese Institution hat er ja auch die allermeisten dieser narrativen Kurztexte zur Erstpublikation vorgesehen, bevor er sie dann zu Sammlungen in Buchform bündelte. Die andere Orientierungsgröße war natürlich der Roman, der sich dank der grandiosen Werke von Balzac und Stendhal, von Hugo und Flaubert als episches Leitmedium etabliert hatte. Von dieser Seite, der Maupassant ja auch durchaus zugetan war, lassen sich auch einige Aspekte seines Novellenideals umreißen, die es erleichtern, seinen Standort innerhalb des Realismus-Naturalismus abzustecken.

Dazu liegen nämlich immerhin einige Stellungnahmen in seinen Feuilletons sowie ein kleiner Essay »Der Roman« aus seiner Feder vor. Es kann nicht überraschen, dass Maupassant als Bewunderer von Balzac und Zola, als Schüler Flauberts für eine Schreibweise des Illusionismus plädiert, die sich allerdings von der Banalität der Fotografie dadurch unterscheidet, dass der realistische Schriftsteller sich auf die Suche nach charakteristischen Details der von ihm geschilderten Gegenstände macht, ja – mehr noch – nach jenen Nuancen der vorgefundenen Welt fahndet, die noch unerschlossen sind, denn – wie er einmal notierte: »Noch das geringste Ding enthält einen Hauch des Unbekannten.« Diese Aufdeckung des bislang Übersehenen soll der realistische Schriftsteller freilich nicht mit exotischem Vokabular einfangen, sondern mit einem klaren, logischen und transparenten Sprachstil. Dass dieses Transparenzideal freilich alles andere als den Ausweis einer Ästhetik der Trivialität markiert, lehrt jenes Anliegen, mittels dessen sich Maupassant von den anderen Realisten unterscheidet und das ihm einen wichtigen Platz an der Schwelle zur Moderne sichert: Wo Balzac seine Botschaften noch durch einen geradezu allwissenden Erzähler und dessen didaktische Kommentare sicherzustellen suchte, wo Flaubert seine Meinung ironisch-teilnahmslos mit den »erlebten Reden« seiner Helden verhüllte, da geht Maupassant im Abbau von psychologischer Materialfülle noch einen Schritt weiter: Sein Ideal, das er allerdings (noch) nicht systematisch in der Praxis einhält, zielt darauf ab, alle inneren Vorgänge der fiktiven Figuren hinter ihren Gesten zu verstecken, nach Maupassants Devise: »Beim Romancier muss der Philosoph im Verborgenen bleiben.« Und außerdem: »Es ist nicht die Aufgabe des Erzählers, Folgerungen zu ziehen, dies obliegt einzig und allein dem Leser.«

Das letzte Zitat verdeutlicht, dass bei Maupassant mit

der realistischen Wirklichkeitsdarstellung stets eine zielstrebige Leserlenkung einhergeht. Dass er dabei auch emotionale Wirkungen anstrebt, kann angesichts seiner Sympathie für Schopenhauers Mitleidsethik nicht überraschen. Wichtiger scheint ihm aber daneben eine intellektuelle Mobilisierung des Lesers, wie er dies in einer vielzitierten Formel unmissverständlich ausgesprochen hat: Das eigentliche Ziel des realistischen Erzählers sei es nicht, uns Lesern eine unterhaltsame Geschichte zu erzählen, sondern »uns dazu anzuhalten, nachzudenken und den tiefen und verborgenen Sinn der Ereignisse zu verstehen« (»nous forcer à penser, à comprendre le sens profond et caché des événements«). Ziele wie diese lassen sich problemlos auch in die Novellistik übertragen, und es steht außer Zweifel, dass er diese Anliegen in seinen Erzählungen durchweg angestrebt hat. Dabei fällt auf, dass er angesichts des gattungskonstitutiven Zwangs zur Ökonomie nicht nur mit wenigen Mitteln ungemein evokative Einleitungen schafft – es sei hier nur an den Beginn von »Zwei Freunde« erinnert, der in drei lapidaren Sätzen das ausgehungerte Paris vom Winter 1870/71 vor des Lesers verblüffte Augen stellt –, sondern vor allem mithilfe von kräftigen Schlusspointen den Leser zur Reflexion über das soeben gelesene Ereignis anhalten möchte. Von unschlagbarer Wirkmächtigkeit diesbezüglich ist gewiss der letzte Satz von »Das Schmuckstück«: Der Hinweis darauf, dass der geliehene und verloren gegangene Schmuck ja gar nicht echt war, macht blitzschnell die Sinnlosigkeit des über bitterste Entbehrungen geopferten Lebens der Novellenheldin sichtbar. Und der pointenartige Hinweis auf die Ordensverleihung an den Offizier, der für die operettenhaft überinszenierte Gefangennahme des nach dem Essen selig eingeschlafenen Walter Schnaffs verantwortlich ist, macht – so ganz nebenbei – sichtbar, dass diese Novelle auch ein satirisches Schlaglicht auf Feigheit und Angeberei bei den Nebenfiguren dieser Novelle wirft, den eigenen französischen Landsleuten.

Maupassants Kunst der Novelle wäre aber nicht angemessen beschrieben, wollte man sie theoretisch wie dichtungspraktisch als bloße Reduktionsform des Romans beschreiben. Wie gattungsbezogen Maupassant vorging, demonstriert in ganz besonderer Weise sein Umgang mit einer Bauform, die er naturgemäß im Roman nicht vorfinden konnte, wohl aber in der Gattungsgeschichte der Novelle, nämlich dem Rahmen. Der Rahmen war ja durch Boccaccio erst einmal als ordnungsstiftender Faktor für die Vielfalt der erzählten Ereignisse für lange Zeit zu normativer Regelhaftigkeit geworden – auch in Frankreich. Erst La Fontaine hatte bei seinen Novellen diese Texte von der Bindung an einen Rahmen konsequent befreit. Maupassant indessen kehrt ganz bewusst zu dieser Technik zurück – freilich mit einem kategorischen Unterschied zum berühmten italienischen Vorgänger. Wo Boccaccio seine Hundertschaft von Novellen einem einzigen großen Rahmen unterwirft und hierdurch noch eine Ordnung der Welt unterstellt, folgt der radikale Skeptiker Maupassant, der die Welt allenfalls noch in disparaten Fragmenten erkennen kann, auch als Künstler konsequent dieser Einsicht in die kompositorische Unmöglichkeit der Errichtung größerer Zusammenhänge. Wie sein Vorbild Flaubert schreibt er nur noch Einzeltexte. Deren fallweise Bündelung zu Novellensammlungen folgt nur publikationsökonomischen Erwägungen. Für das narrative Mittel des Rahmens hat er sich dennoch immerhin hundertsechzigmal entschieden; statistisch gesehen operiert also jede zweite Novelle Maupassants mit einem mal kleineren, mal größeren Rahmen. Der ästhetischen Herausforderung, dieses Mittel stets neu zu variieren, hat sich der Autor mit großer Kunstfertigkeit gestellt.

Mit dem Rahmen, der ja zwangsläufig zu einer zweiten, mündlichen Erzählsituation führt, wird nicht nur das novellentypische Element der Pseudo-Mündlichkeit zu neuem Leben erweckt, insofern ja jegliche Art von Binnenerzählung zwangsläufig vor einem imaginären Zuhörer(kreis) stattfindet, Maupassant gelingt es auch immer wieder, dieses formale Mittel seiner Strategie der Reflexionslenkung dienstbar zu machen. Zwei Beispiele der vorliegenden Sammlung lassen diese Meisterschaft augenfällig erkennen. Die Raffinesse im Falle von »Im Frühling« beginnt bereits damit, dass sich Rahmen und Binnenerzählung nur schwer unterscheiden lassen. Beide Teile der Novelle behandeln ja ein und dieselbe Episode: Wie so oft bei Maupassant geht es um die erotische Ursituation, die dem Leser schon in der »Geschichte einer Bauernmagd« begegnet: die Annäherung von Mann und Frau im Frühling. Der Pariser Büroangestellte, der sich an einem lieblichen Frühlingstag zu einem Ausflug auf einem Seine-Dampfer verlocken lässt und dabei eine hübsche junge Frau entdeckt, deren Bekanntschaft er machen möchte, wird von einem Mitfahrer an Bord angesprochen und mit dessen eigener Geschichte konfrontiert. Diese hat genau ein Jahr vorher einen nahezu identischen Verlauf genommen. Der Blickkontakt mit einer Frau führte dazu, dass er sie ansprach, dies wiederum führte zu einem gemeinsamen Spaziergang, dann zu weiteren amourösen Etappen, die alsbald in der Heirat der beiden Ausflügler kulminierten. Binnen Kurzem hatte sich allerdings die vermeintlich lebenslustige Frau in eine zänkisch-langweilige Xanthippe verwandelt. Eben diese traurige Erfahrung will der Mitfahrer dem romantischen Novizen in Liebesdingen weiterreichen. Dieser primäre Erzähler nimmt den anderen allerdings nur als komischen Kauz, ja als lästigen Störenfried in dieser frühlingshaften Aufbruchsglückseligkeit wahr und hört seinem Bericht nur widerwillig zu. Dessen Warnung vor der Frau als Falle der Natur, dessen Hinweise auf die Liebe als krank machende Feindesmacht stoßen bei ihm auf taube Ohren. Just in dem Augenblick, als der melancholische Erfahrene mit seiner eigenen Geschichte zum Ende kommt, legt der Dampfer an einer Haltestelle an, und der frisch verliebte Ausflügler will aller Mahnung zum Trotz der jungen Schönen aufs Land nacheilen. Der Binnenerzähler hat also sein Redeziel, den Rahmenerzähler zur Vorsicht zu überreden, nicht erreicht ... und greift in seiner Fürsorge konkret in die äußere Handlung ein, hält ihn brüsk auf dem Schiff zurück mit den Worten: »So, jetzt habe ich Ihnen aber wirklich einen guten Dienst erwiesen.« Dieser lakonisch-pointenhafte Schluss ist geeignet, dem Leser die Duplizität der referierten Episoden nochmals zu vergegenwärtigen, ihm hierdurch aber auch die Sinnlosigkeit der didaktischen Bemühungen des weise gewordenen Ehemannes zu verdeutlichen: Es liegt ja auf der Hand, dass sich der junge Ausflügler – im Banne des universalen Determinismus – bei nächster Gelegenheit ganz ähnlich verhalten und eben dann einem anderen halbwegs hübschen Mädchen nacheilen wird. Die totale Verständnislosigkeit des romantischen Jünglings, der von seinen Sinnen abhängig bleiben wird, lässt den mitdenkenden Leser den »verborgenen Sinn« dieser Novelle unschwer erraten: Jede Art von Rhetorik und Didaktik erweist sich als machtlos gegenüber der »Falle der Natur«.

Ein ähnlich romantischer Rahmenerzähler steht auch

am Anfang und Ende der Novelle »Ein Abend«, die ja den Abschluss einer Reise nach Nordafrika schildert. Maupassant hatte diese Gegend mehr als einmal bereist; aus diesem biografischen Tatbestand nun jedoch den Schluss zu ziehen, der Rahmenerzähler sei der Stellvertreter des Autors im Text, wäre der Botschaft dieser Novelle völlig unangemessen. Auch in »Ein Abend« wird durch eine erste, im chronologischen Sinn primäre Erzählinstanz eine Rahmensituation erstellt, in der dann ein Zweiter die »eigentliche« Episode berichtet. Erzählt wird der Verlauf eines Abends, an dem ein Pariser auf der Durchreise in einer algerischen Hafenstadt zufällig einen alten Schulfreund wiedertrifft und mit ihm eine nächtliche Angelpartie auf dem Meer unternimmt, als deren makabrer Höhepunkt dieser begabte Angler einem gefangenen Tintenfisch die Augen zersticht und seine Fangarme genüsslich ins Feuer hält. Wieder an Land, erzählt der Schulfreund seinem Gast – dies ist die Binnenerzählung – den Grund seiner Auswanderung: die Untreue seiner Frau. Die Verzahnung zwischen dem abendlich sinnenfrohen afrikanischen Rahmen und der Eheepisode erfolgt über das doppelte Motiv der zerstochenen Augen sowie der verbrannten Tentakeln des Oktopus bzw. der diesen assoziierten Augen und Fingern der Ehefrau. Was zunächst nur wie eine sadistische Szene eines Anglers anmutet und als Tierquälerei den Gast kurzzeitig befremdet, erweist sich in der nachgeholten Erzählung des Auswanderers implizit, aber unübersehbar als psychische Abarbeitung seiner Unfähigkeit, die Untreue seiner Frau seelisch zu bewältigen. Die Aggression, zu der er seiner Frau gegenüber in der entscheidenden Situation dann doch nicht imstande war, wird von ihm auf die hilflose Angelbeute »verschoben«. Der Schluss seines bitteren Berichts vom

Verlust seines Eheglücks deutet trotz seiner verzweifelten Wutausbrüche an, dass er sich mit dieser späten »Beichte« seines Schicksals einem anderen Menschen gegenüber möglicherweise von dieser in ihm weiter wirkenden psychischen Vergiftung, von seinem seelischen Leidensdruck endlich befreit haben könnte. Insofern ist diese Binnenerzählung eine hochinteressante literarische Vorwegnahme psychologischer Therapievorschläge um die Jahrhundertwende. All diese psychologischen Implikationen gehen indessen im Kern am fiktiven Zuhörer auf dem Dach des afrikanischen Hauses vorbei, der in seiner Ausgangsnaivität verharrt, weil in seiner Erinnerung alle Details des Abends, die Angelpartie, der Bericht des alten Freundes, die Schattenwesen auf den Nachbardächern sich zu nicht mehr verdichten als einer schwärmerischen Ergriffenheit in Anbetracht einer ihm fremden, exotischen Welt. Der tiefere, psychopathologische Sinn der Abläufe, der Zusammenhang zwischen dem Sadismus des Schulfreunds und seinem unaufgelösten Leiden an der Eifersucht ist diesem nur seinen Sinnen verfallenen Reisenden völlig entgangen. So ist dieser – eher »späte« – Text sowohl ein Vorgriff auf die Psychologie der Moderne als auch eine Abrechnung mit der Welt der Romantik und ihrer Gefühlsverfallenheit. Dem mitdenkenden Leser erschließt sich die eigentliche Botschaft der Texte Maupassants oftmals also nur im kritischen Mitvollzug der Spannungsdynamik zwischen Rahmen und Binnenerzählung.

***

Wenn Maupassant in einem seiner Zeitungsartikel mit dem bezeichnenden Titel »Der tiefste Grund des Herzens« (»Le fond du coeur«) die weitreichende allgemeine Sentenz äußert: »Jede menschliche Handlung ist eine verkleidete Erscheinungsform des Egoismus«, so positioniert er sich an der Seite Schopenhauers unmissverständlich, weltanschaulich wie stilistisch, in der Traditionslinie der Moralistik, wie sie vor allem La Rochefoucauld (1613-1680) im 17. Jahrhundert mit seinen ›Maximen und Reflexionen‹ begründet hatte. Aber indem er dieses schwarze Menschenbild, diese »negative Anthropologie« nicht nur in seinen Feuilletons essayistisch ausformuliert, sondern als privilegiertes ästhetisches Medium die Novelle erwählt hat, hat er sich und seinen Lesern des 19. wie auch noch des 21. Jahrhunderts zwar keine prinzipielle Hoffnung, kein nachhaltiges Heilmittel wider eine solch tragische Weltsicht beschert. Aber insofern es seit Boccaccio das Kennzeichen der Novelle ist, eine bestehende Welt nicht grundsätzlich zu bestätigen, sondern an die Stelle des Grundsätzlichen fallweise auch das Unübliche, anstelle der Normen auch mal deren Durchbrechung, anstelle der Regel eben die Ausnahme als in der Lebenspraxis vorkommend zu zeigen, liefert die erzählerische Kurzform der Novelle immer wieder auch ästhetische Linderung beim Ertragen einer sinnlos anmutenden Welt. Auch wenn Maupassants Figuren im Prinzip unübersehbar von einer blinden Fatalität determiniert erscheinen, so hat dieser Autor mit seinen Novellen sich und uns Lesern ein literarisches Universum erschaffen, in dem gelegentlich auch »unerhörte Ereignisse« stattfinden, die es der Mühe wert erscheinen lassen, trotz allem weiterzuleben. Denn im Gegensatz zur düsteren Welt der reinen Philosophie eines Schopenhauer gilt in der Konkretheit der Kunst der Novellistik Maupassants der tröstliche Satz: »Le pire n'est pas toujours sûr« (»Nicht immer tritt das Schlimmste ein«). Und immerhin ein Menschenpaar in diesem riesigen Novellenwerk, das dreimal so groß ist wie Boccaccios Dekameron, findet und bewahrt über die ganze Spanne eines gemeinsamen Lebens hinweg in der Wildnis des archaischen Korsika sogar etwas schier Unglaubliches: das GLÜCK.

Hermann Lindner

Anmerkungen zum Text

Schmalzkügelchen

Diese Erzählung erschien am 16. April 1880 zusammen mit fünf anderen Novellen unterschiedlicher Autoren (Zola, Huysmans, Hennique, Céard und Alexis) in einer Sammlung mit dem Titel ›Les Soirées de Médan‹. Mit diesem Titel ›Die Abende von Médan‹ wird auf die Zusammenkünfte in Zolas Haus in Médan angespielt, wo sich ein Kreis von Autoren um Émile Zola, den damals schon berühmten Verfechter des Naturalismus, traf. Zola war es auch, von dem die Anregung an die Kollegen ausgegangen war, je eine Novelle über eine Episode aus dem Krieg von 1870/71 zu verfassen und sich im gemeinsamen Kreis gegenseitig vorzulesen. Maupassant hat in einem Zeitungsartikel (vom 17. April 1880) nicht ganz exakt die Genese dieser Sammlung beschrieben. In Wahrheit gab es keine private Lektüre in Médan, sondern eine öffentliche Lesung dieser Texte in Maupassants Pariser Wohnung. Maupassant hatte seinen Beitrag in den letzten Monaten des Jahres 1879 verfasst.

S. 7 *Mehrere Tage lang… gezogen*: Anfang Dezember 1870 war deutlich geworden, dass eine preußische Armee von 25 000 Mann von Paris her auf Rouen zumarschierte. Am 5. Dezember wurde in der französischen Heeresführung beschlossen, Rouen kampflos den Preußen zu überlassen, die am 6. Dezember die Stadt einnahmen. Maupassant, der zu Beginn des Krieges eingezogen wurde und in den ersten Monaten zeitweise in der

Militärverwaltung von Rouen Dienst tat, hielt sich zum Zeitpunkt dieses Einmarsches in Paris auf, war also kein Augenzeuge des Vorgangs.

S. 7 *Nationalgardisten*: Die Nationalgarde bestand ab 1868 aus männlichen Bürgern im Alter zwischen 25 und 50 Jahren, die nicht als Soldaten der regulären Armee eingezogen waren.

S. 7 *Rothosen*: Die französische Infanterie trug bis zum Anfang des I. Weltkriegs kräftig rote Hosen, während die Artilleristen in grau gekleidet waren.

S. 7 *Infanteristen*: Die einfachen Infanteriesoldaten werden hier den Kavalleristen, zu denen die Dragoner mit ihren auffälligen Helmen gehörten, als beweglichere Marschierer gegenübergestellt.

S. 8 *Freischärler*: Diese Kompanien hatten sich 1792 während der Revolution herausgebildet; später gab es sie in allen größeren Städten. Obwohl formal der Armee unterstellt, operierten sie häufig ganz eigenständig und erwarben sich bei der deutschen Invasionsarmee einen gewissen militärischen Respekt.

S. 12 *Croisset – Dieppedalle – Biessart*: Ortschaften am Seine-Ufer wenige Kilometer seineabwärts unterhalb von Rouen. In Croisset wohnte zu jener Zeit Flaubert, Maupassants Mentor. (Vgl. hierzu auch »Der Horla«; die Villa des Protagonisten befindet sich in der gleichen Gegend.)

S. 17 *Rue Grand-Pont*: In dieser Straße, die von der Place de la Cathédrale ausging und zur Seine führte, befanden sich damals die prächtigsten Geschäfte Rouens. Durch kriegsbedingte Baumaßnahmen und Veränderungen im 20. Jahrhundert hat sich ihr Aussehen deutlich verändert.

S. 17 *»Loiseau fliegt, Loiseau betriegt«*: Im französischen Original »Loiseau vole« liegt ein unübersetzbares ironisches Wortspiel um den Namen dieser Figur Loiseau (»l'oiseau« = »Vogel«) vor. Das scheinbar harmlose, noch heute (auch in Deutschland) bekannte Kinderspiel »Es fliegt, es fliegt«, bekommt durch den

Doppelsinn des Verbs »voler« (a = »fliegen«, b = »stehlen«) in der konkreten Anwendung auf die anwesende Figur des Weinhändlers einen boshaften Hintersinn. Aus »Der Vogel fliegt« (so der französische Name dieses Kinderspiels) wird in der vorliegenden Situation der Geschichte in Bezug auf den dubiosen Weinhändler: »Loiseau klaut«.

S. 18 *Orléanistische Partei*: Name der royalistischen Bewegung im Anschluss an Philippe d'Orléans, dem nachmaligen König Louis-Philippe (1830–1848), die während des II. Kaiserreichs zur Opposition gehörte und danach mit einer Gruppe von Abgeordneten ins französische Parlament einzog, um auf diesem Weg an der Wiedereinführung der Monarchie zu arbeiten. Louis-Philippe hatte mehrere Söhne, die aufgrund ihrer Lebensdaten als fiktive Geliebte der späteren Gräfin Bréville (eine solche Adelsfamilie existierte allerdings in Wirklichkeit nicht) infrage kamen.

S. 19 *»Pater noster«/»Ave Maria«*: Ein Durchgang des traditionellen Rosenkranz-Gebets besteht aus einer Abfolge von jeweils zehn Ave-Maria-Gebeten (»Gegrüßet seist Du Maria«), die mit einem »Vater unser« eingeleitet und einem »Ehre sei dem Vater ...« abgeschlossen wird.

S. 20 *Cornudet*: Während den vorher erwähnten Personen keine gesicherten historischen Figuren der Rouennaiser Stadtgeschichte entsprechen, scheint Maupassant hier auf einen Verwandten, den Ehemann einer seiner Tanten namens Cord'homme anzuspielen, der ein stadtbekannter Freidenker und Regimegegner des Kaiserreichs war und anschließend auch Sympathien für die »Commune-Bewegung«, einen Pariser Aufstand im Frühjahr 1871, zeigte.

S. 21 *Schmalzkügelchen*: Das französische Original »Boule de suif« bedeutet wörtlich »Talgkugel«. Nach einhelliger Meinung der Forschung hat diese Novellenheldin ein zeitgenössisches »Vorbild« mit Namen Adrienne Legay. Ob diese reale historische Figur bereits den Spitznamen »Boule de suif« trug, ist ebenso ungesichert wie die Annahme, dass Maupassant Jahre nach der Publikation seiner Novelle bei einem Theaterbesuch in Rouen ihre Bekanntschaft gemacht hat.

S. 23 *Tôtes*: Dorf auf halber Strecke zwischen Rouen und Dieppe, in dem schon Flaubert wichtige Teile seines Romans ›Madame Bovary‹ ansiedelte. Die Hafenstadt Dieppe, das Ziel der Kutschfahrt, liegt knapp 60 km nördlich von Rouen.

S. 25 *Régence*: Es handelt sich hierbei um eine feinere Brotsorte, die normalerweise zum Kaffee verzehrt wurde, was den guten Geschmack der Heldin indirekt unter Beweis stellt.

S. 30 *Badinguet*: Abwertender Spitzname für Napoleon III., der sich vom Namen eines Arbeiters herleitet, der 1846 dem späteren Kaiser zur Flucht aus dem Gefängnis von Ham verhalf, indem er ihm sein Gewand lieh.

S. 32 *Vierzehn Stunden:* Genau genommen waren die Reisenden dem Text zufolge nur dreizehn Stunden unterwegs. Womöglich hat Maupassant die Wartezeit vor der Abfahrt hinzugerechnet.

S. 34 *Follenvie*: Auffälliges Beispiel für Maupassants Technik der »sprechenden Namen«. In diesem Namen sind die »Verrücktheit« (über das Adjektiv »folle«) und die »Lust« (»envie«) kombiniert: Follenvies Gasthof wird beherrscht von der »verrückten Lust«, von »extremem Verlangen«, insbesondere – aber nicht nur – des Preußen.

S. 44 *Haus Orléans*: Die Nachfahren von Louis-Philippe, der ja – wie weiter oben bereits erwähnt – mehrere Söhne hatte, hielten sich für den Fall einer Wiedereinführung der Monarchie als künftige Könige bereit. Noch heute betrachten sich die Nachfahren aus dieser Dynastie für den (unwahrscheinlichen) Fall des Falles als legitime Thronprätendenten.

S. 44 *Ein neuer du Guesclin*: Mittelalterlicher Ritter (1315 oder 1320–1380), der sich große Verdienste bei der Befreiung Frankreichs von den Engländern im sogenannten »Hundertjährigen Krieg« erwarb.

S. 44 *Johanna von Orléans*: Französische Nationalheldin (1412–1431), die in einer späteren Phase des »Hundertjährigen Kriegs« durch ihr ritterliches Auftreten – etwa im Falle der Belagerung von Orléans – den Engländern große Verluste beibrachte. Der konkrete Bezug zur vorliegenden Erzählung liegt darin, dass Johanna nach ihrer Gefangennahme in Rouen auf einem Scheiterhaufen verbrannt wurde.

S. 44 *Napoleon I.*: Diese Erwähnung von Napoleon Bonaparte ist bezeichnend für den mythischen Status, den dieser im Laufe des 19. Jahrhunderts erlangte; immerhin hatte er ja ausländische Truppen nicht aus Frankreich vertrieben, sondern ganz im Gegenteil aufgrund der Niederlage von Waterloo 1815 fremden Armeen den Einmarsch auf französischen Boden ermöglicht.

S. 44 *Sohn des Kaisers*: Eugène-Louis-Joseph Bonaparte, der Sohn von Napoleon III., war 1870 erst vierzehn Jahre alt.

S. 46 *Partie »Einunddreißig«*: Ein Spiel mit 32 Karten, bei dem es darum geht, die Zahl 31 zusammenzubekommen oder sich dieser Zahl anzunähern, sie aber nicht zu überschreiten.

S. 48 *»Écarté«*: Kartenspiel, bei dem es darum geht, sich Karten, die bei der Herstellung bestimmter Kombinationen stören, zu entledigen (»écarter« = »ablegen«) und an deren Stelle andere aus dem Stapel der übrigen Karten aufzunehmen.

S. 56 *Judith*: Eine Figur des Alten Testaments, die Holofernes, den feindlichen Belagerer ihrer Stadt, erst verführte und dann tötete.

S. 56 *Lukretia mit Sextus*: Römische Dame (6. Jahrhundert vor Christus), die nach ihrer Vergewaltigung durch Sextus Tarquinius Selbstmord beging – ein Geschehnis mit weitreichenden politischen Folgen.

S. 56 *Kleopatra*: Ägyptische Königin (1. Jahrhundert nach Christus), die mit ihrer Schönheit römische Feldherrn wie Cäsar und Antonius verzauberte.

S. 56 *Frauen Roms … Hannibal*: Freie Darbietung einer Passage des römischen Geschichtsschreibers Titus-Livius.

S. 56 *Diese Engländerin*: Möglicherweise eine erfundene Anspielung.

S. 58 *Opfergang Abrahams*: Figur des Alten Testaments, deren Glaubensstärke Gott dadurch auf die Probe stellte, dass sie ihm ihren Sohn Isaak opfern sollte.

S. 59 *Krim – Italien – Österreich*: Diverse kriegerische Aktivitäten der Außenpolitik von Napoleon III. ab Mitte der 1850er-Jahre.

S. 64 *Sie sind zu grün*: Anspielung auf eine – in Frankreich dank La Fontaine – sehr bekannte Fabel mit dem Titel »Der Fuchs und die Trauben« (Buch III, Fabel II): Als der hungrige Fuchs feststellt, dass er die Trauben der Höhe wegen nicht erreicht, gibt er auf mit der Bemerkung: »Sie sind zu grün.«

S. 67 *»Bésigue«*: Dem deutschen »Sechsundsechzig« verwandtes Kartenspiel, das im späten 19. Jahrhundert in Frankreich sehr beliebt war und mehrfach in der damaligen Literatur erwähnt wird.

S. 67 *»Oremus«*: »Lasset uns beten«, eine häufig vorkommende lateinische Anfangsfloskel der katholischen Gebetstradition.

S. 70 *Marseillaise*: Die ›Marseillaise‹ wurde erst 1879 zur französischen Nationalhymne der 3. Republik erhoben. 1870, in dem Jahr, in dem die Erzählung spielt, war sie bei den konservativen Schichten Frankreichs noch als Lied der Umstürzler verpönt.

ZWEI FREUNDE

Einer der zu Lebzeiten des Autors in unterschiedlichen Zeitschriften und Sammelbänden meistgedruckten Texte Maupassants; zuerst erschienen in ›Gil Blas‹ (am 5. Februar 1883), fand die Novelle Eingang in die (revidierte Ausgabe der) Sammlung ›Mademoiselle Fifi‹ (1893).

S. 71 *Von feindlicher Heeresmacht eingekesselt*: Der Einleitungssatz stellt für die zeitgenössischen Leser klar, dass die fragliche
Episode an einem Januartag des Jahres 1871 spielt. Paris war
nach der Kapitulation des französischen Heeres bei Sedan im
Herbst 1870 von der deutschen Armee eingeschlossen worden;
die Blockade dauerte vom 19. September 1870 bis zur Kapitulation am 28. Januar 1871. Die nüchterne deutsche Version dieses
historischen Sachverhalts im Einleitungssatz bekommt im französischen Original eine eigenartige lyrische Nuance – es handelt
sich nämlich um einen Alexandriner, das »klassische« französische Versmaß schlechthin: »Paris était bloqué, affamé et râlant.«

S. 71 *Uniformhose*: Er war folglich kurzzeitig Mitglied der Nationalgarde gewesen (vgl. dazu auch den Anfang von »Schmalzkügelchen«).

S. 71 *Argenteuil – Colombes – Insel Marante*: Der Angelplatz
der beiden Pariser liegt an der Seine im Nordwesten der Hauptstadt. Die fragliche Insel liegt nahe bei Colombes zwischen Bezons und Argenteuil. Dieses Gebiet war (und ist) ein beliebter
Ausflugsort der Pariser, den Maupassant und auch viele impres-
sionistische Maler häufig frequentierten und daher gut kannten
(vgl. auch »Eine Landpartie«).

S. 73 *… grünen Zeug*: Der – auch im Künstlermilieu damals –
sehr beliebte Absinth wurde seiner Farbe wegen umgangssprachlich häufig »der Grüne« genannt (im Original trinken die
beiden Freunde »une seconde verte«, »einen zweiten Grünen«).

S. 76 *Mont-Valérien*: Hügel am westlichen Stadtrand von Paris
(162 m Höhe), der in allen zurückliegenden Kriegen militärisch
genutzt wurde und noch heute als Kaserne Verwendung findet. Von dieser Festung aus wurden im Winter 1870/71 mehrere
Ausfälle gegen die Belagerungsarmee versucht.

S. 78 *In meinen Augen sind Sie zwei Spione*: Der Umgang mit
aufgegriffenen Spionen im Krieg wurde erst durch die Haager
Landkriegsordnung ab 1899 international verbindlich geregelt

(Artikel 29–31); jedenfalls ist das Verhalten des preußischen Offiziers nicht mit der Willkür des Dorfkommandanten in »Schmalzkügelchen« zu vergleichen: Im einen Fall geht es um die Willkür des Mächtigen, im anderen Fall um einen »Deal«. Die Vermutung, dass die beiden Franzosen Spione sind, ist jedenfalls aus der Sicht des Preußen überaus plausibel. Einen ähnlichen Fall unter umgekehrten Vorzeichen schildert Theodor Fontane in seinen ›Wanderungen durch die Mark Brandenburg‹: Ein preußischer Soldat entfernt sich mutwillig von seiner Truppe, begibt sich in Zivilkleidung zusammen mit einem Franzosen nach Thionville, um sich einen schönen Tag zu machen. Dabei wird er von Franzosen aufgegriffen, für einen preußischen Spion gehalten, vor ein französisches Kriegsgericht gestellt und zum Tod durch Erschießen verurteilt. Der von Fontane zitierte Artikel 207 des französischen Kriegsrechts ließe sich auch auf den vorliegenden Fall der französischen Novelle anwenden: »Jeder Feind, der sich verkleidet in eine militärisch umkämpfte Zone begibt und dabei aufgegriffen wird, wird mit dem Tode bestraft.« (»Est puni de mort tout ennemi qui s'introduit déguisé dans une place de guerre.«)

Das Abenteuer des Walter Schnaffs

Erstmals am 11. April 1883 in der Zeitung ›Le Gaulois‹ erschienen, wurde diese Erzählung noch im gleichen Jahr in die Sammlung ›Contes de la bécasse‹ aufgenommen.

S. 82 *Schnaffs*: Ein besonders auffälliges Beispiel für Maupassants Kunst der Namenswahl; die Nähe des Familiennamens Schnaffs, der ja nicht als deutscher Standardname anzusehen ist, zum auch in Frankreich bekannten Substantiv »Schnaps« ist unübersehbar.

S. 83 *Normandie*: Nach den militärischen Erfolgen im Os-
ten Frankreichs und der Umzingelung von Paris (vgl. »Zwei
Freunde«) rückten im Herbst 1870 deutsche Truppen auch
in andere Regionen des Landes vor, insbesondere in den
nordwestlichen Bereich, wobei Teile der Normandie rasch er-
obert wurden (vgl. »Schmalzkügelchen«).

S. 94 *La Roche-Oysel*: Der Name des Ortes und des Schlosses
hat keine konkrete Entsprechung in der Wirklichkeit.

S. 94 *... bekam einen Orden*: Eine unübersehbare Parallele zum
Mentor Flaubert, der seinen Roman ›Madame Bovary‹ ebenfalls
in satirisch-antibürgerlicher Weise beschlossen hatte. Homais,
der Apotheker des Dorfes, in dem die Familie Bovary wohnt,
wird wie der goldbetresste Offizier dieser Novelle mit dem
Kreuz der Ehrenlegion ausgezeichnet.

Eine Landpartie

Nach der Erstveröffentlichung am 2./9. April 1881 in der Zeitschrift ›La Vie moderne‹ wurde die Novelle in beide Auflagen
der Sammlung ›La Maison Tellier‹ (1881 und 1891) aufgenommen.

S. 95 *Petronilla*: Dieser Vorname fiel nach damaligem Heiligen-
kalender auf den 31. Mai.

S. 95f. *Champs-Élysées – Porte Maillot – Neuilly*: Das Ausflugs-
ziel befindet sich in derselben nordwestlichen Gegend außerhalb von Paris, in der auch der Text »Zwei Freunde« angesiedelt
ist. Das kurvenreiche Tal der Seine zwischen Argenteuil und
Saint-Germain-en-Laye hat Maupassant immer wieder – auch
in seinem Roman ›Bel-Ami‹ – zum Gegenstand einer panora-
matischen Beschreibung gemacht.

S. 97 *Restaurant Poulin*: Ein Restaurant dieses Namens gab es tatsächlich bei der Seine-Brücke von Bezons, einer Ortschaft in der Nähe von Argenteuil.

S. 98 *Treidelpfad*: Längs der Flüsse befanden sich Wege, auf denen in der Zeit vor der Dampfschifffahrt die Treidler die Schiffe flussaufwärts zogen.

S. 97 *Schaukeln*: Dieses Motiv wurde – ebenso wie die spätere Bootspartie der Novelle – mehrfach von impressionistischen Malern zum Gegenstand ihrer Kunst gemacht. Berühmt ist das Schaukelbild von Auguste Renoir. Gustave Caillebotte hat sogar beide Motive zu Bildern verarbeitet.

S. 101 *Joinville*: Kleinstadt an der Marne.

S. 105 *Ladenbesitzer*: Der Traum vom Angeln fungiert bei Maupassant als kleinbürgerlicher Topos. Vgl. dazu auch »Zwei Freunde« (siehe S. 71).

S. 106 *Insel der Engländer*: Gemeint ist die Île Saint-Martin, unterhalb von Bezons. An deren nördlicher Spitze befindet sich auch der erwähnte Staudamm samt Wasserfall.

S. 107 *Robinson*: Unidentifizierte Örtlichkeit.

S. 112 *Rue des Martyrs*: Eine Straße in Paris, die vom Saint-Lazare-Viertel nördlich in Richtung Montmartre führt. Diese Straße taucht ebenfalls in der Erzählung »Das Schmuckstück« auf.

IM FRÜHLING

Diese Erzählung scheint ausnahmsweise nicht einzeln in einer Zeitschrift veröffentlicht worden zu sein: Sie erscheint erstmals im Jahr 1881 als Teil der Sammlung ›La Maison Tellier‹.

S. 115 *Suresnes*: Diese Stadt liegt auf der anderen Flussseite des weitläufigen Pariser Parks Bois de Boulogne unterhalb des Mont-Valérien (vgl. »Zwei Freunde«) am Beginn der großen

Seine-Schleife, die über Argenteuil bis Saint-Germain-en-Laye führt.

S. 115 *Mouche*: Die noch heute bestehende Tradition der »Ba-teaux-Mouche«, die auch einen Liniendienst an der Seine betrieb, wurde 1867 ins Leben gerufen, war zu dieser Zeit also noch rela-tiv neu. Eine Fahrt auf einem dieser Schiffe war damals die ein-fachste Art, in die Parks und Wälder der Pariser Umgebung zu gelangen.

S. 118 *Offizierstressen*: Die Beamten an der Spitze des Marine-ministeriums hatten Offiziersrang und trugen demgemäß im Amt ihre Uniform. Da Maupassant kurze Zeit Angestellter im Marineministerium war, kannte er diese Gepflogenheiten aus eigener Erfahrung.

S. 120 *Lied der Musette*: Berühmtes Lied in einem Theaterstück von Murger und Théodore Barrière, nicht zu verwechseln mit dem heutzutage gleichermaßen berühmten Lied der Musette aus Puccinis Oper ›La Bohème‹, die auf derselben literarischen Quelle (›Scènes de la vie de bohème‹) beruht.

S. 122 *Bougival, Saint-Germain* usw.: Alles Ortschaften inner-halb der besagten Seine-Schleife im Nordwesten von Paris, meist direkt an der Seine gelegen.

EIN ABEND

Eine der späten Novellen Maupassants; Erstpublikation am 19. und 26. Januar 1889 in ›L'Illustration‹; Aufnahme in die Samm-lung ›La main gauche‹ noch im selben Jahr.

S. 124 *Bougie*: Bejaia, eine von den Karthagern gegründete, 200 km östlich von Algier in einem Golf gelegene Hafenstadt in Al-gerien am Fuße des Kabylengebirges, wurde von Maupassant bei seiner ersten Nordafrika-Reise 1881 besucht; dabei fuhr er auf einem Schiff, das den Namen des französischen Generals Kléber trug, der vor allem durch seine Mitwirkung an der von Napoleon kommandierten Ägypten-Expedition Berühmtheit erlangte.

S. 125 *Golf von Neapel*: Wie die Vielzahl von Bildern in der Kunstgeschichte dokumentiert, galt der Golf von Neapel als einer der schönsten der »alten Welt«.

S. 126 *Ich lebe hier als Pflanzer*: Der Bezug zum politischen Hintergrund wird im französischen Original deutlicher; der im algerischen Bougie lebende Franzose nennt sich »colon«. Algerien war (seit den Anfängen der Eroberung ab 1830) damals schon ein zentraler Bestandteil des französischen Kolonialreichs geworden, in den nach der Mitte des 19. Jahrhunderts Tausende von Siedlern einströmten. Mit der Zeit näherte sich (im 20. Jahrhundert) die Anzahl der dort lebenden Europäer der Millionengrenze. Anders als im Falle der überseeischen Kolonien bildete sich in der öffentlichen Meinung Frankreichs allmählich das Bewusstsein heraus, Algerien sei – wie Korsika – ein integrativer Bestandteil der französischen Republik. Die Hauptfigur dieser Novelle verlegt also ihren Wohnsitz gewissermaßen nur vom einen Ufer des Mittelmeers an das nordafrikanische, bleibt aber auf französischem Territorium.

S. 128 *Dreizack*: Dieses dreizackige Angelgerät mit Holzgriff (französisch »fouine«) war nur bei dieser speziellen Variante des nächtlichen Fischens üblich.

S. 136 *Burnus*: Kapuzenmantel der Beduinen.

S. 139 *Rue Saint-Ferréol*: eine der (noch heute) beliebtesten Einkaufsstraßen von Marseille mit historischen, teils barocken Gebäuden im alten Hafenviertel. Weniger bekannt und wichtig ist die später erwähnte Rue Cassinelli im gleichen Stadtteil.

S. 150 *Agar*: Hagar war eine ägyptische Sklavin, die Abraham Ismael gebar und später verstoßen wurde. *Ruth*: Ruth ging nach dem Tod ihres Mannes nach Bethlehem und heiratete dort

Boas, einen Vorfahren von König David. *Lots Töchter*: Lots zwei Töchter schliefen nacheinander mit ihrem Vater, nachdem sie ihn vorher mit Wein betrunken gemacht hatten. *Die braune Abigail*: Abigail wurde nach dem Tod ihres Mannes Nabal die Frau Davids. All diese Negativbeispiele entstammen dem Alten Testament, wo sie keineswegs eine pauschal negative Färbung haben.

GESCHICHTE EINER BAUERNMAGD

Erstveröffentlichung am 26. März 1881 in der ›Revue politique et littéraire‹; noch im selben Jahr wurde die Erzählung in die Sammlung ›La Maison Tellier‹ aufgenommen.

S. 155 *Bursche aus der Picardie*: Nördliche Region Frankreichs mit Amiens als Hauptstadt, die an die Normandie angrenzt. Die zu Beginn gleich zweimal erwähnten Apfelbäume legen nahe, dass die Novelle in der Normandie spielt, die ja für ihren Apfelreichtum bekannt ist; der Knecht stammt also aus der Nachbarprovinz.

S. 169 *… wahnsinnig gewordene Diana*: Diana fungierte in der Antike nicht nur als Frauengottheit und Mondgöttin, sondern wurde mitunter – wie ihr griechisches Analogon – auch als Herrin der Tiere und der freien Natur dargestellt. Die Tiere erschrecken hier gleichsam vor ihrer eigenen Gottheit.

S. 124 *»Angelus«-Geläute:* Anspielung auf das Gebet »Der Engel des Herrn«, das morgens, mittags und abends von den katholischen Gläubigen nicht nur auf dem Land gesprochen wurde. Kurz vorher erklang die Kirchenglocke, die die katholische Bevölkerung dazu aufrief, ihre Arbeit oder Muße dafür zu unterbrechen. Dass der Pfarrer genau zu diesem Zeitpunkt sein Abendessen einnimmt, stellt ihm kein gutes Zeugnis aus.

Diese Unterbrechung der Landarbeit für das Angelusgebet war im 19. Jahrhundert auch ein beliebtes Motiv in der Malerei.

S. 178   »*Blut von Fécamp*«: Stadt am Ärmelkanal unweit von Le Havre. Einer aufs Mittelalter zurückgehenden Legende zufolge, enthielt eine in der dortigen Dreifaltigkeitskirche aufbewahrte Reliquie Reste des Blutes von Jesus Christus. Eine »befruchtende« Wirkung wurde dieser Reliquie im damaligen Volksglauben aber nicht zugeschrieben.

Simons Papa

Eine der frühesten Novellen Maupassants; Erstveröffentlichung am 1. Dezember 1879 in ›La Réforme politique et littéraire‹, zwei Jahre später wurde die Erzählung Teil der Sammlung ›La Maison Tellier‹.

S. 192   *… wie der nächste Schlag ausfallen sollte*: Das Bild vom Schmied als Prototyp des Handwerkers entwickelte sich in jenen Jahren zu einem Lieblingsmotiv nicht nur der sozial-utopisch angehauchten Erzählliteratur sondern auch der Bildenden Künste. Selbst der Lyriker Arthur Rimbaud widmete eines seiner ersten Gedichte mit dem Titel »Le Forgeron« (»Der Schmied«) diesem Berufszweig. Anders als bei Zola, der ebenfalls einen Text mit dem Titel »Der Schmied« publizierte (1874), stellt der Handwerker bei Maupassant allerdings eher eine Ausnahme dar. Handwerker wie auch Proletarier kommen bei dem Schiftsteller selten vor. Das Interesse Zolas für die gesellschaftlichen Unterschichten teilt Maupassant überhaupt nicht.

Der Bettler

Erstpublikation in der Zeitung ›Le Gaulois‹ vom 9. März 1884, Wiederveröffentlichung 1885 in der Sammlung ›Contes du jour et de la nuit‹.

S. 196 *Varville – Les Billettes* – usw: Diese Ortschaften in der Normandie sind teils erfunden, teils real; sofern sie in der Wirklichkeit existieren, besteht zwischen ihnen nicht die im Text angedeutete geografische Vernetzung.

S. 198 *Cloche:* bedeutet als Substantiv »Glocke«; das Wortspiel wird hier noch dadurch gesteigert, dass es in seiner verbalen Verwendung »clocher« auch »hinken« bedeutet.

S. 200 *Chiquet:* Auch der Name des Gegenspielers von Toussaint alias Cloche, der stellvertretend für die ganze Dorfbevölkerung steht, ist in doppelter Hinsicht »sprechend«: Das Wort »chiquet« bedeutet im 19. Jahrhundert umgangssprachlich in substantivischer Verwendung »ein wenig« und als Verb »chiquer« regional noch heute »essen«. Im Namen dieses Bauern hat Maupassant also das existenzielle Problem des Bettlers zusammengefasst: die tägliche Notwendigkeit, zu essen.

Pierrot

Erstpublikation in der Zeitschrift ›Le Gaulois‹ am 9. Oktober 1882, 1883 als Teil der Novellensammlung ›Contes de la bécasse‹ wiederveröffentlicht.

S. 205 ... *Buchstaben durcheinanderbringen*: Im französischen Original bindet die Figur in der Aussprache die Wörter falsch aneinander, begeht Fehler der »liaison«.

S. 205 *Pays de Caux*: Gegend in der Normandie (im Département Seine-Maritime) nördlich der Seine, die mit einer Seite direkt am Ärmelkanal liegt. Das wenig später auf S. 207 erwähnte Dorf *Rolleville* liegt etwa 10 km von Le Havre entfernt. In dieser Gegend liegen auch die in »Schmalzkügelchen« erwähnten Städte Le Havre und Dieppe.

S. 208 *Hundesteuer*: Seit 1855 war die Hundesteuer in Frankreich per Gesetz unterschiedlich geregelt – je nachdem, ob es sich um einen Haushund, Jagdhund oder Wachhund handelte, wobei der Tarif für Wachhunde der günstigste war.

DAS SCHMUCKSTÜCK

Erstpublikation am 17. Februar in ›Le Gaulois‹ 1884; 1885 wurde die Erzählung in die ›Contes du jour et de la nuit‹ aufgenommen.

S. 214 *Sie war eine dieser hübschen …*: Maupassant hat in dieser Figur eine Nachfahrin Emma Bovarys, der prominenten Romanfigur Gustave Flauberts, geschaffen, die unter der Mediokrität ihrer Lebensumstände leidet. Auch Emma Bovary trauert ihr Leben lang einem Ballerlebnis nach.

S. 216 *Georges Ramponneau*: Dieser Name gehörte keinem damaligen Minister, erinnerte aber an einen bekannten Pariser Schankwirt des 18. Jahrhunderts.

S. 218 *Nanterre*: Die Ebene von Nanterre, die auch in anderen Novellen vorkommt (vgl. z. B. »Zwei Freunde«), war damals ein beliebtes Jagdrevier.

S. 219 *Madame Forestier*: Diesen Namen trägt eine der Hauptfiguren von Maupassants Roman ›Bel-Ami‹, an dem der Autor damals gerade arbeitete. Madame Forestier wird dort als überaus kultivierte Dame geschildert, die über eine große Garderobe und entsprechenden Schmuck verfügt.

S. 221 *Rue des Martyrs*: Maupassants Verlegung der Wohnung

in diese Straße im 9. Pariser Arrondissement, die in Richtung Montmartre führt, ist aus symbolischen Gründen erfolgt: »Straße der Märtyrer«.

DAS GLÜCK

Erstveröffentlichung am 16. März 1884; danach Aufnahme in die Sammlung ›Contes du jour et de la nuit‹ (1885). Maupassant hatte 1880 Korsika bereist, das ihm seither als Ort ungefilterter Leidenschaftlichkeit galt. Im Jahr 1888 nahm er die besagte Episode in seinen Reisebericht ›Sur l'eau‹ auf und verlieh ihr den Anschein einer wahren Begebenheit, gab ihr allerdings ein deutlich anderes Ende: In dieser späteren Variante hat der taube alte Ehemann dreißig Jahre lang eine Geliebte im Nachbardorf; eines Tages erfährt die Frau dies zufällig durch einen vorüberziehenden Fuhrmann und stürzt sich in ihrem Schock daraufhin aus dem Fenster des Speichers ihres Hauses.

DER HORLA

Diese Novelle liegt in mehreren Fassungen vor. Eine erste Version erschien im Oktober 1886 in der Zeitschrift ›Gil Blas‹. Sie unterscheidet sich von der hier zugrunde liegenden zweiten Fassung, erschienen als Titelerzählung einer Novellensammlung im Mai 1887, durch geringeren Umfang und einen auffälligen Strukturunterschied: Der Held und Erzähler begibt sich in die Hände eines prominenten Arztes und trägt seinen vom Horla ausgelösten Fall in Form einer durchgehenden, in einen Rahmen eingelegten Ich-Erzählung einer Gruppe von Ärzten vor. Nach diesem Bericht ist es der Arzt, der die Schlussworte an die Medizinerkollegen spricht: »Ich kann es selbst nicht beurteilen, ob dieser Mann verrückt ist oder ob wir beide verrückt sind ... oder ob ... unser Nachfolger wirklich angekommen ist.«

Das Problem des Identitätszerfalls hat Maupassant mehrfach in seiner Novellistik behandelt. Die biografisch interessierte Forschung hat dies mit Maupassants eigener Krankengeschichte in Zusammenhang gebracht. Mit der (damals unheilbaren) Syphilis schon in jungen Jahren infiziert, hatte Maupassant ab 1880 Sehstörungen und litt nach 1882 immer wieder unter Halluzinationen, die sich 1887 häuften. Die Krankheit führte nach 1890 zum schrittweisen Verlust der künstlerischen Kreativität und zum vorzeitigen Tod 1892. Die beiden Versionen von »Le Horla« entstammen indessen einer Phase, in der sich Maupassant seiner Schaffenskräfte noch weitgehend sicher sein konnte. Die zweite Fassung von 1887 erweist sich nicht nur als die längere, sondern mit der Wahl der Tagebuchform und ihrem offenen Ende auch als die raffiniertere. Bezeichnenderweise beendete Maupassant die Abfassung der fantastischen Erzählungen in dem Moment, als sich bei ihm die Krankheitssymptome häuften.

S. 238 *... von Rouen nach Le Havre*: Der idyllische Wohnsitz dieses Provinzbürgers erinnert unverkennbar an Croisset, einen Vorort Rouens, in dem Gustave Flaubert, Maupassants Mentor und Vorbild, jahrzehntelang lebte und arbeitete. Auch Flauberts Grundstück lag direkt an der Seine. Eine ähnlich huldigende Assoziation mit Flaubert erzeugt Maupassant schon in »Schmalzkügelchen«, seiner ersten erfolgreichen Novelle, die er nach der Einleitung in Rouen in dem Dorf Tôtes, dem Schauplatz von ›Madame Bovary‹, ansiedelt.

S. 243 *Roumare*: Großer, wildreicher Wald bei Rouen, der in der Umgebung von Croisset anfängt und – wie der spätere Hinweis auf die Jagdstraße andeutet – eine beliebte Jagdgegend war.

S. 243 *La Bouille*: Dorf 18 km flussabwärts von Rouen am Ufer der Seine gelegen.

S. 244 *Mont Saint-Michel*: Berühmtes mittelalterliches Kloster im Meer an der Grenze zwischen der Bretagne und der Normandie. Dieser mythische Ort stand damals besonders im allgemeinen Interesse, weil es Befürchtungen gab, das Meer könnte diese Insel hinwegspülen. Der Mont Saint-Michel wird von Maupassant mehrfach zum Schauplatz wichtiger Szenen von Novellen und Romanen gemacht. *Avranches*: Kleinstadt im Département Manche nahe der Mündung des Flusses Sée; der Blick von Avranches auf den Mont Saint-Michel ist berühmt.

S. 251 *Nationalfeiertag*: Der 14. Juli ist (erst) seit dem Jahr 1880 in Erinnerung an die Erstürmung des Bastille-Gefängnisses Nationalfeiertag in Frankreich.

S. 252 *Hypnose und Suggestion*: Zahlreiche einschlägige Werke der Fachliteratur, die in den Jahren 1885-1887 herauskamen, belegen die »modische« Aktualität dieser Tendenzen.

S. 253 *Englische Forscher / Schule von Nancy*: Die englische Schule wurde seit 1840 vom schottischen Arzt James Braid (1795-1860) geführt, der auch bei der Prägung des Begriffs Hypnose mitwirkte. Die 1866 gegründete Schule von Nancy (um Bernheim und Liébault) konkurrierte hinsichtlich der Theorie und Praxis der Hypnose mit der »Salpêtrière«, der wichtigsten Pariser Klinik. Sie betonte den rein suggestiven Charakter der Hypnose, hielt allein die Psyche als für die hypnotischen Vorgänge verantwortlich, während die Schule von Paris (um Charcot) die Hypnose auf physiologische Tatbestände zurückführte.

S. 253 *Voltaires Diktum*: Der vielzitierte Spruch dieses religionskritischen Aufklärers (1694-1778) entstammt einer unter dem Namen Sottisier in Manuskriptform hinterlassenen Sammlung bissiger Sprüche, die im 19. Jahrhundert verschiedentlich in Buchform publiziert wurde.

S. 254 *Mesmer*: Der deutsche Arzt Franz Mesmer (1734-1815) war in Wien und Paris tätig; sein Grundgedanke, dass alle Lebewesen und auch die unbelebten Dinge von einem magnetischen Fluidum geprägt und beeinflusst werden können, fand als Mesmerismus im 18. und 19. Jahrhundert weite Verbreitung. Damit wurde er zu einem Vorläufer der Parapsychologie.

S. 254 *Fotografie*: Die Fotografie erfuhr ab dem zweiten Drittel des 19. Jahrhunderts auch in Frankreich, dort vor allem mit dem Namen Daguerre (1787-1851) verbunden, einen großen Aufschwung. Ab 1880 wurden Fotografien auch in Zeitungen gedruckt.

S. 259 *Bougival*: Dieser Ort sowie die danach erwähnte Insel *La Grenouillère* evozieren eine Gegend, die Maupassant bestens kannte und in der er zahlreiche seiner Novellen ansiedelte; vgl. z. B. in diesem Band »Eine Landpartie«.

S. 260 *Géant-des-Batailles*: Diese schwach riechende Rosensorte wurde kurz vor der Jahrhundertmitte gezüchtet und war damals sehr beliebt.

S. 266 *Hermann Herestauss*: Fantasiename, der möglicherweise in Hinblick auf den Namen »Horla« von Maupassant gebildet wurde. Die Vorsilbe »Herr« würde demzufolge auf den Horla als den neuen Herrn der Welt verweisen. Der Wortschluss »aus« entspräche dem französchen »hors«. Somit wäre Herestauss zu verstehen als »der Herr, der von woanders kommt«. Der Name Horla gab Anlass zu vielerlei Spekulationen; unter anderem wurde auch ein anagrammatisches Spiel Maupassants mit dem Wort Cholera erwogen.

S. 269 *Aus Rio de Janeiro erreicht uns …*: Dieser Bezug auf eine Epidemie in Südamerika entbehrt der historischen Grundlage.